비둘기의 날개 1

The Wings of the Dove

Henry James

대산세계문학총서

198

비둘기의 날개 1

The Wings of the Dove

헨리 제임스 정소영 옮김

문학과지성사

대산세계문학총서 198

비둘기의 날개 1

지은이   헨리 제임스
옮긴이   정소영
펴낸이   이광호
주간   이근혜
편집   김은주
펴낸곳   ㈜문학과지성사
등록번호   제1993-000098호
주소   04034 서울 마포구 잔다리로7길 18(서교동 377-20)
전화   02) 338-7224
팩스   02) 323-4180(편집) 02) 338-7221(영업)
전자우편   moonji@moonji.com
홈페이지   www.moonji.com

제1판 제1쇄 2026년 4월 24일

ISBN 978-89-320-4519-1 04840
ISBN 978-89-320-4518-4(전 2권)
ISBN 978-89-320-1246-9(세트)

이 책은 대산문화재단의 외국문학 번역지원사업을 통해 발간되었습니다.
대산문화재단은 大山 愼鏞虎 선생의 뜻에 따라 교보생명의 출연으로 창립되어
우리 문학의 창달과 세계화를 위해 다양한 공익문화사업을 펼치고 있습니다.

차례

일러두기

1. 이 책은 Henry James의 *The Wings of the Dove* (New York: Penguin Classics, 2008)를 우리말로 옮긴 것이다.
2. 본문의 주는 모두 옮긴이의 것이다.

뉴욕판 서문

　『비둘기의 날개』는 1902년에 출간되었지만 이 작품의 주제는 내 기억에 참 오래되었다. 오히려 아주 새로운 주제라고 할 수도 있겠지만 말이다. 오래 끌어온 이 작품 속 주요 상황이 내 앞에 생생하게 놓여 있지 않았던 때가 과연 있었을까 싶다. 상황의 핵심만 말하자면, 맨 처음 발상은 엄청난 인생의 가능성을 의식한 인물이 젊은 나이에 불치의 병에 걸려, 마음은 온통 세상살이에 있는 채로 짧은 생을 마치고 죽음을 맞을 운명에 처한다는 것이었다. 더불어 그러한 운명을 스스로 의식하기 때문에 스러지기 전 가능한 한 아름다운 삶의 파동을 '쏟아붓기'를 열정적으로 바라고, 그래서 비록 짧고 간헐적이긴 하지만 사는 것처럼 살았다는 느낌을 갖게 되는 것이다. 오랫동안 이 주제를 이리저리 굴려보았고, 멀찌감치 떨어졌다가는 다시 돌아오기를 반복했다. 뭔가 만들어낼 수 있으리라는 확신은 있었지만 주제 자체가 절대 만만치 않았다. 그런 식으로 그려본 이미지는 기껏해야 작업의 절반일 뿐이었다. 여러 갈등이 연루되고 사건이 발생하고, 이득도 얻고 손실도 초래하고, 그러면서 이래저래 소중한 경험을 얻게 되는 과정이 나머지 절반이 되어 전체 그림을 이룰 터였다. 처음부터 느꼈다시피 그러려면 상당한 작업이 요구되었다. 그야말로 대부분 공을 들여야 할 작업이었다. 하지만 주제들은 항상 넘쳐났고 이 경우에는 특히나 가득했다. 판단해보자면, 경계심 많은 모험가로서는 자꾸 주변만 서성거리게 되는 형국이었다. 관심은 가지만 동시에 그 매력에 아리송한 면이 있어서, 누군가의 정의에 따르면 각 요소들이 모두 잘 보이고 특성 전체도 전면에 나서는 '숨김없는' 주제로 여겨지기는 힘들었다. 온갖 구획과 비밀을 지녀서 갑자기 변절을 할 수도 있고 함정이 있을 수도 있었다. 주는 건 아주 많을 테지만 아마 그 대가로 딱 그만큼을 요구해서 마지막 한 푼까지 다 받아낼 것이었다. 우선 병들어 허약한 인물을 돋보이게 내보여야 한다는 문제가 있었는데, 어렵기도 하거니와 무척 조심스러운 손길이 필요했다. 다른 문제들과 더불어 좋은 안목을 보여줄 기회, 심지어 최고의 안목을 행사할 기회가 될 수도 있지만 말이다. 그런 기회란 늘 찾아와주길 기원하거나 열심히 만들어내거나, 약간의 신호만 보여도 득달같이 달려들어야 하는 법이고.

이제 주인공이 병약한 젊은 여성으로 정해지고, 그 인물이 서서히 스러져가는 전 과정과 의식 속에서 벌어지는 모든 시련을 정직하게 보조해야 하는 상황이 되었다. 따라서 그 인물의 상태와 그 내적 관련성을 표현하는 일은 신중하고 절묘하게 이루어져야 한다. 하지만 다행히도 내가 그 이미지—거듭 말하지만 그 이미지가 지속되면서 설명할 수 없는 수수께끼는 물론이고 흥미로운 가능성과 그에 수반된 경이로움이 순식간에 주위에 무성해졌다—에 집중하면 할수록 이런 생각도 함께 자라났다. 어째서 '병약한' 인물을 주인공으로 삼는 일을 그렇게 똑바로 대면하며 면밀하게 따져보아야 했던 걸까? 여성이든 남성이든, 작품의 주인공이 죽음이나 다른 위협에 시달리는 상황이란 고릿적부터 흥미로운 상황을 지어내는 가장 간단한 지름길이 아니었던가? 그 특정한 상황을 통해 수많은 사건이 생길 가능성과 관계에 대한 의식을 활성화하고 미세한 강도를 부여하며 완성할 수 있는데, 그런 인물을 중심에 놓지 말아야 할 이유가 무엇이란 말인가? 인물의 활동에 많은 제약이 있을 수는 있다. 격렬하고 고양된 저항이라는 최고의 행동을 부여하더라도 말이다. 이 마지막 사항이 진정한 쟁점이었다. 본질적으로 시인은 죽는 행위에 관여할 수 없다는 사실을 인식하자 곧바로 방법이 생겨났기 때문이다. 아무리 병약한 인물을 다루더라도 시인의 흥미를 끄는 것은 살아가는 행위이고, 주어진 조건들이 주인공에게 불리하게 전개되어 그에 맞서 싸워나갈 수밖에 없게 되면 더욱 흥미로워진다. 그렇게 싸우면서 삶의 과정이 무너져가고, 어차피 질 수밖에 없는 경기에서 종종 그 과정이 어떤 경우보다 더 환하게 빛나기도 한다. 게다가 나는 이전에 부차적인 인물로 병자이자 실패자, 즉 조연급 병자를 다면적 기록자의 역할로 도입한 적이 있다. 비평가들이 뭐라 하든 신경 쓰지 않고 내가 좋아서 도입한 인물이었다. 예를 들어 『한 여인의 초상』의 랠프 터칫에게 있어, 그의 병약한 상태는 단점이 아닌 정도가 아니다. 운 좋게 어떤 유익한 효과를 만들어낼 수 있는 확실한 장점이자 그의 유쾌함과 명료함에 직접 보탬이 되는 자질로 보았고, 그런 점에서 옳았다. 게다가 그가 남성이라서 그런 일이 가능했던 것도 결코 아니었다. 시한부 인생을 사는 사람들은 대체로 남성들이 여성들보다 더 적나라하게 추한 모습을 보이며 더 노골적이고 열등한 방식으로 저항하기 때문이다. 따라서 그런 변칙성을 쓸모가 되는 만큼 받아들여야 했고, 내가 여기서 이 얘기를 꺼내는 이유는 모호함—결국 내 주제가 그 안에 편안하고 자신 있게 자리 잡게 된—의 한 예를 보여주기 위함이다.

방금 한 설명으로 명확해졌겠지만, 그래서 주로 무너져가는 과정을 기록하는 쪽으로 방향을 잡는 일은 절대 할 수 없었다. 내가 앞세운 희생자가 스스로 감당할 수 없는 거대한 힘에 끌려가는 모습이 끊임없이 나의 상상 속에 등장하지 않았다는 뜻은 아니다. 하지만 내게 나타난 그녀는 처음부터 조금이라도 그쪽으로 덜 끌려가려 버티고, 조금이라도 늦추기 위해 마지막 남은 힘까지 쥐어짜서 손에 잡히는 건 뭐든지 그러쥐는 모습이었다. 그런 태도와 행동, 거기서 드러나는 열정과 사실상 그것을 통해 나타나는 성공, 그것들이 드라마의 핵심이 아니면 무엇이란 말인가? 주지하다시피 그것은 아무리 저항해봐야 이미 결정된 파국을 그려내는 일이니까. 나의 젊은 여성은 그 자신이 운명의 여신들이 연합하여 선언한 파국에 대한 저항이 될 것이었다. 그 여신들이 불길한 종말을 위해 함께 공모하고 모든 수단을 자유자재로 동원하여 결국 목적을 이루어낸다 해도 성스러운 불꽃을 질식시키기는 정말 어려워서, 어떤 약점을 지녔든 그렇게 생기 가득한 인물이자 섬세한 적수인 그녀는 무대 정면에서 조명을 받을 자격이 있다고 여겨질 터이다. 더구나 그녀는 내내 어떤 특정한 것들을 위해 살아가길 바라고, 특정한 인간적 관심사를 두고 싸움을 벌일 것이다. 그것은 불가피하게 주변 사람들의 태도를 결정할 텐데, 그들은 작품 속 행위에 참여할 수밖에 없는 방식으로 영향을 받을 것이다. 주어진 시간이 점점 줄어드는 중에도 가능한 한 많은 삶의 열매를 끌어내보려는 그녀의 욕망, 그러한 갈망이 오직 다른 사람의 도움으로만 실현될 수 있다면, 그런 간청을 받아 연루되고 억지로 등 떠밀리면서 이루어지는 그들의 참여는 또한 각자의 드라마가 된다. 그녀의 끈덕진 간청으로, 각자의 이유로, 각자의 이해관계와 이득을 위해, 그들 자신의 동기와 시각에서 그녀의 환상을 부추긴다는 드라마 말이다. 그렇게 부추기는 것에는 정말 고상한 것도 있겠지만 또 그렇지 않은 것도 있다. 하지만 그것들이 전부 함께 힘을 모아 그녀의 경험의 총체를 이룰 것이고, 진심이든 아니든 그녀가 알아야만 하는 것을 보여주게 된다. 또한 똑같은 정도로 그 과정에 매인 인물들이 로렐라이*의 소용돌이 속으로 빨려 들어가듯이 겁에 질리면서도 매혹되어 그 속으로 빨려 들어가는 것을 보게 된다. 심지어는 돈에 매수되어 주어진 자연스러운 궤적으로부터 벗어나고, 그녀의 기이한 어려움과 더욱 기이한 기회에 연루됨으로써 유산을 물려받아 기이한 질문에 직면하고 새로이 분별해야 할 상황에 처한다. 그렇게 포괄적인 방식으로 그녀 상황의 설계가 저절로 수립된다고도 할 수 있다. 나머지 관심사는 구체적인 사항을 얼마나 어떻게 채울까이다. 당연히 그 가운데 가장 중요한 사항은, 우리의 젊은 여주인공에게 인생이란 병약함만 아니라면 눈부시게 살 만한 가치가 있는 것으로 나타나야 한다는 점이다. 포기해야 하는 것이 많아서 더욱 연민을 자아내는

---

* 세이렌처럼 지나가는 배를 모두 침몰시킨다는 라인강의 물의 요정.

거라면, 가진 게 어느 만큼인지를 통해 그 사실을 더욱 절감할 필요가 있는 것이다.

이렇게 해서 가장 귀중한 확약, 그것만 빼고 모든 걸 가진 인물을 만나게 된다. 자유와 재산, 다재다능한 정신과 개인적인 매력, 사람들의 관심을 일으켜 끌어들이는 힘 등, 미래의 가치를 확장하는 각각의 자질들 말이다. 제작자로서는, 상상력을 동원하여 그 인물을 면밀하게 다루기 시작한 순간부터 그 역할에 완벽하게 어울릴 세부 사항을 만들어내는 일만큼 관심을 쏟은 일도 없었다. 무엇보다 국적과 사회적 지위를 정당화하는 쉰 가지 이유를 확정해야 했다. 그녀는 '구舊'뉴욕에서 자라난 최후의 멋진 꽃, 그것도 자유를 한껏 입증하기 위해 홀로 피어난 꽃이어야 했다. 그녀에게 마련된 만족스러운 적합성은 여기서 자세히 설명할 계제는 아닌데, 다른 데서 여전히 나를 기다릴 멋진 연상聯想이 정확한 표현을 찾도록 하기보다는 의욕을 꺾는 종류임에도 그러하다. 『비둘기의 날개』의 여주인공에게는 자유와 관련한 특별하고도 강력한 인식도 동반한다. 아마 폭넓은 자유라는 문제에서 세상 그 무엇보다 더 유리한 조건을 제공하는 엄청난 자산 덕에 가능한 행동과 선택의 자유, 감상과 관계의 자유 말이다. 그리고 특히 이 점이 작가로서는 깊이 관심을 두어야 할 부분이었다. 난 오래전부터 어떤 다른 젊은이(그리고 바로 그런 연유로 일단은 잠깐 바라보고 그냥 지나쳤던)보다도 '전 시대를 통틀어 손꼽히는 유산상속자'로서의 젊은 미국인을 마음속으로 그리고 있었다. 그러므로 이제 그런 인물에게 최고의 감동적인 가치를 부여할 기회가 생긴 셈이었다. 손꼽히는 유산상속자가 되고 그런 자기 존재에 대한 의식이 깊어가는 중에 유산을 누릴 수 없다는 사실을 깨닫는 일, 그것이 전반적으로 가장 적합한 시각에서 그런 역할을 하거나 적어도 그런 유형에 도달한다고 보았다. 그런 식이 아니라면 진정 그것은 끝까지 몰고 가기 힘들 정도로 위험한 역할이자, 적극적으로 시도했다는 사실만으로도 '거들먹거린다'는 의심이 쏟아질 일이었다. 내 주제를 웬만큼 조밀하게 유지하려고 적어도 그런 식으로 사리를 따져보았고, 적어도 그래야 한다고 생각했다. 왜냐하면 이미 초반부터 얼마나 사람들이 가득 들어찼는지, 주로 내가 기획한 상황에서 이런저런 사건의 흐름이나 다른 식의 전환에 따라 끌어들이지 말아야 할 사람이 누구인지 알아내기가 힘들었다. 처음 승마 수업을 받으려 안장 위에 올라앉은 아이를 사랑스럽게 지켜보는 부모처럼 그런 전환을 지켜보는 것이 나의 일이었다. 늘 떠올리게 되었듯이, 그럼에도 그 정도 규모로 전개되어나가야 할 일이었다.

좌우간 헌신적이면서도 무방비로 내던져진 젊은 인물, 머리카락 한 올에 자신의 안정된 삶이 매달려 있는 그 인물이 어쩌다가 끝 모를 깊은 함정에 떨어지리라는 것은 초반부터 알아볼 수 있었다. 극적인 차원에서 보자면 그것이 주어진 상황에 함축되어 어쩔 수 없이 도입되는 일이 무엇보다 자연스러웠다. 또한 다른 사람들이 그녀에게 만들어낼 법한 것(살아 있는 동안이라도 사는 듯이 살고 싶다는 그녀의 강렬한 염원을 가지고)에 버금하는 복잡한 사정을 그녀 역시 다른 사람들에게 만들어낸다는 모양새에 대부분의 흥미와 진실이 놓여 있지 않은가? '자연스럽다'

고 했을 때 내가 뜻한 바가 바로 그것이다. 비극적이고 애처롭고 아이러니한, 그리고 그야말로 대체로 불길하기까지 한 이 취약성은 주요 인물인 그녀 자신에게도 그렇지만, 여전히 살아 있는 그녀의 동료들에게도 그만큼 자연스럽다. 거의 불가피한 일이지만, 이렇게 단순화하기 힘든 이런저런 불안과 여타 다른 불안들에 발을 들여놓게 되는 과정이 그녀의 이야기라면, 자신의 삶을 함께하는 사람들로 인해 당혹스러운 의식을 얻게 되는 일이 그녀에게도 어떻게 특히 중요하지 않을 수 있겠는가? 앞서 라인강의 요정을 언급했지만, 우리의 젊은 주인공의 존재는 아마 커다란 배가 침몰하거나 대단한 과업의 실패로 생겨날 법한 엄청난 소용돌이를 온 주변에 일으킨다고 할 수도 있다. 거센 급류를 일으키는 소용돌이와 엄청난 흡입력, 그래서 가까이 있는 존재들을 모두 그 안으로 빨아들이며 집어삼키는 광경을 눈앞에 그려보게 되는 것이다. 하지만 이런 파멸의 공동체에도 불구하고 주요한 극적 복잡성이 나의 감수성의 그릇인 그녀에 의해 생겨난 만큼이나 그녀를 위해서 준비되었음은 두말할 나위 없다. 그런 점에서 다른 손들이 한 일이기도 한데, 어느 면에서는 관대하고 아낌없이 베풀지 않는 적이 없는 그들이 부추기는 일에 그녀 스스로 연루되어 있음에도 그러하다.

여하튼 그녀가 곤경에 처해야 한다면, 다가오는 불길함의 분위기를 가능한 한 고조시키기 위해서 그 곤경을 신속하게 불러오고 단단하게 쌓아 올리는 작업이 본질적이라는 사실이 무엇보다 중요했다. 그런 생각은 때로 절박하기도 했지만 못지않게 고무적이기도 했다. 그런 일을 시작할 때는 주위를 둘러보며 구성의 열쇠가 될 만한 것을 찾게 된다. 그것을 찾을 때까지는 한 발짝도 뗄 수 없기 때문이다. 그런 것 없이 시작한다는 건 차표도 없이 기차 안에 들어갈 수 있다거나 하물며 자리를 잡고 앉아도 된다는 얘기나 마찬가지이다. 그녀가 고통스럽게 숨을 고르게 될 요소를 노심초사하며 미리 제대로 그려놓지 않는다면, 그러한 요소에 완전히 **연루된** 인물로서의 밀리 실을 제대로 그려낼 수 없다는 사실을 인식한 순간부터 나는 『비둘기의 날개』와 함께했던 어지간히 긴 여정 내내 차표를 잘—꾸준하다는 점에서, 그리고 그것을 입증하는 데 줄곧 흥미를 가졌다는 점에서—간수하려 애썼다. 병마에 시달리는 그녀의 상태는 단지 이야기의 반쪽이고 거기에 영향받는 다른 인물의 상태(안됐지만, 그녀만큼이나 그들 역시 '문제적 사례'에 처한 것이다!)가 그와 연결된 나머지 반쪽임을 알게 되었으므로, 나는 말하자면 그 반쪽을 어떤 식으로 시작할지 자유롭게 선택하면 되었다. 앞에서 애정을 담아 언급했다시피, 그녀에게 주어진 이 작은 세계가 의미로 '충만하게'—이 단어가 얼마나 맘에 드는지!—될 거라면, 마찬가지로 난 나의 메달을 자유롭게 매달아놓으면 되었고, 그렇게 해서 문제는 앞면이든 뒷면이든, 이쪽이든 저쪽이든 보는 사람이 멋지게 선택하는 일이 되었다. 그에 어울리게 어쩐지 메달에 돋을새김 장식도 했으면 했고, 글씨도 새기고 그만큼 눈에 띄는 그림도 새겨 넣었으면 했다. 그러나 어쨌든 회생한 젊은 뉴욕인과 그녀에게 걸려 있을 문제들이 중심을 이루더라도 그 주변 역시 전적으로 다룰 만한 가치가 있는 것이어야 한다는 점이 누가 뭐래도 나의 '열쇠'였다. 그래서 어느 때는 이쪽에서 진행하고 또 어느 때는 다른 쪽에서 진행할지 나 스스로 잘 안다는 확신이 필요했다. 결국 준비 삼아, 그리고 앞으로 포괄할 전체에 대한 기대를 가지고 맨 가장자리부터 시작해 안쪽으로 좁혀 들어가면서 중심에 접근했던 것이다. 그에 따라 각 과정들이 그때그때 활짝 꽃을 피웠고, 시종 그에 대한 수많은 재미있는 공식들이 함께 머물렀다.

메달은 정말로 자유로이 매달려 있었다. 내 기억으로는 표면적으로 밀리가 부재했던 1부에서 편안하게 터를 닦았던 순간부터 확실히 느낄 수 있었다. 이렇게 노골적으로 주장하는 게 뻔뻔할지 몰라도, 가능한 한 '한참 앞에서 시작'해볼까 하는, 그리고 같은 맥락에서 한참 '뒤로' 들어가볼까 하는 호기심이 이보다 더 거리낌없이 발휘된 적이 있었나 싶다. 이런 면에서 내게 주어진 자유재량은 무엇보다 즐거웠고, 그것은 개탄스럽게도 이 작품이 연재될 가능성이 애초부터 전혀 없었다는 사실에 힘입은 것이었다. 좀 짧은 소설의 경우 그런 일은 비일비재했다. 하지만 2, 3년 뒤 『황금 주발』이 그랬던 것처럼, 지금 여기서 말하는 어지간한 분량의 작품들은 좀 당혹스럽게도 늘 잡지와 편집자의 세계 속에, 그러니까 요란스러운 '성공'의 세계 속에 태어난 뒤 그 안에서 길을 잃어 거의 눈에 띄지도 않게 되곤 했다. 그런데 알프스의 냉랭한 공기처럼, 눈 덮인 산꼭대기의 공기처럼 차갑게 편집자들이 등을 돌리자 다행히 나로서는 왠지 마음을 다잡는 계기가 되었다. 신 포도도 때로 사람을 취하게 할 수 있고, 이름값을 할 만한 이야기꾼은 자신이 얼마나 많은 조정을 해나갈 수 있는지 다시금 기쁘게 실감하기도 한다. '출판 조건'

이라는 이름이 붙은 이것들은 얼마간 흥미로운 부분이 있고, 적어도 자극이 되기는 한다. 하지만 거기서 내세우는 처방들이 종종 작품 자체와는 완전히 동떨어진 기반에서 나오는 탓에 그 매력은 반감된다. 완전히 다른 분위기의 열매일 때가 다반사이고, 작품의 식생 내에서는 차라리 어둠에 가까운 그런 빛에서 산출되어서이다. 그나마 거의 고사시킬 정도가 아니라면 종종 창의력을 닦달하는 역할을 하기는 한다. 숙달된 장인의 창의력이란 마치 좋은 품종의 말이 기꺼이 안장을 받아들이듯 닦달당하는 일을 좋아하기도 하니까 말이다. 하지만 그러한 사실에도 불구하고 가장 훌륭한 최고의 창의력은 타협에서 나오는 것이 아니라 오롯이 자기 자신을 따랐을 때 나올 가능성이 많고, 이 소설의 경우 구성과 비율과 전체적 리듬에서 나 자신이 느꼈던 즐거움이 모두 일시적인 속성이 전혀 아닌 지속적인 속성에 기초하고 있었던 것으로 기억한다. 따라서 그것들이 그 자체로 유효했다는 사실만으로도 내가 다른 방식을 선택하기엔 충분했다. 사실 그것만으로도 아주 충분하니, 이 책의 구성에 대해 좀더 설명하고자 한다면 소설을 쓰면서 내가 따랐던 규칙들을 간단히 지적하면 되겠다는 생각이다.

우선 중심을 연이어 여럿 세우는 '재미'가 있었다. 그것을 아주 정확하게 고정해서, 만족스러운 시각의 도움으로 구사되고 그에 따른 대우를 받은 주제의 각 부분들이 무게와 질감과 지탱할 수 있는 힘을 지닐 수 있도록 모서리를 날 서게 깎는 일, 그러니까 그것들을 제련된 재료의 충분히 단단한 **벽돌**로 만들어내는 재미 말이다. 건물에 쓸 수 있도록, 원하는 효과를 내고 아름다움을 제공할 수 있도록 말이다. 케이트 크로이에 대한 사전 설명이 전부 그런 벽돌임은 분명한데, 내 기억에 그것은 애초부터 풍성함이라는 요건에서가 아니면 절대 생겨나지 않으려 했다. 풍성함의 요건과 분위기라는 요건, 이미지에 옆면과 뒷면이 있고 어둑한 부분이 있으면 밝은 부분도 있는 식으로 전반적으로 충실하게 그 모습을 나타내면서 앞으로 계속 등장할 능력을 주장할 수 있는 요건들이 어디를 보나 명백히 나의 조건이 될 것이었다. 그 당시 보고 느낀 바이기도 했지만 그 전부를 감당하려면 필요할 표현력을 충분히 감안했음에도, 지금에 와서 그 길을 되짚어보니 무엇보다 공백과 실수를 확인하고, 아무리 해도 결실을 맺지 못할 의도들을 하나씩 버릴 수밖에 없었던 과정을 확인하게 된다. 전체적인 시도의 과정을 '벽돌'을 하나씩 세우던 순간으로 묘사할 수 있다고 방금 말했는데, 그것이 아마 내 계획의 적절한 묘사이지 싶다. 하지만 애석하게도 계획과 결과는 다른 법, 그래서 지금으로서는 그 결과를 봤을 때 내가 애초에 가졌던 행복한 환상 속에서는 그에 기여하기로 되어 있던 만족스러운 면모들이 가장 두드러진다고 한다면 그나마 가장 사실에 가까운 얘기가 될 것 같다. 이렇게 다시 떠올리면서 하나씩 만나보고, 흐름을 거슬러 올라가며 애도하게 된다. 부재하는 가치와 분명히 느낄 수 있는 공백, 빠진 연결 고리와 비웃는 듯한 그림자들, 그 모두가 뭉뚱그려져 맨 처음에 얼마나 대단한 믿음이 가득했는지를 보여주는 것이다. 물론 그런 경우가 전혀 비정상적이라 할 수 없다. 절대 그렇지 않아서, 명민한 사람이라면 예술가의 에너지가 얼마나 실패 가능성에 달려 있는지 그

'법칙'을 지금쯤은 분명 알아냈을 것이다. 얼마만큼이나, 얼마나 자주, 어떤 맥락에서, 그리고 얼마나 무수하게 다양한 형태로 얼간이—자신의 주요 목표에 속아 넘어가는 얼간이—가 되어야 그나마 웬만한 대가—사실은 원래 목표의 대체물의 대가—가 될 수 있을지. 달리 말하자면 그나마 주목을 받으며 존재할 수 있을지. 진지하게 조사를 수행한 뒤 교각을 세운다. 대담하게 자리를 정하기 위해 적어도 물 아래까지 깊이 살펴보았다. 하지만 사후에 강을 가로지르는 다리는 그러한 속성, 원래 설계의 주된 매력과는 완전히 별개이다. **교각들**은 그게 필요한 동안에는 환상이었다. 하지만 아치가 하나든 여러 개든 강을 가로지르는 일 자체는 가장 기이한 우연에 따라 현실이 된다. 사실상 회한에 찬 건축업자는 아래를 지나가며 위쪽의 모습들을 보고 그 소리를 듣기 때문이다. 걱정과 우려가 뒤섞인 상태로 그것이 지탱을 하고 있고 확실히 '이용'되고 있음을 알게 되는 것이다.

조금씩 계속해서 하중이 가해지더라도 버틸 역량을 지니도록 케이트 크로이의 의식을 짓는 일은 하나의 모범으로서, 실제로는 보잘것없는 여남은 개의 벽돌을 마치 빼곡히 쌓인 수백 개의 벽돌처럼 다루는 문제가 될 것이었다. 스스로 구설수에 오르고 또 구설수에 오르게 만드는 아버지의 이미지가 아주 효과적으로 그녀의 삶을 지배할 것이고, 어떤 특별한 방식으로 그녀의 원천을 건드려 망가뜨리게 된다. 무슨 뜻이냐 하면, 치욕스러움과 짜증, 우울, 전반적으로 해로운 그의 영향력이 그런 일을 하는 과정이 명예를 걸고 힘주어 맹세하는 범위를 능가하는 진실됨으로 **제시되어야** 했다는 것이다. 하지만 지금 보니 참

조라는 기능적 위엄에도 거의 미치지 못하는 비천한 한두 장면을 빼면 달리 어디서 그를 찾아볼 수 있을까? 어차피 그의 역할이 될, 아름답고 눈이 부시게 화려하지만 가련한 망할 혼령으로서의 그의 존재는 그저 '잠깐 들를' 뿐이다. 자기 자리는 남들이 다 차지했고 자신의 빈자리를 아무도 아쉬워하지 않는 것을 깨닫자, 그렇게 오랫동안 효과적인 보호막이 되어주었던 멋진 모자를 다시금 비뚜름하게 쓰고는 자기 인생의 가장 깊은 실망감을 고상하게 비틀어 표현하는 무심한 휘파람 소리를 내며 돌아서는 것이다. 그것을 그려 보여주기 위해 나의 명예를 건 맹세가 철저한 검열을 거쳐야만 했다. 한마디로 모두가 더 나은 기회를 누려야 했기 때문에, 아량 있는 유명한 연극배우처럼 무대에 오를 수만 있다면 아무리 작은 역할이라도 받아들이고 조연급 연기에도 만족해야 했던 것이다. 고백하건대, 그렇게 해서 얼마나 많은 중요한 요소들이 버려졌는지 여기서 차마 자세한 예를 들 수가 없다. 이렇게 다시 떠올려보자니 날것 그대로의 진실로 나를 된통 후려치는 설명이란, 대체로 어느 쪽으로 방향을 틀건 그림은 드라마를 시기하고, (다른 한편 전반적으로 훨씬 참을성이 있긴 하지만) 드라마는 그림을 미심쩍어하는 희한한 고질적 특성이라 하겠다. 주제를 위해 그 둘이 함께 많은 일을 한 것은 틀림이 없다. 하지만 각각은 암암리에 상대방의 이상을 방해하고 그것이 놓인 자리의 가장자리를 야금야금 파먹는다. "내 방식대로 이루어져야만 제대로 '완성'된 거라고 보겠어." 양쪽이 걸핏하면 이런 식의 주장을 내세우는 것이다. 이런 불화를 지켜보는 사람으로서 그나마 위안이 될 만한 게 있다면, 그것은 당연히 태초에 아직 예술이 걸음마 단계일 때 타협의 악마는 아니더라도 타협의 천사에 의해 발명된 것을 편리하게 떠올리는 일이었다. 그것을 완성하는 일에서 어쩌다 얻어걸린 도움에 전혀 고마워하지 않는 일만큼 '하기' 쉬운 일도 없다는 생각 말이다. 이런 방식에 따르면, 라이어널 크로이에 대한 나의 꿈을 실현시킨다고 해서 나의 구성물이 독립적으로 서게 되지도 않고, 마찬가지로 그를 버린다고 해서 내가 결국 걷잡을 수 없이 슬픔에 잠기지도 않을 것이다. 그에 못지않게 누가, 무엇을, 어떻게, 왜, 어디에서 어디로라는 머튼 덴셔를 둘러싼 질문들 역시 고릿적에 요정과 목신들이 온화한 헤르메스 주변을 돌면서 꽃을 뿌려주었듯이 그의 주변에서 춤을 추어야 하는 분량이자 특성이었다. 양쪽의 대리인 격인 내게 걱정이 있다면 양쪽 모두에 분위기가 **주어져야** 한다는 점이었다. 하지만 일이 진행되다 보니 결국 전 과정이, 그 후한 손길이 경고를 받아 멈춰야 했던 일련의 서글픈 장소가 되었을 뿐이지 않은가? 그 젊은이의 개인적, 직업적, 사회적 상황들이 그 맛을 볼 수 있도록 우리의 잔에 남김없이 부어져야 했다. 같은 이유로 로더 부인도 속속들이 알게 되어서, 그녀의 존재감과 '인성'에 푹 젖어들고 저울에 올려진 무게를 실감해야 했다. 여주인공을 수행하는 친구이자 꽤나 전형적인 보스턴 사람, 무수하게 손질이 많이 간 인물이자 무엇보다 영국 사회에 대한 밀리 실의 경험을 **생동감** 있게 반영하는 스트링엄 부인도 한껏 즐겨야 했다. 마찬가지로 베네치아에 모인 우리의 친구들에게 주어질 당시 상황에 대한 인식과 강렬함도 더 커다란 컵으로 한 모금 가득 맛봐야 했고, 그곳에서 덴셔가 마지막으로 처하게 된 입장과 그때 도달한 완전한 인식의 패턴을 모두 금색과 분홍색의 실크실과 금실—아, 안타깝게도 얼레에 그냥 엉켜 있는 채이다—로 섬세하게 수놓아야 했다.

하지만 다시 비평적 균형을 찾아보자면, 각 부분을 봤을 때 그 패턴이 그럭저럭 만들어지지 않았다거나, 따라서 기회가 생겼을 때 하나씩 추적하여 연구할 수 없다는 뜻은 물론 아니다. 전체적으로 보자면 각각의 조각이 패턴에 충실하고, 간단하게 진술하는 바는 없지만 그래도 나름의 명료한 체계는 절대 버리지 않는다는 이점을 지니는 게 사실이다. 지금 그것을 들여다볼 여유는 거의 없지만 이 체계는 실제로 충분히 연속적이고 모범적으로 적용되었다. 명료함은 1부에서—혹은 앞에서 말한 대로 각 부가 부차적이면서 전체에 기여하는 나름의 패턴을 가지고 있다는 점에서 보자면, 첫번째 '조각'에서—두 젊은 주인공의 연계된 의식을 통해 이루어진다. 그들을 위해서는 부득이하다면 사실상 의식이 서로 **융합**될 수 있다고까지 인정해야 함을 난 일찌감치 알아챘다. 머튼 덴셔는 상대 젊은 여성의 '이해력' 안으로 헤엄쳐 들어간다. 하지만 엄밀히 말해서 그녀의 정신만이 유일한 반사 장치는 아니다. 그녀의 정신이 그런 역할을 할 때가 있는가 하면 그의 정신 그 역할을 할 때도 있고, 당연히 이해할 만한 계획이란 상당 부분 각각의 경우를 정하고 그것이 어느 편에서든 자립하도록 만드는 일이다. 그런 구분이 지닌 장점을 포기해버린 적이 간혹 있었을까? 하나의 중심을 가정해놓고는 그걸 버리고 다른 중심을 취한 적도 있을까? '중심들'에 따라 진행하기 시작하는 순간부터—사실 나는 어떤 특정한 진행 방식이 우월하다는 논리를 받아들인 적이 전혀 없다―그 각각은 하나의 기반으로서 선택되고 고정되어야만 한다. 그런 후에야 무엇보다 경제적인 안배를 위해 그것이 결정하고 지배하는 것이다. 선택적으로 취한 하나의 상대적인 시각이 없다면 경제적인 안배란 있을 수 없다. 어느 정도 불가피한 상황에서 집중이라는 효과를 위해 행위에 관여하는 여러 당사자들의 시각을 한데 뭉뚱그려 재현하는 건 이해할 수 있지만, 기록 장치에 균열을 내고 일관성을 희생해서 이야기가 산만해지고 설득력이 떨어지지 않는 경우는 보지 못했다. 차별화된 경우라는 비밀이 바로 이 진실에 놓여 있다. 그림으로 다룰지 장면으로 다룰지 잘 알려진 선택지는 가지고 있지만, 내가 보기에 장면으로서만 충분한 가치를 발현할 수 있는 그런 주제의 면모 말이다. 그 점에서 그림과 장면 사이의 경계선에 약간 이중적으로 압력이 가해지는 경우들, 혹은 일부 그런 경우들은 극히 아름답다.

나로서야 미루어 짐작할 수밖에 없지만, 4부 첫머리에 펼쳐지는 긴 문장이 그런 경우일 것이다. 그 부분에서 모든 주어진 삶은 오로지 고동치며 펼쳐지는 밀리의 의식에 강도를 더해가며 고도로 집중되지만, 적절한 표현을 위해 모든 것이 위험한 고비에 이르러야 했다. 로더 부인의 사교계에 입문하는 밀리를 보여주는 이 문장은 위기를 맞아 다른 규칙에 따라야 했던 나중의 경우와 짝을 이루고, 그렇게 일종의 예시가 된다. 지금까지 보아온 것처럼 나의 기록 장치와 내가 편리하게 이름 붙인 '반사 장치'(일반적으로 지능이나 호기심, 열정, 그 방향이 어느 쪽이건 그때그때 생기는 추진력에 의해 가히 번쩍번쩍 광이 나는)는 정해놓은 대로 번갈아가며 작용한다. 여기서 잠깐 살펴볼 두번째 맥락에서 '전력을 다해' 작동하는 건 바로 케이트 크로이이다. 그녀는 대체로 베네치아에서 작동하게 되는데, 그곳에서 그즈음 의미심장하고 모호하면서도 불길해졌고(내가 반색을 하며 좋아한 또 하나의 단어) 여전히 아주 미묘한 외양들이 거의 전적으로 그녀와 덴셔의 시각을 통해 다루어지게 된다. (함께 공모하면서도 갈등하는 두 주체의 명료한 상호작용에 대해서는 할 말이 아주 많을 것이다.) 지금 논의하는 단계에서 사건이 위험한 고비에 이르는 것은 바로 케이트의 의식 내에서이고, 가련한 밀리가 임대한 저택의 눈부신 응접실에서 벌이는 잔치를 케이트가 가늠하는 장면은, 동일한 종합적 견고함이라는 점에서 랭커스터게이트 장면에 집어넣었던 탄탄한 구성적 벽돌에 필적한다. 어느 순간에 이르면 밀리의 상황은 케이트의 지력이나 그보다 풍부한 정도로 덴셔의 지력, 혹은 애정 어린 한순간의 가련한 스트링엄 부인(원래 계획에 따르면 가장 진기한 기능을 부여받은 스트링엄 부인이 결국 가련한 존재가 되기 때문이다)의 지력으로 표현할 수 있는 것 이상으로 더 면밀하게 '재현될' 수 없게 된다. 마찬가지로 케이트 쪽에서 덴셔와의 관계와 덴셔 쪽에서 케이트와의 관계도 밀리가 관련된 한에서는 케이트의 감탄할 만한 불안이라는 은판* 외에 달리 믿을 만한 은판에 투영되지 못했던 일이 앞서 생겼고 이후에도 또 생기게 된다. 이런 면에서 몰개성

---

* 헨리 제임스가 인물의 의식을 '기록 장치' '반사 장치'라고 표현하기 때문에, 그렇게 작가의 의도를 보여줄 매체를 은유적으로 표현한 것.

적인 은판—즉 작가가 상대적으로 냉담하게 단언하거나 얄팍하게 장담하는 일—은 무례함과 냉정함을 동시에 입증하는 비유로 느껴져서, 앎의 남용은 아니더라도 특권의 남용으로 보이기 십상이라는 듯이 말이다.

베네치아에 머문 기간 내내 작가로서 바란 게 있다면, 덴셔가 더듬더듬 조각을 맞춰간 이상으로, 혹은 케이트가 홀로 덴셔의 숙소를 찾아갔을 때 자신의 우월한 수완과 수완의 지독한 오용에 대해 의연하게 지불해야 했던 것 이상으로 피폐한 우리의 주인공에 대해 '알게 되는' 일은 절대 없어야 한다는 것이었다. 왜냐하면 이 단계가 지속되는 동안 우리에겐 결정적으로 더 나아질 시간이 있고, 의도와 특색을 알아볼 시간이 있기 때문이다. 내 식대로 표현하자면 그 자체로 흥미로운 구성의 경제를 언뜻 볼 시간이 있는 것이다. 전체적인 중심이 상습적으로 그 자리를 벗어날 때면 작가가 절망감—기껏해야 반쯤 위장된—을 내보이게 되더라도 그렇다. 어쩌면 『비둘기의 날개』는 우연찮게도, 전체의 정해진 반반을 똑같이 다루지 못하는 나의 잦은 실패(그에 대해서는 이미 공개적으로 속죄를 하긴 했지만)의 사례로 나 스스로 인용할 만한 가장 도드라진 경우일지도 모른다. 여기서 임시변통으로 마련한 중간—이에 대해 내가 할 수 있는 가장 나은 말이라면 그것이 늘 애석해할 뿐 절대 무례하지 않다는 것인데—은 아마 보통 이상의 솜씨를 발휘하여 거짓 행세를 하긴 했지만, 또한 그렇게 군림하여 통상적인 정도를 훨씬 넘어서는 회한을 낳았다. 내 기억에 거짓 행세를 해야 할 필요가 이보다 더 날 괴롭혔던 적은 없었다. 어려움이 갈수록 쌓여가는 와

중에도, 주제가 전개되면서 그렇잖아도 비좁은 장소에 어려움들이 계속 들어차는 와중에도, 불운한 주제로 하여금 이렇게 끝까지 임무를 완수하게 만든 경우가 과연 또 있었을까 싶다. 소설가라면 다 알겠지만 당연히 어려움이란 오히려 고무적이다. 단지 그런 매력을 실현하기 위해서는 그 어려움이 내적이고 선천적인 어려움이어야지, 괜히 엄한 데를 뻔질나게 드나들다가 '건져낸' 어려움이어서는 안 된다는 것이다. 『비둘기의 날개』의 나머지 반쪽, 그러니까 기형奇形의 가짜 반쪽은 신출내기 예술가들에게 조언을 할 호기를 호시탐탐 노리는 문학비평가에게 참으로 돋보이는 타산지석을 제공하리라 본다. 그림의 이쪽 편 전부가 그런 비평가가 알아채고 맹렬히 비난해야 마땅하다고 보는 '편법'으로 가득하다. 보여줄 규모의 축소를 위장한다든지 어떤 대가를 치르든 비율을 조작하는 편법과, 존재들의 가치를 대충 땜질로 처리하고 정해진 대상에 그것이 도저히 지닐 수 없는 차원의 **분위기**를 씌우는 편법들 말이다. 그렇게 해서 그는 말하자면 내가 신성한 컴퍼스를 어디 잘못 뒀거나 그걸로 그저 장난이나 치면서, 규모의 착시 없이 양감의 착시를 만들어내야 할 때 얼마나 엉망으로 엉킨 거미줄을 짜놓았는지를 거리낌없이 지적할 것이다. 바로 거기에 대부분 감시자들의 목적에 부합하는 일이 있다. 게다가 그에 앞서 기형이 어디에서 생겨났는지 그 지점을 교묘하게 찾아냄으로써 그들의 관심이 훨씬 더 증폭되는 것이다.

그렇지만 나로서는 소설이 어지간히 진행될 때까지도 아무런 기형이 눈에 띄지 않을 뿐 아니라 오히려 확실히 면밀하고 아주 적절하게 방법이 적용되었다고 본다. 그저 미혹일 때도 많지만 실제로 눈앞에서 사라져버리는 적은 없어서 그 방법을 일관되게 잘 따라가면 일종의 전환이 되기도 하고 어떤 이득을 보기도 한다고 말이다. 작가인 내가 애초부터 받아들인 임무는 처음에 소개한 두 젊은이 사이에 생겨난 인연의 본성을 강렬하게 보여주는 것이었다. 특이하게 근심에 차 있고 무력감에 곤혹스러워하지만, 자신감 있고 끈덕진 그 열정을 충분히 실감할 수 있도록 말이다. 가능한 만큼 구성된 그림은 둘 사이의 친밀한 애착과 유사함의 인식과 상대를 향한 상호적인 열정에 완전히 사로잡힘으로써 그것을 가로막는 장벽과 지연에 대해 안달하는, 하지만 자신들의 관계를 풍요롭게 하고 미래의 가능성을 확장하며 자신들의 '게임'을 지탱해나갈 충분한 지적 능력과 인격적 자질을 지닌 한 쌍의 천성에 대한 것이었다. 머튼 덴셔와 케이트 크로이, 그들은 전혀 평범한 연인이 아니어서 운명이 중도에 막아 세우고 기회가 그들을 따로 골라내는 그 놀라운 방식에 딱 들어맞는다. 마찬가지로 그런 기회에 대한 반응의 기이한 진실 어디에서도 과시하는 천박한 기교는 전혀 찾아볼 수 없다. 하지만 무엇보다 그들이 우리에게 해줄 이야기는 이후 아주 순진한 인물에게 덫을 놓는다는 것이다. 완전히 무의식적으로, 진심으로 좋은 의도를 가지고, 오로지 그들의 월등한 열정과 월등한 사교적 수완이 결합되어 생겨난 힘에 추동되어서 말이다. 앞서 고백했듯이 내가 '불길한' 분위기를 좋아한다면, 그저 문의 걸쇠를 푼 결과 의욕적인 나의 여주인공 주변으로 조금씩 죄어들어 궁극적으로는 그 의욕을 완전히 식혀버리려고 알게 모르게 대기하고 있는 힘들을 이렇게 신속하게 제공한 일만큼 그 분위기를 잘 구사한 적도 없을 것이다. 고통스러울 정도의 불안과 초조, 혹은 격분하면서도 애써 참는 식이 아닌 다른 방식으로 존재를 확인해야 할 필요성이 밀리 실에게서 뿜어 나오는 가능성을 본능적으로 알아보고 안도하며 그것과 만나게 될 때까지 다른 관계들을 쌓아 올리는 일은 말할 수 없이 흥미로웠다. 그에 상응하여 그 젊은 여성이 그쪽으로 치달아 갈 가능성을 준비하고 구성해내는 일, 본질적으로 드라마가 주도권을 잡을 수 있도록 그녀가 그런 상황에 노출되는 환한 집 전체를 짓는 일도 말할 수 없이 흥미로웠다.

하지만 이런 얘기를 해봐야 내가 해야 했던 안배의 세부 사항에 대해 말해주는 바가 거의 없다. 예를 들어 미국에 가기 전 덴셔가 로더 부인과 가진 면담에서 내가 추구했던 식의 세부 사항 말이다. 이 예비적 그림에서 그것은 엄밀히 말해 케이트 크로이의 어깨너머로는 볼 수 없는 하나의 조각을 이룬다. 그러고는 곧바로 가능한 기회가 주어지자마자, 그녀와 함께 호흡하는 방식이라는 당시 편리하게 쓸 수 있었던 주요 방식으로 다시 돌아갔다는 것도 알아볼 수 있기는 할 테지만 말이다. 다시 말하면 미처 의식하기도 전에 랭커스터게이트에서 벌어지는 광경을 바라보는 덴셔의 직접적인 시각이, 그녀 편에서 그의 경험을 파악하고 그에 나름대로 기여하면서 흡수하는 것으로 전환된다는 것이다. 말하자면 내가 모아온 축적물 속으로 녹아 들어가는 것이다. 그렇다면 이때의 표면적인 일탈을 일종의 뒤범벅으로 봐야 할까? 합당한 이유와 결정 인자를 길러내지 못하는 토양에서라면 늘 무성하게 꽃을 피우는 뒤범벅 말이다. 아니, 분명 그건 아니다. 1부와 2부를 주의 깊게 꼼꼼히 읽으면 알겠지만, 나의 젊은 연인들의 주체 공동체를 이해할 수 있는 기회를 확실히 주었기 때문이다. (말이 나온 김에 얘기하자면, 나는 여기에서만이 아니라 모든 지점에서 꼼꼼한 독서를 전적으로 요청하고 당연시하는데, 이 진실을 이번 기회에 마지막으로 한 번만 더 지적하고자 한다. 그런 분야를 주도한다고 할 다양한 이상을 위해서 말이다. 예술 작품을 즐기는 일, 거부할 수 없는 환상을 받아들이는 일은 내가 봤을 때 '호사'의 가장 고상한 경험이므로, 논리적으로 따져봤을 때 작품에서 꼼꼼한 독서의 요청이 별로 크지 않다면 거기서 아주 커다란 호사를 누릴 리 만무하다. 스케이트를 탈 만큼 두껍게 얼어붙은 호수처럼 우리가 온 힘을 다해 몸을 던져도 표면이 쩍 갈라지는 일 없이 우리의 무게를 온전히 받아낸다는 느낌이 들때 바로 그것이 커다란 호사, 유쾌하면서도 거룩할 만큼 커다란 호사인 것이다. 쩍 갈라지는 소리는 들릴 수 있겠는데, 그렇다면 그건 절대 호사라고 부를 수 없다.) 내가 덴셔의 눈으로 바라보는 특권을 거의 이용하지 않았다는 건 다른 문제다. 요는 때때로 그것이 필요하고, 필요할 수도 있다는 사실을 내가 잘 알고 있었다는 것이다. 그래서 어쨌거나 1부와 2부의 구성적 '벽돌'은 알아서 탄탄하게 형성되었다. 대단히 각이 지고 자못 미끈하기도 한 새로운 벽돌은 3부와 함께 시작된다. 당연한 말이지만 새로운 중심이 지배하는 새로운 관심사를 말하는 것이다. 여기서도 역시 신중하게 대비를 해놓았다. 곧 알게 되다시피 그것은 주로 밀리 실의 '사례'가 지닌 심오함에 놓여 있다. 하지만 바로 곁에서 그것을 보충하는 반사 장치, 곧 동요가 심하기는 하지만 명징한 헌신적인 친구의 정신을 만날 수 있다.

어느 정도 연관된 두 여성의 의식은 같은 정도는 아니지만 그런 식으로 주제의 다음 면모를 다루게 된다. 그것도 다른 사람들은 완전히 배제한 채 이루어진다. 아주 특별한 순간에 우리를 향해 직접 호소하는 책임을 스트링엄 부인에게 맡겼다면, 그것은 내게는 아주 소중한 하나의 '가치'로서 언제든지 가동 가능한 불운의 징조를 작동시키기 위해서였다. 높은 알프스 산에서 보낸 어느 저녁 시간에 우리의 젊은 주인공이 그런 방향으로 두드러지게 증언하는 일이 궁극적으로 중요했던 순간이 있었다. 하지만 회계장부에 다 기입할 일, 그러니까 유기적으로 다시 절약할 일을 구체적으로 떠올릴 수 없다면 내 그림의 어느 구석에서도 비용이 초래되거나 돈을 지출하지 말아야 한다는 유익한 지혜를 예전부터 알고 있었고, 그래서 그러한 분배 체계 아래에서 스트링엄 부인이 그 거래를 기록해야 했다. 5부는 새롭게 등장한 일단의 사건들을 주로 제공한다는 점에서 새로운 벽돌인데, 그 주문에 따라 앞서 중심 역할을 했고 이제는 거의 완전히 만개한 밀리의 의식을 다시 중심으로 삼았다. 불길한 징조를 납득시키는 게임에 다시 열의를 가지고 달려들어, 이때쯤엔 암울한 날개로 표면을 훑을 수 있는 방법이라면 무엇이든 선택할 수 있었다. 이득이 되도록 탄력적이면서도 명확한 체계에 따라 사용할 것이었다. 그러니까 내 방법의 기초로 삼기 위해 시험 삼아 여기저기를 깊이 찔러보니 어디에든 그것이 완강하게 존재하고 있음을 알게 되었다는 말이다. 벌써 지겨워진 표현을 다시 끄집어내자면, 그 방법으로 특정한 '경우'가 잘 맞게 조율되고 그 상태로 잘 유지되었다. 내가 그나마 뒤범벅을 만들었다고 할 만한 때가 있다면 그것은 이따금—너무 자주는 아니고—내 경우들을 너무 잘게 쪼개놓았을 때였다. 그래도 그중 어떤 것은 여전히 풍부함을 유지하면서 그야말로 고도의 명징함을 지속적으로 지켜낼 수 있었다. 중심축이 약간 어긋나서 소설 전체의 사실상의 중심이 5부에 놓이게 되어 멀리까지 미치거나 아니면 어쨌든 대단한 단축법을 쓰는 시늉을 한다. 그래도 다시 잘 읽어보니 어디에서나 주된 이미지를 **간접적으로** 제시하려는 작가의 본능이 충격적이고 별나면서도 멋지게 다가온다. 밀리를 그대로 보여주는 식의 직접적인 방법은 별로 쓰지 않았다는 사실이 거듭 눈에 들어오는 것이다. 직접적으로 보여주다가도 한숨 돌릴 셈으로 가능할 때마다 좀더 친절하고 자비로운 간접성을 찾는 것이다. 결점이라고는 찾아볼 수 없는 공주님을 지금까지 다루어왔던 방식과 마찬가지로 에둘러서 간접적으로만 다가가려는 듯이 말이다. 주변의 압박이 좀 덜어지고, 소리와 움직임이 규칙적으로 조정되고 형태와 모호성들이 매력적인 모습이 된다. 명백히 이 모든 과정은 그녀를 감싸는 화가의 다정한 상상력에서 나오는 것이고, 그래서 그는 말하자면 그녀에 대한 다른 사람들의 관심이라는 일련의 창문을 통해 그녀를 바라보는 처지가 된다. 공주님 얘기가 나왔으니 말이지만, 이 신비로운 인물이 금빛 마차를 타고 커다란 광장으로 나올 때 궁전의 성문 맞은편 발코니라든지 돈을 내고 잡은 전망 좋은 돌출된 자리에서 멀리에서나마 눈으로 좇듯이 말이다. 하지만 내가 이런 식으로 창문이나 발코니를 사용하는 건 기껏해야 사치를 부리는 일임이 분명하고, 이와 더불어 『비둘기의 날개』의 다른 주요 세부 사항들이나 고도로 세련된 기교, 그리고 요령이나 안목, 계획한 부분이나 본능적 부분 등에서 눈에 띌 만한 것들에 대해서는 주어진 지면을 이미 훨씬 넘어갔음에도 충분히 제대로 밝히지 못했음을 의식하게 된다. 그것을 못 했으니 해명해야 할 게 더 남았다는 부담이 여전하지만, 그것은 다른 기회에 할 수 있으리라 감히 희망해본다.

헨리 제임스

1부

1

케이트 크로이는 아버지가 내려오길 기다리고 있지만 한참이 지나도 아버지는 내려올 기색이 없었다. 아버지를 만나지 않고 그냥 자리를 뜨고 싶을 만큼 짜증이 치밀어 오르는 탓에 눈에 띄게 파리해진 얼굴이 벽난로 위편의 거울에 이따금 비치곤 했다. 하지만 그럴 때마다 애써 눌러앉았다. 누추한 소파에서 일어나, 보기만 해도 미끈거리고 끈적거릴 것 같은 기분이 드는—사실 만져보기도 했다—번쩍거리는 천이 덮인 안락의자로 옮겨 앉으면서 말이다. 그녀는 벽에 걸린 빛바랜 사진과 달랑 하나 있는 1년 묵은 잡지를 쳐다보았다. 그것들은 색유리를 씌운 작은 등과 산뜻한 맛이라고는 없는 중앙의 하얀색 뜨개 장식과 더불어, 큰 탁자 위에 깔린 보랏빛 테이블보를 더욱 도드라지게 했다. 무엇보다 이따금 두 개의 긴 창문에서 이어지는 작은 발코니에 잠깐씩 나가 서 있었다. 하지만 거기서 비좁고 천한 거리를 내려다봤자, 비좁고 천한 이 방에서 벗어났다는 느낌을 받기는 어려웠다. 집 뒷면이라고 해도 한참 모자란 기준에 맞춰 지어진 좁다랗고 시커먼 주택 정면을 통해 은연중에 개개의 사적인 삶의 모습들을 어지간히 들여다본 결과만을 낳았다.

방에서 길거리를 절감하고 그와 똑같이 길거리에서 방을, 그러니까 그와 마찬가지거나 더 형편없는 수많은 개별 인생을 절감하는 것이다. 다시 방 안으로 들어설 때마다, 도저히 못 참겠으니 관둬야겠다는 생각이 들 때마다 매번 그녀는 주변의 모든 것들에서 희미하게 뿜어 나오는 칙칙한 기운을 맛보면서, 동시에 운도 없고 내세울 것도 없는 삶을 더욱 깊이 가늠하게 되었다. 그래도 계속 기다린다면 그건 정말 다른 온갖 수치심도 모자라 겁먹었다는 수치심, 자신의 개인적 실패라 할 그런 수치심까지 더하고 싶지 않기 때문이었다. 길거리를 절감하고, 이 방을 절감하고, 테이블보와 중앙 장식과 램프를 절감하자 적어도 자신이 회피하거나 거짓말을 하고 있지는 않다는 생각이 조금이나마 들어 버티는 데 도움이 되었다. 눈앞의 광경 전체가 지금껏 경험한 최악이었다. 특히 그녀가 지금 마음을 다잡고 기다리는 만남까지 포함해서 말이다. 게다가 최악을 보러 온 게 아니면 달리 여기 왜 왔겠는가? 화가 치밀어 오르지 않도록 서글픈 마음을 가져보려 했지만, 그런 마음이 도통 들지 않아 더 화가 났다. 하지만 그저 퀴퀴하고 볼품없는 감정의 이런 무자비한 표시가 아니라면, 비난하기조차 힘들 만큼 호되게 당하고 일반 경매에 나온 '품목'마냥 운명이 분필로 그어놓은 비참함이 달리 어디에 있겠는가?

아버지와 언니의 인생, 이 세상에 없는 두 오빠의 인생, 이 집에서 벌어진 모든 역사가 주는 효과는 어떤 멋지고 장황한 미사여구나 심지어 음악의 한 소절과도 같이, 처음엔 별 의미 없는 단어들과 곡조를 이루며 진행되는가 싶더니 중간에 뚝 끊어져 어떤 말이나 곡조로도 표현되지 않았다. 대단한 뭔가를 이룰 여행을 떠나기 위해 만반의 채비라도 하는 양 그렇게 대단한 분위기에 그런 정도의 규모로 한 무리의 사람들이 한꺼번에 움직였다가 결국엔 아무 당한 일도 없으면서 완전히 결딴이 나고 아무 이유도 없이 길가의 흙바닥에 너부러져야 했던 건 도대체 왜였을까? 그에 대한 답이 처크가街에 있는 건 아니었지만 질문들 자체는 거기 그득했고, 그녀가 벽난로와 그 위의 거울 앞에 거듭 멈춰 서는 일이 그나마 거기서 벗어나려는 시도와 가장 가까울지도 모른다. 사실 보기 좋은 외모를 다시금 확인하는 것이 지금 자신이 푹 잠겨 있다시피 한 이 '최악'에서 얼마간이라도 벗어나는 길이 아니었을까? 오래되어 부예진 거울을 얼마나 골똘히 들여다보던지, 아름다운 자신의 모습만 보는 것 같지 않았다. 그녀가 깃털이 촘촘히 박힌 검은색 모자를 똑바로 다시 썼다. 그리고 아래쪽으로 늘어진 숱이 많은 다갈색 머리카락을 매만졌다. 아름다운 얼굴 앞쪽뿐 아니라 고개를 돌려 곁눈으로 비스듬히 옆얼굴도 살펴보았다. 옷은 전부 검은색으로 차려입었는데, 그로 인해 또렷한 얼굴의 피부색이 대조를 이루며 차분해 보였고 짙은 머리색은 더욱 짙어 보여 서로 잘 어울렸다. 밖으로 나가 발코니에 있을 때는 눈동자가 파란빛을 띠었지만, 방 안의 거울에 비친 눈동자는 거의 검은색에 가까웠다. 외모가 수려했는데, 이런저런 치장으로 생겨날 만한 수려함은 아니었다. 더구나 그녀가 주는 인상에서는 상황이 거의 어느 때나 그 몫을 했다. 계속 남는 것이 인상이긴 한데, 그 인상이 어디서 나왔는지를 생각해보면 있는 걸 다 더한다고 해서 합계와 딱 맞아떨어지지는 않았다. 큰 키도 아닌데 훤칠해 보이고, 딱히 움직이지 않아도 우아해 보이고, 몸집이 있는 것도 아닌데 존재감이 있었다. 호리호리하고 수수하며 별말 없이 가만히 있을 때가 다반사였지만, 그녀는 어쩐지 항상 다른 사람 눈에 띄었다. 특이하게 눈을 즐겁게 해주는 것이다. 장신구를 덜 쓰고도 다른 여성들보다 더 '치장한' 듯이 보일 때가 많았고, 또 상황에 따라 필요할 경우엔 더 많은 장신구로도 덜 치장한 듯이 보였는데, 그렇게 기막힌 효과를 내는 비결이 뭔지는 아마 스스로도 설명하기 힘들 것이다. 그런 불가사의한 특성은 친구들도 알았다. 대체로 그 친구들의 설명은 그녀가 명민하다는 것이었다. 세상 사람들이 그것을 그녀 매력의 원인으로 받아들였건 결과로 받아들였건 말이다. 그녀가 아버지 처소의 빛바랜 거울에서 자신의 멋진 얼굴 외에 다른 무언가를 더 보았다면 여하튼 자신은 실패한 인생으로 확정되지는 않았다는 사실이었을 수도 있다. 스스로를 싸구려 취급하지 않았고 비참함을 가중시키지도 않았다. 아니, 자신은 분필로 표시해 경매에 내놓은 품목이 아니었던 것이다. 그녀는 아직 포기하지 않았고, 자신이 마지막 단어가 되기만 하면 중간에 끊긴 문장이 끝날 때는 어떤 의미를 지니게 될 터였다. 시선을 한곳에 가만히 고정한 채 그녀는 자신이 남자로 태어나기만 했다면 아직도 어떻게든 상황을 회복할 수 있으리라는 생각에 잠시 빠져들었다. 자신이 차지할 수 있는 것은 무엇보다 이 집안의 이름이었다. 자신이 무척이나 좋아하는 소중한 이름, 형편없는 아버지가 그렇게 망쳐놓았음에도 불구하고 아직은 완전히 가망이 없는 건 아닌 그 이름. 사실 그녀는 피 흐르는 그 생채기 때문에 오히려 그것을 더 지극히 사랑했다. 하지만 그냥 내버려둘밖에 돈 한 푼 없는 여자가 달리 할 수 있는 일이 뭐가 있단 말인가?

드디어 아버지가 모습을 드러냈을 때, 늘 그랬듯이 그에게 책임을 지우려 해봐야 얼마나 부질없는 일인지를 그녀는 즉각 깨달았다. 몸이 안 좋다고 편지를 보냈더랬다. 너무 아파서 방에서 한 발자국도 움직일 수가 없으니 지체 없이 당신을 보러 오라고 적었다. 그런데 충분히 짐작할 수 있듯이 아버지가 궁리해낸 바가 대략 그러했다면, 그런 식으로 속이는 데 필요한 얼마간의 마무리 손질을 할 성의도 없었다. 이유 같지도 않은 이유를 들어가면서까지 그녀를 만나고 싶었던 것은 분명했다. 그녀역시 아버지와 이야기를 나누고 싶은 마음이 굴뚝같았던 것과 마찬가지로 말이다. 하지만 언제나처럼 아버지가 자기를 이렇게 제멋대로 다루는 것을 보자, 살짝이라도 닿기만 하면 어김없이 다시 살아나는 오랜 통증, 바로 불쌍한 어머니의 것이기도 했던 통증이 전부 살아났다. 아버지를 마주 대하고 나면 아무리 건성으로 잠깐 만났다 해도 어떤 식으로든 상처가 남지 않는 법이 없었다. 그런데 아주 희한한 일이긴 했지만 아버지가 원해서 그런 것도 아니었다. 분명 그러지 않는 편이 자신에게 이득이라는 생각이 아버지에게도 종종 들었을 테니 말이다. 그를 보면 그가 저지르지 않을 잘못이라고는 없겠다 싶고, 가까이할 때마다 그의 가망 없음에 대한 확신이 강해지지 않은 적이 없어서 생기는 상처였다. 거실의 소파에서 기다릴 수도 있었고, 그냥 침대에 누운 채 그녀를 맞을 수도 있었을 것이다. 그랬다면 어쩔 수 없이 내실의 모습까지 봐야 했을 텐데 그러지 않아도 되었으니 다행스럽긴 했지만, 아버지에게 진실이라고는 손톱만큼도 없다는 느낌은 조금이나마 덜했을 것이다. 만날 때마다 매번 겪는 일이라 진절머리가 났다. 마치 어떤 외교적인 거래에 어쩔 수 없이 참석해 기름에 쩐 낡은 카드 뭉치에서 카드를 꺼내 돌리듯이 당신에게 거짓을 안겼다. 그런 경우 으레 그렇듯이, 그때의 애로 사항은 그의 거짓이 거슬린다는 점이 아니라 진실된 게 뭔지 놓쳐버린다는 것이었다. 아버지가 정말 몸이 편찮을 수도 있었고 마땅히 그 사실을 알아야 할 수도 있었다. 하지만 아버지와의 직접적인 만남이 얼마간이라도 솔직한 적은 한 번도 없었다. 심지어 언젠가 아버지가 돌아가신다 하더라도 아버지가 제공하는 어떤 증거를 가지고 그 사실을 믿어야 하는 걸까, 케이트에게는 그런 의문까지 들었다.

지금 아버지는 방에서 내려온 게 아니었다. 아버지의 방은 지금 두 사람이 있는 방 바로 위쪽이라는 걸 알고 있었으니까. 아까 이미 나가서 집에 없었던 것이다. 그걸 따지고 들면 아버지는 그 사실을 부정하거나 아니면 자기가 그만큼 상태가 안 좋다는 증거로 들이대겠지만 말이다. 하지만 그즈음 그녀는 따지고 드는 일은 그만두었다. 직접 얼굴을 맞대자마자 부질없는 짜증이 바로 사라져서만이 아니라, 그의 입김이 스치기만 하면 모든 비극적 인식이 순식간에 흔적도 없이 사라지기 때문이었다. 그의 입김 앞에서는 희극적인 인식도 같은 처지라 그 또한 못지않게 난감한 문제였다. 희극적인 인식이라면 그래도 아직은 어떻게든 함께할 여지가 있다고 믿어보려 했으니 말이다. 아버지

40

는 이제 흥미롭지도 않았다. 정말이지 인간미라고는 눈을 씻고 봐도 없었다. 그렇게 한참 동안 잘해나갈 수 있었던 수단인 완벽한 얼굴은 사실 여전히 완벽했다. 하지만 이젠 너무 당연해서 언제 봐도 새삼스럽지 않게 된 지는 이미 오래였다. 그리고 그 생각이 얼마나 옳았는지는 무엇보다 실제 앞에 있는 모습을 보면 잘 알 수 있었다. 그 모습은 여느 때와 전혀 다르지 않았다. 머리는 은빛으로 반짝거리는 데다 혈색도 아주 좋고, 몸은 아주 꼿꼿하고 옷은 풀을 먹여 빳빳했다. 불쾌함과 이렇게나 아무 관련 없이 사는 사람은 어디에도 없을 것이었다. 그는 아주 빈틈없는 영국 신사였고 운이 좋아 안정된 인생을 사는 평범한 사람이었다. 외국의 호텔 식당에서 본다면 그로부터 받을 인상이란 단 하나였다. '영국은 어쩜 저렇게 완벽한 신사를 길러내는지!' 악의를 찾아볼 수 없는 눈은 상냥하고, 목소리는 또렷하고 우렁우렁하면서도 한 번도 언성을 높여본 적이 없음을 말없이 전해주었다. 인생은 중간까지 그를 마중 나왔다가 다시 뒤를 돌아 팔짱을 끼고는 함께 걸어갔고, 애정을 담뿍 담아 그의 보조를 맞춰주었다. 그를 약간 아는 사람들은 '어쩜 저렇게 옷을 잘 입는지 몰라!'라고 한다면, 그를 더 잘 아는 사람들은 '어떻게 저렇게 잘 입지?'라고 했다. 지금 막 딸의 눈가에 재미나다는 표정이 살짝 비쳤는데, 이 구질구질한 집에 사는 자신을 오히려 그가 '잠깐 찾아온' 게 아닐까 하는 얼토당토않은 느낌이 언뜻 들었기 때문이었다. 그가 방 안에 들어서자 분위기는 금세 마치 그곳이 그녀의 집이고 그는 감수성 예민한 방문객인 것만 같았다. 상대에게 찾아드는 그런 터무니없는 느낌과 꼬집어 말할 수 없는 어떤 기술로 그는 형세를 역전시켰다. 엄마를 만나러 왔을 때도 항상 그랬다. 엄마가 허락했을 때뿐이긴 했지만 말이다. 아버지가 어디에서 오는 건지 알 수 없는 경우가 많았지만 렉섬 가든스에 자주 드나들기는 했으니까. 그런데 케이트가 짜증을 내보이려 실제로 한 말은 고작 "몸이 많이 좋아지셔서 다행이네요!"뿐이었다.

"몸이 많이 좋아진 게 아니란다, 얘야. 몸이 말할 수 없이 안 좋아. 약을 사러 약사에게 갔다 오는 길이라는 게 바로 그 증거지. 저 길모퉁이에 있는 성질 고약한 놈 말이야." 크로이 씨는 자기 병세를 완화시켜준 공손한 사람을 그런 식으로 부르고도 남는 인물이었다. "그놈이 지어준 약을 먹고 있거든. 바로 그 때문에 널 오라고 한 거다. 내 상태가 진짜로 어떤지 직접 볼 수 있게 말이야."

"오, 아버지, 전 이미 한참 전부터 아버지의 상태를 진짜가 아닌 다른 식으로는 본 적이 없어요! 거기 딱 맞는 표현도 아버지와 저 사이에서 이미 합의했잖아요. '정말 훌륭하세요. 그러니 그 얘긴 이제 그만하죠' 말이에요. 여전히 훌륭하시네요. 아주 멋지신걸요." 당연히 아버지는 그동안 늘 하던 대로 딸의 외모를 찬찬히 뜯어보고 있었다. 뭘 입었는지 따져보고 차림새를 평가해보고 간혹 맘에 안 들더라도 지속적으로 관심을 보였다. 사실 관심이라고는 전혀 없을지도 몰랐다. 하지만 그가 그나마 일말의 관심을 보이는 유일한 사람이 자신이라는 걸 그녀는 어지간히 알고 있었다. 이 지경까지 이른 마당에 도대체 그에게 기쁨을 줄 만한 게 뭐가 있을지 의아했던 적이 한두 번이 아니었고, 그럴 때마다 그런 생각이 떠올랐다. 그녀가 수려한 외모를 지녔고, 나름대로 실질적인 값어치가 있다는 사실이 그를 기쁘게 했다. 그렇지만 비슷한 조건—분명히 비슷한 부분이 있음에도—의 다른 자식들에 대해서는 전혀 그렇지 않다는 사실 역시 적어도 그만큼 두드러졌다. 불쌍한 메리언도 수려한 외모 축에 들었지만, 확실히 그쪽에는 아무런 관심이 없었다. 물론 아무리 아름답다 한들 과부에다 고만고만한 애들을 넷씩이나 달고서 거의 궁핍에 가까운 생활을 하는 언니에게는 그만한 가치가 없다는 애로 사항이 있었다. 그녀의 두번째 질문은 실제로 얼마나 집에 붙어 있었냐는 것이었는데, 실상 그게 별로 중요하지 않다는 것을, 어떤 대답을 하든 아마 일말의 진실도 담겨 있지 않을 것임을 알았다. 사실 그녀 편에서 하고 싶은 말이 있어서 정신이 팔려 그게 진실한 대답이었든 아니든 제대로 듣지도 못했다. 실은 바로 그 때문에 그녀는 끝까지 기다렸던 거였다. 바로 이 말을 해야 했기 때문에, 아버지의 한없는 뻔뻔함으로 인한 분노가 아직 다 가시지 않았음에도 그마저 치워버릴 수 있었던 것이다. 그 말을 곧바로 끄집어냈다. "그래요. 지금에 와서도 아버지랑 기꺼이 함께할 수 있어요. 저한테 하고 싶었던 말이 뭔지는 모르겠지만, 설사 아버지가 편지를 하지 않았더라도 하루이틀 사이에 제가 연락을 했을 거예요. 이런저런 일이 있었는데, 아버지를 만나기에 앞서 어느 정도 확신이 들 때까지 기다렸던 것뿐이에요. 이젠 분명히 확신해요. 아버지랑 함께 가겠어요."

그 말은 효과가 있었다. "나랑 어디를 가겠다는 거냐?"

"어디든지요. 아버지랑 살겠다고요. 여기서라도 괜찮아요." 그녀가 장갑을 벗더니, 나름의 계획을 가지고 왔다는 듯이 자리에 앉았다.

라이어널 크로이가 특유의 무심한 태도로 서성거렸다. 딸의 말로 말미암아 용이하게 뒤로 빠질 명분을 찾아야 할 필요가 생긴 양 그 자리에서 머뭇거렸던 것이다. 그것을 본 그녀는 자신이, 말하자면 아버지가 나름대로 준비하고 있던 것을 얕잡아 봤다는 사실을 즉시 알아차렸다. 아버지는 자신이 오는 걸 원하지 않았고, 아예 눌러사는 것은 더더욱 원하지 않았으며, 뭔가 근사하고 품격 있게 포기하려고 보자고 했던 것이다. 하지만 그러려면 자신이 희생을 감수하며 딸을 떼어내야 했다. 그녀에게 그를 저버릴 마음이 없다면 근사함이니 품격이니 하는 건 없는 것이다. 따라서 그의 방안은 대단히 숭고한 마음으로 딸의 바람대로 따라주는 것이지, 결코 자기가 나서서 딸을 떼어놓는 게 아니었다. 그러나 그녀는 그의 당혹스러움은 전혀 개의치 않았다. 안쓰러운 마음이 거의 생기지 않는다는 사실을 실감할 뿐이었다. 그녀는 아버지에게서 별의별 태도를 하나부터 열까지 다 봐왔기 때문에, 지금 새로이 또 하나의 태도를 덧붙이려는 것을 막는다고 가책이 생길 리가 없었다. 하지만 아버지가 입을 열었을 때 당혹스러움으로 말이 제대로 나오지 않는 것은 감지할 수 있었다. "오, 얘야, 난 절대 그런 일에 동의할 수가 없구나!"

"그럼 어쩌실 생각인데요?"

"지금 여러모로 생각 중이잖니." 라이어널 크로이가 말했다. "너로서야 내가 생각이 없다고 볼 수도 있겠다만."

"그럼 제 얘기를 지금까지 생각해보시질 않았다는 거예요?"

딸이 물었다. "그러니까 제가 이제 준비가 되었다는 거 말이에요."

그는 다리를 조금 벌린 채 뒷짐을 지고 서서 발뒤꿈치를 들어 올린 것마냥 그녀 쪽으로 몸을 살짝 기울여 앞뒤로 약간 흔들었는데, 아주 신경 써서 일부러 그런다는 인상을 주었다. "아니, 안 해봤다. 할 수도 없었고 하지도 않을 거다." 그것이 얼마나 훌륭하게 꾸며낸 모습이었는지, 겉모습으로 그에 대해 뭔가를 알아내기가 너무 어렵다는 절망감, 집에서 느꼈던 그 절망감이 오래된 예전의 기억과 함께 새삼스럽게 밀려들었다. 보기에는 너무나 그럴듯하다는 사실이 엄마가 지고 가야 했던 가장 힘겨운 멍에였다. 세상 사람들 눈에는 무엇이 되었든 그가 저지른 지독한 일―사실 그걸 다 알지 못해 얼마나 다행인지!―에 비해 훨씬 그럴듯한 모습이 더 많이 보이는 것도 어쩔 수 없었다. 특정한 부류의 사람들이 휘두르는 위력을 지닌 인물이라, 그 나름으로 같이 살 수 없을 만큼 끔찍한 남편이었음은 두말할 나위가 없었다. 이러한 부류는 자신을 싫어하는 여성들에게 아주 고약하게 해를 입힌다. 이런 외모에 이만큼 예의를 갖춘 아버지를 혼자 살게 내버려두는 일이 자기 입장에서는 어떤 면에서 간단하지 않다는 사실을 케이트가 늘 의식하게 되는 것도 그 때문이 아니었던가? 하지만 그녀가 알지 못했거나 상상도 못 했던 일이 많았더라도, 바로 지금 두 사람이 암묵적으로 이해한 바는, 나서서 그런 곤경의 주체가 되는 일에 그는 상당히 익숙하다는 사실이었다. 자신의 둘째 딸이 지닌 만족스러운 면모를 실질적인 가치로 보았다면, 그는 자기 자신의 모든 면모에 대해서도 처음부터 훨씬 더 정확히 파악하고 있었다. 정말 놀라운 사실은 그러한 면모들이 결국 그에게 보탬이 되었다는 것이 아니라 그 정도밖에는 보탬이 되지 않았다는 것이었다. 그래도 그것은 끊임없이 거듭 생겨나서 언제나 보탬이 되었다. 그를 향한 짜증이 순식간에 사라진 사실만으로도 바로 지금 그것이 얼마나 보탬이 되는지 알 수 있었다. 이어진 말을 들으며 그녀는 그가 정확히 어떤 노선을 취하려는 건지 바로 깨달았다. "네가 그럴 마음을 먹고 있었다는 걸 나보고 진짜로 믿으라는 거냐?"

그녀도 자신의 노선을 잠깐 고민해야 했다. "아버지가 뭘 믿든 저로선 별 상관 없어요. 그 점에서라면 아버지가 뭐라도 믿을 수 있다는 생각을 해본 적이 없으니까요." 그녀는 좀더 밀고 나가기로 했다. "누구라도 아버지를 믿을 수 있다고 생각해본 적이 없는 만큼이나요. 아시겠지만, 전 아버지가 어떤 사람인지 몰라요."

"그래서 내가 어떤 사람인지 네 맘대로 지어내겠단 거냐?"

"오, 아니요, 전혀 아니에요. 그런 얘기는 지금 할 필요가 없잖아요. 제가 지금까지도 아버지를 이해하지 못했다면 앞으로도 전혀 못 할 거고, 그래도 아무 상관 없어요. 저로서는 아버지랑 같이 살 수는 있을 것 같은데, 아버지를 이해할 수 있을 것 같진 않아요. 물론 아버지가 어떻게 이렇게 잘 지내시는지도 도통 알 수가 없고요."

"난 잘 지내지 못한다." 크로이 씨가 명랑하기까지 한 말투로 대답했다.

그의 딸은 다시 한번 방을 둘러보았는데, 눈에 띄는 물건이 이렇게 없는데도 어찌나 많은 면이 드러나는지 신기할 정도였다. 드러나는 건 추함이었다. 너무나 확실하고 뚜렷해서 어쩐지 든든할 정도였다. 그것은 매체이자 배경이었으니, 끔찍하긴 하지만 결국 그만큼은 삶에 대해 말해주었다. 그런 점에서 그녀의 대답은 어지간히 어울렸다. "아니, 왜 이러세요. 잘 먹고 잘 사시잖아요."

"내가 아직 자살하지 않았다는 사실을 내 앞에서 또 끄집어내는 거냐?" 그가 쾌활하게 물었다.

그녀는 그런 질문엔 대답할 필요를 못 느꼈다. 실질적인 문제 때문에 거기 앉아 있는 거니까. "아시겠지만 엄마의 유언장과 함께 그동안 걱정했던 온갖 것들이 다 현실적인 문제가 되었잖아요. 엄마가 걱정하셨던 것보다 유산이 훨씬 더 적었으니까요. 그걸로 어떻게 살았는지조차 알 수가 없다니까요. 다 해봐야 1년에 언니한테 2백 파운드, 저한테 2백 파운드인데, 제 몫에서 백 파운드는 언니한테 주었어요."

"아, 이 약해빠진 녀석 같으니라고!" 경험으로 다 알고 있다는 듯이 크게 한숨을 내쉬며 그가 말했다.

"나머지 백 파운드면 아버지랑 제가 함께 웬만큼은 살아나갈 수 있겠죠." 그녀가 덧붙였다.

"나머지는 그럼 뭘로 충당하냐?"

"아버지가 할 수 있는 일이 하나도 없어요?"

그가 그녀를 빤히 쳐다봤다. 그러더니 양손을 주머니에 찔러 넣고 돌아서서, 그녀가 열어둔 창문 앞에 잠시 그대로 있었다. 그녀는 더 입을 열지 않고, 그가 그 질문을 가지고 거기서 뭘 하든 내버려두었다. 잠시 이어지던 침묵이 밖에서 들려온 행상의 외침 소리로 깨어졌다. 그 소리와 더불어 온화한 3월의 공기, 이 방과는 지독히도 안 어울리는 볼품없는 햇빛, 처크가의 집들에서 울려 나오는 낮은 소리들도 흘러 들어왔다. 그가 곧 다시 다가와 이렇게 말했는데, 그녀가 했던 질문은 더 거론할 필요가 없다는 투였다. "갑자기 무슨 바람이 불어서 그런 결정을 내리게 되었는지 모르겠구나."

"그 정도는 추측하셨을 거라고 생각했는데요. 어쨌든 말씀드리죠. 모드 이모가 제게 제안을 하셨어요. 하지만 거기에다 조건을 달았죠. 저를 돌봐주고 싶으시대요."

"그럼 그것 말고 달리 하고 싶은 게 도대체 뭐가 있겠니?"

"아, 저도 모르겠어요. 많은 게 있겠죠. 제가 뭐 대단한 전리품인 것도 아니고."

딸이 다소 무미건조하게 설명했다. "지금까지 저를 돌봐주겠다는 사람은 아무도 없었잖아요."

항상 상황에 비춰 마땅한 모습만을 보이는 그녀의 아버지는 흥미롭다기보다 오히려 놀랍다는 표정을 지어 보였다. "지금까지 그런 제안을 받아본 적이 없다고?" 라이어널 크로이의 딸에게 어떻게 그럴 수가 있느냐는 투였다. 심지어 가까운 부녀간에도 그런 걸 인정한다는 건 그녀의 활달함이나 전반적인 면모와 어긋난다는 식이었다.

"돈 많은 친척이 그런 적은 없었죠. 이모는 제게 너무나 잘해주시는데, 이제 우리가 서로를 이해해야 할 때라고 말씀하시더라고요."

크로이 씨가 전적으로 동의했다. "당연하지, 그럼, 딱 그럴 때지. 게다가 그게 무슨 뜻인지도 충분히 알겠구나."

"정말이세요?"

"오, 그렇고말고. 그건 네가 나와의 관계를 완전히 끊는다면 너를 위해 아주 잘 '해보겠다'는 거잖아. 네가 말한 네 이모의 조건은 당연히 그것이겠지."

"뭐, 그래요, 그래서 제가 결정을 내리게 된 거죠. 보시다시피요." 케이트가 말했다.

그가 더 바랄 나위 없이 확실히 이해했음을 몸짓으로 보여주었다. 그러더니 적절하게 잠시 상황을 따져본 뒤 물었다. "지금 내 형편에 너를 떠맡을 수 있다고 정말 생각하는 거냐?"

잠시 뜸을 들였지만, 그녀의 대답은 명확했다. "네."

"그래, 그렇다면 내가 나름대로 가정한 만큼 네가 총명하진 않은 모양이구나."

"그건 왜죠? 아버지 잘 사시잖아요. 남부럽지 않게 호강하며 잘 사시잖아요."

"아, 넌 노상 날 그렇게 미워하는구나!" 그가 생각에 잠긴 눈길을 다시 창문 쪽으로 돌리며 나직이 말했다.

"아버지만큼 소중한 기억만 마냥 품고 사는 일과 거리가 먼 사람도 없잖아요." 아버지 말은 듣지 못했다는 듯이 그녀가 단호하게 말했다. "그 누구와도 비교할 수 없이 아주 실질적인 분이시니까요. 아버지가 정말 훌륭하다는 건 방금 우리 둘 다 인정한 바잖아요. 제가 받은 인상으로는, 나름대로 저보다 훨씬 더 혼자 힘으로 잘 사시는 것 같은데요. 그러니까 우리가 어쨌든 부녀지간이라는 사실이 지금 상황에서 어떤 식으로든 의미가 있다는 것이 터무니없다는 듯 그러지 마세요. 그 사실이 아버지나 저에게 얼마간 영향을 준다는 게 제 생각이었으니까요. 방금 말씀드린 것처럼 아버지가 어떻게 사시는지는 저로선 전혀 모르겠어요." 그녀가 말을 이었다. "하지만 어쨌든 제가 받아들이겠다는 말이에요. 그리고 저도 아버지를 위해 할 수 있는 일은 뭐든지 다 할게요."

"알겠다." 라이어널 크로이가 말했다. 그러더니 이것만은 꼭 짚고 넘어가야겠다는 투로 물었다. "할 수 있는 게 뭔데?" 이 말에 그녀는 주저하지 않을 수 없었고, 그러자 그가 다시 말을 이었다. "네 멋진 상상력을 동원해서 나를 위해 이모를 포기하는 식으로 설명할 수는 있겠지. 네 스스로에게 말이야. 그런데 내가 궁금한 건 그 멋진 상상력이 나한테 무슨 소용이 있냐는 거야." 여전히 대답이 없자 그가 설명을 이어나갔다. "지금의 이 잘난 형편에서 무슨 발판이든 앞에 있으면 일단 올라가고 봐야지 그걸 거절할 만큼 우리가 가진 게 많지 않다. 그걸 좀 기억해줬으면 좋겠어. '포기'라니, 그 말 참 멋지구나, 얘야. 먹을 게 없어서 미음만 먹고 산다고 숟가락 쓰는 걸 포기하는 법은 없다. 게다가 네 숟가락은, 그러니까 네 이모 말이다, 그건 일부분 내 숟가락이기도 하다는 걸 좀 생각하거라." 노력에도 한계가 있다는 듯이, 결국 다 부질없고 넌더리만 날 뿐이라는 듯이 그녀가 자리에서 일어나 아까 함께 교감을 나누었던 작은 거울 앞으로 걸음을 옮겼다. 거기서 다시 모자를 잘 매만졌는데, 이 모습에 아버지가 한마디를 더 던졌다. 그런데 그 말투에는 짜증스러움은 이미 찾아볼 수 없고 거리낌없는 감탄만이 가득했다. "아, 넌 아무 문제 없어! 괜히 나랑 엮여서 너까지 망치지 마라!"

그녀가 다시 몸을 돌렸다. "모드 이모가 내건 조건은 아버지와 완전히 관계를 끊어야 한다는 거예요. 만나지도 말고, 말을 걸거나 편지를 써서도 안 되고, 근처에 가는 것도, 어떤 신호를 보내는 것도 안 되고, 어떤 종류의 연락도 절대 해서는 안 된대요. 이모의 요구는 곧 저한테 아버지가 없는 것과 다름없어야 한다는 거예요."

감정이 좀 상하거나 하면 아버지는 항상 경쾌하게 걷듯이 뒤꿈치를 살짝 더 들고 걷는 경향이 있었는데, 그들의 표현에 따르면 그가 가진 '이루 말할 수 없는 끔찍함' 중 하나였다. 그런데 무엇보다 놀라운 일은 그가 때로는 별것도 아닌 일로 감정이 상했다는 것이다. 또 어떤 때는 저래도 감정이 안 상해서 더 놀라울 수도 있었지만 말이다. 어쨌든 그는 지금 뒤꿈치를 들고 걸어 다니고 있었다. "네 이모로서는 아주 합당한 요구란다, 애야. 내 말 못 할 것도 없지!" 지겹다 싶게 봐왔으면서도 이 말에 역겨움 같은 게 치밀어 그녀가 바로 대꾸를 하지 못하자 그가 말을 이었다. "그래서 그게 네 이모의 조건이라는 거지. 그럼 약속한 건 뭐냐? 그러니까 뭘 해주겠다고 장담하더냐? 알겠지만 네 쪽에서도 힘을 써야 한다."

"그러니까 제가 아버지와 얼마나 가까운 사이인지 알려주란 말인가요?" 잠시 기다렸다가 케이트가 물었다.

"그러니까 네가 그런 조건에 합의를 한다는 게 얼마나 잔인하고 부당한 일인가를 말이지. 쫄딱 망해서 가진 것 없는 늙은 애비이니 포기할 만도 하지. 그건 맞는 말이야. 그렇지만 포기하는 대가로 아무것도 받지 못할 만큼 그렇게 형편없는 노인네는 아니다."

"아, 이모는 저한테 엄청나게 해줄 생각인 것 같아요." 이제 케이트가 명랑하기까지 한 목소리로 대답했다.

아무도 흉내 낼 수 없을 특유의 싹싹한 말투로 그가 다시 물었다. "하지만 이런저런 거라고 구체적으로 얘기하지는 않던?"

그녀가 연기를 이어나갔다. "어느 정도는요. 하지만 저로서는 당연시할 만한 것들이 많아서요. 그러니까 여자들끼리의 일이라 아버지는 잘 모르실 거예요."

"늘 그렇지만 알 필요가 없는 거라도 내가 또 아주 잘 알잖아!" 그가 말을 이었다. "그런데 내가 바라는 건, 말하자면 훌륭한 기회를 잡았다는 사실을 네가 양심적으로 잘 따져봤으면 하는 거야. 더구나 그 기회에 대해서 결국은 나한테 정말 고마워해야 한다는 것도 말이다, 이 망할 것아!"

"제 '양심'이 무슨 상관이 있다는 건지 저로선 도저히 모르겠는데요." 케이트가 말했다.

"그렇다면, 얘야, 부끄러워해야지. 그래서 네가 입증하는 게 뭔지 아니? 모질고 속 빈 강정 같은 너 같은 인간들을 다 통틀어서 말이야." 난데없이 정신적인 열정이 뿜어 나오는 그럴듯한 태도로 그가 질문을 던졌다. "통탄스러울 정도로 피상적인 이 시대의 도덕성을 입증하는 거다. 천박하고 야만적인 우리 삶에서 가족애는 완전히 망가져버렸어. 예전에는 나 같은 사람이, 그러니까 나 같은 부모가 너 같은 딸에게 아주 분명한 가치를 가졌던 때가 있었다. 사업하는 사람들이 '자산'이라고 부르는 그런 거 말이다." 사교 모임에서 하듯이 그가 계속 의견을 피력했다. "너한테 마땅한 감정이 있다면 나를 **위해서** 어떤 일을 해야 하느냐 그것만이 아니라, 나와 **함께** 어떤 일을 하느냐 그 얘기를 하는 거야. 그게 바로 내가 말하는 기회이고." 그러더니 곧 전혀 동요하는 기색도 없이 말했다. "그 둘이 사실상 상당 정도 같은 얘기가 아니라면 말이지. 너도 보는 눈이 있으면 알겠지만 나를 이용하는 것이 네 기회이자 동시에 의무야. 가족애를 좀 가지고 내가 어떤 일에 쓸모가 있을지 보란 말이다. 네가 **나만큼** 가족애를 가지고 있다면 내가 여전히, 그래, 아주 많은 일에 쓸모가 있다는 걸 알 수 있을 텐데 말이지." 그러곤 이렇게 말을 맺었다. "사실 나를 통해 사두마차도 받아낼 수가 있어." 아차 하는 이 실수, 어쩌면 클라이맥스라고도 할 이 순간은 쓸데없이 어떤 기억이 밀려드는 바람에 약간 김이 새버렸다. 자기 딸이 앞서 했던 말이 문득 떠오른 거였다. "네 알량한 유산의 반을 쥐 버리기로 그렇게 정리를 한 거냐?"

머뭇거리던 그녀가 웃음을 터뜨렸다. "아니요, '정리한' 건 아무것도 없어요."

"하지만 사실상 메리언이 그걸 차지하게 놔둘 생각이지?" 두 사람은 마주 보고 서 있었지만, 그녀가 그런 도전에 응하지 않았기 때문에 그가 말을 이어나갈 수밖에 없었다. "남편한테서 물려받은 것도 있는데 1년에 3백 파운드를 더 개한테 몰아줄 생각이야?" 그런 방탕함을 간접적으로 초래한 장본인이 물었다. "**그런** 게 너한테는 도덕적인 거냐?"

그에 대해 케이트는 별 어려움 없이 대답할 수 있었다. "그럼 아버지한테 전부 드려야 한다는 게 아버지 생각이세요?"

'전부'라는 말에 그가 타격을 받은 게 분명했다. 대답하는 말투까지 달라졌다. "전혀 아니지. 네가 일부러 찾아와 제안한 걸 내가 거절한 마당에 어떻게 그런 식의 질문을 할 수 있지? 내 생각이 어떤지는 알아서 생각해라. 나로서는 할 말은 다 했으니까, 결국 받아들이든지 말든지 그건 네 할 바이지. 하지만 이 말만은 해야겠는데, 그것밖에 없다. 내가 가진 전부를 거기에 건 거야. 한마디로 그게 내가 생각하는 너의 의무라는 거다."

그 단어가 마치 조그맣고 괴기스러운 모습으로 등장하기라도 한 양 그녀의 피로한 미소가 그것을 바라보았다. "그런 문제에서는 정말 대단하시네요!" 그녀가 말을 이었다. "제가 이모의 합의문에 서명을 하고 나면 도의상 정확히 따라야 할 거라는 점은 분명히 하고 싶어요."

"당연히 그래야지, 이것아! 나도 바로 그 도의에 호소하는 거 아니냐. 게임하는 방법을 알려면 직접 해보는 수밖에 없는 거다. 네 이모가 너를 위해서 할 수 있는 일은 무진장 많아."

"제 혼사 자리를 알아보는 일에서요?"

"그럼 그것 말고 뭐가 또 있겠니? 제대로 된 혼사 자리를 잡아 결혼하고—"

"그러고요?" 그가 말을 멈추자 케이트가 물었다.

"그러고 나면, 내가 너랑 연락을 하겠지. 관계를 재개하는 거지."

그녀가 주위를 둘러보고는 양산을 집어 들었다. "아버지가 이 세상 누구보다 **이모**를 무서워하니까요? 제가 결혼하고 나면 제 남편은 아무래도 그보다는 덜 무서울 거란 말인가요? 아버지 말씀이 그런 뜻이라면 일리가 없진 않겠네요. 하지만 그것도 아버지가 생각하는 제대로 된 혼사가 뭔지에 따라 좀 달라지지 않겠어요?" 조그만 우산의 주름 장식을 잡아당기며 케이트가 덧붙였다. "아버지를 모시고 살겠다고 할 만한 사람이 아버지가 생각하는 제대로 된 혼사 자리일 것 같지는 않네요."

"그럼, 아니지, 전혀 아니다." 그가 무엇을 두려워하고 무엇을 바라는지 단정한 셈이었지만 그는 전혀 기분 나쁜 기색 없이 대답했다. 사실 그의 대응에는 지적인 안도감이 담겨 있었다. "그와 관련된 네 일은 전적으로 네 이모에게 일임할 생각이다. 내가 직접 볼 필요도 없이 이모의 판단에 따르는 거지. 그쪽에서 골라주는 남자라면 전적으로 믿고 받아들일 수 있다고 보거든. 세련미라고는 없는 속물이긴 하지만 **그쪽**에서 보기에 괜찮은 사람이라면 나한테도 괜찮을 테니까. 틀림없이 나한테 아주 못되게 굴 작자를 고르겠지만 말이야. 네가 네 이모 바람대로 해주는 일 외에 내가 원하는 건 없다. 내 힘이 닿는 한 너는 끔찍이 가난하게 사는 일은 없을 거야." 크로이 씨가 단정적으로 말을 맺었다.

"그럼 안녕히 계세요, 아버지." 더 따져봐야 소용없겠다고 체념하고는 이미 끝난 그 문제를 잠시 생각해본 뒤 그녀가 말했다. "한참 못 보는 건 당연히 아시겠죠."

그 말에 상대방은 자기가 보기에도 아주 멋진 영감이 떠올랐다. "아예 까놓고 영원히 못 본다고 하지 그러냐? 내가 무슨 일이든 대충 하는 법이 없고, 지금까지 한 번도 그런 적이 없다는 건 너도 인정해야 할 거다. 그러니 내가 내 존재를 말끔히 없애 버리겠다고 했을 때는 스펀지로 제대로 끝까지 다 빨아들여서 한 방울도 남지 않게 한다는 말인 거야."

그녀가 반듯하게 생긴 얼굴을 그쪽으로 돌리더니, 정말로 이게 마지막이라서 그러나 싶게 오랫동안 잠자코 바라보았다. "아버지가 어떤 사람인지 알 수가 없네요."

"그건 나도 마찬가지다, 얘야. 평생 그걸 알아내려고 애썼지만 소용이 없었지. 그 무엇과도 비할 바 없이 애썼는데, 그래서 더 안된 일이지. 마음 맞는 사람이 더 많고 서로를 알아봤다면, 그럼 함께 무슨 일을 못 했겠나 싶은 생각도 든다. 하지만 이제 와서 이런 얘긴 해서 뭐 하겠냐. 잘 가거라." 그는 작별 인사로 볼에 입을 맞추는 문제에서도 그녀가 어떤 방식을 원하는지 잘 모르는 것처럼 보였는데, 그렇다고 당황스러워하지도 않았다.

그녀는 그 문제를 명확히 하는 일을 잠깐 미룬 채 말했다. "제가 기꺼이 여기서 함께 살 마음이 있다고 아버지에게 분명히 밝혔다는 사실의 증인이 되어줄 누군가가 있다면 좋겠네요. 만일의 사태에 대비해서 말이에요."

"집주인이라도 불렀으면 하는 거냐?" 그가 물었다.

"아버지는 믿지 않으실 수도 있지만 저는 정말로 아버지가 뭔가 방법을 강구하지 않을까 하는 희망을 가지고 왔어요." 그녀는 하던 말을 이어갔다. "어쨌든 몸도 이렇게 안 좋으신데 떠나게 돼서 정말 죄송해요." 이 말에 그가 몸을 돌리더니, 아까 그랬던 것처럼 창문가로 몸을 피해 바깥 거리만 뚫어지게 내다보왔다. 그녀가 잠시 짬을 두었다가 덧붙였다. "불행히도 증인은 없지만, 정말로 아버지 편에서 딱 한마디만 하시면 되었다는 건 확실히 해두고 싶어요."

그는 여전히 등을 돌린 채로 대답했다. "내가 이미 그 말을 했다는 걸 모른다니 우리가 시간을 낭비해도 보통 낭비한 게 아니구나."

"아버지와 살게 되면 아버지와 관련해 이모가 제게 원하는 방식 그대로 이모에게 할게요. 이모는 제게 선택을 하라시는 건데, 좋아요, 선택하겠어요. 마찬가지로 아버지를 위해 이모와는 완전히 연을 끊겠다고요."

마침내 그가 몸을 돌렸다. "얘야, 너 때문에 넌더리가 나는 거 아니? 내 생각을 분명히 전달하려고 그렇게 애썼는데, 이건 너무하잖아."

하지만 그녀는 그 말에 개의치 않았다. 보기에도 너무나 진지했다. "아버지!"

"네가 왜 이러는지 도대체 알 수가 없구나." 그가 말했다. "네가 알아서 정신을 못 차린다면, 내가 나서서 처리해주마. 너를 승합마차에 태워서 랭커스터게이트까지 다시 안전하게 데려다주지."

그녀는 마음이 저 멀리 딴 데로 가 있었다. "아버지."

너무하다 싶었는지 그가 날카롭게 받아쳤다. "뭐?"

"이런 말 하면 이상하게 들릴 수도 있겠지만 아버지가 저를 위해 뭔가를 해주시거나 도와주실 수 있어요."

"바로 그 점을 알려주려고 지금까지 이렇게 열심히 애쓴 게 아니라면 뭐란 말이냐?"

"맞아요." 그녀가 참을성 있게 대답했다. "하지만 방법이 틀렸어요. 제가 지금 하는 말은 완전히 솔직한 말이고요, 무슨 뜻인지 알고 하는 말이에요. 한 달 전에도 아버지한테서 어떤 도움이나 지원을 받을 수 있으리라 믿었다는 그런 말이 아니잖아요. 상황이 변했어요. 그게 우리에게 벌어진 일이라고요. 제가 처한 어려움도 예전과는 다른 거고요. 하지만 지금에 와서도 문제는 저를 위해 뭔가를 '해달라'는 게 아니에요. 그냥 아버지가 저를 내치지 않는 거예요. 제 삶에서 빠져버리지 않는 문제라고요. 그냥 이렇게 말해주면 되는 거예요. '그래, 네가 그렇게 하겠다니 그럼 우리가 함께 해보자꾸나. 어디서 어떻게 해야 할지 미리 걱정하지 말도록 하자. 믿음을 가지면 방법도 찾을 수 있겠지.' 그게 다예요. 그게 바로 아버지가 저를 위해 해주실 수 있는 일이에요. 그럼 저는 아버지를 **잃지 않을** 거고, 그게 바로 저를 위한 일이라고요. 그게 안 보이세요?"

혹시 보이지 않았을지라도, 그녀를 뚫어지게 보지 않아서는 아니었다. "무슨 문제인가 했더니 네게 사랑하는 사람이 있는 거구나. 네 이모가 그걸 알고 분명 아주 합당한 이유로 그 사람을 싫어하고 그와의 교제를 반대하는 거야. 그러는 것도 당연하지! 그런 문제라면 내 눈으로 직접 안 봐도 네 이모의 판단을 믿을 수 있어. 이제 좀 가거라." 화가 났다기보다 끝 모를 슬픔에 찬 목소리였지만 딸을 쫓아내기엔 충분했다. 그녀가 뭐라고 대구하기도 전에 그는 자신이 어떤 기분인지 확실히 보여줄 셈으로 방문을 열었다. 아주 못마땅한 중에도 아낌없이 연민을 보일 계제는 있는지 이렇게 덧붙였다. "그쪽에서는 널 믿고 뭘 해보려는 걸 텐데, 그렇게 속고 있다니 정말 안쓰럽구나."

바깥바람을 맞으며 케이트가 잠시 서 있었다. "**저로** 말하자면 제일 안쓰러운 사람은 이모가 아닌데요. 여러 면에서 속고 있을지는 모르지만 제일 심하게 속고 있는 건 아니거든요." 그녀가 설명했다. "그러니까, 아버지 말씀처럼 저를 믿고 뭔가 하는 문제에 있어서 말이에요."

그는 그 설명을 다른 식으로 받아들였다. "그럼 로더 부인만이 아니라 **두 사람**을 속이고 있는 거냐?"

그녀가 무심하게 고개를 저었다. "어느 누구에게도 그럴 의도는 전혀 없어요. 이모는 말할 것도 없고요." 그러고는 알아서 깨달았다는 투로 말을 이었다. "아버지가 제 기대를 저버리신다면, 적어도 문제가 단순해진다는 이점은 있겠네요. 그럼 저는 제가 생각하는 저의 길을 가겠어요."

"네가 생각하는 길이란 게 그럼 땡전 한 푼 없는 불한당이랑 결혼을 하는 거냐?"

"저한테 해주시는 것도 없으면서 원하시는 건 너무 많군요." 그녀가 말했다.

그 말에 그는 자기 딸이 누가 떠다미는 대로 할 사람이 아님을 깨닫고 다시 한번 멈칫했다. 잠깐 눈을 부라리고 노려보기는 했지만, 이미 오래전부터 그가 전반적으로 보일 수 있는 반대의 표현은 실상 거기까지였다. "네 이모가 참아주지 못할 만큼 형편없이 구는 거라면 내가 아무리 떠들어봐야 소용도 없겠지. 순전히 부적절한 인간과 결혼하겠다는 뜻이 아니라면 그 말을 도대체 어떻게 받아들여야 하는 거니? 가진 것도 없으면서 몰래 그런 짓거리나 하는 녀석이 도대체 누구야?" 그녀가 대답을 하지 못하자 그가 계속 따졌다.

드디어 입을 열었을 때 그녀의 대답은 냉담했지만 아주 분명했다. "아버지를 있는 그대로 기꺼이 받아들일 의향이 있는 사람이에요. 사실 아버지에게 잘해드리고 싶어 할 뿐이지요."

"그렇다면 정말로 바보 멍청이인 거지! 가진 것도 없으면서 그렇게 꽉 막혔다니 도대체 내가 어떻게 그런 인간을 잘 봐줄 수 있다고 보는 거냐?" 그가 말을 이었다. "멍청이도 가지각색이라 제대로 된 멍청이도 있고 아주 틀려먹은 멍청이도 있는데, 넌 일부러 신경 써서 아주 틀려먹은 걸 고른 것 같구나. 정말 다행히도 네 이모가 그런 **부류**에 대해서는 잘 알지. 아까 말했듯이 그런 인물들에 대해서라면 네 이모의 판단을 전적으로 믿을 수 있어. 마지막으로 한 번 더 얘기하는데, 네 이모가 어림도 없다고 판단하는 사람이라면 나한테도 어림없는 거다." 그러고는 최종적으로 이렇게 말했다. "네가 정말로 우리 둘 다를 거역하겠다고 나오면—!"

"그러면요, 아버지?"

"그렇다면 얘야, 내가 아주 별 볼 일 없는 처지가 되었다는 허황된 믿음을 가지고 있나 본데, 그래도 아직은 네가 한 일을 후회하게 만들 방법이 없진 않아."

그녀가 잠시 심각한 분위기로 침묵을 지켰는데, 그렇다고 겉으로 보이는 바와 달리 그럴 위험을 따져보느라 그런 건 아니었다. "제가 그런 일을 안 한다고 해도, 아시겠지만, 아버지가 두려워서는 아닐 거예요."

"그런 일만 안 한다면 용감한 척은 네 맘껏 하려무나!" 그가
대꾸했다.

"그럼 저를 위해 해줄 수 있는 건 아무것도 없다는 거죠?"

그는 그런 호소가 얼마나 부질없는지 이번에는 의심할 바 없
이 명백하게 보여주었다. 구불구불하게 이어지는 계단 꼭대기의
층계참, 마치 살에 들러붙는 듯한 요상한 냄새가 풍기는 그곳에
서 그녀 앞에 똑똑히 내보였던 것이다. "내 의무 이상으로 뭘 더
해준 양 내세웠던 적은 없다. 하지만 가장 분명한 최선의 충고
를 해주긴 했어." 그러더니 그가 그런 식으로 나오는 이유가 튀
어나왔다. "그게 마음에 안 들거든 메리언한테 찾아가서 위로를
받든가." 그가 용서할 수 없었던 것은 그녀가 어머니에게 받은
얼마 되지도 않는 유산을 메리언과 나누었다는 사실이었던 것
이다. 그것을 **자신과** 나누었어야 했는데 말이다.

2

어머니가 돌아가셨을 때 그녀는 이모인 로더 부인을 찾아갔다. 찾아가는 일이 얼마나 힘들었던지, 지금 그때를 떠올리니 당시의 중압감과 고통스러움에 이후 자신이 걸어왔던 먼 길을 다시금 돌아보게 되었다. 달리 해볼 방도가 없었다. 그쪽 집에 돈이라고는 단 한 푼도 없었으니까. 있는 것이라고는 그 집에 살던 엄마가 불치의 병으로 병상에 누워 있던 동안 잔뜩 쌓인 미납 고지서들과, 모든 건 '유산'에 해당되니 돈을 벌 셈으로 어떤 집안 물건에도 손을 대서는 안 된다는 경고뿐이었다. 유산이 기껏해야 얼마나 되겠나 싶어 엄청나게 겁이 났지만 알 길은 전혀 없었다. 나중에 알고 보니 그녀가 언니와 함께 몇 주 동안 두려움에 떨며 예상했던 것에 비하면 그래도 아주 조금은 나았지만 말이다. 하지만 처음부터 그녀는 메리언과 그 아이로 인해 자신이 감시를 받는 기분이었고, 그래서 마음이 좀 상하지 않을 수 없었다. 도대체 **자신이** 그걸 가지고 뭘 어쩔 거라고 생각들을 한단 말인가? 사실 포기하고 싶은 마음, 자기 몫을 그냥 쥐버리고 싶은 마음밖에 없었다. 그리고 그 문제에 모드 이모가 줄기차게 끼어들지 않았다면 벌써 그렇게 했을 것이었다. 모드 이모의 간섭은 정말 극성스러웠고, 그래서 또 다른, 더 큰 문제는 이런 식이면 처음부터 끝까지 다 참아주거나 아니면 다 거부해야 한다는 것이었다. 그럼에도 불구하고 겨울이 끝날 무렵엔 어떤 입장을 취할 생각이었는지 스스로도 알 수 없게 되어버렸다. 빈정대고 싶은 마음을 꾹꾹 누르며 자기 행동에 대한 다른 사람들의 해석을 그냥 받아들여야 했던 게 그때가 처음도 아니었다. 결국은 다들 자기 편한 식으로 생각하게 내버려두는 일이 드물지 않았는데, 정말이지 살아가려면 그렇게 해야 할 것처럼 보였기 때문이다.

사우스켄징턴의 긴 도로와 하이드파크의 반대편에 있는 랭커스터게이트의 높고 육중하고 고급스러운 집들은 어린 시절과 소녀 시절을 지날 때까지 그녀에게는 자신의 막연한 젊은 세계의 가장 바깥쪽 경계였다. 안에서 쳇바퀴 돌듯 살던 다소 비좁고 빽빽한 그 세계의 어떤 것과도 동떨어진, 그저 간간이 등장하는 존재였다. 삶의 다른 모든 것들은 최악의 경우라도 크롬웰로路 주변을 못 벗어나거나 멀리 가봐야 고작 켄징턴가든스의 이쪽 편 정도에 있었다. 그에 비해 그곳은 처음부터 마음을 다 잡아야 이를 수 있는 곳, 망원경 너머의 길처럼 가면 갈수록 한없이 이어지며 멀어져만 가고 그래서 계속 나아갈 엄두가 안 나는, 길게 뻗은 길을 끝까지 가야 이를 수 있는 곳이었다. 로더 부인은 엄마의 유일한 여자 형제였기 때문에, 옛날에도 그렇고 좀더 사정이 어려워졌을 때도 그렇고 그 누구보다 먼저 연락을 취해 마땅한 사람이었다. 그것도 그렇지만 우리의 젊은 여주인공의 감정은 수년간 마음속에 담아둔 인상에서 나온 것이었는데, 그것은 방금 언급한 그때 아주 오랜만에 이모가 보낸 신호가 당시 상황과는 별로 어울리지 않았기 때문이었다. 이모라는 사람이 젊은 크로이의 자식들에게 주로 한 일이란, 사회적으로 대단한 지위가 어떤 건지 확실하게 알려주는 것과 더불어 그들이 기대해서는 안 될 것들의 개념을 잡아주려는 것으로 보였다. 케이트는 나중에 세상 물정을 좀더 알게 된 뒤 그때를 돌이켜보며 모드 이모가 달리 어떻게 나올 수 있었겠나 싶었다. 지금에 와서는 오히려 이모가 아닌 그 외의 많은 것들이 다를 수도 있지 않았을까 하는 느낌이 더했다. 하지만 그들 모두 북쪽 끝 동토로부터 불어오는 찬바람을 맞으며 그것을 내내 의식하며 지냈다 한들 더 나빠질 수도 없었으리라는 것 또한 사실과 정황에 따르면 분명했다. 결국 분명해진 사실은, 로더 부인이 설사 그들을 싫어했더라도 그때는 아직 그들이 추정한 만큼은 아니었다는 것이다. 그래도 어쨌든 이모가 이따금 그들을 보러 오거나 정기적으로 집으로 초대한 까닭은, 그래서 지금에 와서 보면 한마디로 그녀의 언니가 한없이 고충을 늘어놓기에 딱 좋은 조건으로 관계를 지속했던 까닭은, 극도의 혐오감에도 불구하고 자신이 얼마나 애를 쓰는지 보여주기 위해서였다. 이 언니, 가련한 크로이 부인이 항상 원한에 사무쳐 동생을 재단해서 메리언과 케이트와 아들들이 특정한 태도를 지니도록 길렀음을 케이트는 알았다. 그런 태도가 실제로 나타나면 그들은 서로를 경외심을 가지고 바라보곤 했다. 그 태도란, 모드 이모가 그들을 정기적으로 초대할 때마다 무지하게 고맙지만 우리는 우리끼리도 충분하다는 사실을 확실하게 보여주는 것이었다. 하지만 케이트가 살면서 깨닫게 된 바로는, 그 태도의 근거는 그녀가 해준 것이 충분치 않다는 것이었다. 이모가 베푸는 얼마 안 되는 것을 그들은 굳이 사양하면서 받았는데, 딱히 그게 과해서가 아니었다. 모자랐기 때문에 자존심이 상했고, 모자라서 문제였던 것이다!

공원이 내려다보이는 남향의 높은 창문에서 우리의 젊은 주인공이 바라본 새로운 것들이 얼마나 많았는지. 그중에는 그저 예전 것이 모습을 조금 바꾸었거나 다른 분야의 용어를 빌리자면 '수선된' 것에 불과한 경우도 있었지만, 여하튼 그 수가 실로 방대했기에 지금 시점에서 인생은 그녀에게 월등하고 빼어난 낯선 얼굴을 매주 보여주는 중이었다. 자신이 이미 고령에 접어든 듯했다. 스물다섯이란 모든 걸 재고하기에는 늦은 나이로 여겨졌기에. 그래서 그녀의 전반적인 심정은 이 모두를 왜 좀더 일찍 알지 못했나 하는 어렴풋한 후회였다. 좋은 쪽이든 나쁜 쪽이든 세상은 그녀가 아주 기초적으로 읽어온 바와는 판이했고, 그래서 지금까지 시간 낭비만 한 기분이었다. 좀더 일찍 알았다면 미리 준비를 할 수도 있었을 것이다. 좌우간 그녀는 매일 새로운 사실을 발견했는데, 자신에 대한 것도 있었고 다른 사람들에 대한 것도 있었다. 그 가운데 각 범주에서 하나씩, 두 가지가 특히 번갈아 그녀를 걱정스럽게 했다. 이제 그녀는 지금까지 전혀 알지 못했던 정도로 물질적인 것이 자신에게 말을 건다는 사실을 알았다. 현재의 삶이 과거의 어떤 면과 반대로 성공적으로 '수선된' 드레스처럼 여겨졌다면, 그것은 바로 테두리 장식이나 레이스 덕이고 그 모든 게 리본과 실크, 벨벳이 해준 일임을 알았는데, 그래서 민망함에 얼굴이 달아올랐다. 그런 것에서 샘솟는 즐거움을 무진장 맛볼 수 있었다. 그녀는 이모가 제공해준 이 멋진 터전이 마음에 들었다. 정말 말 그대로 지금껏 이보다 맘에 들었던 것은 없었다. 그리고 이모가 이런 사실을 눈치채지 않았나 의심스러울 때면 말할 수 없이 불안해졌다. 이모는 정말 대단한 사람이었다. 지금까지 이모를 제대로 인정한 적이 없었다. 이 확장된 생활 방식에서는 아침부터 밤까지 내내 이모의 숨결이 느껴졌다. 그런데 이상하게 들릴 수도 있겠지만 이모는 점점 친해져봐야 여전히 그 앞에서는 겁을 집어먹게 되는 사람이었다.

케이트가 발견한 두번째 놀라운 사실은 로더 부인에게 렉섬 가든스의 황폐한 가정이란 가끔 건성으로 떠올려보는 존재이기는커녕 밤이나 낮이나 시달리는 존재라는 점이었다. 겨울 내내 많은 시간 동안 이모를 지켜보았고, 혼자서 한 일이었음에도 충분히 예리한 관찰이었다. 상중喪中에 생겨난 최근의 일들로 혼자 고립되어 지내게 되었는데, 함께 사는 이모의 영향력 아래 놓인 것도 무엇보다 그런 상황에 있었기 때문이었다. 모드 이모는 아래층에 앉아 있어도 위층의 예민한 조카에게 극심한 압박감을 주는 존재였다. 예민한 조카인 케이트는 이모가 아주 옛날부터 자신을 점찍었음을 이제는 알 수 있었다. 어두컴컴한 12월의 오후 내내 위층 벽난로 앞에 앉아 있으면 명확하게 말로 표현할 수 있는 것 이상으로 그 사실을 직감했다. 그렇게 많이 알게 되었고, 그래서 때로 난롯불 앞에 놓인 실크로 덮은 작은 소파와 그녀의 망루 아래 펼쳐놓은 미들섹스 지역의 커다란 회색 지도 사이를 한없이 맴돌며 그곳에 붙어 있었던 것이다. 이 은신처를 버리고 아래층으로 내려간다면 자신이 발견한 사실을 중도에서 마주쳐야 할 터였다. 정면으로 마주 대하거나 그 앞에서 도망쳐야겠지. 그에 비해 위층에 있으면 그나마 비상식량이 마련된 요새 안에 앉아 요란스러운 포위공격 소리를 저 멀리 듣는 느낌이었다. 요즘 들어서는 자신에게 이런 긴장감과 압박감을 초래한 것들이 좋아지기까지 했다. 그러니까 엄마가 돌아가시고 아버지는 침잠해버린 일, 언니의 불편한 심경, 자신들의 쪼그라든 살림이 확실해진 일, 그리고 무엇보다 그녀 자신의 표현처럼 점잔을 빼며 산다면, 그러니까 여전히 남들에게 뭔가를 해주며 산다면 정작 자신의 물자가 남아나지 않으리라는 것을 깨달을 수밖에 없게 된 일 말이다. 아직은 슬픔에 빠져 조용히 지내도 되지 않느냐고 했다. 그리고 그 덕에 미뤄둘 수 있었으므로 그것들을 소중히 껴안았다. 그런 식으로 주로 미뤄둔 것은 완전히 넘겨주는 문제였다. 뭘 넘겨줘야 하는 건지는 아직 정확히 말할 수 없었지만 말이다. 이따금 모습을 드러낸 바로는, 거대하게 덮쳐오는 모드 이모의 '인성'에 대체로 모든 걸 다 넘겨줘야 한다는 거였다. 모드 이모가 대단한 것은 바로 '인성'을 통해서였고, 그것이 거대하게 덮쳐 오는 이유는 가지런한 그 존재의 안개 자욱한 분위기 속에서 분명 어떤 부분은 지나치게 확대되었고 또 다른 부분은 불분명했기 때문이었다. 그러나 흐릿한 부분이든 분명한 부분이든 어쨌든 다 강인한 의지와 고압적인 태도를 표현했다. 자신이 통째로 잡아먹힐 것임이 케이트에게는 너무나 분명했고, 그래서 마치 순서가 올 때까지 하루이틀 정도는 살려두지만 곧 암사자 우리에 집어넣어질 것이 분명한 겁에 질린 어린 아이의 심정이었다.

그 우리란 모드 이모의 방이며 사무실이었고 회계를 보는 장소이자 싸움터였다. 그러니까 이모가 생활하는 1층의 특별한 장소를 말하는데, 중앙 홀부터 트여 있는 장소였지만 우리의 여주인공에게는 마치 경비 초소나 통행료 징수소를 드나드는 기분이었다. 겁에 질린 아이가 그나마 의식하는 바는 암사자가 기다리고 있다는 사실이었다. 아주 연하리라 믿어 의심치 않는 살덩이가 코앞에 있는 걸 알고. 그 암사자는 기다리는 동안 멋진 구경거리가 될 수도 있었다. 우리 안에서건 다른 어디에서건 남다르게 빼어난 모습이었으니 말이다. 당당하고 호화롭고 혈색 좋고 눈부시게 빛나며, 언제나 고급스러운 견직물 옷에 반짝거리는 구슬 장식과 번쩍이는 보석을 달고, 광채가 뿜어져 나오는 마노 같은 눈과 까마귀 깃털처럼 윤기가 흐르는 검은색 머리에 잘 간수한 도자기같이 매끈한 얼굴, 특히 피부가 얼마나 탱탱한지 곡선을 이루거나 각진 부분에서 더욱 도드라지는 매끈한 얼굴까지. 조카는 마음속으로 거기에 이름을 붙였다. 혼자만 간직한 이름이었다. 상상력이 나래를 펼 때면 이모가 어쩐지 고립된 영국 섬의 특성을 전형적으로 보여준다는 생각이 들어서 혼잣속으로 '시장市場의 브리타니아'*── 브리타니아인 건 의심할 바 없으나 귀에 펜을 꽂고 있는──라고 칭했고, 지금 갖추고 차려 입은 모습에 더해서 언제고 투구와 방패, 삼지창에다가 거래 장

---

* Britannia: 브리튼을 상징하는 여성상.

부까지 챙겨주기 전까지는 만족을 못 할 것 같았다. 하지만 사실 케이트 자신도 실감했다시피, 자신이 감당해야 할 세력은 그런 단순하고 광범위한 이미지로 무리 없이 표현되는 존재는 아니었다. 결국 그녀는 하루가 다르게 상대방을 알아가고 있었고, 그렇게 안이한 비유에 의지한 게 실수였다는 사실을 이미 절감하고 있었다. 깃털 장식과 뒤로 길게 끌리는 옷자락, 엄청나게 멋진 가구들과 들썩거리는 가슴, 가짜 취향과 뭔가 맞지 않는 대화 등 브리타니아의 모든 면, 그러니까 호화로운 속물주의의 측면에서 있을 건 다 있었지만, 그냥 그게 다라고 본다면 잘못된 생각에 빠지게 될 위험이 있었다. 이모는 복잡하고도 미묘한 브리타니아였다. 실제적이었지만 열정적이기도 해서, 자기 얼굴이 새겨진 동전이 가득한 주머니―그녀와 관련해 세상 사람들에게 가장 잘 알려진 주머니―만큼이나 그녀 나름의 편견이 가득한 지갑 역시 아주 깊었다. 한마디로, 공격하고 방어하는 모습을 앞세우면서도 지혜로 마련된 작전을 수행했던 것이다. 실은 지금 비상식량이 마련된 요새에서 우리의 여주인공이 떠올리는 이모는 무엇보다 앞에서 잠깐 언급한 대로 포위공격을 해대는 적이었고, 그 인물의 가장 가공할 면은 바로 비양심적이고 부도덕하다는 것이었다. 케이트가 혼자 조용히 시간을 보내면서 젊은 사람답게 별로 따져보지 않고 그려본 이모는 어쨌든 그러했다. 하지만 자신이 어떤 위험한 저울 위에 추로 올려져 있다는 것도 충분히 알 수 있었다. 앞에서 보았다시피 우리의 젊은 여주인공은 위층에서 묵묵히 서성댈 수밖에 없는 반면, 전투적이고도 외교적인 나이 많은 쪽은 아래층에서 내키는 대로 활보하게 만든 그런 위험 말이다. 하지만 그 위험이란 게 결국 삶의 위험이자 런던의 위험이 아니면 또 무엇이겠는가? 로더 부인은 바로 런던 자체이자 삶 자체, 그러니까 포위공격의 엄청난 굉음이자 가장 치열한 전투였으니까. 브리타니아에게는 두려운 것이 얼마간 있다. 하지만 모드 이모에게 두려운 것은 아무것도 없었다. 보아하니 심지어 고된 사고 과정조차 말이다.

그럼에도 케이트는 이런 인상들을 마음속에만 묻어두고 있었지, 메리언과는 거의 나누려 하지 않았다. 언니를 자주 찾아가는 표면적인 목적이 여전히 만사를 함께 논의하기 위해서였으면서도 그랬다. 모드 이모에 대한 최후의 굴복을 계속 미루는 이유 중에는 이모가 웬만하면 직접적인 관계를 갖지 않으려 하는, 자신과 훨씬 더 가깝지만 훨씬 더 불운한 이 피붙이에게 좀 더 자유롭게 성의를 다할 수 있다는 사실도 있었다. 그러나 그러면서 생겨난 가장 큰 곤란함은 바로 언니와 어울리기만 하면 혈연관계가 인생에서 행하는 역할, 항상 달콤하고 행복감을 주는 것만은 아닌 그 역할을 날마다 더욱 절감하게 되면서 용기가 꺾이고 손발이 묶이는 결과가 초래된다는 사실이었다. 바로 지금 그녀는 그 사실, 그 혈연관계에 직면해 있었다. 엄마가 돌아가실 때 가장 분명하게 '유산으로 물려받은' 것이 바로 혈연관계에 대한 의식이었는데, 그중 많은 부분을 엄마가 차지했고 돌아가시면서 그만큼이 사라져버렸음에도 그랬다. 시도 때도 없이 나타나 괴롭히는 아버지와 절대 타협할 줄 모르는 사나운 이모, 그리고 아무것도 받지 못한 어린 조카들을 보면 혈연에 대한 도리라는 줄이 과도하게 진동했다. 케이트 자신은 이 점에 대해,

특히 메리언과 관련하여 혈연관계를 돈독히 하다가 어떻게 되는지 안다고 보았다. 이미 예전에 그런 위험은 파악했다고 여겼다. 그러니까 둘째로 태어난 그녀가 세상에는 메리언만큼 예쁘고 매력적이고 총명한 사람은 없다고, 따라서 메리언만큼 틀림없이 행복하고 성공적인 삶을 살게 될 사람도 없다고 여겼던 시절에 말이다. 이제는 생각이 달라졌지만, 여러 이유로 그녀의 태도는 여전히 그때와 똑같아야 했다. 그런 평가를 받았던 대상은 이제는 예쁘지 않았고, 총명하다고 여길 근거도 불분명했다. 그러나 남편과 사별하고 여러모로 낙담한, 기가 꺾이고 불평만 가득한 언니는 그 때문에 더욱 강렬하고도 끈질기게 케이트의 언니였고 케이트만의 언니였다. 언니에게서 한결같이 받는 느낌은 언니가 케이트에게 어떤 일이든 하게 만들 거라는 사실이었다. 언제나처럼 편안한 구석이라고는 없는 첼시에서, 얼마 안 되는 집세가 어쩔 수 없이 계속 마음에 걸리는 그 작은 집 문 앞에서, 들어서기에 앞서 그녀는 마치 숙명처럼 이번엔 과연 무슨 일일지 자문했다. 실망감이 얼마나 사람을 이기적으로 만드는지를 그녀는 뼈저리게 느꼈다. 둘째이므로 항상 언니를 받들어야 하고 자신의 삶은 그저 무궁무진한 자매애로 점철된 삶이어야 한다고 메리언이 정말 아무렇지도 않게—가련한 언니에게 아무렇지도 않은 것으로는 그게 유일했다—당연시하는 게 놀라울 뿐이었다. 그런 관점에서 보자면 자신은 오로지 첼시의 작은 집을 위해서만 존재해야 했다. 게다가 당연하게도 그로부터 얻는 교훈은, 그렇게 헌신하면 할수록 자신에겐 점점 더 남는 게 없어진다는 사실이었다. 당신을 잡아채는 사람들이야 항상 있기 마련인데, 그렇게 해서 통째로 잡아먹는다는 사실이 그들의 머리에는 절대 떠오르지 않는다. 그렇게 집어삼키면서 심지어 맛도 보지 않으니까.

더 따져보니, 존재하면서 동시에 지켜보도록 생겨먹은 인생만큼 불행한 인생은 없었다. 불행까지는 아니라도 어쨌든 그렇게 불편한 인생은 없는 것이다. 이 경우 당신이 지켜보는 것은 실제 당신의 모습이 아닌 어떤 다른 존재이고, 결과적으로 평화로운 상태라고는 조금도 얻을 수가 없다. 그렇지만 자기가 어떤 사람인지 메리언에게 실제로 알려준 적이라곤 없었기 때문에 설사 메리언이 직접 봤다고 하더라도 인식하지 못했을 공산이 컸다. 따라서 자신의 눈에 비친 케이트는 자기 자신을 포기한 고결한 위선자가 아니었다. 자기 자신이 아닌 모든 것들을 다 끌어안고 있다는 점에서 멍청한 위선자였다. 무엇보다 열심히 끌어안고 있는 것으로는, 자신이 이모에게 굴복하게 만드는 데 도움이 될 만한 거라면 본능적으로 어느 것 하나 그냥 넘어가지 않는 언니를 지켜볼 때의 특별한 마음 상태가 있었다. 가진 게 없다는 사실에 그렇게도 마음이 쓰이면 스스로 얼마나 가난해지는지를 무엇보다 신랄하게 보여주는 정신 상태. 모드 이모에게 힘을 쓰는 일은 케이트를 통해서 이루어져야 했고, 그 와중에 케이트는 어떻게 되겠는가라는 문제는 일고의 가치도 없었다. 한마디로 케이트는 자기가 탄 배를 불태워서라도 메리언에게 이득을 가져다줘야 한다는 식이었다. 그리고 이득을 얻을 욕망에 사로잡힌 메리언에게 위엄이라는 건 눈에 들어오지도 않았는데, 사실 위엄을 좀 단호하게 지켜야 할 필요가 있었음에도 그랬다. 그 이유를 이해할 수만 있었다면 말이다. 따라서 케이트는 두 사람에게 적합한 단호함을 유지하기 위해 이기적이 되어야 했고, 네 명의 어린것들을 위해 어쩌다 떨어질 부스러기보다는 이상적인 행동거지—이보다 더 이기적인 것은 없을 테니까—를 택할 수밖에 없었다. 첫째 조카가 콘드립 씨와 결혼을 한다는 소식에 로더 부인이 얼마나 치를 떨었던가. 그 얘기는 이후로도 타당성이 덜한 적이 없었다. 따분한 교외 마을의 교구 목사인 콘드립 씨의 말할 수 없이 얼빠진 행동거지는 항상 눈에 잘 띄는 성인聖人 같은 용모와 더불어 아주 잘 알려진 바라 한결같은 비판이 가능했다. 확실히 알 수 없는 노릇이지만, 그는 달리 내세울 게 없었기 때문에 그런 용모를 체계적으로 내세웠다. 제집 살림을 제대로 꾸리며 사는 게 얼마나 마땅한 일인지 꿈에도 생각하지 못했고, 정면으로 세상을 대면할 수단이라고는 전혀 없었다. 따라서 모드 이모의 입장에서 그에 대한 비판은 충분히 일관성이 있었다. 이모는 그런 사정이 본인의 잘못이 아니니 특별히 불쌍히 여길 만하다며 봐주는 그런 유의 사람이 아니었다. 그녀는 여전히 용서하는 마음이 아니었고, 지금 그들의 상태를 나타내는 지저분한 작은 무리들을, 아직 살아 있는 무책임한 인물과 더불어 그냥 못 본 척하는 것이 그나마 살펴보는 유일한 방식이었다. 이모에게는 한 덩어리라 할 두 개의 불길한 예식인 결혼과 장례 중에서, 처음 결혼식에는 참석을 했고 그에 앞서 메리언에게 돈도 두둑이 보냈더랬다. 그렇다고 콘드립 부인의 삶과 엮이려는 의도는 거의 없었다. 이모는 장래의 가능성은 전무하면서 시끄럽게 아우성치는 아이들이 못마땅했고 과거의 실수를 만회할 수도 없으면서 눈물만 짜는 과부도 못마땅했다. 그래서 메리언이 손에 넣을 수 있는 것이라고는 다른 호사스러움이 거의 다 사라지면 남는 얼마 안 되는 호사 중 하나, 즉 끊임없이 불평을 해대는 손쉬운 구실밖에는 없었다. 다른 식이긴 하지만 엄마가 그 구실로 뭘 어떻게 했는지 케이트 크로이는 또렷이 기억했다. 두 사람이 자매로서 거의 똑같이 비굴함을 나누어야 했던 까닭은 그 원한에서 생겨난 결실을 메리언이 확실히 확보하지 못했기 때문이었다. '그래, 안타깝게도 하나는 관심에서 사라졌지만 나머지 하나는 그것을 벌충할 수 있을 만큼 관심을 받고 있잖아'라는 식의 이론 앞에서 피도 눈물도 없는 우월감에서가 아닌 다음에야 케이트가 거기서 벗어날 수 없다는 건 누가 봐도 뻔하지 않겠는가? 그리고 아버지를 만난 다음 날 그 교훈이 예리하게 파고들었던 것이다.

"도대체 지금 네가 끔찍한 우리의 상황 말고 달리 무슨 생각을 할 수 있는지 난 정말 이해할 수가 없구나." 메리언이 그때 한 말은 이러했다.

"내 생각을 어떻게 아는데?" 케이트가 대답 삼아 물었다. "내가 언니 생각을 얼마나 하는지, 그 증거는 충분히 댈 수 있을 것 같은데 말이야. 그것 말고 언니가 달리 상관할 게 뭔지 정말 모르겠는걸."

이 말에 메리언이 어떤 식으로 응수할지를 예상하며 여러모로 대비했음에도 불구하고, 대답이 얼마나 재깍 튀어나왔는지 뭔가 뜻밖의 분위기가 느껴졌다. 언니의 전반적인 두려움은 예상을 했더랬다. 하지만 지금은 불길하게도 뭔가 특별한 두려움이 있었다. "그래, 당연히 네 일은 네가 알아서 할 테고, 내가 너한테 설교를 늘어놓을 처지인가 그런 생각은 들겠지. 하지만 결과적으로 네가 나와 완전히 연을 끊겠다고 나오더라도 어쨌든 이번 한 번만은 이 말을 꼭 해야겠다. 지금 우리 상황에서 네가 멋대로 네 인생을 팽개칠 권리는 없다는 게 내 생각이야."

그때는 아이들이 식사를 마친 뒤라 이제 엄마가 식사를 할 참이었지만, 케이트는 대개 함께 식사를 하는 일은 어떻게든 피하려 했다. 두 젊은 자매가 앉아 있는 자리엔 헝클어진 식탁보와 여기저기 아무렇게나 놓인 아동용 앞치마들, 싹싹 비운 접시들이 눈에 띄었고 음식을 끓인 냄새가 여전히 남아 있었다. 케이트가 예의를 차려 창문을 좀 열어도 되겠냐고 물었을 때, 콘드립 부인은 예의라고는 찾아볼 수 없는 태도로 맘대로 하라고 대답했다. 종종 그녀는 그런 질문들이 어떤 면에서 자기 어린 자식들의 순수한 본질에 흠집이라도 내는 것처럼 굴었다. 자그마한 아일랜드 가정교사의 지도에도 아랑곳없이 시끄럽게 떠들고 북적거리며 네 아이들이 물러갔다. 그 가정교사는 이모인 케이트가 수소문을 해서 구해주었는데, 겉으로 내색은 하지 않지만 알아주지도 않는 힘든 일을 더는 못 하겠다고 결심한 눈치가 거의 확실했다. 케이트가 보기에 아이들 엄마—케이트는 그게 엄마가 되면서 생긴 결과라고 보았기 때문에—는 예전의 온화한 메리언과는 무척이나 달랐다. 콘드립 씨의 과부라는 이미지가 예전 이미지를 거의 다 덮어버렸다. 그녀는 이제 내세울 것 없이 지루한 남편의 결과물이자 너덜너덜해진 유물에 다름없었다. 마치 완강한 깔때기 사이를 어렵사리 통과하듯이 남편을 거치고 나자 그녀에게는 그가 차지했던 부분 외에 아무것도 남지 않아 그저 쭈글쭈글하고 쓸모없는 존재가 된 듯했다. 혈색도 좋아지고 뚱뚱하다 싶게 몸이 불었는데, 상중에 있는 사람에게 별로 보기 좋은 모습은 아니었다. 크로이 집안사람, 특히 어려움에 처한 크로이 집안사람 같은 구석은 점점 더 없어지고 아직 미혼인 두 시누이들과 눈에 띄게 비슷해져갔는데, 그들이 지나치게 자주 그 집에 찾아와 지나치게 오래 머무르며 버터 바른 빵과 차를 축낸다는 것이 케이트의 생각이었다. 케이트로서는 지출의 측면에서 신경이 쓰이기도 했지만 개인적인 감정도 있었다. 게다가 메리언은 시누이 문제라면 진짜로 과민하게 굴었는데, 상황을 지켜보며 이리저리 따져보니 사실 자기가 언니와 더 가까운 사이인데 그들에 대한 불평을 마치 언니 자신에 대한 비난이라도 되는 듯 받아들이니 어처구니가 없었다. 만약 그것이 결혼에서 필연적으로 생기는 일이라면 케이트는 결혼 자체에 의문을 품을 수도 있었을 것이다. 어쨌든 그것은 한 남자가, 그것도 그 정도의 남자가 한 여자를 어떻게 바꿔놓는지를 아주 잘 보여주는 예였다. 그녀는 이제 콘드립 자매가 모드 이모와 관련해서 어떻게 언니를 닦아세우는지 알 것 같았다. 사실 **자기들** 이모도 아니면서 말이다. 그들은 끊임없이 차를 마셔대면서 언니를 부추겨 랭커스터게이트에 대해 심지어 떠벌리듯이 얘기하게 만들고, 기록된 바에 따르면 그런 문제와 관련해 크로이 집안에서는 도저히 있을 수 없는 정도로 천박해지도록 몰아댔을 것이다. 랭커스터게이트와의 끈을 놓으면 안 된다고, 그리고 바로 케이트가 그 일을 해야 한다고 단언을 하고 귀에 못이 박히게 반복했을 것이다. 그래서 희한하게도, 혹은 어쨌든 불행히도, 케이트 자신은 그들에 대해 그렇게까지 얘기할 수 없는 반면, 그들은 자신에 대해 아무렇게나 들먹이고 있음을 확실히 알 수 있었다. 더 기막힌 일이라면 메리언이 시누이들을 좋아하지도 않는다는 것이었다. 하지만 그들은 콘드립 일가였고 소중한 존재 가까이에서 자란 사람들이었다. 그들은 거의 버티와 모디, 키티와 가이* 같은 인물들이나 마찬가지였다. 망자에 대해 함께 얘기할 수 있었던 것이다. 케이트는 전혀 그럴 수 없었는데, 그 관계는 그녀로서는 그냥 조용히 들을 수밖에 없는 문제라서였다. 정말이지 '결혼해서 저렇게 되는 거라면—!'이라고 혼잣말을 할 때가 얼마나 많았는지. 따라서 그런 유보에 담긴 아이러니의 빛이 앞선 메리언의 경고를 똑바로 가로질렀음은 쉽게 짐작할 수 있을 것이다. "딱히 어딜 봐서 내게 그럴 위험이 있다는 건지 잘 모르겠는걸." 케이트가 대답했다. "확실히 말해두지만 어디에든 내 인생을 '팽개칠' 의향은 조금도 없어. 지금으로서는 이미 팽개쳐질 대로 팽개쳐진 느낌인걸."

"머튼 덴셔와 결혼하고 싶은 게 아니란 말야?" 메리언이 결국 까놓고 말했다.

이 질문에 답하기에 앞서 잠깐 시간이 필요했다. "그럴 마음이 있으면 언니가 나서서 미연에 방지하도록 내가 미리 알려줘야 한다는 생각이야? 그런 거냐고?" 그녀가 물었다. 그러곤 언

---

* 1885년 소설인 『모디와 버티*Maudie and Bertie*』의 주인공. 키티와 가이는 출처 불분명.

니 역시 바로 대꾸를 못 하자 말을 이었다. "뭣 때문에 덴셔 씨를 끄집어내는지 알 수가 없네."

"네가 먼저 말을 꺼내지 않으니까 내가 꺼내는 거지. 내가 다 아는데도 넌 절대 먼저 꺼내지 않을 테니까. 그래서 그 사람 생각이 난 거지. 아니 어쩌면 그래서 네 생각이 났다고 해야 할까. 너에 대한 신의가 상당한 만큼 내가 너를 위해 바라는 게 뭔지, 너를 위해 꿈꾸는 게 뭔지를 네가 아직까지도 모른다면 아무리 얘기해봐야 소용도 없겠지만." 하지만 메리언은 사실 그 일에 너무나 골몰해 있었고, 그래서 케이트는 언니가 콘드립 자매와 덴셔 씨 얘기를 나누었다고 확신했다. "내가 그 사람 이름을 꺼낸 건 그 사람이 너무 겁나서야. 굳이 알고 싶다면, 공포에 휩싸일 정도야. 굳이 알고 싶다면, 사실 그가 싫은 만큼 아주 두렵기도 해."

"그러면서 나한테 그 사람 욕을 이렇게 하면 위험천만하다는 생각은 안 들어?"

"그래, 정말로 위험천만하지." 콘드립 부인이 인정했다. "하지만 달리 어떤 식으로 말할 수 있겠어? 그래, 알아, 아예 말을 꺼내지 말아야겠지. 방금 말했다시피 이번 한 번만은 네가 정말 알았으면 해서 그런 거야."

"뭘 알았으면 하는 건데?"

"내 생각에는 그 일이 지금까지 우리에게 일어났던 어떤 일보다도 훨씬 더 나쁜 일이라는 걸." 메리언이 바로 대답했다.

"그 사람이 가진 돈이 없어서?"

"우선은 그렇지. 그리고 또 그를 믿을 수가 없어."

케이트가 의례적이긴 했지만 여전히 예의를 지키며 물었다. "믿을 수가 없다는 게 무슨 뜻인데?"

"그러니까 앞으로도 돈을 벌지 못할 거라는 확신이 든다는 거지. 넌 돈이 **생겨야** 하는데. 넌 돈이 **생기게 될** 텐데 말이야."

"그래야 언니한테 주니까?"

대답이 얼마나 재깍 나왔는지 당돌하기까지 했다. "우선 **가져** 야 하니까. 어쨌든 이렇게 계속 없이 살 수는 없으니까. 그다음 일은 나중에 생각하면 되고."

"당연히 생각해야겠지!" 케이트 크로이가 말했다. 이런 종류 의 대화는 정말 질색이었지만, 메리언이 천박하게 나오겠다고 작정을 한 이상 어쩌겠는가? 그 때문에 콘드립 자매에 대한 혐 오감이 새삼스레 치밀었다. "언니의 일 처리 방식이 아주 멋지 긴 한데 말이야, 많은 걸 당연시하는 것도 그렇고. 우리한테 금 덩어리를 잔뜩 안겨주겠다는 남자를 만나 결혼하는 게 그렇게 쉽다면 왜 다들 안 그러겠어. 나로서는 그런 남자들이 주변에서 별로 눈에 띄지도 않을뿐더러 딱히 내 관심이 생길지도 알 수 가 없는걸." 그러곤 덧붙였다. "언니는 허황된 생각에 빠져 사는 거야."

"너만큼은 아닐걸, 케이트. 내가 분명히 아는 게 있는데 그런 식으로 치워버릴 수는 없지." 그러고는 한참 아무 말이 없자 아 무리 우월한 처지의 동생이라도 얼굴에 우려하는 기색이 나타 났다. "내가 말하는 남자는 오로지 모드 이모의 남자이고, 돈도 굳이 말하자면 오로지 모드 이모의 돈일 뿐이야. 내 말은 이모 가 너한테 원하는 바를 하라는 거지 다른 게 아니라고. 내가 너한테 달리 원하는 게 있는 것처럼 얘기하면 너 생각 잘못한 거다. 이모가 하는 일 말고는 더 바라는 게 없어. 나한텐 그거면 충분하다고!" 상대방에게 비할 바 없이 저속하게 들리는 말투로 메리언이 덧붙였다. "머튼 덴셔는 믿을 수 없지만 적어도 로더 부인은 확실히 믿을 수 있지."

"언니 생각이 아버지 생각이랑 판박이라서 더 놀랍네." 케이트가 맞받았다. "언니도 관심이 있을 것 같아 하는 말인데, 바로 어제 아버지도 똑같은 말을 하셨거든. 그것도 언니가 알다시피 정말 번드르르하게 말이야."

확실히 메리언이 관심을 보였다. "아버지가 널 만나러 가셨어?"

"아니, 내가 찾아갔지."

"정말?" 메리언이 알 수 없다는 표정으로 물었다. "뭣 하러?"

"아버지와 함께 살기로 마음먹었다는 얘길 하려고."

메리언이 눈을 크게 떴다. "이모를 떠난다고—?"

"그래, 아버지한테 가려고."

가련한 콘드립 부인의 얼굴이 공포로 확 달아올랐다. "마음을 먹었다고—?"

"그렇게 말씀드렸지. 적어도 그 정도 말은 해야 했으니까."

"그럼 그보다 더 할 수 있는 말이 도대체 뭔데?" 메리언은 고통스러운지 숨을 헐떡댔다. "도대체 아버지가 **우리한테** 뭐기에? 어떻게 이런 식으로 그런 얘기를 끄집어낼 수가 있어?"

자매가 똑바로 마주 보았다. 메리언의 눈에 눈물이 차올랐다. 그 눈물을 잠깐 바라본 후 케이트가 말했다. "오랫동안 깊이 생각해왔던 문제였어. 생각을 하고 또 했다고. 하지만 상처받을 필요는 없어. 안 갈 거니까. 아버지가 나와 살지 않으시겠대."

상대방은 여전히 숨이 가빴다. 진정하는 데 시간이 좀 걸렸다. "나라도 너랑 살지 않을 거다. 분명히 말하지만 절대 받아들이지도 않을 거야. 아버지가 설사 다른 식으로 나왔을지라도 말이야. 기꺼이 그럴 생각을 했다니 그것만으로도 내게 정말 상처가 되는구나. 아버지한테 가서 살 작정이었다면, 다시는 나를 찾아올 생각도 하지 말았어야 해." 까닭은 모르겠지만 메리언은 그런 박탈을 상대방이 겁내야 할 것처럼 말했다. 자기가 만족스럽게 휘두를 수 있는 위협, 능수능란하게 할 수 있다고 자신하는 위협이 그런 식이었다. "그런데 아버지가 너를 받아들이지 않았으니 적어도 명민하다는 건 보여주셨네."

메리언에겐 항상 명민함에 대한 나름의 견해가 있었다. 내보이지는 않는 동생의 견해에 따르면 그 자질을 얼마나 밝히는지 몰랐다. 하지만 케이트는 웬만하면 짜증 내는 일은 피하려 했다. "나를 받아들이지 않으시겠대." 그저 그렇게만 되풀이했다. "하지만 언니처럼 모드 이모는 믿으시더라고. 이모를 떠나면 가만 안 있겠다고 위협을 하시던걸."

"그래서 안 떠나겠다는 거지?" 동생의 대답이 곧바로 나오지 않자 그녀가 말을 이었다. "당연히 안 떠나는 거지? 떠나지 않는 걸로 알게. 그래도 이참에 이 문제 전반의 분명한 진실은 마지막으로 한 번 더 강조해야겠다. 네 의무라는 진실 말이야. 그것에 대해 한 번이나 생각해보기는 했니? 무엇보다 가장 중요한 의무라고."

"저거 보라고." 케이트가 웃으며 말했다. "아버지도 내 의무를 어찌나 대단하게 여기시던지."

"아, 나는 그걸 뭐 그렇게 대단하게 여기진 않아. 하지만 너보다야 인생을 더 안다고 생각하긴 하지. 어쩌면 아버지보다도 말이야." 그러면서도 당장은 여전히 조롱하는 조이긴 하지만 약간 상냥한 투로 그 인물을 떠올리는 듯했다. "불쌍한 노인네 같으니라고!"

'사랑스러운 모드 이모'라고 말할 때 케이트가 한 번 이상은 알아챘던 정도의 용서하는 마음으로 그녀가 한숨을 쉬었다. 케이트는 고개를 홱 돌려 그 모두를 잠시 외면했다가 곧 떠날 채비를 했다. 거기에 다시금 비루함의 분위기가 있었던 것이다. 지금 언급된 두 사람 다 언니를 탐탁지 않게 여기는 점에서는 우열을 가리기 힘들었으니 말이다. 어찌 되었든 동생은 그런 얘기는 그만두자고 했고, 퉁명스럽게 불쑥 자리를 뜨고 싶지는 않아 원만하게 자리를 정리하기까지 10분 정도를 더 머물렀는데, 그동안 언니도 그 말에 동의한 것으로 보여 이제 끝난 이야기라고 믿었다. 하지만 알고 보니 메리언은 여전히 거기에 정신이 팔려 있는 듯했고, 결국 케이트가 다시금 확인해야 할 문제가 있었다. "모드 이모의 청년이라니 누굴 말하는 거야?"

"마크 경이지 누구긴 누구겠어?"

"그렇게 터무니없이 저속한 소리는 도대체 어디서 주워들은 거야?" 케이트가 차분한 표정으로 물었다. "어떻게 이 형편없는 집구석에 있는 언니한테까지 그런 얘기가 들어오는 거지?"

이 말을 내뱉자마자 그녀는 자신이 헌신적으로 지키려 했던 품위는 어떻게 된 거냐고 자문하지 않을 수 없었다. 확실히 메리언 쪽에서 그걸 지키려는 노력은 거의 없었고, 사실 그 불평의 근거만큼 조리에 맞지 않는 것도 없었다. 그녀는 부유한 집안에 어떤 식으로 '힘을 써야 하는지' 자기가 믿는 방식대로 케이트가 랭커스터게이트에 '힘을 써주기를' 원했다. 그렇지만 어째서 지금 자신의 옹색한 집을 모욕하는 데 과장된 연줄을 이용하는지는 이해하지 못했던 것이다. 당장은 '형편없는 집구석'에 계속 박혀 있게 만든 당사자인 주제에 어떻게 그런 자신을 무정하게 비난할 수 있냐는 입장을 취하는 듯했다. 하지만 그 얘기를 어디서 어떻게 들었냐고 다그쳐 물어도 해명하지 않았다. 그래서 동생으로서는 스멀스멀 자라나는 콘드립 자매의 호기심의 조짐을 다시금 확인하지 않을 수 없었다. 그들은 메리언보다 더 형편없는 집구석에 살았지만, 매일 하는 일이라는 게 땅에 귀를 대고 뭔가를 찾아 슬금슬금 나다니는 것이었다. 반면 갈수록 크고 헐렁한 차림새로 자리에서 뭉개는 메리언은 절대 나다니는 법이 없었다. 자신의 미래에 대한 경고 삼아 운명이 이렇게 콘드립 자매를 보낸 게 아닐까 하는 생각이 케이트에게 간혹 떠올랐다. 생각 없이 되는대로 살다가 나이 마흔이 되면 어떤 꼴이 되는지 보여줄 셈으로 말이다. 어쨌거나 다른 사람들―게다가 이런 사람들이 얼마나 많은지―이 그녀에게 가지는 기대는 때로 그냥 웃어넘길 문제가 아니었는데, 지금 상황이 특히 그러했다. 그녀는 다섯 명의 관객―콘드립 자매까지 해서 다섯이니까―을 즐겁게 해주기 위해서 머튼 덴셔와 한바탕 싸움을 해야 할 뿐만 아니라 성공하면 특별 보상금이 있을 거라는 어떤 어처구니없는 이론에 따라 마크 경을 잡으러 나서야 할 판이었다. 로더 부인의 손에 그 특별 보상금이 들려 있고, 그것은 마치 경주를 끝내는 순간 툭 건드리면 누구나 다 들을 수 있도록 요란하게 울릴 종과도 같았다. 이 허황된 소설 같은 얘기의 약점이 뭔지 예리하게 살펴본 결과, 언니의 자신만만함에 왠지 등골이 오싹해졌다. 이모가 만족하기만 하면 넉넉히 베풀 것—결국은 이것이 가장 중요한 점이었다—이라는 명분에서 여전히 위안을 얻었지만 말이다. 따라서 후보가 정확히 누구여야 하는지는 지엽적인 문제였다. 문제의 본질은 이모가 자기 도움으로 자기 조카에게 가능할 짝짓기에 대해 품고 있는 생각이었다. 메리언은 항상 결혼을 '짝짓기'라고 표현했는데, 그것 역시 지엽적인 문제였다. 지금 벌어지는 일이란 로더 부인의 도움이 대기하고 있고, 마크 경에게로 이어지는 길을 밝히기 위해서가 아니라면 그보다 나은 사람을 위해서라는 것이었다. 결국 메리언은 그보다 나은 사람은 참아주겠지만 그보다 못한 사람은 참을 수가 없는 것이다. 케이트는 다시 한번 이 모든 걸 다 겪고 나서야 품위 있는 사안에 이를 수 있었다. 그것은 마크 경을 거론하는 일이 얼토당토않다고 일축하는 대신 덴서 씨를 희생물로 바침으로써 가능했다. 그래서 헤어질 때 분위기는 충분히 원만했다. 케이트가 누구 이야기든 숨기지 않겠다는 약속을 지키는 한에서 마크 경도 더 이상 거론하지 않기로 한 것이다. 언니 집을 나서며 돌이켜보니 결국 자신은 모든 것과 모든 사람을 부정했다 싶었다. 그건 마음이 놓이는 일이었지만 또한 미래의 가능성을 싹 쓸어버리는 일이기도 했다. 그래서 앞날의 전망은 벌써부터 콘드립 자매와 뭔가 공통되는 점이 있는 척박한 면모를 띠는 것이었다.

2부

1

매일 밤 황금 시간대를 신문사 사무실에서 보내는 머튼 덴셔는 그것을 만회하기 위해 때로 낮 시간에는 여유로운 기분, 아니면 적어도 여유로워 보이는 모습이라도 가지려 하곤 했는데, 일하는 남자들이 눈에 잘 띄지 않는 시간에 도시의 상업지구가 아닌 다른 구역에서 그를 드물지 않게 마주치게 되는 것도 그래서였다. 이해 겨울의 끝자락에 그가 3시나 4시 무렵 일반적인 경로를 벗어나 켄징턴가든스 쪽으로 간 적이 한 번 이상은 되었다. 그런데 항상 그곳에 접어들고 나면 한동안은 특별히 할 일이 없는 사람처럼 구는 것을 볼 수 있었다. 대개는 아주 뚜렷한 방향성을 가지고 곧장 북쪽으로 나아갔지만, 일단 그곳에 들어서기만 하면 목적을 상실한 분위기가 태도에서 두드러졌다. 되는대로 이 골목 저 골목을 돌아다니거나 아무 이유도 없이 문득 걸음을 멈추고는 하릴없이 뭔가를 유심히 바라보았다. 일인용 의자에 앉았다가는 벤치로 자리를 옮겨 앉았다. 그러더니 다시금 이리저리 걸어 다니기 시작했는데, 그래봐야 또다시 멍하니 있기와 부산스럽게 다니기를 번갈아 할 뿐이었다. 그는 아무 할 일이 없는 사람이거나 아니면 생각할 게 너무나 많은 사람인 게 분명해 보였다. 그리고 그런 인상을 주기 십상이었으므로 결과적으로 어떤 방향으로든 증명해야 하는 부담은 그 자신이 질 수밖에 없었다. 그가 하는 일이 뭔지 딱 짚어 말하기가 거의 불가능한 이유는 얼마간 그의 면모, 그의 개인적 특징 탓이었던 것이다.

그는 기름하고 약간 홀쭉한 몸에 피부색이 하얀 편인 젊은 영국인으로, 어떤 점에서는 유형화하는 게 어렵지 않았다. 예를 들면 신사라든가, 다소 특정한 의미에서 교육받은 계층이라든가 대체적으로 견실하고 대체적으로 예의 바른 부류에 속한다는 식으로 말이다. 그 정도만 놓고 봤을 때는 특출하지도 유별나지도 않은데, 관찰하는 사람으로서는 그가 어떤 사람인지 단번에 감이 오지 않았다. 하원의원이라기에는 너무 젊고 군인이라기에는 좀 느슨해 보였다. 굳이 말하자면 완전 도시 사람치고는 고상했고, 차림새가 다르다는 사실과는 별개로 굳이 드는 느낌을 말하자면 성직자라기에는 믿음이 부족해 보였다. 다른 한편 외교 분야나 과학 분야에 종사하기에는 어수룩해 보이지만, 어쩐지 시를 쓰기에는 현실적인 감각이 지나치게 강하면서 동시에 예술가라기에는 그 면이 너무 부족했다. 그의 눈 속에서 아직은 잠재되어 있을 뿐인 어떤 사상의 인식을 찾아낸다면 상당히 그의 면모에 가까이 갔다 하겠지만, 그래서 그 사상이 정확히 무엇인가라는 질문에 맞닥뜨리면 다시 저만큼 멀어지고 마는 것이다. 덴셔와 관련해서 곤란한 점은 좀 멍하지만 나약해 보이지 않고 한량 같지만 속 빈 강정처럼 보이지는 않는다는 것이었다. 그것은 걸핏하면 뻗어대는 긴 다리나 전혀 곱슬하지 않은 머리카락과 잘생긴 머리통 때문에 우연찮게 생겨난 결과일 수도 있었다. 그 머리통은 말끔하게 정돈된 적이라고는 없는 데다가 전혀 다른 일을 할 필요가 있는 때에도 툭하면 머리를 획 뒤로 젖히고 팔을 들어 올려 깍지 낀 손으로 받친 채 터무니없이 오래도록 천장이나 나무 꼭대기, 하늘과 교감을 하며 보냈으니 말이다. 한마디로 그는 누가 봐도 딴 데 정신이 팔려 있고, 영리하긴 하지만 기복이 있으며, 가까운 것은 버리고 멀리 있는 것을 차지하는 경향이 있었다. 관습을 따르는 일보다는 비판하는 일에 더 재빨랐다. 하지만 그가 내비치는 특성은 무엇보다도 젊음이라는 경이로운 상태로서, 그 속에서 어떤 성분들, 어느 정도 값진 광물들이 마구 뒤섞인 채 발효되는 중이어서 마지막에 어떤 모습으로 나타날지, 어떤 가치가 틀에 찍혀 생겨날지는 다 식을 때까지 상당 기간 기다려야 할 터였다. 짜증을 잘 내기는 하지만 거기에 상당히 미묘한 법칙이 있다는 사실이 그라는 흥미로운 혼합물의 특징이기도 했다. 그래서 그와 교제를 할 때에는, 물론 쉽지는 않지만 그 법칙을 잘 알아두는 것이 이득이 될 수 있었다. 뜻밖에 성마르기도 하고 뜻밖에 아량을 보이는 것도 그 법칙의 결과였다.

앞서 언급한 그 어느 때보다 느슨해 보이는 날, 그가 켄징턴 가든스 안으로 들어가 랭커스터게이트에 가장 가까운 쪽을 따라 천천히 걸어가고, 언제나처럼 적당한 때에 케이트 크로이가 이모 집에서 나와 길을 건너 가까운 공원 입구에 이를 때쯤이면, 이 일련의 과정은 대체로 사람들 눈에 다 띄고 그런 점에서 약간 이례적이었다. 거리낌없이 대담하게 만날 요량이라면 실

내 장소에서 이루어질 수 있었을 것이다. 사람들의 시선을 꺼리거나 비밀스럽게 만나고자 했다면 로더 부인이 창문에서 내려다볼 수 있는 곳이 아닌 다른 어떤 장소라도 택할 수 있었을 것이다. 사실 그들은 그 지점에 가만히 붙어 있지는 못했다. 이런 만남이 여러 번 반복되는 동안 두 사람은 상당히 멀리까지 여기저기 걸어 다니거나 아니면 커다란 나무 아래에 놓인 의자를 골라 가능한 한 서로 멀찍이—다른 사람들과는 물론이고—떨어져 앉았다. 하지만 처음에 케이트는 만날 때마다, 누구든 쫓아와 붙잡아야겠다면 기꺼이 당해주겠다는 태도를 보였더랬다. 자신은 천박하지 않을 뿐 아니라 음흉하지도 않다고 주장했던 셈이다. 켄징턴가든스는 그 자체로 훌륭하므로 그들이 이곳을 찾는 건 취향의 문제라는 것, 그리고 만약 이모가 거실 창문에서 잡아먹을 듯이 노려보거나 뒤를 밟아 불시에 들이닥칠 생각이라면 그 일이 쉽게 이루어지도록 적어도 상황을 편리하게 만들어주겠다고 말이다. 사실 숨은 동기보다는 겉모습에서 아주 두드러지지만, 어떤 밀회密會를 상상한다 해도 크게 틀렸다고 볼 수 없는 묘한 분위기가 이 두 젊은이의 관계에는 넘치도록 많았다. 이 두 사람을 결속하는 힘에 대해서는 앞으로 충분히 판단할 기회가 있을 것이다. 하지만 일단 확실하다 할 사실은 그들에게 커다란 기회가 생겼다면 그것은 이례적일 정도로 그 유명한 대립의 법칙의 덕이었다는 것이다. 결과적으로 둘 사이에 어떤 심오한 조화가 지배적인 자리를 차지한다면 그것은 공통점이 많아서라든가, 애정 외에 달리 공유하는 바가 있어서는 아닐 것이다. 사실 어떻게 보면 두 사람 다 본인에게 풍부한 면이 다른 쪽에는 별로 없다는 사실에서 그에 대한 설명을 찾을 수 있었다. 너그러운 젊은이들이 자신에게 천성적으로 부족한 면에 큰 감탄과 존경심을 보인다는 것은 사실 새삼스러운 일도 아니다. 그렇게 보면 결국 우리의 두 주인공이 다 너그럽다고 볼 수 있었다.

머튼 덴셔는 자신과 달라서 소중한 여성과 결혼을 하지 않는다면 정말 멍청한 일이라고, 수도 없이, 그것도 한참 전부터 다짐해왔다. 케이트 크로이는 그런 식으로 심오하게 표현하지는 않았지만 이 청년을 보자 자신과 다르다는 값진 특성을 즉각 알아차렸다. 그는 자신의 삶에서 절대 찾아볼 수 없었던 것, 그리고 그런 사람의 도움 없이는 앞으로도 절대 찾아볼 수 없을 그무엇을 나타냈다. 그건 곧 그녀가 정신이라는 이름으로 대충 뭉뚱그린 모든 고상하면서도 불분명한 존재들이었고, 그녀가 보기에 덴셔가 지닌 풍부하면서도 신비롭고 강렬한 면모는 정신적인 면이었다. 특히 그 요소를 현실화했다는 것이 그녀에게 대단한 일이었다. 그녀는 그런 게 있으리라 무작정 믿으며 지금까지 살았지만 직접적으로 그것을 증명해준 사람은 만난 적이 없었다. 그런 게 존재한다는 막연한 소문만 근거도 없이 흘러 들어왔을 뿐 대충 따져봐도 그것을 증명할 기회를 평생 갖지 못한 채 죽게 될 공산이 가장 컸다. 그녀가 처음 덴셔를 만난 날바로 그 기회가 왔고, 게다가 정말 멋진 기회였다. 함께한 사람이 어떤 존재인지 바로 알아차린 것은 두고두고 칭찬할 일이었다. 그로부터 온갖 것이 곧장 피어나기 시작했음을 고려하면 그야말로 기념비적 사건이었다. 젊은 여성의 그런 인식을 덴셔도 곧 인지하고 보조를 맞춰주었더랬다. 자신의 강점은 사고 과정에 있을 뿐이라 삶에서는 아무래도 약할 수밖에 없다는 결론에 수시로 이르곤 했기 때문에 삶이야말로 자신이 어떻게든 이어 붙여서 소유해야 할 것이라는 의견을 피력했는데 논리적으로 타당한 얘기였다. 그런 면이 너무 부족해서 사고만 혼자서 허공 속을 떠다닌다고 했다. 사고는 삶의 직접적인 공기가 있어야 숨을 쉴 수 있으니까. 영리하면서도 넉넉하고 비판적이면서도 열렬한 청년은 자신과 케이트 크로이의 경우를 그렇게 정리했던 것이다. 그들은 케이트의 모친이 돌아가시기 전에 처음 만났는데, 그녀에게 그 사건은 엄마의 임종이 임박한 상황에서 마지막으로 허용된 즐거움이었다. 엄마가 돌아가신 후에는 암흑 같은 몇 달이 장막을 드리웠고, 모르긴 몰라도 케이트로서는 그 끝도 시작과 다를 바 없었다.

혼자 종종 돌이켜보기도 했지만, 관계의 시작은 우리의 여주인공에게 무엇과도 비교할 수 없이 환상적이었다. 아주 통이 큰 여주인이 '화랑' 하나를 통째로 빌려서 열었던 파티에서였다. 당시 전 도시가 열광했던 스페인 출신의 춤꾼, 취향이 같은 사람들이 환호하던 미국인 시 낭송가, 전 세계가 경탄하는 헝가리 출신의 바이올린 연주자 등과 다른 볼거리를 내세워 사람들을 불러 모았는데, 케이트는 웬만해선 갖기 힘든 좋은 기회로 그 자리에 참석할 수 있었다. 그녀는 말하자면 엄마 집에 빌붙어 눈에 띄지 않게 살고 있었고, 그런 상황에서 가능한 몇몇 사람들과만 친분을 맺고 있었다. 하지만 보아하니 그렇게 알고 지낸 사람들 중 두셋은 대단한 위인들과도 연결이 되는지라, 걸러지는 식으로든 퍼져나가는 식으로든 그들을 통해 접대의 물줄기가 이따금씩 외딴 장소에까지 흘러들곤 했다. 한마디로 모친의 친구이자 파티 주최자의 친척인 마음씨 좋은 부인께서 그녀를 그 파티에 데려가주겠다고 했고, 더 나아가 거기에서 두세 사람을 소개해줬는데, 큰 파티에서 그런 일이 있고 나면 연이어 다른 만남이 따라오게 마련이다. 어쨌든 이 경우 그 과정은 훤칠하고 피부색이 흰, 머리는 약간 부스스하고 어딘가 좀 어색해 보이지만 대체적으로 칙칙하지는 않은 한 청년과의 대화로 이어졌다. 그녀가 받은 인상으로는 그는 과연 누가 그럴 수 있을까 싶게 무심한 태도로, 스스로의 표현에 따르면 도대체 어찌할 바를 몰라서 주변 상황에서 동떨어져 있었던지라, 그녀와 인사를 나누라며 잠깐 붙잡자 거의 도망갈 태세였다. 그녀를 만나지 않았다면 정말로 도망갔을 텐데, 그래서 그녀를 만나지 못했다면 분명 말도 못하게 후회했을 거라고 그날 저녁 거의 맹세하듯 장담했다. 이 정도 상태에 이른 것은 자정쯤이었는데, 그런 부류의 말의 가치는 분위기가 좌우한다고 할 때, 자정쯤 되어서는 그런 분위기가 둘 사이에 있었던 것이다. 그녀는 그가 억지로 끌려왔고, 확실히 멍한 상태임을 처음부터 완전히 파악했다. 그렇게 뭔가를 즉각 완전히 파악하는 일이 그녀에게는 드물지 않았으니까. 그러고 나서 5분 만에 둘 사이에 뭔가가, 글쎄, 뭔가가 **생겼다**고밖에는 달리 표현할 길이 없는데, 그렇게 뭔가 생겼다는 사실도 마찬가지로 완전히 이해할 수 있었다. 눈에 보이거나 직접 만질 수 있는 건 아니었지만 어쩐지 전부 느낄 수 있고 알 수 있었다. 그것은 곧 각자에게 무슨 일인가 일어났다는 것이다.

두 사람은 어쩌다 보니 서로를 빤히 쳐다보고 있었는데, 화랑에서 열리는 파티라 하더라도 일반적으로 누군가를 그렇게 오래 쳐다보는 일은 없었다. 하지만 둘 다 아주 잘생긴 사람들임을 고려했을 때 그것만 보자면 사실 별일 아닐 수도 있었다. 요는 마주친 것이 단지 그들의 눈만이 아니었다는 것이다. 다른 모든 의식적 기관과 기능, 촉수가 다 마주쳤고, 나중에 케이트가 그 심오하고도 예리한 사실을 하나의 이미지로 떠올려봤을 때 정말 희한하게 그것은 어떤 특정한 행위로 나타났다. 정원을 둘러싼 담장에 기대 세운 사다리를 보고 다른 쪽에도 아마 정원이 있을 테니 올라가면 그쪽을 건너다볼 수 있으리라 자신하며 사다리를 올랐다. 꼭대기에 이르자 같은 순간에 똑같은 계산을 하고 사다리를 올라온 어떤 신사와 딱 마주치게 되었고, 둘이 그렇게 마주 본 채 사다리 꼭대기에 계속 서 있는 식이었다. 여기서 중요한 점은 저녁 내내 꼭대기에 자리를 잡고 있었다는 것이다. 사다리에서 내려오지를 않았다. 사실 적어도 케이트로서는 그를 만난 이후 줄곧 꼭대기에 자리를 잡은 기분이었다. 물러나지 않고 내내 그 위에 진을 치고 있는 것만 같았다. 이 모든 상황을 간단하게 표현하자면 틀림없이 그들이 상대에게 관심이 생겼다는 말이 될 것이다. 그리고 6개월 후 운 좋게 벌어진 우연한 사건이 아니었다면 그 정도에서 끝났을 것이다. 한편 그 사건 자체는 런던에서는 전혀 별스럽지 않은 일이었다. 어느 날 오후 케이트가 지하철역에서 덴셔 씨와 맞닥뜨리게 되었던 것이다. 퀸스로드에 가려고 슬론스퀘어에서 지하철을 탔는데, 그녀가 들어선 칸은 자리가 거의 다 차 있었다. 덴셔는 이미 타고 있었고 반대편 다른 자리에 앉아 있었다. 열차가 움직이기도 전에 그녀는 그를 확실히 알아봤다. 흐린 날에 시간도 늦어 어둑했고 여섯 명의 다른 승객이 함께 탄 데다 그녀는 자리를 잡느라 분주했다. 하지만 햇빛이 눈부시게 내리쬐는 끝없이 펼쳐진 사막에서 마주친 듯 그녀의 의식이 곧장 그에게 가닿았다. 두 사람 다 단 한순간의 망설임도 없었다. 그녀는 그가 거기 있으리란 걸 알았고 그는 그녀가 열차에 타리란 걸 알았던 것처럼 그들은 승객이 가득한 객실을 가로질러 서로를 보았다. 둘 다 자제하며 그저 몸짓이나 미소로만 인사를 주고받을 수밖에 없는 상황이었지만, 그러다가 다음 정거장에서 내리는 게 편하겠다는 의도가 전달될 수도 있었을 것이다. 사실 케이트는 바로 다음 정거장이 상대가 내려야 할 정거장임을 확신했다. 따라서 그가 내리지 않고 계속 가는 이유는 오로지 그녀와 이야기를 나누기 위해서였음이 분명했다. 그 목적을 달성하기 위해 그는 하이스트리트켄징턴역까지 가야 했는데, 그때가 되어서야 한 승객이 내려 기회가 생겼기 때문이다.

그 기회를 잡아 그는 재빨리 그녀 맞은편 자리로 옮겨 앉았는데, 그 자리를 잡기 위해 얼마나 기민하게 움직였는지 조급한 마음이 눈에 보였다. 게다가 옆자리에 낯선 사람들을 두고 딱히 대화를 나눌 형편도 아니었다. 어쩌면 바로 이런 제약이 오히려 다른 무엇보다 분명한 암시를 주었지만 말이다. 말 한마디 주고받지 않고도 그들에게 다시 기회가 찾아왔다는 사실이 이렇게 강렬하게 표현될 수 있다면 이 기회가 아무 의미 없이 온

게 아니라는 것을 그 자리에서 바로 알아챌 법도 했다. 이때 그들이 만난 지점이 지난번 헤어진 그 지점이 아니라 그보다 훨씬 더 앞쪽이었다는 점, 하이스트리트를 지나 노팅힐게이트에 다다르는 사이에 뭔가가 더 덧붙여졌고, 또 노팅힐게이트에서 퀸스로드에 닿기까지 또 무지막지하게 연장되었다는 점이 특이하고 놀라웠다. 노팅힐게이트에서 케이트 오른쪽 승객이 내렸고, 이에 덴셔가 바로 그리로 옮겨 앉았다. 하지만 그 순간 한 부인이 덴셔가 앉았던 자리에 앉았으므로 크게 나아진 것은 없었다. 그는 거의 아무 말도 할 수가 없었다. 적어도 케이트는 그가 무슨 말을 했는지 알 수가 없었다. 건너편에 앉은 승객 중에서 외알 안경을 줄곧 쓰고 있던 젊어 보이는 남자 승객이 자신이 눈에 띄게 동요하는 이상한 모습을 처음부터 알아챘을 거라는 생각에 정신이 팔려 있었기 때문이다. 그 남자가 그녀의 상태를 바로 알아챌 정도라면 덴셔는 어떠했겠는가? 그녀가 내려야 할 정거장에서 그가 바로 따라 내렸다는 사실이 그 질문에 대한 충분한 답이 되었다고도 하겠다. 그것이 모든 것의 진정한 시작이었다. 그보다 앞섰던 파티에서의 일은 그것의 시작이었고. 지금까지 살면서 그녀는 이렇게 마음 가는 대로 한 적이 단 한 번도 없었다. 그나마 즐길 수 있었던 소소한 모험에서도 예전에는 항상 세속적인 기준에 따라 이것저것 따져보지 않을 수 없었다. 덴셔가 그녀와 함께 랭커스터게이트까지 걸어갔고, 그녀가 다시 그를 바래다주듯 함께 걸었다. 그녀가 속으로 생각했듯이 어느 모로 보나 빵집 주인과 시시덕거리는 하녀처럼 말이다.

나중에 느낀 바지만, 그것은 바로 빵집 주인과 하녀가 가장 잘 나타낼 관계에 아주 잘 어울리는 모양새였다. 바로 그 순간 그들의 교제가 시작되었다고 할 수 있었다. 엄밀히 말하면 그것이 그들 유대 관계의 범위이자 한계를 나타냈다. 당연하게도 그가 집에 찾아가도 되겠느냐고 그 자리에서 물었고, 그녀는 아주 젊다고 할 수 없는, 집안의 화초인 양 굴지 않는 처녀로서 합당하게 그러라고 했다. 상대에게 곧 확실하게 알려주었다시피, 그것이 지금 그녀에게 가능한 유일한 기반이었다. 그러니까 아주 근대화되어 어쩔 수 없이 닳고 닳은, 그래서 장하도록 자유로운 그 시대의 런던 여성일 뿐이라는 사실 말이다. 물론 그녀는 곧바로 이모에게 이 일을 다 알렸고, 형식적으로 허락을 구했다. 그리고 그녀가 이후 기억하게 된 바에 따르면, 비록 새롭게 맺은 이 관계에 이렇다 할 사건이 없어 할 얘기도 없긴 했지만 로더 부인은 당시 놀랍도록 너그러웠다. 이모가 모든 면에서 얼마나 웅숭깊은지를 다시금 떠올리게 했다. 시쳇말로 모드 이모가 무슨 '꿍꿍이속인지' 궁금해진 것이 확실히 그때부터였다. "원하면 누구든 다 오라고 해도 된다, 얘야." 보통은 원하는 대로 하는 일에 반대하는 모드 이모가 그때 한 말이 그러했다. 그리고 그것이 너무나 의외라서 아주 잘 살펴볼 필요가 있었다. 설명은 여러 방식으로 가능했는데 하나같이 흥미로웠다. 그러니까 사실 아예 칩거하다시피 사는 케이트가 나름대로 즐기는, 생각에 잠긴 칙칙한 흥미라는 차원에서 말이다. 머튼 덴셔가 바로 다음 일요일에 찾아왔다. 로더 부인은 여전히 아주 너그럽게 조카딸과 둘만의 자리를 마련해주었다. 하지만 그다음 일요일에는 직접 그를 만나 저녁 식사에 초대했다. 저녁 식사 이후로 다시 그가 찾아왔을 때—세 번을 더 찾아왔는데—뭐라도 구실을 만들어 완전히 그를 독차지하다시피 했다. 이모가 그를 좋아할 리 없다고 확신한 케이트로서는 정말 놀라운 일이 아닐 수 없었다. 그때쯤 이모가 어느 모로 보나 놀라운 사람이라는 증거는 이미 차고 넘쳤지만 증거가 또 하나 생긴 셈이었다. 본인의 기세로 보자면 평소처럼만 했어도 맘에 안 든다는 사실을 노골적으로 드러냈을 것이었다. 그런데 지금 이모는 마치 어떤 식으로 '차지하는' 게 좋을지 제대로 판단하기 위해 그에 대해 알아보려는 것 같았다. 그것이 바로 우리의 여주인공이 방에 칩거하면서 생각해낸 것 중 하나였다. 자신의 초소에서, 아무 상관 없는 소리가 들려올 뿐인 적막 속에서 누군가가 자신에게 넘어오기를 바랄 때면 그 사람을 받아들이기가 정말 쉽다는 진실을 깨닫고 그녀는 미소 지었다. 모드 이모는 누군가를 처리하자고 마음먹으면 다른 사람을 시켜서 할 수는 없었다. 결단코 그 일은 언제나 자기 손으로 직접 처리해야 할 문제였다.

하지만 케이트가 정말 의아했던 것은 자신의 가치라는 측면에서 그렇게 대단한 외교 수완이 필요한 까닭이었다. 아직까지는 자기 기분을 상하게 할까 봐 이모가 노심초사하는 듯한 상황이니 자기 위치를 어떻게 바라봐야 하는 걸까? 덴셔를 받아들인 이유가 어느 정도 그렇게 하지 않으면 조카딸이 화가 나서 무슨 일이라도 저지를까 봐 겁이 나서인 것만 같았다. 아예 연을 끊고 집을 나가버릴 수도 있다는 생각까지 했던 것은 아닐까? 그럴 가능성은 너무 과장된 것이었다. 그녀는 그렇게 고약한 일까지 벌이진 않았을 테니까. 하지만 로더 부인은 케이트를 그런 식으로 바라보았고, 그런 식으로 다루어야 할 사람이라고 믿은 모양이었다. 그러니 이모는 그녀에게 어떤 중요성을 부여했으며, 관계의 유지에 얼마나 이상할 만큼 관심이 있었던 걸까? 아버지와 언니에게는 그 답이 있었다. 그녀가 그 질문을 어떻게 받아들이는지도 모르면서 말이다. 두 사람은 랭커스터게이트의 여주인이 그녀를 부자로 만들어주고 싶어 안달이라고 보았다. 그리고 그런 갈망이 생긴 이유는, 우연찮게 예전보다 가까이서 알아볼 기회가 생기자 그녀의 매력에 푹 빠져 정신을 차릴 수 없게 되었다는 것이다. 그 두 사람은 돈 많고 변덕스러우면서 격정적인 노부인들이 늘그막에 빠지는 환상이 이모에게 있다고 여겼고 그에 감탄해마지않았다. 더구나 미리 계획을 짜서 생겨난 결과가 아니기에 더욱 대단했다. 그러면서 그 당사자가 차지할 수 있는 온갖 결실들을 산더미같이 쌓아 올리는 것이었다. 케이트는 단번에 마음을 사로잡는다는 자신의 능력을 어떻게 봐야 할지 알고 있었다. 수려하게 생긴 건 분명하지만 뻣뻣하고, 똑똑한 것 같긴 하지만 냉정했다. 게다가 야망도 좀 어정쩡해서, 평온한 삶을 위해 멋지게든 멍청하게든 무심하고 담담하겠다고 마음먹지 못하는 것도 애석한 일이었다. 뭔가를 알게 되면 가만히 있을 수 있었지만 지나치게 꼼짝을 안 했고, 뭘 모른다 싶으면 불안스레 들썩거렸다. 그래서 어느 쪽으로도 잘해볼 재간이 없었다. 그렇기는 하지만 자신이 지금 중요한 상황에 놓여 있음을 알았고, 임종을 앞둔——하지만 모드 이모는 여전히 계단에서 간호사들 면접을 하고 있을 때——기대를 접은 불쌍한 엄마마저 지금은 하늘의 비호를 받아 제대로 힘을 써야 하는 상황임을 잊지 않고 상기시켰더랬다. 그리고 그녀가 그때 그 사실을 깨달아 정말로 힘을 쓰고 있다고 믿으며 돌아가셨다.

케이트는 아버지를 만나고 돌아오자마자 덴셔와 늘 하던 산책을 했다. 하지만 여느 때처럼 주로 앉아서 이야기를 나눴다. 호수 옆, 나무 아래 앉은 그들은 오랜 친구의 분위기를 풍겼다. 특히 젊은 시절 광활한 세상에서 마주치는 모든 문제들을 진지하게 해결하는 단계에 있는 친구들 말이다. 그러다가 말없이 나란히 앉아 있거나 그보다 더할 때도 있어서, 누구라도 지나가며 신기하게 쳐다보다가 마지막으로 떠올리게 될 문구는 아마 '약혼한 지 오래됐구먼!'일 것이었고 사실 그럴 법도 했다. 겨우 1년 전에 처음 만났고 한동안은 서로 연락도 없었던 젊은이들이라기보다는 아주 오랫동안 알아온 친구들처럼 보였을 테니 말이다. 사실 그들은 이미 서로를 오래된 친구로 느꼈다. 그래서 앞으로 계속 만나다 보면 바로잡힐 가능성도 있겠지만, 계속해서 지금까지와 거의 비슷한 만남을 자주 가지게 될 거라는 막연하고 불분명한 느낌과, 가능하면 지금과 거의 다르지 않은 만남을 더 많이 가졌으면 하는, 역시 막연하고 불분명한 의도를 가지고 있을 뿐이었다. 아무것도 모르는 행인은 둘의 관계를 앞에서 말한 방식으로 어림짐작할 수도 있겠지만, 아마도 지금 상태로 관계를 지속했으면 하는 바람은 사실 아직 그 문제에 대해 그들 사이에 공식적이고 결정적인 합의가 없었다는 사실과도 관련이 있을 것이다. 덴셔는 처음부터 그 문제를 들이댔지만 아직 너무 이르다고 응대하기는 쉬웠다. 그래서 그 이후로 아주 독특한 일이 발생했다. 약혼을 하기에는 아직 교제 기간이 너무 짧다고 인정했지만 그 외 다른 모든 것을 하기에는 길다고 보았고, 결혼이라는 것은 어쩐지 길도 없이 덜렁 앞에 놓인 사원 같았다. 그들은 이미 그 사원에 속해 있었고 경내에서 만났다. 경내 여기저기에서 대체로 새로운 흥밋거리를 많이 찾아낼 수 있는 단계에 있었다. 한편 속내를 털어놓는 사람이 거의 없는 케이트로서는 아버지가 어떻게 그런 의심을 하게 되었는지 알 수가 없었다. 물론 런던에서의 소문이란 항상 놀랄 정도였지만, 모드 이모가 직접 만날 일도 없는 메리언에게 소문이 닿은 것도 그에 못지않게 불가사의한 일이었다. 자신이 눈에 띈 것은 의심할 바 없었다. 사람들 눈에 띈 게 당연했다. 눈에 안 띄려고 애쓰지도 않았고, 확실히 그녀로서는 할 수 없는 일이기도 했다. 하지만 그래서 어떤 식으로 바라봤다는 건가? 볼 게 뭐가 있기라도 했단 말인가? 그녀는 그를 사랑했고 그건 자신도 아는 바였다. 하지만 그건 전적으로 개인적인 문제였다. 예전에도 항상 그랬고 지금도 그렇지만 자신은 맹렬하다 싶게 관습에 따라 행동해왔다고 보았다.

"이모가 당신에게 편지를 쓰지 않을까 싶어요. 사실 분명 그럴 거라고 봐요. 당신이 미리 알아두는 게 좋을 것 같아서요." 그를 만나자마자 그녀는 그렇게 말을 꺼냈고, 곧 이렇게 덧붙였다. "이모를 어떻게 받아들일지 결정을 해야 할 테니까요. 무슨 내용일지는 충분히 알 것 같지만."

"그럼 나한테 말해줄 수 있어요?"

그녀가 잠시 생각했다. "안 돼요. 재미없어지잖아요. 이모 생각은 이모가 제일 잘 전달하겠죠."

"그러니까 내가 불한당 같은 놈이라는 생각 말이에요? 아니면 잘 쳐줘봐야 당신 상대로는 만족스럽지 않다는 거?"

그들은 의자에 나란히 앉아 있었고, 케이트는 다시 잠깐 생각했다. "이모한테 만족스럽지 않다는 거죠."

"아, 알겠어요. 그건 피할 수 없겠죠."

그 말은 질문이라기보다는 하나의 진실처럼 들렸지만, 그들 사이에는 각자 이의를 제기하는 진실이 많았다. 여하튼 케이트는 그 점은 그냥 넘기고는 바로 이렇게 말했다. "이모는 지금까지 대단한 모습을 보였어요."

"우리도 그랬죠." 덴셔가 단언하듯 말했다. "그러니까 우리도 무척 주의 깊게 처신한 걸로 아는데요."

"우리 각자에게나 서로에게, 그리고 일반적으로 세상 사람들이 보기에는 그랬죠. 하지만 이모가 보기엔 그렇지 않았어요." 케이트가 말했다. "이모 눈에는 우리 둘 다 말할 수 없이 잘못된 거예요. 이모는 지금까지 우리가 내키는 대로 하도록 내버려두었잖아요. 그러니 이모가 당신을 보자고 할 때는, 상황이 어떤지 분명히 알겠죠." 케이트가 다시 한번 말했다.

"그야 늘 알고 있던 거고. 내가 우려하는 건 **당신** 상황이 어떤지예요."

"글쎄요." 케이트가 바로 말을 이었다. "그에 대한 이모 생각은 이모한테 직접 듣게 될 거예요." 그 말에 그가 그녀를 한참 바라보았다. 그녀를 가만두지 않는 사람들이 잘되기를 바란다는 명목으로 무엇을 바라든, 그윽한 그의 시선은 아무리 봐도 또 보고 싶은 것이었다. 그녀의 심정은 무슨 일이 있더라도 저

것을 가지리라, 완전히 내 것으로 만들리라는 것이었다. 그런데
도 그것을 다른 상관없는 것들과 함께 뭉뚱그려 넣는다거나 개
인적으로는 그렇게 아끼면서도 그 어려움과 관련된 대가를 지
불할 생각이 없다거나, 아무튼 그런 식으로 행동하니 이미 이상
했다. 그녀는 자신들이 서로 사랑하는 연인이라는 사실을 똑바
로 대면했고 절절하게 느꼈다. 연인이라 불릴 수 있어서 그녀
자신이나, 솔직히 그에게도 큰 기쁨이었다. 하지만 그녀는 나름
대로 두드러진 인물이라 그 특성과 관련하여 통념과는 무척 어
울리지 않는 생각을 가지고 있었다. 그녀는 연인이라는 특성을
그들의 권리로 주장했고, 그것을 너무나 당연시 여겨서 별로 대
담해 보이지도 않았다. 그러나 덴셔는 그 생각에 동의하면서도
그러한 단순화나 그녀의 가치 체계에 의구심을 가지지 않을 수
없었다. 사는 게 고달파질 수 있고, 사실 분명히 그렇게 될 것이
었다. 그러나 그들은 서로를 가졌고, 그게 핵심이었다. 그녀의
논리는 그러했는데, 반면 그가 보기에 그들은 서로를 가지지 못
했고, 문제는 바로 그것이었다. 하지만 희한하고도 특이한 지금
상황에서 그 문제를 굳이 따지는 건 좀 민망하리만치 교양 없는
일이라고 판단했다. 로더 부인을 그들의 계획에서 배제하는 건
불가능했다. 너무나 확고하게 너무 가까이 붙어 서 있었으니까.
아무리 기를 써도 정해진 시점에는 문을 열어 받아들여야 했다.
그러면 함께 앉아 무력하게 바라보는 두 사람 앞으로 그녀는 변
함없이 사두마차를 타고 오듯이 들어왔다. 서커스 무대 주인공
처럼 한 바퀴 돌고는 한가운데에 마차를 세우고 위엄 있게 내렸
다. 세속적일지 몰라도 규모는 아주 장대한 인물이라는 느낌이

들었지만, 딱히 그게 전부는 아니었다. 그녀는 세속적이라 그가 가진 게 없다고 여기는 것이 아니었다. 물론 그 점을 풍부하게 꾸며내는 데는 도움이 되었겠지만 말이다. 또한 그녀가 억세고 독창적이고 위험한 것도 세속성이라는 병폐에서 비롯하는 것이 아니었다.

그가 가진 게 없다는 사실, 가졌다고 해봐야 자신을 제외한 누구에게도 충분하지 못하다는 사실이야말로 정말 가장 볼썽사나운 점이었고, 그것이 쓱 나타나서 케이트의 삶의 요소들—그들끼리는 편하게 '우스운 것'이라고 칭하는—과 몰염치하게 정면으로 마주할 때—정말로 그렇게 모습을 드러내는 것 같았으니까—만큼 그의 눈에 더 볼썽사나운 적도 없었다. 과연 그것들이 수시로 그의 앞에 선명하게 나타나는, 스스로도 알고 있는 아주 내밀한 사실, 즉 그 역시 자신이 부자가 되리라고는 전연 믿을 수가 없다는 사실보다 과연 더 우스울지 간혹 자문하기도 했다. 실은 이 점에서 그의 확신은 꽤 확고한 기정사실이었다. 당연히 남들보다야 본인이 더 잘 알았지만 구체적으로 따져보면 잘 이해가 되지는 않았다. 정신적으로나 신체적으로 모자라는 것도 아닌데, 그러니까 지진아라거나 절름발이가 아니라는 것도 다 아는 사실인데 어떻게 그 확신이 여전히 지속되는지 자신은 알았다. 남들은 모르는 비밀이지만 절대적임을 알았고, 이상하게 들릴지 모르지만 평범한 일상사에서 의욕이 꺾인다거나 무슨 일을 못 하게 막는 일은 없었다. 다만 지금에 와서야 결혼과 관련하여 그를 막아서지 않나 따져봐야 했다. 오직 지금에 이르러 그는 처음으로 자기 처지를 저울에 올려보아야 했던 것이다. 케이트와 함께 앉아 있을 때면 종종 저울이 눈앞에서 흔들거렸다. 이야기를 하고 이야기를 듣는 동안 시커멓고 커다란 저울이 눈부시게 환한 공간에서 특이한 자세를 취하고 있는 것이 보였다. 어떤 때는 오른편이 내려가 있고 어떤 때는 왼편이 내려가 있었다. 이쪽으로든 저쪽으로든 저울대가 확 튀어 오를 뿐, 행복하게 균형을 취하는 적은 한 번도 없었다. 그래서 자신에게 운명을 걸어달라고 사랑하는 여자에게 부탁하는 게 비열한 건지, 아니면 그 운명이라는 것이 기껏해야 여러 단계의 궁핍한 생활 중 하나일 뿐이라는 사실을 양심적으로 받아들이는 것이 비열한 건지, 그 질문이 머리를 떠나지 않았다. 혹은 반대로 돈 보고 하는 결혼이 돈 없는 결혼을 그저 두려워하는 일보다 결과적으로 덜 수치스러운 일이 아닐지. 그럼에도 불구하고 갖가지 기분과 견해를 거쳐 가며 그의 이마에 찍힌 표식은 더욱 도드라졌다. 결혼을 하든 말든 자신은 내내 없이 살게 되리라고 보았다. 그의 상상력은 그 방면에서 놀랍도록 생기발랄했다. 돈을 벌 수 있는 수많은 방법들이 멋지게 앞에 있었다. 다른 모든 일을 처리하듯 신문사를 위해 손쉽게 그런 일을 처리할 수 있을 것이었다. 그는 자신이 만사를 얼마나 잘 처리하는지 아주 잘 알았다. 그것이 그의 이마에 두드러지게 찍힌 또 하나의 표식이었다. 운명이 찍어놓은 한 쌍의 손가락 자국. 수동적인 양털 위에 찍힌 낙인처럼 그것은 태곳적에 생겨서 내내 함께하고 있었다. 신문·잡지에 글을 쓰는 일은 개탄스러울 정도로 쉬웠다. 열 살 때에도 막히는 게 하나도 없었으니 스무 살에는 더 말할 나위도 없었다. 그건 우선 그의 운명이라는 측면이 있었고 그다음으로는 형편없는 대중의 탓이기도 했다. 여하튼 앉은 의자를 뒤쪽으로 기울이고 깍지 낀 손으로 받친 채 고개를 뒤로 젖히고 있을 때 그의 상상 속에 빈번하게 떠오르는 것은 돈을 벌 수 많은 방법들이었음이 분명했다. 게다가 그런 자세가 오래 유지된 까닭은 무엇보다 그 방법들이 오직 남들을 위한 방법이라는 생각 때문이었을 것이다. 그들 관계의 단순화에 제일 도움이 안될 상대방의 상황들을 한순간에 그 어느 때보다 훨씬 더 가까이 바라보고 있음을 알았다. 무엇보다 그녀가 솔직하게 털어놓았기에 그녀 자신이 어떻게 보는지 알게 되었다. 그녀는 아버지를 만났던 일을 들려주고, 그다음 언니와 한바탕했다는 얘기와 함께 불행한 언니의 희망을 자신이 어떤 식으로든 짜깁기해야 하는 신세로 전락했다고 말했던 것이다.

"우리가 한 가족으로 얼마나 실패작인지 아주 잘 보여주죠!" 그녀가 외쳤다. 그 말과 함께 그는 전부를 다시 한번 들었다. 게다가 이번에는 전부도 모자라 더 있었다. 아버지가 가족들에게 얼마나 망신을 주었는지, 그리고 얼마나 어리석고 잔인하고 사악하기까지 했는지. 그래서 엄마는 얼마나 상처를 받았는지. 버림받고 망가져 무능했는데, 그러면서도 그나마 남아 있는 집을 건사하는 일에서는 얼마나 끔찍하게 불합리했는지. 그리고 두 오빠의 요절. 장남이었던 오빠는 열아홉에 장티푸스로 죽었는데, 나중에 알고 보니 병균이 득시글했던 작은 집에서 여름휴가를 보내다가 걸린 것이었다. 다른 오빠는 집안의 자랑거리로서 해군 사관후보생이었는데, 무참하게도 물에 빠져 죽었다. 항해 중에 사고를 만난 것도 아니었다. 휴가 때 같은 배를 타는 동료 집에 놀러갔는데, 가을인데도 그곳의 망할 강물에서 때늦은 수영을 하다가 다리에 쥐가 났고, 그걸 제때 발견을 못 해서 그렇게 되었다. 그다음으로 뭔가 뒤틀린 메리언의 결혼이 있었고, 그것은 운명에게 맥없이 다른 쪽 뺨을 내미는 일이었다고 할 수 있었다. 실제 비참한 생활과 하소연, 미끈둥거리는 아이들, 터무니없는 언니의 요구, 언니를 찾아오는 밉살스러운 시누이들, 이 모두가 운명이 그들 전부를 얼마나 혹독하게 다루는지를 보여주는 증거의 완결판이었다. 스스로도 인정했지만, 그녀는 가족 이야기를 할 때는 지나치리만치 짜증스러움을 내보였다. 가족을 묘사할 때 주로 내보이는 그 태도가 덴셔에게는 그녀의 매력이기도 했는데, 한편으로는 내키는 대로 익살을 더해 그에게 즐거움을 주기 위해서인 것 같고 다른 한편으로는 끊임없이 실감하게 되는 현실의 말할 수 없는 불합리성을 애써 털어내어 마음이 좀 편해지고 싶어서—이 점이 가장 매력적이었다—인 듯했기 때문이다. 그녀는 전반적인 광경을 너무나 일찍, 너무나 예리하게 지켜봤고, 아주 총명했기 때문에 잘 알았고 그 불운을 고려하며 살았다. 따라서 그와 대화를 나누다가 그녀가 여자답지 않을 만큼 과격해질 때면, 함께 교감을 나누기 위해 환상적이고도 절묘한 과장된 언어라는 지름길로 가자고 합의라도 한 듯했다. 곧장 갈 수 있는 길이 그들 사이에 달리 주어져 있지 않다면 적어도 생각의 영역은 활짝 열려 있다는 사실이 이미 처음부터 분명했던 것이다. 무엇이든 누구에 대해서든 마음대로 생각할 수 있었다. 다시 말하면 그것을 두고 이야기를 나눌 수 있었다. 그 생각을 서로에게 얘기하는 것, 오직 둘 사이에서만 얘기한다는 것이 당연히 묘미를 더해주었다. 그러다 보니 함께 있지 않을 때의 이야기는 각자에게 그런 묘미가 전혀 없다는 암시가 늘 있었으며, 특별한 시간에 물 위를 둥둥 떠다니는 자신들만의 작은 섬에 올라타기에는 다른 곳 어디서나 가장을 하고 있을 뿐이라는 가정이 무엇보다 도움이 되었다. 친밀함이라는 사실을 이렇게 특정하게 다룸으로써 가장 이득을 보는 사람이 케이트라는 것을 덴셔가 알고 있었다는 점도 덧붙여야겠다. 자신에 비해 그녀의 삶에는 감정적으로 반응할 일이 많다는 인상을 항상 받았고, 그녀가 집안에 닥친 암울한 재앙들을 다시 들려주거나, 기이하고 힘들기는 하지만 그것을 상쇄하듯이 엄청나게 격상된 현 상황——틀림없이 엄청나게 격상된 상황으로 생각되었으니까——을 슬쩍 보여줄 때면 자신의 칙칙한 가족사에 대해서는 해줄 말이 거의 없는 느낌이었다. 언급되는 대상들 중에서 가장 그의 관심을 끄는 것은 당연히 아버지라는 인물이었다. 그러나 처크가에 다녀온 일을 상세하게 전해 들으면서도 그는 여전히 그 인물에 대해 확실히 잡히는 게 거의 없었다. 까놓고 말하자면, 그래서 크로이 씨가 애초에 한 짓이 무엇이란 말인가?

"모르겠어요. 알고 싶지도 않아요. 그저 오래전에, 그러니까 내가 열다섯 살쯤 되었을 때 무슨 일이 벌어져서 아버지가 전혀 가망 없는 사람이 되었다는 사실만 알아요. 그러니까 처음에는 대충 세상 사람들에게 가망 없는 사람이었고, 그 뒤로는 차츰차츰 엄마에게도 그런 사람이 되었죠. 물론 그때 우리는 그 일을 몰랐어요." 케이트가 설명했다. "나중에야 알았죠. 희한하게도 아버지가 뭔 짓을 했다는 걸 처음 알아낸 것이 언니였어요. 지금도 그때 그 목소리가 들리는 것 같아요. 춥고 어두침침한 어느 일요일 아침이었는데, 안개가 너무 짙게 끼어서 교회에 가지 않았더랬어요. 그때 공부방 난로 옆에서 언니가 불쑥 그 말을 꺼냈어요. 난 등불 옆에 앉아 역사책을 읽고 있었는데—교회에 가지 않을 때면 역사책을 읽어야 했거든요—방 안의 자욱한 연기 사이로 앞뒤 맥락도 없이 갑자기 이렇게 말하는 거예요. '아빠가 뭔가 아주 못된 일을 저지르셨어.' 그런데 신기하게도, 난 그 말을 그 자리에서 바로 믿었고 이후로도 계속 믿었어요. 그뿐이었고 다른 말은 없었는데도, 그러니까 그 못된 일이 뭔지, 어떻게 알게 되었는지, 그래서 아버지한테 무슨 일이 생긴다는 건지, 아무 말 없었는데도 그랬어요. 아버지에게 정말 온갖 일들이 벌어졌고, 내내 그랬다는 느낌은 늘 있었거든요. 그래서 메리언이 자기 혼자 알아냈고 그걸로 충분하다고 말했을 때 난 그 말을 그냥 믿었어요. 왠지 너무 당연했거든요. 엄마한테 물어보지 않았고, 그 때문에 오히려 그 사실이 더 당연해져서 한마디도 입 밖에 내지 않았어요. 그런데 정말 이상하게도 얼마 후 엄마가 먼저 얘기를 꺼냈어요. 한참 시간이 흐른 다음이었지만요. 아버지가 우리와 함께 지내지 않은 지 오래였지만 우린 그냥 익숙해졌어요. 엄마는 분명 걱정이 되었던 거예요. 내가 무슨 생각인가를 하고 있는 게 분명하니 얘기를 해봐야겠다고 나름 결심을 한 거죠. 언니가 그랬던 것처럼 엄마도 뜬금없이 그 말을 꺼냈어요. '아버지에 대해서 뭔가 안 좋은 생각을 하고 있다면, 그러니까 아버지가 끔찍하고 못된 인간이라는 사실 말고 어떤 다른 생각이 있다면 그건 전혀 사실이 아니란다.' 그렇게 해서 난 그게 사실이라는 걸 알았어요. 물론 내 기억에 그때 엄마에게는 사실이 아닌 거 다 안다고 말했을 거예요. 어쩌면 엄마가 사실이라고 했더라도, 아버지에 대한 어떤 비난을 맞닥뜨렸더라도 격렬하게 반박했을 거예요. 내 생각엔 아마 엄마보다 더욱 격렬하면서도 효과적으로 말이에요." 케이트가 계속 말을 이었다. "하지만 실제로는 전혀 그런 기회를 갖지 못했고, 그것이 좀 의외라는 생각이었어요. 그러고 보면 때로는 세상이 그런대로 괜찮은 곳인 것도 같았죠. 아무도 내게 입도 벙긋하지 않았어요. 그게 한편으로는 어떤 침묵, 아버지를 둘러싼 침묵, 세상 사람들 사이에서 아버지를 흔적도 없이 없애버린 침묵이었던 거예요. 사람들에게 아버지는 존재하지도 않았죠. 그렇지만 그 어느 때보다 확실해요. 사실, 지금이라고 그때보다 더 알게 된 것도 없지만 전보다 더 확실하다는 느낌이에요." 그러고는 이렇게 말을 맺었다. "그게 바로 내가 여기 앉아서 당신에게 아버지 이야기를 하는 이유예요. 그게 믿을 만한 증거로 여겨지지 않는다면 달리 어떻게 당신을 만족시킬 수 있을지 알 수가 없네요."

"말할 수 없이 만족스러워요." 덴셔가 대답했다. "하지만 이봐요, 그래서 내가 뭘 대단히 알게 된 건 없잖아요. 딱히 당신이 해준 이야기가 별로 없어요, 그렇잖아요. 너무 막연해서, 나로서는 당신이 잘못 알았을 수도 있다는 생각밖에 할 수가 없잖아요? 아무도 꼭 집어 말하지 못하는데 대체 그분이 무슨 일을 했다는 거예요?"

"안 한 일이라고는 없이 다 했어요."

"아, 다 했다고요! 다 했다는 건 아무것도 안 했다는 거나 마찬가지예요."

"그럼, 아버지가 어떤 특정한 일을 했다고 하죠. 단지 우리는 모를 뿐이고. 얼마나 다행인지! 하지만 그걸로 아버지는 끝장난 거예요. 조금만 수고를 들이면 **당신**도 분명 알아낼 수 있을걸요. 여기저기 물어보면 되잖아요."

덴셔는 잠깐 말이 없었다. 하지만 곧 다시 입을 열었다. "무슨 일이 있어도 알아내지 않을 거예요. 그런 걸 물어보고 다니느니 차라리 혀를 잘라내지."

"하지만 그게 나의 일부분이에요." 케이트가 말했다.

"당신의 일부분이라고?"

"아버지가 저지른 망신스러움 말이에요." 그 말에서는 자부심이 서린 그윽한 염세주의의 분위기가 그 어느 때보다 심오하게 풍겼다. "그런 일이 어떻게 한 사람의 인생에 엄청난 영향을 주지 않을 수 있어요?"

그 말에 그는 다시금 그녀를 한참 바라보았고, 그녀는 깊고 자극적인 그 맛을 남김없이 빨아들였다. "당신 인생의 그 엄청난 일과 관련해 조금만 더 나를 믿어달라고 부탁할 생각인데." 그가 말했다. 그러더니 그저 따져볼 셈으로 물었다. "아버님이 클럽 같은 데 다니시지 않나요?"

그녀가 심각한 투로 고개를 저었다. "예전엔 다니셨죠, 그것도 너무 많이."

"그런데 그만두신 거예요?"

"그쪽에서 **아버지**한테 이제 나오지 말라고 한 거죠. 확실히 그랬을 거라고 봐요. 내가 그렇다면 그런 거예요." 케이트가 바로 이어서 말했다. "아버지한테 가서 함께 살겠다고, 할 수 있는 데까지 가정을 꾸려보겠다고 했어요. 그래서 아버지를 보러 갔죠. 그렇지만 들으려고 하시지도 않더라고요."

덴셔가 이 말에 눈에 띄게 깜짝 놀라는 표정을 보였다. "아버님이 '가망 없다'고 해놓고서 그분과 살면서 그 불리한 조건을 함께 감당하겠다고 말했다는 거예요?" 당장은 청년에게 그것은 너무나 훌륭해 보일 따름이었다. "정말 담대하군요!"

"아버지를 위해 용기를 낸 것처럼 보여서요?" 그녀는 그런 해석을 받아들이지 않았다. "용기가 아니었어요. 오히려 반대죠. 나 자신을 지키기 위해서 그런 거예요. 도망치려고요." 요즘 들어 늘 그렇지만 그는 그녀처럼 멋진 생각거리를 던져주는 사람은 없다는 투로 물었다. "무엇에서 도망치는 건데요?"

"모든 것에서요."

"혹시 나한테서 도망친다는 뜻인가요?"

"아니요. 아버지한테 당신 얘기를 했어요. 아버지가 허락하시면 당신과 함께 오겠다고 말했죠. 뭐, 대충 그런 뜻으로요."

"그런데 허락하지 않으셨군요." 덴셔가 말했다.

"어떤 말도 들으려고 하지 않으셨다니까요. 나를 도와주지도 구해주지도 않으실 거예요. 나를 위해 손가락 하나 까딱하지 않으실 거라고요." 케이트가 말을 이었다. "아무도 흉내 낼 수 없는 아버지만의 방식으로 요리조리 빠져나가더니 날 도로 내던져버렸어요."

"그럼 다행히 도로 나한테 온 거군요." 덴셔가 동조하듯 말했다.

그러나 그녀는 자신이 불러 낸 장면 전체를 단 하나의 시각으로 보는 양 다시 말했다. "안된 일이죠. 아버지가 당신 마음에 들 텐데. 아버지는 훌륭하고 정말 대단하신 분이니까." 이 말에 상대방은 웃음을 터뜨렸는데, 그녀의 말투에는 다른 여성들— 다른 여성들을 아는 한에서—과의 대화를 지루한 상투성의 사막으로 쫓아내버리는 무엇이 있다는 사실을 시도 때도 없이 거듭 실감할 때마다 그런 웃음이 튀어나왔다. 하지만 그녀의 말은 아직 끝나지 않았다. "아버지는 정말로 당신 마음에 들게 행동하실 텐데."

"심지어 나를 퇴짜 놓으면서도요?"

"아버지는 다른 사람 기분 맞추는 걸 좋아하세요." 케이트가 설명했다. "사적인 관계에서요. 그럴 때 아버지가 얼마나 멋진지 본 적이 있어요. 당신의 진가를 알아보고 영리하게 구실 거예요. 아버지는 나를 반대하는 거예요. 그러니까 내가 당신을 좋아하는 걸 반대하시는 거죠."

"그럼 하늘에 감사할 일이군요." 덴셔가 소리쳤다. "당신이 그런 반대를 무릅쓸 정도로 나를 좋아한다니!"

그러나 그녀는 잠깐 뜸을 들였다가 좀 생뚱맞게 대꾸했다. "꼭 그렇지도 않아요. 아버지와 함께 살 수 있다면 당신을 포기하겠다고까지 했어요. 그런데 아무것도 달라지지 않더라고요." 그녀가 이어서 말했다. "그래서 아버지가 어떤 조건에서든 날 거부한다고 말한 거예요. 그러니까 요점은, 내가 도망칠 수가 없다는 거죠."

덴셔가 의아한 듯이 물었다. "하지만 **나한테서** 도망치고 싶은 게 아니라면?"

"모드 이모한테서 도망치고 싶은 거예요. 하지만 내가 아버지에게 도움이 될 수 있는 건 이모를 통해서, 오직 이모를 통해서라고 우기시더라고요. 마찬가지로 메리언도 **자기를** 도울 수 있는 방법은 이모를 통해서, 오직 이모를 통해서라고 우기고요." 그녀가 했던 설명을 되풀이했다. "그 두 사람이 나를 쫓아냈다는 게 바로 그런 뜻이에요."

청년이 곰곰이 생각했다. "언니도 당신을 쫓아냈어요?"

"아, 아주 등을 떠밀었죠!"

"하지만 언니에게도 함께 살자고 했어요?"

"언니가 하겠다고만 하면 당장 그럴 생각이었죠. 내가 가진 미덕이라곤 그게 전부예요. 협소하고 보잘것없는 가족애. 멍청하고 알량하게도 가족에 대한 도리 같은 것이 내게 있다고요. 뭐라고 불러야 할지 모르겠는데." 케이트는 굽히지 않고 밀고 나가더니 씩씩하게 그 지점을 고수했다. "간혹 혼자 있을 때 불쌍한 엄마 생각이 떠오르면 나도 모르게 튀어나오려는 비명을 겨우 누르곤 해요. 엄마는 산전수전 다 겪으셨어요. 그 두 사람이 엄마를 완전히 무너뜨렸어요. 그 둘이 어떤 사람들인지 이제는 알아요. 그때는 숙맥이라 몰랐어요. 지금 내 상황은 엄마와는 비교할 수도 없을 만큼 성공적이죠. 언니가 줄곧 나한테 일깨우는 것도 그거고, 이미 말했듯이 아버지 역시 아버지만의 놀라운 방식으로 그랬던 거고. 두 사람에게 내 상황은 가치가 있어요. 아주 대단한 가치가 있죠." 그녀가 생각을 계속 이어나갔다. 명료하고 객관적인 그녀의 말에는 대충 봐주는 얼버무림이 전혀 없었다. "진짜 가치죠. 그들이 가진 유일한."

잠깐 말을 멈추거나 여지를 두는 중에도 오늘 이 젊은 남녀 사이에서 모든 것이 아주 빠르게 오갔다. 후덥지근한 날 내리꽂히는 번개처럼 순식간에 불안감이 가로질렀다. 덴셔는 전에 없이 단호하게 상황을 바라보았다. "그래서 당신이 말하는 그 사실이 당신을 붙들고 있군요!"

"당연히 날 붙들고 있죠. 한시도 그 소리가 귀에서 들리지 않는 때가 없어요. 그래서 나만의 행복을 누릴 권리가 과연 있는지 묻지 않을 수 없죠. 타고난 팔자 이상으로 똑똑하고 화려해진다든가 넘쳐흐르도록 풍요로워질 권리가 있는지 말이에요."

덴셔가 잠시 사이를 두고 말했다. "아, 행운이 따라준다면 당신은 당신만의 행복을 누릴 수 있을 거예요."

상대가 그랬듯이 그녀도 당장은 대꾸가 없었다. 그러다가 그의 얼굴을 똑바로 바라보면서 나지막한 목소리로 간단히 이렇게만 말했다. "당신은 참!"

그가 다시 말이 없었다. 그러더니 역시 나지막한 목소리로 간단히 이렇게 물었다. "우리가 내일 당장 결혼하면 그 문제를 해결할 수 있지 않을까요? 아주 쉽게 행정적으로 말이에요."

"그건 당신이 이모를 만나고 난 다음에 어떻게 해보도록 하죠." 케이트가 바로 대꾸했다.

"그러면서 나를 사랑한다는 거예요?" 덴셔가 따지듯 물었다.

그들의 대화에는 지금껏 신중함과 단순 명쾌함이 묘하게 뒤섞여 있었는데, 그녀가 마침내 이렇게 말했을 때만큼 더 적절하게 그 분위기를 보여주는 것도 없었다. "당신 역시 이모를 두려워하는군요."

그가 어렴풋한 미소를 보였다. "아주 두드러지고 혈기왕성한 젊은이들로서 우리가 주목을 끌잖아요."

"그래요." 그녀가 바로 받았다. "우린 지독히 총명하니까요. 하지만 그래서 재미있기도 하죠. 찾을 수 있는 데서 재미를 찾아야 해요." 그런 뒤 덧붙인 말은 나름 용기를 내서 한 말이었다. "우리 관계는 무척 멋지다고 봐요. 전혀 천박하지 않잖아요. 난 나를 구해줄 낭만을 고수해요."

그에 상대는 미소를 지을 때보다 더 기탄없이 웃음을 터뜨렸다. "나를 버리게 될까 봐 엄청 걱정이군요!"

"아니, 아니, 그거야말로 천박한 짓이죠. 하지만 물론 내가 어떤 비열한 짓을 하게 될 수도 있다는 건 분명 알아요." 그녀가 인정했다.

"나를 희생시키는 일만큼 비열한 일이 또 뭐가 있겠어요?"

"당신을 희생시키는 일은 절대 없을 거예요. 다치기도 전에 비명 지르는 짓은 하지 말아요. 그 누구든 무엇이든 희생하는 일은 없을 거예요. 모든 걸 원하고 모든 걸 다 해보겠다는 게 바로 지금 내 상황이에요. 내가 그들을 위해 행동하고 있다(당신도 마찬가지고요)고 보는 것도 그래서이죠." 그녀가 그렇게 말을 맺었다.

"'그들'을 위해서요?" 그러더니 과도하다 싶게 냉랭한 말투로 덧붙였다. "고맙군요!"

"그들에게 마음 쓰이지 않아요?"

"내가 왜요? 나한테야 심각한 골칫거리밖에 더 돼요?" 그는 그녀가 뒤틀린 방식으로 아끼는 불운한 사람들을 두고 이런 말을 툭 던지고는 너무 사나웠나 싶어 바로 후회했다. 한편으로는 그녀가 발끈하리라 예상했기 때문이기도 했다. 그러나 때로는 발끈하는 일조차 부드럽다는 게 그녀의 섬세한 측면이기도 했다. "우리가 어리석게 굴지만 않으면 **모든 걸** 이룰 수도 있다는 사실을 왜 좀더 확실히 깨닫지 못하는지 모르겠네요. 이모를 차지할 수도 있어요."

그가 그녀를 빤히 보았다. "우리한테 연금이라도 주게 만든다는 건가요?"

"글쎄요, 확실히 알게 될 때까지 기다려봐요."

그가 잠깐 생각해보더니 말했다. "이모님한테 무엇을 얻어낼 수 있을지 알게 될 때까지?"

케이트는 잠시 말이 없었다. "좌우간 내가 이모한테 뭘 해달라고 한 게 아니에요. 최악의 사정에서도 절대 이모한테 애원을 한 적도, 심지어 근처에 간 적도 없어요. 이모가 먼저 나를 찍었고, 멋들어진 금빛 발톱으로 나를 움켜쥔 거라고요."

"이모가 무슨 맹금이라도 되는 것처럼 말하는군요." 덴셔가 말했다.

"참수리라고 해두죠. 금빛 부리도 있고 멋지게 날아오를 수 있는 훌륭한 날개를 가진. 그러니까 이모가 하늘을 나는 어떤 존재라면 사실 꿰매서 만든 거대한 실크 풍선이기도 한데, 어쨌든 내가 거기 스스로 올라탄 적은 없어요. 이모가 나를 선택한 거죠."

그녀가 그려 보인 상황은 그야말로 색채도 화려하고 스타일도 훌륭했다. 어떤 대가의 그림을 바라보듯이 그가 그 전부를 잠시 꼼꼼히 살펴보았다. "당신에게서 무얼 보았기에!"

"알다가도 모를 일이죠!" 큰 소리로 그렇게 내뱉더니 그녀가 일어섰다. "모두 보았겠죠. 그런 거예요."

그래, 그런 거였다. 그리고 그녀가 앞에 있으면 그는 그것을 내내 마주했다. "그래서 당신 말은 이모님과 어떻게든 잘해보는 게 내 임무라는 거죠?"

"만나봐요. 그냥 만나보라고요." 케이트가 성마르게 대답했다.

"굽실거리고?"

"아, 좋을 대로 해요!" 그러더니 그녀는 못 참겠다는 듯이 자리를 떴다.

2

멀어지는 케이트를 한참 눈으로 좇던 덴셔는 머리를 가누는 모양새나 자부심에 찬 걸음걸이—그것을 표현할 좋은 말이 생각나지 않았다—에서 로더 부인이 내세우는 근거를 적어도 얼마간 알아차리고는 일어나 그녀를 따라잡았다. 그 근거에 맞설 근거로 자신을 내세우는 상황을 떠올리며 움찔했다. 모드 이모가 원대한 꿈을 꾸는 대상을 그렇게 눈앞에 두니, 어떤 비굴한 태도를 취해서라도, 또 득이 된다면 무슨 타협을 해서라도 그녀가 아무렇지도 않게 던진 명령에 따를 준비 역시 되어 있었지만 말이다. 그녀가 원하는 대로 할 것이었다. 그가 원하는 건 그에 따라 생겨날 수도 있었다. 힘닿는 데까지 그녀를 도울 작정이었다. 왜냐하면 그날 이후, 그리고 그다음 날 내내, 그녀가 아름다운 등을 돌리며 아무렇지도 않게 던진 명령은 마치 로더 부인이 머무는 환경인 창공을 가르며 세게 내리친 채찍질과도 같았기 때문이다. 굽실거리지는 않을지도 몰랐다. 그렇게까지 할 수 있을 것 같진 않았으니까. 하지만 인내심을 가지고 꾹 참거나 우스꽝스러운 모습을 보이고, 사리에 맞거나 맞지 않게 행동하고, 그리고 무엇보다 상당한 외교적 수완을 발휘할 터였다. 자신이 가진 모든 꾀는 다 발휘할 터였다. 그리고 지금 그는 낡았지만 사랑스러운 오래된 시계를 이따금 흔들 때처럼 자신이 가진 꾀라는 꾀는 몽땅 세차게 흔들어 깨웠다. 고맙게도 그 '요인'(신문에서 쓰는 거창한 용어를 빌리자면)이 충분치 않거나 그런 건 아니었다. 그리고 그들이 함께 어느 정도나 끌어모을 수 있을지 고려했을 때, 결국 패배하거나 굴복한다면, 너무 일찍 너무나 즉각적으로 굴복하게 된다면, 그 빛이 흐리긴 해도 어쨌든 그들을 수호하는 별이 직무에 태만한 것이라 봐야 했다. 사실 그가 떠올린 재앙은 최악의 경우라도 그들의 가능성의 즉각적인 희생이 아니었다. 그가 그려본 재앙은 로더 부인을 자기들 편으로 돌려세울 수 있으리라는 생각의 허황됨이 증명되고 그 미련함이 까발려지는 것이었고 그걸로 충분했다. 얼마 지나지 않아 '답신 요금이 지불된' 전보로 전달된 요구에 따라 그녀의 거대한 응접실—랭커스터게이트의 방들은 처음부터 그에게는 정말 어마어마한 규모로 다가왔으니까—에서 그녀를 기다릴 때도 그는 이론상으로는 여전히 그런 생각을 고수하고 있었다. 비록 그 일이 현실적으로 얼마나 어려울까 하는 느낌이 그 집의 규모만큼이나 어마어마해졌지만 말이다.

그는 응접실에 한참 동안 혼자 앉아 있었다. 15분쯤 흘러간 것 같았다. 모드 이모가 그를 기다리고 또 기다리게 하는 동안, 관찰할 많은 것들과 생각할 많은 것들이 꾸역꾸역 밀려드는 동안, 사람을 이런 식으로 대하는 인물에게 뭘 기대할 수 있을까 묻지 않을 수 없었다. 그를 부른 것도, 시간을 정해준 것도 그쪽이었으므로 이렇게 나타나지 않는다는 건 의심할 바 없이 그를 일부러 불편하게 만들려는 전체적인 계획의 일부일 뿐이었다. 하지만 그녀의 기호와 상징들의 엄청난 표현이라 할 거대하고 화려한 가구의 의미를 받아들이며 이리저리 걸어 다니는 동안 그는 자신이 앞으로 겪게 되리라 예상하며 단단히 준비했던 불편함이 어떤 것일지 확신할 만했다. 비빌 언덕도 없으니, 자존감 있는 남자가 괜찮은 명분을 가지고 겪게 될 가장 커다란 치욕이라는 생각이 문득 들기도 했다. 보여줄 게 없다는 사실, 말 그대로 정말 하나도 없다는 사실을 지금처럼 확연하게 실감한 적은 이제껏 없었다. 실로 대단한 볼거리들이 주변에 펼쳐져 있었으니 말이다. 집주인의 개인사를 또렷하게 말해주는 육중하고 거대한 물건들이 거의 기형적이다 싶을 만큼 확정적인 모습으로, 너무나 공격적으로 우뚝 솟아 있었다. '뭐니 뭐니 해도 당신 이모는 웅장할 정도로 천박해요.' 케이트와 있을 때 이모와 관련해 그런 말이 튀어나올 뻔한 적이 있었다. 나오기 직전에 겨우 다시 삼키고 나서, 그 말이 불러왔을 위험까지 아울러 혼자만 간직했다. 그것은 아주 곧장 핵심을 뚫고 들어가는 표현이기에 중요할 수밖에 없었는데, 어쨌거나 케이트 쪽에서 언젠가 알아서 언급할 문제라고 보았다. 지금 이 순간 그것이 그렇게 곧장 뚫고 들어왔고, 이상하게도 그렇다고 그 가련한 여인이 조금도 따분하거나 진부한 인물이 되지는 않았기에 사실 더욱 그러했다. 그녀는 천박했지만 참신하게 천박했고 심지어 멋들어지게 천박했다. 그렇게 거대하고 대담한 기질의 작용에는 얼마간 멋들어진 면도 있으니 말이다. 결국 그녀는 감당해야 할 최대 용량이었다. 그리고 그는 채찍도 없이 암사자 우리에 들어앉은 셈이었는데, 여기서 채찍이란 한마디로 적절하고 효과적인 항변을 의미했다. 그로서는 케이트를 사랑한다는 말 외에 응수할 방도가 없었고, 그건 이 정도의 집에서 하기에는 극도로 하찮은 말이었다. 케이트는 이모가 '열정적Passionate'이라는 언급을 여러 번 했는데, 대문자 P를 써서 강조하며 다른 점을 상쇄할 만한 면모라도 되는 양 말했다. 그가 어떤 식으로든 그들에게 유리하게 돌려 이용할 수 있는 어떤 것, 아니 사실은 꼭 그렇게 해야 하는 어떤 것이라고 설명했던 것이다. 지금 그는 그것을 어떤 식으로 이용할 수 있을까 고심했다. 그러나 기다리는 시간이 길어질수록 문제는 복잡해져갔다. 확실히 그로서는 마음껏 즐길 수 없는 게 있었다.

이리저리 서성이는 중에 그는 확실히 가늠할 수 있었다. 이쪽 끝에서 저쪽 끝으로 방을 가로지를 때마다 그 거리만큼 자신의 궁핍함이 사막처럼 펼쳐졌다. 게다가 그렇게 광활하게 펼쳐진 광경을 앞에 두고 그 사막이 어떻게든 잘될 거라는 시늉을 하기란 전처럼 쉽지 않았다. 랭커스터게이트는 부유해 보였다. 거기서 받는 인상이 오롯이 그러했다. 자신이 평생 그런 부유함의 근처라도 갈 수 있다고는 상상도 할 수 없었다. 지금까지 암시로만 알아온 주변의 모든 모습들을 더욱 생생하게, 더욱 비판적으로 이해하게 되었다. 자신의 미적인 반발이 놀랍지도 않았다. 케이트가 자신의 미적 감수성으로는 정말 참기 힘들다고 여러 번 언급했음에도 불구하고 그는 독립적인 상류층 부인이 집을 꾸미는 방식이 그렇게 '거슬릴' 줄은 예전엔 미처 몰랐다. 그 집의 언어가 직접 그에게 말을 걸며, 여주인의 연상 작용과 구상,

이상과 가능성 등을 비할 바 없이 폭넓고 자유롭게 그의 눈앞에 써 보이는 것이었다. 이렇게 많은 것들이 이렇게 한결같이 추한 경우는 한 번도 본 적이 없다는 느낌이었다. 그렇게 효과적이면서 불길하게 잔인한 모습을 본 적이 없었다. 이 장소 전체를 특징짓는 표현으로 '잔인하다'는 명칭을 떠올릴 수 있어서 다행이었다. 여기서 받은 인상으로 곧바로 머릿속에 신문기사가 하나 떠올랐는데 그것이 기사의 주제가 될 법했다. 가짜 신들을 대수롭지 않게 치워버릴 수 있다고 자부하는 시대에도 수가 줄어들지도 않은 머리를 치켜들고 여전히 승승장구하면서 육중하게 자리 잡은 끔찍스러움에 대해 써볼 수 있을 것이다. 그래서 결국 로더 부인에게서 얻게 될 것이 고작해야 쓸 만한 기사 한 줌 정도라면 그것도 우습겠지만. 그럼에도 굉장한 사실은, 실로 불길한 사실은, 심지어 당장 써서 올릴 신문기사를 상상하는 와중에도 그 육중한 끔찍스러움을 비웃기가 쉽지 않고 오히려 그 앞에서 주눅이 든다는 것이었다. 한데 뭉뚱그려 초기 빅토리아라거나 중기 빅토리아라는 식으로 이름을 붙여 대수롭지 않게 치워버릴 수가 없었다. 하나의 제목 아래에 다 포괄될지도 분명치 않았다. 명백한 사실이라고는 그것들이 훌륭하고 더 나아가 단연코 영국적이라는 점뿐이었다. 하나의 질서를 이루고 있었고, 고급 목재나 금속들, 고급스러운 재료와 돌 같은 진귀한 자재들이 널려 있었다. 그렇게 수도 없이 가장자리 술을 달고 부채꼴 장식을 넣고, 단추를 달고 줄을 꼬아 늘이고, 여기저기를 꽁꽁 동여매고 여기저기를 그렇게 말아놓을 수 있을 줄은 꿈에도 생각지 못했다. 그렇게 수도 없이 금박 장식을 하고 유리를 달고,

공단이니 우단이니를 깔고, 그렇게 많은 자단紫檀과 대리석, 공작석을 쓸 수 있으리라고는 꿈에도 생각지 못했다. 그러나 무엇보다도 형식이 견고하고 마감 장식에 쓸데없이 돈을 들였고 비용을 엄한 데 잘못 썼지만, 전체적으로 도덕성과 돈을 증명하고 당당한 양심과 거대한 균형 감각을 증명했다. 궁극적으로 이 모두가 대변하는 것은 그의 세계인 사상의 세계를 부정하는 거들먹거림이었다. 그 모든 것을 앞에 두고 그는 생전 처음 그것을 절망적으로 의식했다. 무자비할 정도로 다르다는 사실로써 그 점을 그에게 드러내 보여준 것이었다.

그럼에도 모드 이모와의 자리는 그가 예상했던 방향으로 나아가지 않았다. 천성이 열정적인 것은 의심할 바 없었지만, 로더 부인은 위협적으로 나오지도 않았고 간청을 하지도 않았다. 공격용 무기들과 방어용 무기들이 바로 곁에 마련되어 있었을 텐데도 그것을 건드리지도 않았고 입에 올리지도 않았다. 사실 너무나 순하게 나와서 그녀가 얼마나 수완이 좋았는지를 나중에서야 제대로 깨달을 수 있었다. 제대로 깨달은 건 또 있었는데, 경솔할 만큼 좋은 성격이 아니라면 달리 뭐라고 불러야 할지 모를 것이라 그로 인해 그의 사정이 복잡해졌다. 다시 말해서 그녀가 순하게 나온 것은 그저 방책이 아니었다. 무슨 방책을 세워야 할 만큼 그가 위협적인 존재도 아니었으니까. 그저 그가 약간 마음에 들어서 비롯된 일임을 알아챌 수 있었다. 그 순간부터 그 인물이 좀더 흥미로워졌는데, 그래서 **그녀를** 좋아하게 되기라도 한다면 어떤 일이 벌어질지 누가 알겠는가? 글쎄, 그건 당연히 그가 대면하게 될 위험이었다. 여하튼 그녀는 간혹 약간의 화약을 써가면서 한 손만으로 그와 싸웠다. 그는 상대가 나서서 해명하지도 않았는데, 기분을 상하게 하려고 일부러 자신을 기다리게 한 게 아니라는 사실을 10분 만에 깨달았다. 자기가 하려는 말을 혼자 생각해볼 시간을 주었던 것이다. 굳이 다른 식으로 알리지도 않았다. 약삭빠르게 미리 예상했듯이, 그가 그 자리에서 절실히 깨달으리라고 보았다. 그녀가 등장해서 처음 던진 질문이 사실상 그가 그런 암시를 알아차렸는지에 대해서였고, 그 질문에는 아주 많은 것들이 가정되어 있었으므로 두 사람은 즉각 허심탄회하고 폭넓게 논의를 이어나갔다. 그 질문을 받자 그는 정말로 그 암시를 알아차렸음을, 그녀의 힘의 과시를 금방 용서하게 되었음을 깨달았다. 또한 조심하지 않으면 그녀를 이해하게 될 것임을, 상상력의 힘이나 지갑의 깊이는 물론이고 그 의도가 얼마나 확고한지를 너무나 잘 이해하게 될 것임을 알았다. 그렇지만 그는 이해하는 일을 두려워하지 않겠다며 마음을 다잡았다. 이해하고 또 이해할 테지만 그로인해 케이트에 대한 열정이 손톱만큼이라도 줄어드는 일은 없을 것이었다. 단순함이 전부라 할, 행동이 필요한 상황에서 괜히 머리만 굴려봤자 기껏해야 무참하게 자기 정체만 드러내고 만다. 하지만 그걸 막을 수 없다면 방법은 철저히 그렇게 되는 것이었다. 실수의 원래 재미를 위해서라면 모를까 실수는 없을 것이다. 자신의 치명적인 총명함을 이용해야 한다면 그것은 저항하기 위해서였다. 그사이 로더 부인은 무엇이든 원하는 목적을 위해 그것을 이용할 테고.

그녀가 케이트에 대한 의견을 꺼낸 뒤에야—그것도 그쪽

에서 받아들이려고만 한다면 이 정도로 충분하지 않겠냐는 투로—그녀가 자신을 그렇게 미워할 수 없겠다는 생각이 그에게도 들기 시작했다. 확실히 한동안 상대가 한 일이라고는 그 점을 보여준 것이 전부였다. 자기 의도를 충분히 전달하기만 하면 분명 불쾌한 일을 할 필요가 더는 없을 거라는 식으로. "잘 알겠지만, 이보다 훨씬 더 할 태세가 되어 있지 않다면 이 정도까지 하지도 않았을 거네. 케이트에게 무슨 얘기를 옮기든 상관 안 해. 더 많이 옮기면 옮길수록 아마 더 좋겠지. 어차피 걔가 아직 모르고 있는 것도 없을 테지만. 걔를 위해서 이런 말을 하는 게 아닐세. 자네를 위해서야. 내 조카 귀에 들어가기를 바란다면 단도직입적으로 하는 방법이야 나도 아니까." 푸근하고 자애로운 마음을 보이듯 간단하지만 가장 명확한 방식으로 모드 이모가 의견을 전했다. 그 말인즉슨, 현명한 사람에게는 말 한마디면 충분하다는 격언이 있는데, 사실 현명한 사람에게 항상 그런 건 아니지만 오히려 좋은 사람일 경우 반드시 그렇지 않느냐는 뜻이었다. 그가 헤아려낸 그녀의 뜻이란 그가 좋은 사람이라서, 자신의 기준에 비추어 그만하면 좋은 사람이라서 마음에 든다는 것이었다. 곧, 케이트를 위해서 그녀를 포기하고 조용히 자기 갈 길을 갈 만큼 좋은 사람이라서 말이다. 하지만 자신의 기준에 비추어 그는 정말 그만큼 좋은 사람인가? 상대가 계속해서 자기 의견을 피력하는 동안 그는 결국 자신이 그 사실을 증명할 운명인지 궁금해지지 않을 수 없었다. "케이트는 누구와도 비할 바 없이 훌륭한 애야. 물론 자네도 다 안다고 하겠지만. 하지만 자네가 알 만큼은 나도 알고, 그 말은 곧 내가 훨씬 더 잘 안다는 뜻이지. 그런 믿음을 기꺼이 증명할 방법도 있는데, 그렇게 되면 자네가 무슨 짓을 해도 못 당할걸. 내 조카라서 이런 말을 하는 게 아닐세. 그건 전혀 상관없는 문제야. 조카가 수십 명이 있다 한들 내 입맛에 맞지 않으면 단 한 명도 내 집에 들이지 않을 거니까. 아무것도 해주지 않겠다는 말이 아니라 나와 함께 있는 걸 참을 수 없을 거라는 뜻이지. 정말 운 좋게도 케이트의 존재감을 일찌감치 알아봤네. **자네에게는 안된 일이지만 케이트의 존재는 내가 가히 바랄 수 있는 전부야.** 한마디로 자네도 알다시피 케이트의 존재가 워낙 훌륭해서 노년의 안락한 삶을 위해 내가 잘 간직하고 있다는 거지. 오랫동안 지켜봐왔거든. 잘 아껴두면서, 투자 용어를 빌리자면 그 가치가 오르기를 기다린다고 할까. 이제야 값어치가 좀 나가기 시작하는데, 높지도 않은 가격에 내가 굳이 그걸 처분할 마음일지는 자네가 알아서 판단하리라 보네. 케이트로 최고의 거래를 할 수 있고, 어떤 게 최고인지 나름대로 생각해둔 바가 있으니까."

"아, 제가 이모님이 생각하는 최고가 아니라는 건 충분히 이해합니다." 덴셔가 말했다.

로더 부인에게는, 말할 때의 얼굴은 밤에 불 켜진 창문 같은데 침묵을 지키면 순식간에 유리창에 커튼이 쳐지는 묘한 특징이 있었다. 말이 없을 때라도 대꾸할 기회를 잡기가 절대 쉽지 않았으니, 끼어드는 건 더더군다나 쉽지 않았다. 아무튼 지금 상황에서 그는 유리창처럼 반짝거리는 그 표면으로부터 아무런 도움도 받을 수가 없었다. "어떤 게 최고가 아닌지 그 이야기를 해주려고 자네를 부른 게 아니네. 어떤 게 **최고인지**, 그 얘기를 들으라고 부른 거지."

"물론입니다." 그가 웃었다. "정말 대단하십니다."

이 말이 대화에 기여하는 바가 거의 없다는 듯이 그녀가 말을 이었다. "케이트가 높이높이 올라가는 걸 보고 싶어. 저 높이 올라가 환한 빛을 받는 걸."

"아, 그 짝으로 당연히 공작 정도는 바라실 테니 장애물 같은 건 다 치워버리고 싶으시겠죠."

이 말은 상대의 창문에 블라인드가 내려지는 결과만을 초래했기 때문에 그는 언뜻 자신이 결과적으로 경박했거나 어쩌면 저속했다는 느낌이 들지 않을 수 없었는데, 맞을 수도 있었다. 희망도 없이 주제넘던 청년 시절 냉정한 공적 거물들에게서 그런 식의 시선을 받은 일은 많았지만, 공적인 자리에 있지 않은 여성으로부터 그런 일을 당한 적은 기억하기로는 한 번도 없었다. 그러면서도 무엇보다 그는 상대방의 교묘함의 정도를, 따라서 케이트가 거쳐온 경로를 헤아릴 수 있었다. '너무 가망 없이 굴지는 말지!' 그런 유의 대꾸가 나오지 않을까 잠깐 걱정했는데 정작 나온 말은 그게 아니었으므로 그를 봐주고 넘어갔다는 생각이 들었다. "대단한 인물과 결혼하기를 바라는 거야." 그러고 말았다. 그러나 시간이 갈수록 그걸로 충분했다. 만약 그렇지 않았더라도 다음 말로 충분했을 것이다. "그리고 케이트에 대한 내 생각은 분명하네."

그 말을 끝으로 두 사람은 잠시 서로를 마주 보며 앉아 있었다. 그러면서 그는 더 심오한 무언가가 있음을, 그가 마음만 먹으면 이해할 수 있지 않을까 하고 그녀가 바라는 무언가가 있음을 의식했다. 어느 정도였냐면 당연히 상대가 지녔음 직한 총명함에 호소했던 것이다. 좌우간 그는 이해력이 아주 모자란 인물은 아니었다. "자랑스럽고 소중한 꿈에 제가 적합하지 않다는 건 물론 잘 압니다. 절대 그런 인물이 못 된다는 건 저 역시 통감하는데, 더 무자비한 방식으로 상기시키지 않으시니 무척 감사한 마음입니다." 그녀는 아무 말이 없었고 한동안 그랬다. 그렇게 기가 꺾인 상태로 어디 더 해볼 수 있으면 해보라는 투일 수도 있었다. 결과적으로 내세울 거라고는 궁핍함밖에 없을 상황이었다. 대단한 멍청함을 보여주는 쪽을 택하지 않은 다음에야 말이다. 명백한 진실이었다. 로더 부인의 기준에서 보자면 단 하나의 중요한 진실로, 곧 그가 정말로 너무나 별 볼 일 없는 존재라는 것이다. 그리고 존재감을 키울 수 있는 방법은 그 자신도 지독히 잘 알았다. 철저히 단순해지자고 했지만, 그러려고 애쓰는 와중에도 저 깊은 곳에서 어떤 근심이 벌떡거렸다. 나중에 떠올려봐도 어떻게 그랬는지 알 수 없었지만 모드 이모는 그것을 명료하게 전달했더랬다. '내 생각에 자네는 자네 생각만큼 중요한 존재가 못 되는데 그런 인물을 괜히 내쫓아서 순교자 만들고 싶은 생각이 없어. 나 보라고 공원에서 케이트랑 그런 쇼를 벌이는 거라면 정말 웃기는 짓이야. 그냥 내가 한번 직접 봤으면 했어. 자네는 나름 정말 매력적이니까 말이지, 젊은이. 그래서 내가 마땅히 할 수 있는 식으로 완벽하고 손쉽게 같이 일을 좀 처리하고 셈을 해보고 싶었던 거야. 그럴 필요도 없는데 굳이 자네와 다툴 정도로 내가 바보로 보이나? 전혀 그럴 필요가 없어. 터무니없는 소리지! 언제든 자네 머리통을 물어뜯어버릴 수도 있어. 내가 입만 벌리면 말이지. 그런데 지금 난 입도 벌리지 않은 채 자네를 처리하고 있잖아. 보라고, 그리고 잘 판단하라고. 난 어느 면에서나 일을 말끔하게 처리하는 사람이야. 이 자리에서 내 계획을 확실히 알려줬고, 자네가 심각하게 걸리적거리는 순간 그 계획은 자네와는 양립할 수가 없게 되지. 원하면 맘대로 가까이 와서 어슬렁거려보라고. 내내 쳐다만 보면서 살게 될 테니까. 계획을 망칠까 봐 겁먹지 말고!'

그런 말을 대놓고 하지 않은 건 그가 자신과 충분히 함께할 사람임을 알아차렸기 때문이라는 생각이 나중에서야 들었다. 약속을 요구하지 않았다는 사실, 자신이 잘 봐준 보답으로 앞으로 이 일에 끼어들지 않겠다는 맹세를 요구하지 않았다는 사실에 얼마나 좋은 인상을 받았던지, 그는 말하자면 전반적으로 잘 알아 모시겠다고 다짐을 하게 되었다. 그러고 나서 바로 이 모두를 케이트에게 전해줄 것이었는데, 그녀에게 그대로 전하기도 했지만 그때쯤 무엇보다 새롭게 떠오른 생각은 그때 자신의 말이 마치 남녀 한 쌍이 상호 합의하에 헤어지면서 하는 말과 무척 비슷했다는 것이다. "응당 저를 언제나 친구로 여겨주시기를 정말 바라마지않습니다." 이건 아무래도 너무 나갔고, 케이트에게도 그렇게 말했다. 그러나 정말이지 거기엔 너무나 많은 것이 담겨 있었기 때문에, 그들로서는 그 자체를 전체적으로 살펴볼 필요가 있었다. 모드 이모와의 자리가 마무리되기에 앞서 방금 그려 보인 것 이외의 다른 문제들도 튀어나오긴 했지만, 그녀가 그를 전혀 심각한 수준의 위험 요소로 여기지 않는다는 문제가 당연히 두드러졌다. 게다가 한 15주에서 20주 동안 미국에 다녀오면 신문사에 좋은 일도 해주고 진급도 할 수 있을 텐데 어떻게 생각하느냐는 제의—엄청나게 좋은 기회라고 하면서—를 간밤에 급작스레 받았기 때문에 이후 우리의 여주인공을 만나 할 이야기가 아주 많았다. 엄밀하게 사회적인 시각에서 미국을 바라보는 글을 편지로 연재하자는 방안은 그로서는 문 앞에만 있을 뿐 들어갈 수 없었던 내부 핵심층에서 한동안 구상해오던 것이었는데, 지금이 그 방안을 실행하기에 아주 적합한 시기로 보인다고 했다. 말하자면 문이 확 열리면서 안에 갇혀 있던 내부가 냅다 덴셔의 얼굴로 확 날아왔거나, 적어도 어깨 위에 홀연히 내려앉아서 그로서는 잉크 자국이 뒤덮인 보잘것없는 사무실 책상에 앉아 있다가 화들짝 놀라 쳐다보게 된 셈이었다. 케이트에게 설명하기를, 거절할 수가 없다고 했다. 무엇이 되었건 아직 거절할 만한 지위에 있지 않았다. 하지만 그런 업무에 선정된 일이 자기 지위에는 어울리지 않아 어리둥절하다고 했다. 그런 명예가 주어진 사실을 어떻게 이해해야 할지 그로서도 잘 알 수가 없다는 점도 분명히 했다. 자신이 그런 중요한 일을 맡을 만한 사람이 아니라는 생각이라 그 점이 애매했다. 이렇게 혼란스러운 심정을 곧바로 상사에게 털어놓았다고 했다. 그런데 그 결과 문제가 놀라울 정도로 말끔히 정리되었다. 어떻게 된 건가 하면, 그가 성격상 절대 못 하는 종류의 잡소리를 이번에는 의외로 위쪽에서 원하지 않았다는 것이다. 무슨 희한한 이유에서인지 모르겠지만 그가 알아서 편지를 써 보내기만 하면 그걸로 충분하다고 했다. 걱정하지 말고 그냥 하던 방식대로 소박하게 하라고, 그게 다라고 말이다.

그게 다였을 수도 있었다. 그러니까 당장 출발해야 한다는 좀 첨예한 문제만 없다면 말이다.

사무실에서 이름 붙인바 그의 임무는 아마 6월 말쯤에 끝나게 될 테고 그편이 바람직했다. 그러나 그러려면 일주일 안에 떠나야 했다. 그가 이해한 바로는 그 탐사가 전 방면을 아우르는 것이라서 정확하고 효과적으로 일 처리를 해야 하는 공식적인 이유들, 그러니까 플리트가*의 권력의 자리에서 작용하는 이유들이 있었다. 덴셔는 하루만 생각할 시간을 달라고 했다는 사실을 굳이 케이트에게 숨기지 않았다. 그녀에게 먼저 전하는 게 옳다고 보았으니까. 이에 그녀는 덴셔가 주저한다는 사실이야말로 그들이 단단히 묶여 있음을 보여준다고 장담했다. 그렇게 중요한 문제와 관련해 자신에게 결정권을 주다니 그야말로 기뻐서 가슴이 벅차오른다고 하면서도 당장의 그의 의무에 대해 더욱 분명한 입장을 보였다. 그의 성공 가능성에 기뻐하며 당연히 그 일을 해야 한다고 했다. 그가 몹시 그리울 것이다. 당연히 그립겠지. 하지만 그건 대수롭지 않다는 듯이 그녀는 그가 미국에서 얼마나 많은 것을 보고 또 하게 될지 들뜬 마음으로 이야기했다. 얼마나 야단스럽게 굴던지 그 순진함에 덴셔는 웃음이 나왔다. 비록 일상적인 세상사에서 자신의 일이 별것 아니라고 말할 엄두는 나지 않았지만 말이다. 동시에 그는 플리트가에서 벌어지는 일의 진상眞相을 그녀가 절묘하게 알아챈 것이 놀라웠다. 그것이 그 자신이 결과적으로 내린 해석이었으므로 더더욱 그

---

* 런던의 주요 거리 중 하나로 16세기부터 인쇄, 출판업이 자리 잡은 곳.

랬다. 기사의 수준을 끌어올리는 것, 위쪽에서 원하는 게 바로 그것이었다. 설사 미국 모든 주를 다 돌아다녀야 할지라도 절대 **자신의 수준**이 떨어지는 일은 없을 것이다. 위쪽에서 그를 지목해 그 일을 맡긴 것은 바로 그가 뒤나 캐고 다니면서 잡소리나 늘어놓는 사람이 아니기 때문에, 다른 사람들처럼 가십거리나 찾아다니는 족속이 아니기 때문이었다. 이 방면의 편지글과 관련해 그쪽에서 명백히 새로운 스타일을 바라고 있는데, 이제부터 그의 글이 항상 그 스타일의 본보기가 되리라는 것이다.

"그런 쪽으로 이렇게 이해가 빠르니 마땅히 언론인의 부인이 되어야겠어요!" 그녀가 자신을 서둘러 쫓아버린다는 기분이 드는 와중에도 그가 감탄하며 소리쳤다.

그러나 그녀는 그런 칭찬 같은 건 안중에도 없었다. "사랑하는 사람과 관련된 일인데 뭔들 이해하지 못하겠어요?"

"아, 그렇다면 다른 식으로 감탄해야겠군요. '당신은 정말 나를 사랑하는군요!'"

"그래요." 그녀가 동의했다. "그래서 내 어리석음이 상쇄되는 거죠." 그러곤 덧붙여 말했다. "언제든 기회만 생기면 당신을 위해 열심히 상상력을 발휘할 거예요."

그녀가 이렇게 미래에 대해 상당히 허황된 말을 떠들기 시작한 참이라, 그들의 운명을 실제로 좌지우지하는 인물과의 사이에서 오갔던 일과 관련해 원래 하려던 보고를 막상 하려니 가슴 한쪽이 묘하게 쓰려왔다. 그 이야기를 하려다가 플리트가와 관련된 소식을 전하느라 잠깐 딴 길로 샜던 것이다. 하지만 행복한 논의의 용광로 속에서 곧 이 요소가 녹아 다른 요소와 섞여들었고, 그렇게 생겨난 용액에서 각각은 구분이 되지 않았다. 더군다나 우리의 젊은이는 영국을 떠나기 전에 그녀가 그 점에 개의치 않으며 현명하게 대처한 까닭을 알게 될 것이고, 먼 길을 돌아서이긴 하지만 마지막의 환호를 심화시킬 전망에 도달하게 될 것이었다. 겉보기에 참을성 있게 지낼 수 있겠냐는, 어마어마한 참을성 게임을 성공적으로 해낼 수 있겠느냐는 그녀의 질문에 그가 대답을 하자마자 바로 그들은 고개를 돌려 불밝힌 건물을 바라보았다. 며칠 전에 그녀가 이모를 만나보라고 열심히 그를 채근한 것도 겉보기의 가능성을 위해서였다. 혹시 이모와 자리를 함께한 후에도 그 자리가 아주 바람직한 목적을 위해서였다는 생각이 덴셔에게 들지 않았다면, 케이트가 하나하나 짚어나가는 지금 간과된 사실들이 의미를 더해가며 화사하게 달아올랐다.

"당신이 찾아와도 된다고 이모가 허락했으면 그걸로 된 거 아닌가요?"

"그걸로 된 게 맞아요. **이모님**이 생각하기에 말이죠. 대충 조정을 하면, **어떤 식으로든** 조정만 하면 내가 골치 아픈 존재가 안 될 수 있겠다는 가능성—그러니까 로더 부인의 가능성의 기준에서—이죠. 당신이 나를 쉽게 자주 만나도록 조정을 해주면 말이에요. 내가 돈이 없는 건 확실하니 시간을 벌 수 있는 거죠. 내가 그래도 자존심은 있는 사람이라서 내 처지를 같이 나누자며 당신 머리에 총을 겨누기 전에 우선은 처지가 좀 나아지길 바랄 거라고 믿으니까요. 그렇게 하려면 시간이 걸릴 테고, 괜히 나를 모질게 다루어서 기회를 망치지만 않는다면 그 시간이 도움이 될 거라는 계산이겠죠. 게다가 날 모질게 다룰 생각이 전혀 없어요." 덴셔가 말을 이었다. "당신에겐 이상하게 들릴수도 있겠지만, 맹세하건대 이모님은 개인적으로 내가 좀 마음에 드는 모양이고 당신만 아니라면 나를 곁에 두고 귀여워할 수도 있었을걸요. 지적이고 문화적으로 세련된 것을 폄하하기는커녕 그 반대예요. 그런 것들이 인간관계를 멋지게 꾸며주고 자기이름과 결부되기를 바라죠. 내가 탐이 나는 존재이면서 동시에가망이 없어서 때로는 정말 가슴이 미어지기도 할 거예요." 그가 잠깐 말을 멈추었고, 상대방은 그의 얼굴에 아주 묘한 미소가 어려 있음을 보았다. 새롭게 알게 된 상황을 떠올리며 그녀가 보인 미소에 대한 반응이라 해도 너무 묘했다. "사실이 드러나면 마음속 깊은 곳에서는 말 그대로 당신보다 이모님이 나를더 좋아한다고 믿지는 않을까, 그런 생각까지 들어요. 그래서알아서 대의명분을 포기하게 내버려둬도 안전한 사람으로 대접하는 거죠. 거기에서 여유가 생겨나는 거예요. 나는 닳고 파도에 쓸리고 아무리 써도 살아남고 엔간해선 익숙해지지 않는 그런 로맨틱한 인물이 아니에요. 일단 어느 정도라도 그걸 인정하고 나면, 나머지는 당신의 오만과 편견이 다 알아서 해주겠죠! 이모님이 그동안 당신과 실행할 계획에 따라 당신의 오만은 그득히 차오를 테고, 비교 대상을 여러모로 조달함으로써 편견도솟아나겠지요. 그렇게 비교되는 나는 정말 보잘것없어 보일 테니까. 이모님이 나를 좋아하기는 하지만, 나를 형편없어 보이게하는 데 어느 정도 성공했을 때 가장 마음에 들겠죠. 그렇게 되면 **당신**은 나를 덜 좋아하게 될 테니까."

케이트는 이러한 예상에 마땅히 관심을 보였지만 놀라지는 않았다. 그리고 곧 이렇게 대꾸했는데, 약간은 그의 다정한 냉소를 같은 식으로 갚아주려는 듯도 했다. "알겠어요, 알겠어. 나를 얼마나 대단한 존재로 보시는 걸까! 알고는 있었지만 당신 말을 들으니 더 깊이 실감하게 되네요."

"더 깊어져도 틀리지 않을 거예요." 덴셔가 말했다.

그녀가 망설임 없이 바로 알려주었듯이 그의 말은 정말로 흥미로운 생각거리를 많이 던져주었다. "이 상황을 오롯이 받아들인 것, 그러니까 당신 말처럼 대담하게 당신을 환영한 것은 무척 대단한 이론에서 나온 거예요. 사람들과의 관계에서 이모를 독보적인 존재로 만드는 대단한 면모에 값하는 점이고요."

"아, 이모님은 아주 원대해요." 덴셔가 인정했다. "규모로 치자면 완전히 저거노트*를 태운 마차라고 할 수 있죠. 어제 랭커스터게이트에서 기다리는 동안 떠오른 이미지가 바로 그거였어요. 응접실에 널려 있는 것들이 마치 낯선 우상들, 거기서 자라나 매달려 있는 신비로운 물체들 같았으니까요. 마차의 앞부분을 온통 뒤덮고 있을 그런 것들 말이에요."

"맞아요, 정말 그렇죠?" 그녀가 대답했다. 그들은 그 놀라운 여성의 전 면모를 그려보며 그윽하고도 기탄없는 눈길을 주고받았는데, 신뢰감 외에 그 무엇도 어울리지 않을 눈길이었다. 복잡한 문제도 있었고 의문점도 있었다. 하지만 둘의 관계에서

---

* 인도 크리슈나 신의 조각상. 매년 거대한 마차에 그 신상을 싣고 행진을 하면 광적인 신도들이 마차 아래로 몸을 던졌다 함.

는 함께한다는 사실이 다른 어떤 면보다 강했다. 케이트는 모드 이모의 '큰 그림의' 외교술에 한동안 아무런 반박도 하지 않았고, 다른 정교한 물건들에 대해 그랬을 것처럼 그녀의 강력한 힘에 대한 기념비라도 되는 양 그대로 두었다. 그러나 덴셔는 저거노트의 마차가 대면해야 했던 또 다른 문제가 있었다며 말을 이어갔다. 로더 부인을 만나보았던 일을 하나도 빠짐없이 알려주려 했던 것이다. 결국 모드 이모가 그의 유형 자체를, 그러니까 당연히 갖추어야 할 면이 없고 특이한 조상을 두고 있어서 어쩌다 보니 외국인의 피가 흐른다는 사실을 노골적으로 문제 삼았다──물론 어쩔 수 없다는 투를 교묘하게 보이긴 했지만── 는 이야기를 빼놓을 수는 없었다. 그가 사실 반만 영국인이지 않느냐고 했던 것이었는데, 모든 것을 받아들이기로 작정했으니 망정이지 그러지 않았더라면 정말 끔찍했을 거라고 케이트에게 장담했다.

"이모님이 지닌 관습에 비추어 나 같은 교육 환경을 가진 사람이 얼마나 이상하고 사회적으로 이례적인 존재로 나타날지 사실 직접 알아보고 싶었거든요." 그가 설명했다.

케이트가 잠시 아무 반응을 보이지 않다가 물었다. "그런 걸 뭣 때문에 신경 써요?"

"아, 이모님이 아주 맘에 들어서요." 그가 웃었다. "내 직업상 그런 견해나 정신은 파악해야 할 중요한 문제예요. 어디를 가나 맞닥뜨리기 때문에 그와 관련한 일종의 '지침'이 늘 마련되어야 하는 거대한 공적 정신의 일부거든요. 게다가 개인적으로 이모님 마음에 들고 싶어요." 그가 덧붙였다.

"아, 그럼요, 개인적으로 이모 마음에 들어야죠!" 상대방이 되풀이했다. 그로써 덴셔의 정치적 성과를 일단 확실하게 인정한 셈이었다. 사실 여기에서 그의 뉴욕 출장으로 화제를 옮겨 가기에는 아직 남은 문제들이 많았는데, 그가 지금 언급한 그 문제가 무엇보다 케이트의 관심을 끌었다. 지금까지 자신에게 알려준 이상으로 내밀한 개인사를 이모에게 알려준 게 아니냐는 듯이 그를 쳐다보았다. 만약 그랬다 하더라도 우연찮게 그렇게 된 것이었다. 그렇게 그는 여행객을 높은 탑 꼭대기에 끌고 올라온 여행 가이드처럼 그녀가 수월하게 이해할 수 있을 만큼의 개인사를, 그러니까 이곳저곳 줄곧 옮겨 다녔던 부모님과 어린 시절의 해외 생활, 스위스에서 다닌 학교, 독일에서의 대학 생활 등을 반 시간 동안 함께 높은 횃대에 올라앉은 양 조망하게 되었던 것이다. 그런 세상에 사는 사람이라면 이런 그의 면모를 곧바로 알아챘을 거라고 넌지시 내비쳤다. 그들 나름의 세상이 있다면 말이지만 그들은 호된 영국화의 과정을 거쳤을 테니 말이다. 하지만 여성에게 이런 고백을 하다니 여하튼 멋진 일이라 했다. 다행스럽게도 여성들은 실제로 그런 차이점에 대해서 더 많은 상상력과 더 많은 공감을 내보이니까. 케이트는 당장 필요한 만큼은 두 특성을 한껏 다 보여주었다. 처음부터 끝까지 다 듣고 나더니 자신이 어째서 그를 사랑하는지 그 어느 때보다 더 잘 알게 되었다고 단언했다. 그녀 자신도 어릴 때 영국해협 건너편의 프랑스에서 얼마간 살다가 아직 어린아이일 때 다시 돌아왔더랬다. 그 후 십 대 때에는 요양 차 드레스덴, 피렌체, 비아리츠 등에 연이어 잠깐씩 머물렀던 엄마를 따라갔었는데, 별 효과도 없었고 대가도 컸지만 어떻게든 절약을 해보려 애썼던 그 시절부터 외국 문물에 대한 종교적 믿음——천박하게 완전히 빠져버리는 일은 본능적으로 피했으므로 대체로 냉정하게 표현되기는 했지만——이 고착되었다. 지금까지 스스로 수고스럽게 열거했던 것 이상으로 머튼 덴셔에게 이국적인 면이 얼마나 많았는지 드러나자, 그녀의 눈에는 거의 무슨 대륙 지도라든가, 맘에 쏙 드는 새로운 『머리*Murray*』 여행 책자가 멋지게 눈앞에 나타난 듯했다. 그는 뻐길 의도는 아니었고 오히려 자기를 이해해달라고 호소할 생각이었다. 로더 부인에게는 약간 해명하려는 의도도 있었지만 말이다. 그의 아버지는 낯선 나라에서, 스무 군데가량의 영국인 정착지에서 성직자 생활을 했는데, 아예 머물러 살았든 잠시 거쳐 갔든 수년 동안 비상하게 운이 좋아 머물 곳을 못 찾은 적이 없었다. 따라서 줄곧 외국에서 성직자 생활을 했고, 봉급을 많이 받았던 적이라고는 없었으므로 아이들은 그냥 돈이 가장 덜 드는 가까운 학교에 보냈더랬다. 그렇게 하면 기차 요금도 아낄 수 있었으니까. 더 나아가 덴셔의 모친이 탁월한 기술을 연마하셨던 모양이었고, 그러한 성공적인 업적——그 면에서 성공이란 것이 있기나 하다면——은 해외에서 지낸 시절에 힘입은 바 컸다. 곧 끈기 있는 여성이었던 그녀는 유명한 미술관을 다니며 유명한 그림을 모사했던 것으로, 다행히 타고난 재능이 있어서 시작하자마자 자신에게 어느 만큼의 기회가 있을지 알아보게 되었다. 물론 외국에 모사 화가야 널려 있었지만 덴셔 부인은 감각도 있고 나름의 기술도 있었기에 정말 그럴듯하고 심지어 구분하기 어려울 정도의 완성도에 이르러 아주 만족스럽게도 그녀의 작품을 '주문하는 일'이 흔했다. 덴셔는 돌아가신 어머니의 모습을 신성하게 간직했다. 그때까지 마구 뒤섞여 분명치 않았던 다른 문제들과 더불어 어머니에 대해 다 들려주고 나자 그의 개인사가 풍성해지고 그가 지닌 자원들이 그득해졌으며, 집약된 인생사가 결코 평범하지 않았다. 영국인이 되려고 돌아왔다고, 다시 영국인이 되기로 결심했다고 누누이 강조했다. 알고 보니 부친이 다녔던 대학과 행복한 연결고리가 되었던 케임브리지 대학 시절이 충분히 그 점을 증명할 뿐더러 이후 런던의 삶에 뛰어든 일은 두말할 나위 없이 완결판이라 할 수 있었다. 그러나 그렇게 영국 땅으로 내려온 것이 충분히 용감한 일이었음에도, 좌우간 이전에 날갯짓을 하며 여러 지역의 공기를 거치는 동안 날개에 주름이 생길 수밖에 없었다. 지울 수 없는 입회식을 거쳤다고 할 수 있었고, 그가 겪은 일 중 일부는 결코 되돌릴 수 없는 것이었다.

케이트 크로이가 그런 식으로 말했을 때, 그는 그 점을 너무 고집하지 말아달라고 간청했다. 정말 그것이야말로 그의 심각한 문제로서, 어쩌면 자신이 영국이라는 섬 특유의 토착적인 용도로 쓰이기엔 너무 망가졌을 수도 있다고 했다. 이상할 것도 없지만 그 말에도 그녀는 자기 주장을 전혀 굽히지 않은 채 그가 여러 가지 복잡한 면모를 지니고 있고 위트나 취향 면에서 전혀 단순하지 않다 해도 자신에게는 믿음직한 모습만 있으면 된다고 확실하게 못을 박았다. 그래서 그는 결국 자신과 관련된 끔찍한 진실을 감언이설이라는 허울 좋은 외피로 덧씌운다며 그녀를 비난하게 되었다. 가망 없는 인물이라는 결론을 내릴 목적으로 그 자신을 그렇게 특이한 인물로 만드는 걸 텐데, 자기 도움 없이 그런 일을 할 수는 없으니 그녀를 돕는 거짓 기쁨으로 그를 구워삶아야 했던 것 아니냐고 했다. 자기 자신에 대한 그의 판단이 곧 그가 앎의 나무 열매를 맛보았고 따라서 그녀도 열매 맛을 보도록 도와줄 수 있음을 증명하는 소중한 증거라는 것이 그녀의 최종 결론이었으니, 지금까지 두 사람의 대화가 행복한 분위기로 가득했고 미국으로 떠날 날짜가 얼마 안 남았으니 시간이 얼마나 빨리 지나가버릴 것인지도 알 수 있었다. 하지만 케이트는 그가 영국을 떠나게 되어 모드 이모가 무척 안심할 거라는 자기 말을 곧이곧대로 받아들여야 한다고 했다.

"나를 별로 겁내지도 않으면서 왜 그러는 건지 이해를 못 하겠는데요." 그가 대답했다.

상대방이 그 반박을 따져보았다. "그럼 이모가 당신이 너무나 마음에 들어서 당신을 놓치면 후회라도 할 거라는 생각이에요?"

늘 그래왔듯이 그가 포괄적인 시각에서 그 문제를 바라봤다. "이모님의 기본적인 가정은 당신과 내가 서서히 소원해지는 거니까 그런 과정에 내가 계속 있어야 한다고 볼 수도 있죠. 그 과정이 계속되려면 내가 꼭 있어야 하지 않을까요? 내가 떠나버리고 나면 시들해질 테니까요."

그가 이런 상상을 이어나갔는데, 어느 시점부터 케이트는 그의 말을 듣고 있지 않았다. 잠시 후 그는 그녀가 혼자 생각에 빠져 있음을 알았는데, 넘치도록 주고받는 정감 어린 농담과 속이 보이는 따뜻한 아이러니―그들의 생기발랄한 친밀함이 자신만

만한 수영 선수처럼 뛰어들어 노니는 물이라 할—를 뚫고 결정적인 무엇인가가 자라나는 느낌이 들었다. 문득 말할 수 없이 아름답게 그녀가 말했다. "난 영원히 당신과 함께하겠어요."

모든 것에 그 아름다움이 있었기에 그는 어느 것 하나도 따로 떼어낼 수가 없었다. 그 환희에서 그녀의 얼굴을 따로 떼어 생각할 수도 없었다. 하지만 그 얼굴엔 예전에 없던 빛이 서려 있었다. "당신에게 모든 믿음을 걸겠어요. 신께 맹세할 수도 있어요. 내 인생 전부를 당신에게 바칠게요." 지금으로서는 그 말뿐이었지만 그거면 충분했다. 게다가 별일 아닌 듯이 조용하기까지 했다. 그들은 공원 샛길에 앉아 있었는데, 그 순간 거대한 공간이 호를 그리며 위로 옆으로 확장되더니 두 사람을 다시 서로에게 집중하게 만들었다. 그들은 본능적으로 근처에서 눈에 띈 어지간히 후미진 장소를 찾아 장소를 옮겼고, 시간이 다 가기 전에 그렇게 집중된 상황에서 가능한 한 많은 진전을 보려 했다. 서로 맹세와 징표를 주고받고 의미 가득한 약속에 대해 다짐을 하고, 내뱉는 말과 중얼거림, 반짝이는 눈빛과 맞잡은 손으로 가능한 만큼 가장 엄숙하게 두 사람은 하나의 운명에 속해 있음을, 오직 두 사람만이 그 무엇과도 바꿀 수 없이 서로의 것임을 맹세했던 것이다. 따라서 자리를 뜰 때쯤 그들은 약혼한 사이가 될 테지만, 그에 앞서 아직 주고받을 다른 이야기들이 있었다. 덴셔는 그녀가 이모와 맺은 좋은 관계를 성급하게 미리 끊어버리기는 정말 싫다고 단언하면서 아주 분별력 있게 행동하도록 함께 애써보자고 했다. 케이트 쪽에서는 로더 부인의 지지를 그에게서 빼앗을 마음이 전혀 없다고 주저 없이 잘라 말했는데, 장기적으로는 그가 분명 그 관계를 즐기게 될 것이라고 했다. 게다가 운 좋게 일이 잘 풀리려는지 모드 부인이 그의 행동을 제약할 어떤 약속도 받아내지 않았으니, 그들은 나름의 방식대로 운명을 달래가면서 각자에게 충실할 수 있을 터였다. 단지 한 가지 어려움이 도드라졌는데, 그것을 덴셔는 이렇게 설명했다.

"그런데 꼭 기억해야 하는 게, 이모가 어떤 특정한 사람과의 관계에 희망을 갖는 순간 이 계획은 수포로 돌아갈 거예요. 지금처럼 이모님 생각이 막연하게만 이어진다면 우리가 속인다고 볼 수 없어요. 때가 되면 분명 이모님도 실상을 알게 되겠죠. 그러니까 우리는 그저 그때 상황에 맞설 준비만 잘하면 돼요. 다만 그렇게 되면 결국 이모님한테 무엇을 얻어낼 수 있을지를 우리로서는 웬만해선 알 수 없겠지만요." 청년이 말했다.

"이모가 **우리한테서** 뭘 얻어낼 수 있을지는요?" 케이트가 미소를 지으며 말했다. "이모가 우리한테 뭘 얻어낼지는 이모가 알아서 하겠죠. **이모 자신이** 알아내야 할 문제니까요." 그녀가 말을 이었다. "내가 먼저 이모한테 요구한 건 하나도 없어요. 나를 떠맡긴 적도 없고요. 이모가 모험을 건 거고, 그건 이모도 잘 알고 있으리라고 봐요. 우리가 뭘 얻어낼지는 이미 말한 대로죠." 케이트가 좀더 설명했다. "그러니까 시간을 벌 수 있다는 것. 그리고 그건 이모 쪽에서도 마찬가지고요."

덴셔가 이 모든 분명한 사실을 직시했다. 지금 이 순간 그의 시선은 낭만으로 흐려지지 않았다. "맞아요. 지금 우리 상황에서는 분명 시간이 전부지요. 그리고 즐거움도 있고."

그녀가 주저하며 물었다. "우리 비밀의 즐거움?"

"우리 비밀 자체라기보다는 그것이 대표하는 거라고 봐야겠죠. 그리고 어쩐지 우리에게 단단히 고정되어 더 깊어지고 친밀해지는 것." 그의 수려한 얼굴이 편안해지며 행복감을 드러내자 그 의미가 그녀의 온몸을 감쌌다. "지금 이대로의 우리 말이에요."

그녀는 잠시 그 말뜻을 충분히 음미하는 듯했다. "그렇게나 진척된 건가요?"

"그렇게나 진척되었죠. 말할 수 없이." 그가 미소를 지었다. "하지만 우리는 훨씬 더 나아갈 거예요." 대답 대신 그녀는 그저 더욱 온화한 표정으로 말없이 그를 바라보았다. 그 침묵이 그들의 전망을 저 멀리까지 비춰주었다. 이는 실로 굉장했고 그렇게 그들은 완전히 파악했다. 그들은 사실상 하나가 되었고 근사할 만큼 강해졌다. 하지만 다른 점들도 있었는데, 바로 그것들을 성공적으로 헤아려보고 고려해볼 수 있을 만큼 강해졌던 것이다. 여러모로 따져본 결과 당분간은 자신들이 이해한 바를 둘이서만 간직하기로 했다. 하지만 문제가 완전히 해결되었다고 보기에 앞서 덴셔 쪽에서 한 가지 더 짚어야 할 점이 있었다. "물론 하나 걱정되는 건 이모님이 언제든 당신에게 대놓고 물어볼 수 있다는 거예요."

케이트가 곰곰 생각하더니 말했다. "우리가 지금 어떤 사이인지 솔직하게 말하라고요? 당연히 그럴 수 있겠죠. 하지만 사실 그럴 것 같진 않아요. 당신이 미국에 있는 동안 긴장이 느슨해진 상태를 최대한 이용할 거예요. 날 그냥 내버려둘 거라고요."

"하지만 내가 편지를 쓸 텐데요."

그의 편지들이 그녀 눈앞에 나타났다. "아주아주 많이요?"

"엄청나게 많이요. 그 어느 때보다 많이. 그 정도면 어느 정도인지 알겠죠!" 덴셔가 덧붙여 말했다. "게다가 당신도 편지를 쓸 테고."

"아, 내 편지를 현관 테이블 위에 두지는 않을 거예요. 직접 가서 부칠 테니까."

그가 그녀를 잠시 쳐다보았다. "그럼 다른 주소로 편지를 보내는 게 나을까요?" 그러더니 그녀가 미처 대답하기도 전에 강한 어조로 덧붙였다. "아니, 그러지 않는 편이 낫겠어요. 그게 더 떳떳해요."

그녀 쪽에서 잠깐 기다렸을 수도 있었겠지만 그러지는 않았다. "당연히 그게 더 떳떳하죠. 내가 떳떳하지 못할 거라는 걱정은 하지 말아요." 그녀가 말을 이었다. "어디든 원하는 데로 편지를 보내요. 당신이 내게 편지를 쓴다는 사실을 남들이 안다면 나로서는 자랑스러울 테니까."

남김없이 확실히 할 셈으로 그가 그 말을 곰곰 따져보았다. "그러다가 정말로 취조를 받게 될지도 모르는데?"

남김없이 확실히 할 것을 완전히 이해하고는 그녀가 대답했다. "취조 같은 거 두렵지 않아요. 우리끼리 언약이라도 한 거냐고 이모가 물으시면 어떻게 대답할지 잘 알아요."

"물론 내가 당신한테 '홀딱 빠졌다'고요?"

"앞으로 내 평생 절대 그럴 수 없을 만큼 당신을 사랑한다고요. 그러니 어떻게 할지는 이모가 알아서 하시라고요." 그 말을 얼마나 근사하게 했는지 마치 새로운 신앙고백이라도 되는 양 거대한 파도처럼 밀려왔다. 그래서 상대방이 감동 어린 눈길을 보냈으므로 그가 달리 말을 꺼내기 전에 그녀는 이렇게 덧붙일 짬이 있었다. "게다가 이모가 **당신에게도** 마찬가지로 물어볼 수 있어요."

"내가 여기 없는 동안은 못 하죠."

"그럼 돌아온 다음에요."

"글쎄요, 그럼 우리로서야 특히 일이 재미있어지겠죠." 그렇게 말하고는 덴셔가 솔직하게 덧붙였다 "하지만 내 느낌으로 이모님은 나름의 생각이 있어서, 그러니까 더 나은 방침이 있어서 내게는 물어보지 않을 거예요. 나는 빼줄 거예요. 그러니까 거짓말할 필요도 없을 거고요."

"그럼 다 나한테 달린 건가요?" 케이트가 물었다.

"전부 당신한테 달렸죠!" 그가 온화하게 웃으며 말했다.

그런데 즉시 생겨난 분위기를 보자니 어째 그의 솔직함이 약간 지나쳤던 것만 같았다. 그런 구분 자체는 가능하면서도 자연스러운 현실이었고, 자신이 앞으로 어떻게 할지 케이트가 지금 막 설명한 바와도 딱히 어긋나지는 않았다. 그러나 둘 간의 차이점이 분명 공기 중에 감돌았다. 그 차이가 실상 보통 남자와 여자 사이에 존재한다고 여겨지는 그런 차이였을 뿐일지라도 말이다. 이 점을 느낀 그녀가 문득 부아가 나는 모양이었다. 잠깐 머리를 굴리는 듯하더니 약간 분하다는 말투로 방금 전에 넘어갔던 문제를 다시 *끄집어냈다*. 이모를 속이는 일이라면 마음대로 하라는 농담과 관련하여 다소 필요 이상으로 심각하게 다시 말을 꺼냈던 것이다. 하지만 그것 역시 고상한 방식으로 했다. "남자들은 너무 어리석어요. 당신까지도요. 좀 아까 내가 편지를 직접 부치겠다고 했을 때 그건 들키지 않으려는 천한 의도 때문이 아니란 걸 당신은 이해하지 못한 거죠."

"아, 그건 당신이 말했잖아요. 즐거워서라고."

"그래요. 하지만 당신은 그 즐거움이 뭔지 몰랐고 여전히 모르는 거죠. 미묘함이라는 게 있는 거예요!" 그녀가 말을 끊고 뜸을 좀 들였다가 입을 열었다. "그러니까 의식이나 감각, 이해나 감상에서 말이에요." 그러더니 불쌍하다는 투로 말했다. "아니, 남자들은 **알 수가 없는** 거예요. 그런 문제에서라면 여자들이 알려주는 것 말고는 거의 아는 게 없다니까."

그가 마음껏, 한껏, 유쾌하게 받아들이는, 어쩌면 두 팔 벌려 환영하는 말, 그래서 상황이 허락하는 만큼 그를 다시 그녀에게 가능한 한 가까이, 가능한 한 오래 붙잡아두는 그런 말이 그녀에게서 나올 때가 종종 있었는데, 이 말이 그러했다. "그렇다면 바로 그래서 우리가 헤아릴 수 없을 만큼 절절하게 여성을 필요로 하는 거잖아요!"

3부

1

스위스 휴가철에 앞서 두 숙녀는 깊이 생각해보지도 않고 계획을 세웠다든가, 그곳의 길이 아직 뚫리지 않았고 공기도 차갑고 숙소도 문을 열지 않았을 거라는 경고를 들어왔다. 성격상 그들은 아마도 이해관계가 걸려 있을 수많은 항의에도 꿋꿋하게 고집을 꺾지 않았는데 막상 가보니 그들의 모험과 마찬가지로 만사가 훌륭하게 마련되어 있었다. 그러니 이해관계에 휘둘렸던 것은 분명 이탈리아 호숫가의 급사장과 다른 직원들의 판단이었다. 좀 성급하고 무모한 계획이라는 생각은 있었다. 적어도 젊은 쪽은 그랬다. 그래서 그들이 함께 알아낸 바—갖가지 것들을 얼마나 한도 끝도 없이 알아냈는지—에 따르면 빌라 데스테나 카데나비아, 팔란차와 스트레사의 웅장한 궁전들에 여자들끼리 묵을 경우 유용한 정보로 가득한 여행 정보 책자로 아무리 무장을 하더라도 감언이설에 넘어가 일을 그르치게 될 것처럼 보였다. 게다가 그들이 상상의 나래를 펼치며 계획한 일은 소박하기도 했다. 예를 들어 브뤼니히* 산길을 통과하겠다는 희

---

* 스위스 알프스산맥의 고개 중 하나.

망으로 무슨 심각한 위험을 자초한 것도 아니었다. 사실은 그냥 그대로도 충분히 별일 없이 그 길을 통과했기 때문에, 그 길이 더 이어져서 무르익어가는 초봄의 놀랍도록 아름다운 풍경을 더 즐길 수 있었으면, 그리고 잠시 쉬면서 구경할 장소가 더 많 았으면 하고 바랐을 정도였다.

두 사람 중 나이 많은 쪽인 스트링엄 부인의 태도에서 알아챌 수 있는 바는 적어도 그러했다. 그녀는 젊은 쪽의 조바심에 대 해 나름의 생각이 있었지만 그에 반대할 때에도 최대한 에둘러 서 할 뿐이었다. 훌륭한 여성인 스트링엄 부인은 의심하면서 꼼 꼼히 관찰하는 세심함으로 무장되어 있었다. 스스로 믿는 바도 그랬지만, 그녀는 밀리 실이라는 인물을 본인이 아는 이상으로 훨씬 더 잘 알 수밖에 없는데 그렇게 아는 바를 작동시키는 동 시에 감추기도 해야 하는 입장이었다. 스스로도 잘 알다시피 그 녀는 천성적으로 복잡하게 꼬여 있다거나 겉과 속이 다른 부류 와는 누구보다 거리가 멀었는데도, 새로운 상황이었고 특히 사 람들과의 새로운 관계로 인해 개인적으로 미묘함과 민감함을 발휘해야 한다는 사실을 깨달았다. 그야말로 밀드러드와 함께 뉴욕을 떠난 바로 그 순간 어떤 심원함을 향한 교육—달리 뭐 라 불러야 할지 몰랐다—이 시작되었음을 깨닫지 않을 수 없었 던 것이다. 그녀는 바로 그 목적으로 보스턴에서 왔던 것인데, 밀리를 보지도 않고 제안을 받아들였더랬다. 아니면 잠깐 봤다 고 해야 할까. 왜냐하면 스트링엄 부인은 뭐든 일단 봤다 하면 아주 많은 것을 보는, 모든 것을 볼 수 있는 사람이니까. 그렇 게 해서 그녀가 자청하여 배에 올라탄 셈인데, 그 배는 인간적인 견지에서 가장 커다란 배이자, 그래서 당연히 여러 측면에서 또한 가장 안전한 배라는 생각이 시간이 갈수록 강해졌다. 지난 겨울 보스턴에서, 지금 우리의 관심 대상인 젊은 여성이 그녀를 만난 자리에서 절절하게 무언으로 호소해서, 도움을 주고 헌신적으로 돌보아주는 숨은 자부심을 그녀의 마음에 심어놓았다. 스트링엄 부인의 보잘것없는 삶에 그런 숨은 자부심이 찾아든 적이 종종 있었다. 대단한 역할을 희망하며 뿌연 창문 밖을 내다볼 용기조차 내지 못한 채 좁은 사방의 벽 안에서 그저 날개만 파닥거리며 세월을 보낸 비밀스러운 꿈들. 그런데 이 같은 상상이, 그러니까 뉴욕의 젊은 유명 인사와 연결될 수도 있다는 환상적인 생각이 정말로 용기를 주었다. 이내 눈에 띈 가장 뚜렷한 횃대에 올라앉았고, 말하자면 그 자리를 계속 지킨 결과 몇 달 지나지 않아 놀랍고 기쁘게도 반짝 빛나는 신호를 확실히 알아차리게 되었던 것이다.

밀리 실이 최근에 사귄 친구라고 할 만한 사람들이 보스턴에 있었다. 그래서 일련의 상실을 겪은 뒤, 뉴욕이 제공해주지 못하는 특정한 종류의 마음의 평온을 위해서 그들을 방문하기로 서로 합의가 되었는데, 그것도 잠깐 얼굴만 비치는 식이어서는 안 되는 것이었다. 뉴욕이 해줄 수 있는 건 아주 많다고, 어쩌면 지나치게 많다고 정말 주저 없이 인정할 수 있었다. 하지만 그렇더라도 삶의 엄혹함, 혹은 죽음의 엄혹함 속에서 가장 필요한 일은 자신의 상황을 진실로 심각하게 인지하는 것이라는 중요한 사실이 크게 달라지는 것 같지는 않았다. 그 점에서는 무엇보다 보스턴이 도움이 되었고, 보스턴은 아주 배짱 좋게도 그런 식의 도움의 손길을 밀리에게 줄곧 뻗쳐왔던 것이다. 스트링엄 부인은 놀랄 만치 유령 같았던 그 모습을 아무 예고나 설명도 없이 마주쳤던 첫 순간을 절대 잊지 못할 것이다. 그 순간은 절대 퇴색하지 않았고 거기서 촉발된 말할 수 없이 섬세한 파장은 조금도 멈추는 일이 없었으니 말이다. 유명한 인물이지만 사실 겨우 스물둘밖에 안 된 여성으로, 호리호리한 몸과 늘 창백한 얼굴에 섬세하게 핼쑥하고 특이할 정도로 뼈가 앙상했지만 그렇다고 딱히 거슬리지는 않았다. 머리는 어쩐지 진짜 머리색이라고 하기 힘들 만큼 보기 드물게 붉었는데 동시에 진짜 머리가 맞다고 순진하게 드러내는 면이 있었고, 옷은 상복이라도 너무 두드러질 정도의 검은색으로 차려입었는데 사실 상중이라서 그렇게 입은 게 맞았다. 그것은 뉴욕의 애도였고, 뉴욕의 머리칼이었다. 아직 뭐가 뭔지 알 수 없지만 무수히 많은 뉴욕의 한 역사, 좀더 장대한 무대가 필요한 그런 규모로 부모와 형제자매, 거의 모든 딸린 식구들을 한 번에 쓸어가버린 뉴욕의 역사였다. 낭만적으로 혼자만 남아 사람들의 심금을 울린 뉴욕의 전설이자, 무엇보다 그녀의 등에 산더미처럼 쌓인 재산으로 인해 어디를 보나 뉴욕의 가능성이었던 것이다. 그녀는 혼자 남았고 엄청난 재난을 당했고 엄청난 부자였고 특히 어딘지 이상했는데, 그런 것들이 한 존재에 모여 있다는 사실 자체가 스트링엄 부인의 관심을 끌었다. 하지만 무엇보다 그녀가 결정적으로 연민을 느끼게 된 것은 그 이상한 면모 때문이었다. 수전 스트링엄 한 사람만 빼고 다른 누가 가정하는 것보다 더 이상하다는 사실을 확신했으니까. 보스턴은 밀리를 전혀 제대로 보고 있지 않고 단지 그녀에게 보스턴을 보여주는 데에만 정신이 팔려 있다고, 그래서 어떤 식으로든 둘 사이의 친연성을 가정해봐야 다 사실을 미혹하는 부질없는 일이라는 것이 수전 혼자만의 결론이었다. 그녀 자신은 밀리를 제대로 볼 수 있었고, 지금은 그런 시각을 숨겨야 한다는 본능에 따르면서 여태껏 맛보지 못한 가장 멋진 순간을 맛보고 있었다. 딱히 꼬집어 설명할 수는 없었다. 아무도 이해하지 못할 테니까. 다들 명민한 보스턴식의 이야기들——스트링엄 부인은 벌링턴, 버몬트 출신이었는데, 그곳이야말로 뉴잉글랜드의 진정한 중심이라고 당당하게 내세웠다. 보스턴만 해도 '그에 비하면 한참 남쪽'이라면서 말이다——을 늘어놓겠지만 그래봐야 의도만 변색될 것이었다.

재빠르게 이루어진 이러한 지적인 구별만큼 스트링엄 부인이 받은 인상을 더 잘 증명해주는 것도 없을 것이다. 스스로도 잘 알다시피 그녀의 빛은 그저 멋진 도시에서 나오는 빛을 반사할 뿐이었으니까. 그녀 역시 엄혹한 일을 겪었지만 그렇다고 두드러진 인물이 되지는 않았다. 확실히 어지간한 정도였음에도 별 감흥 없이 예사로웠고, 그에 맞게 그녀 자신도 예사롭게 만들었을 뿐이었다. 그러니까 보스턴이 예사로운 만큼 말이다. 남편이 세상을 떴고, 그래서 다시 어머니와 함께 살았는데 어머니마저 돌아가셨더랬다. 그래서 자식도 없는 그녀로서는 전보다 훨씬 절절하게 혼자 살게 되었다. 하지만 충분히 먹고살 만했으므로 다소 냉담하게 편히 살았다. 그러니까 빵만 먹고 산다고 했을 때 충분하다는 것이었는데, 사실 그런 식의 식생활에 얼마나 만족하지 못했는지는 잡지에 글을 기고하면서 지어낸 필명이 수전 셰퍼드 스트링엄인 것을 보아도 알 수 있었다. 그녀는 단편소설을 썼고, 오로지 부엌살림의 측면에서만은 아닌 방식으로 뉴잉글랜드의 삶을 보여주는 기술인 특유의 '분위기'가 자신에게 있다고 좀 허황되게 믿었다. 그녀 자신이 오롯이 부엌에 매인 여자로 자라지 않았고, 그렇게 자라지 않은 다른 사람들도 알았다. 그래서 그들을 대신해서 이야기하는 일이 그녀의 문학적 임무가 되었다. 진정으로 문학적 일을 하는 것, 그것이 그녀가 늘 소중하게 간직한 생각이었고, 바로 그 생각으로 반짝이는 안경을 끊임없이 코에 얹어놓고 있었던 것이다. 대가라거나 본보기가 될 만한 사람, 유명 작가──주로 외국인들이었는데──를 비로소 알아보고 영리하게도 그들의 방식을 좇아 열심히 글을 썼다. 아무리 사람들이 떠들어대는 인물이라도 별 볼 일 없다고 치부하기도 했는데, 나름의 구별법이 꽤 많았기 때문이다. 그런데 진짜 삶, 낭만적인 삶 자체를 실제로 맞닥뜨리게 되자 그렇게 구분 짓는 범주들이 하나도 들어맞지 않았다. 적어도 아무런 의미가 없었다. 밀드러드에게서 본 것이 바로 그것이었다. 정말로 손이 바들바들 떨려서 한동안 펜을 잡을 수도 없었다. 무슨 계시를 만난 느낌이었다. 세련되고 정확히 문법에 들어맞는 뉴잉글랜드조차 줄 수 없었던 그런 것. 그녀 안에는 소소하지만 멋진 기억과 기발한 발상, 근면함과 야망들이, 훨씬 더 강렬하게 즉각 반응하는 도덕적이고 개인적인 어떤 면과 뒤섞인 채 잔뜩 들어 있었지만, 새로 알게 된 젊은 여성과의 사이에서 우정이 자라나지 않는다면 결과적으로 자신에게 해가 될 것임을, 또한 우정이 자라난다면 자신에게는 그 외에 아무것도 남지 않게 될 것임을 직감했다. 하지만 그 외에 모든 걸 다 넘겨주는 일이야말로 그녀로서는 얼마든지 할 용의가 있는 일이었고, 예의 보스턴적인 청렴함으로 예의 보스턴적인 일 처리를 하는 중에도 사실은 내내 잠자코 그 준비를 하고 있었다. 자신의 '말쑥한' 펠트 모자—비록 독수리 날개털을 꽂긴 했지만 상당히 티롤 지방 스타일인데도 왠지 정말로 국내산처럼 보이는—도 여느 때와 마찬가지로 안정감 있게 똑바로 썼다. 털이 달린 커다란 숄 역시 마찬가지로 똑바로 조심스럽게 둘렀다. 매일 저녁 한결같이 마음 졸이는 긴장감과 체념이 서로 섞여드는 것을 느끼며 『트랜스크립트』*를 펼쳤다. 변함없이 거의 매일 공연장을 찾아 마찬가지로 엄청난 참을성을 발휘하고 마찬가지로 열정은 엔간해선 내비치지 않았다. 용감하게 앎의 열쇠를 주머니에 넣고 가버리거나 다시 양심적으로 가지고 돌아오는 분위기를 풍기며 공립도서관을 뻔질나게 드나들었다. 그리고 마지막으로 그녀가 무엇보다 주로 했던 일이란 잡지 속 허구적인 '애정 상대'가 다소 구불구불한 물길을 따라 쫄쫄 흘러 내려오는 것을 바라보는 일이었는데, 사실 그러라고 애써 그 길을 터놓았던 터였다. 그러나 진짜는 내내 다른 곳에 있었다. 도대체 왜 그것이 진짜인지, 그리고 앞으로 다시 그것에 가까이할 수는 있을지, 풀리지 않는 두 질문만을 남긴 채 진짜는 뉴욕으로 돌아갔던 것이다.

이 질문의 대상이었던 인물과 관련해 그녀는 편리한 표현을 찾아냈더랬다. 언제나 그 인물을 대단한 배경을 가진 젊은 여성

---

* 1830년에 처음 발행된 보스턴의 일간지 『이브닝 트랜스크립트』.

으로 보았다. 엄청난 현실은 겨우 두세 번 정도 만났을 뿐인 대단한 배경을 가진 젊은 여성이, 누런 금빛 왕관에 상복을 차려입은 그녀가, 보스턴에서와 같은 그런 상복이 아니라 시커먼 색깔은 더 막무가내이면서 동시에 주름 장식은 더 경박스러운 상복을 차려입은 그녀가 스트링엄 부인에게 당신 같은 사람은 지금까지 본 적이 없다고 말했다는 사실에 있었다. 그렇게 해서 그들은 서로를 신기해하며 만났고, 밀리의 그 단순한 말 한마디—그게 정말 단순한 거라면—가 지금껏 그녀에게 벌어진 가장 중요한 사건이 되었다. 그로 인해 우선 애정 상대의 현실성과 함께 그런 존재를 떠올리는 일 자체가 부적절해졌다. 한마디로 그녀는 처음에는 몹시 감사한 마음이 들었다가 그다음에는 적잖이 연민을 느끼게 되었다. 그런데 적어도 이 관계에서는 그점이 바로 앎의 열쇠임이 증명되었다. 다른 어떤 식으로도 가능하지 못할 만큼 분명하게 이 불쌍한 젊은 여성의 인생사를 알려주었던 것이다. 앞으로 희대의 상속인이 될 여성이 고작 『트랜스크립트』의 정기 구독자 같은 인물을 지금껏 한 번도 본 적이 없다는 사실—그것도 특히 공손하고 겸손하게, 유감스러움을 내비치며 말했다—은 어떤 상황인지를 잘 보여주었다. 그렇게 해서 앞으로 채워야 할 빈 공간과 관련해 나이 많은 여성에게 상당한 책임이 주어진 것이다. 그렇다면 가련한 밀드러드가 만난 사람들은 도대체 누구였는지, 그런 일에 별나게 놀라워할 정도라면 지금까지 어떤 종류의 관계들을 가져왔던 건지 특히 묻지 않을 수 없었다. 정말이지 그 질문으로써 마침내 상황이 정리되는 것 같았다. 이 친구가 교양에 줄곧 목말라 있었구나 하는 생각이 스트링엄 부인에게 번쩍 든 순간부터 앎의 열쇠가 자물쇠 안에 딸깍 맞아 들어간 느낌이었던 것이다. 밀리에게 자신은 바로 교양을 대표했고 그 원칙에 부응하는 것이 확실히 앞으로 중대한 임무가 될 것이었다. 총명한 사람인 스트링엄 부인은 그 원칙이 무엇을 나타내는지도 알았고 자기 비축량의 한계도 알았다. 그러니 다른 무엇이 더 빠르게 자라나지 않는다면 불안감이 점점 커질 터였다. 그녀에게는 다행스럽게도, 그것은 그녀 자신의 말에 따르면 가슴이 찢어지는 측은지심이었다. 주로 그녀에게 호소했던 면이 그러했고, 그 어떤 '만화잡지'와 아주 무분별하게 엮였을 때보다 로맨스의 문을 더 활짝 열어젖힌 듯했다. 근본적으로 그것이 핵심이었기 때문이다. 누구에게나 당연한 일이지만 1년에 몇천 파운드를 받는 일은 풍요롭고 낭만적이면서 아득하다는 사실 말이다. 젊음과 총명함, 그리고 아름다움은 아닐지라도 적어도 같은 정도로 막연하지만 상당히 매력적이면서 모호한 특이함—이편이 훨씬 나았다—을 지니고 있고, 거기다가 무한정한 자유를 누릴 수 있어서 마치 사막 위에 부는 바람과도 같은 자유로움이 있다면, 그렇게 다 가졌음에도 지금까지 운명적으로 자신을 낮추는 실수에 빠져 있었다면 그것이야말로 말할 수 없이 가슴 아픈 일이기 때문이다.

여기에서 스트링엄 부인의 상상은 다시 뉴욕으로 넘어갔다. 그곳의 지적인 영역에서는 온갖 일탈이 가능했고 사실 곧바로 이루어졌던 뉴욕 방문에 흥미로움이 넘쳐흘렀던 것도 그래서였다. 밀리가 친절하게도 그녀를 초대했으므로, 자기 정신에 대한 대단한 신뢰라는 부담을 견디며 할 수 있는 한 바닥을 보이지 않도록 버틸 것이었다. 그리고 놀라운 사실은 심지어 3주가 흐른 뒤에도 여전히 버티고 있었다는 것이다. 그러나 그때쯤 그녀의 정신은 상대적으로 대담하고 자유로워졌더랬다. 처음 보는 질량, 완전히 다른 비율 따위를 다루었고, 그 덕분에 재충전을 할 수 있었다. 따라서 집에 돌아갈 때쯤에는 자기가 다루는 대상을 적절하게 파악할 수 있었다. 온갖 희한한 역사와 뭐든지 파괴하는 무모한 세계주의적 지진아 세대를 가진 뉴욕은 얼마나 광대한지 어안이 벙벙할 정도였다. 밀리라는 희귀한 존재를 최종적인 꽃으로 피워낸 호화로운 집단, 멋대로 살았던 조상과 요절한 잘생긴 사촌들, 끔찍한 삼촌들과 존재감이 사라진 아름다운 숙모들, 그렇게 까발려졌음에도 유명한 프랑스 조각가에 의해 곱슬머리 늘어뜨린 온갖 흉상으로 보전되어 있는 모든 인물들과 더불어 사치스럽고 무질서한 거대한 무리와 가까이하는 일은, 줄기가 더욱 다닥다닥 붙어 자라나는 효과는 말할 것도 없이 자신의 작은 세계이자 공간이 빽빽해지면서 동시에 확장되는 일이었다. 이 두 사람은 어쨌든 상호 교환을 이루어냈다. 나이가 많은 쪽은 의식적으로 할 수 있는 한 가장 지적인 인물이 되려 했고, 젊은 쪽은 개인적인 면모를 무척 많이 드러내면서 무의식적으로 특출한 인물이 되었다. 이건 마테를링크와 페이터, 마르보와 그레고로비우스의 관계*보다 더 조율이 잘된 시이자 역사라고 스트링엄 부인은 생각했다. 그녀는 이 작가들

---

* 벨기에의 극작가이자 시인인 모리스 마테를링크와 영국 산문 작가이자 문학 비평가인 월터 페이터, 나폴레옹 시대의 장군이자 회고록으로 유명한 마르슐랭 마르보 남작과 독일 역사가인 페르디난트 그레고로비우스.

의 글을 밀리와 함께 읽어볼 기회를 마련했는데, 실제로 진도는 그다지 많이 나가지 못했다. 그러나 어찌어찌 읽어낸 것이든 읽지 못한 것이든, 핵심적인 단서만 아주 빠르고 강하게 움켜쥐기만 하면 그것은 순식간에 단순한 상대성 차원의 어둑한 저 바닥으로 가라앉았다. 그녀의 거리낌과 주저함, 염려하는 열정적 마음이 모두 단 하나의 불안감으로 수렴되었는데, 그것은 상대방을 너무 어설프고 투박하게 대하게 되지 않을까 하는 걱정이었다. 그녀를 어떻게 하게 될까 봐 얼마나 걱정스러웠는지, 그것을 피하는 것이, 경건하고 열정적으로 그것을 피하는 것이, 차라리 아무 일도 하지 말고 그냥 그대로 내버려두는 것이 그나마 낫지 않을까, 적어도 완벽한 존재에 흉한 얼룩을 남기는 일은 없을 테니까, 그런 생각이 뇌리를 떠나지 않았다.

스트링엄 부인의 태도를 결정했던 사건이 있고 불과 한 달도 안 되어, 그러니까 거의 뉴욕에서 돌아오자마자 바로 제안 하나가 들어왔고, 그로 인해 세심한 그녀로서는 어떻게든 해결을 봐야 할 문제가 생겼다. 가능한 한 가장 이른 시일에 그 젊은 친구와 유럽으로 출발할 수 있을까요? 그리고 아무 조건도 달지 않고 기꺼이 그렇게 해줄 수 있을까요? 제안은 그러했고, 전보로 전달되었다. 설명은 나중에 충분히 다 해주겠다고 장담하면서, 정말 시급하게 결정해줬으면 좋겠다고, 그리고 이쪽에서 원하는 건 다 들어줬으면 좋겠다고 했다. 바로 그 자리에서 원하는 걸 다 들어주겠다고 한 것은 그녀의 진정성에 힘입은 바 컸다. 전적으로 그녀의 논리에 들어맞는다고 볼 수는 없었지만 말이다. 새로 사귄 친구를 위해 뭔가를 포기하는 일이야 처음부터 아주

의식적으로 원했던 바지만, 이쯤 되자 사실상 전부 포기하게 되었음은 의심의 여지가 없었다. 이런 결정을 내린 이유는 하나의 특정한 인상이 가득 들어찼기 때문이었다. 갈수록 정도를 더하며 그녀를 떠받친 그 인상이란 굳이 표현하자면 그 친구의 매력은 더도 덜도 아닌 그 대단함에 있다고 말할 수 있었다. 그 정도 설명으로 만족했을 것이다. 좀더 알아듣기 쉽게, 여태껏 살면서 밀드러드만큼 커다란 인상을 준 존재는 없었다고 말할 수는 있겠지만. 여하간 그것이 자신의 가장 커다란 이야기였고, 분명 커다란 것이 아니면 안 되었다. 대개 사정이라고 일컫는 그녀의 사정이 웅장한 규모였지만, 딱히 그것만은 아니었다. 무엇보다 확실히 천성의 문제였다. 스트링엄 부인은 그 천성을 떠올리면 새로 지은 거대한 증기선을 언급할 때 신문에서 항상 사용하는 표현, 즉 그 배가 엄청난 '수심'을 필요로 한다는 표현이 생각났다. 그래서 혹시 다른 작은 배가 떠다니다가 괜히 접근하게 되면 이후 벌어지는 일은 자업자득일 뿐이다. 일단 그 배가 엔진을 작동하며 움직였다 하면 엄청난 물살이 작은 배를 순식간에 끌어들일 테니까. 밀리는 그 정도로 깊은 수심을 필요로 했다. 원기 왕성한 인물도 아니고 요란스럽거나 나대며 과시하는 것을 정말 싫어하는 젊은 여성이 리바이어던처럼 물살을 일으킨다는 게 좀 이상하게 들릴지 모르지만, 상대방은 그녀의 곁에 있으면 작은 배처럼 엄청난 물살에 휩쓸리는 느낌에 망연해졌다. 하지만 그런 신나는 일을 마다할 리가 없는 스트링엄 부인은 자신의 일관성에서 보면 마음이 편할 수가 없었다. 언제까지일지 모를 기간 동안 밀리와 붙어 지낸다는 건 그 삶에 관여하지 않는 방법치고는 너무 복잡하게 멀리 돌아가는 길로 보였으니까. 정말 건드리지도 더럽히지도 않을 심산이라면 그 친구를 가까이 두지 않는 것이야말로 의심할 바 없이 똑바른 길일 테니 말이다. 사실 그녀 자신도 이 점을 충분히 의식했는데, 그와 더불어 밀리가 자신의 삶, 다른 누구의 삶보다 분명 훨씬 더 섬세하고 훌륭한 그 삶을 얼마나 만끽하기를 바라는지도 알았다. 그런데 다행스럽게도 자신은 그 '다른 누구'가 아니라는 사실을 수전 셰퍼드—밀리는 이 이름을 재미있어했다—가 곧 인식—신속하게 이런 인식에 도달할 수 있었다—하자마자 이 어려움은 곧 해소되었다. 그런 인물은 이미 버렸다. 이제 그녀가 영위해야 할 삶은 없었다. 그러므로 밀리의 삶을 이끄는 역할에 최상으로 맞춰져 있다고 솔직하게 믿었다. 이 점에서 자신만큼 자격이 갖추어진 사람은 아무도 없다고 확신했고, 그녀가 기분 좋게 여행길에 나선 것은 사실 그 점을 증명하기 위해서였다.

긴 시간이 아니었지만 이후 많은 일들이 스쳐갔고, 확실히 그중 최고는 순조로운 남쪽 항로를 따라 지중해의 여러 항구들을 차례로 거친 후 눈이 휘둥그레지는 나폴리에 도착한 여정 자체였다. 여행에 앞서 두세 가지 다른 일도 있었다. 떠나기 전 마지막 한 2주 동안 고국에서 있었던 사건들이었는데, 정말이지 생생한 인상으로 남았다. 그중 한 번은 스트링엄 부인이 직접 뉴욕으로 날아가 최종적인 출발에 앞서 숨 돌릴 틈 없는 마흔여덟 시간을 보내야 했다. 그러나 오래 지속된 거대한 바다의 빛이 나머지 사정은 모두 삼켜버렸으므로, 수일 동안 다른 질문이나 다른 가능성은 바그너의 서곡이 연주되는 중에 값싼 피리로 삼중주를 했을 때처럼 거의 들릴까 말까 했다. 밀리가 이미 가본 적이 있는 이탈리아를 관통하여 북쪽으로 올라간 뒤, 스트링엄 부인도 어느 정도 알고 있는 더 북쪽 지방과 알프스를 넘어가는 동안 지배적이었던 분위기는 실제로 바그너의 서곡이었다. 나이 어린 쪽이 극도로 달떠 있는 상태라, 사실 완전히 어울리지는 않는 시간으로 서둘러 '옮겨졌을' 뿐. 이미 솔직하게 장담했듯 그녀가 가만히 못 있고 들썩거릴 것임은 예상한 바였고, 바로 그것이 그녀가 '대단한' 이유였다. 이유까지는 아니라도 어쨌든 그 결과라고 할 수 있었다. 그렇지만 아마 그녀는 자신이 굉장히 무리했다고 말하지만은 않을 것이다. 받아야 할 연체금, 그러니까 파리를 좋아했던, 파리 외의 다른 곳은 별로 좋아하지 않았지만 그렇다고 파리의 고상한 면모를 좋아했던 것도 아닌 선조들의 마구잡이 방식으로 인해 그녀가 가질 수 없었던 기회를 만회하는 일은 스트링엄 부인에게 익숙하면서도 멋진 일이었다. 그러나 어떤 막연함과 열린 마음, 특정한 목적 없는 열렬함과 그칠 줄 모르는 관심, 처음부터 보아왔듯이 밀리의 특이함이 가지는 매력의 일부인 이 모두는 움직임과 변화를 압도하는 만큼 더욱 두드러졌다. 그녀가 지닌 어떤 기교와 별난 특성은, 그에 대해 할 만한 대단한 얘기는 없어도 늘 함께 지낸다면 일상적인 축복이었다. 예를 들어 거의 참담하리만치 성마르지만 그게 정말 대수롭지 않다는 느낌을 주고, 불가사의하게 슬프면서도 그 슬픔이 한낮의 분위기처럼 청명하고, 영락없이 명랑할 때에도 그것이 저녁 어스름처럼 녹녹한 것이다. 그때쯤 스트링엄 부인은 다 이해할 수 있었다. 경이감과 찬탄으로 그저 상대방의 감정만 느끼며 살아도 충분히 살 만한 인생이라는 사실을 어느 때보다 확신했다. 그러나 그녀의 열쇠 꾸러미에 아직 포함되지 않은 특별한 열쇠가 있었고, 느닷없이 새로운 인상처럼 다가오는 인상이 여전히 있었다.

스위스의 멋진 길을 가던 이 특정한 날은 어쩐지 그런 것들로 가득했고, 지금껏 미쳤던 심연보다 더 깊은 심연을 일시적으로 가리켰다. 비록 예전에도 그 정도 깊이의 심연 두세 개 정도를 한참 들여다보다가 화들짝 놀라 뒤로 물러선 경우는 있었다는 말을 덧붙여야겠지만 말이다. 한마디로 지금 그녀가 심란한 이유는 밀리가 도대체 진정이 되지 않아서는 아니었다. 미국인에게 유럽은 강력한 진정제와도 같았기 때문에 그 약효가 없다는 점이 분명 얼마간 눈에 띄는 면이었음에도 그랬다. 그것은 배후에 그런 상태를 일으키는 뭔가가 있다는 의심이 들어서였는데, 미국을 떠나고 나서 생겨났다고 보기는 힘들었다. 요컨대 안절부절못할 어떤 새로운 동기가 갑자기 생겨난 건지 어쩐지 헤아릴 수가 없었다는 것이다. 각자의 들뜬 기분이 자연스럽게 사라지자, 연기가 걷히면서 이런저런 사물이 커다랗게 모습을 드러내듯 그들이 미국에 두고 떠난 것, 혹은 그러려고 했던 것—스트링엄 부인이 좋아하는 표현으로는 삶의 심각한 사실들—이 다시 시야에 등장했다고 말해봐야 절반의 설명밖에는 되지 않았다. 왜냐하면 밀리 자신의 면모, 진정 더 커다란 그녀의 막연함이 그런 일반적인 겉모습에서 떨어져 나온 듯했기 때문이다. 지금까지 나이 많은 쪽이 그나마 혼자 걱정에 빠져 있었다고 할 만한 경우라면 그것은 바로 지금 오롯이 자기 차지가 된 이 존재가 미국적 격렬함의 아주 섬세한 경우, 가장 섬세하면서도 가장 드문 경우—더 나쁜 이름으로 부르지 않으려고 이렇게 불렀는데—인 것은 아닐까 하는 의구심이 들 때였다. 일순간 그녀에게 불안감이 엄습했다. 이 젊은 친구가 기껏 골치 아픈 부류의 신경증적 드라마를 펼쳐놓을 작정인 건지 자문했던 것이다. 하지만 한 주일 더 여행을 해나가면서 젊은 친구는 그 질문에 효과적인 답을 주었고, 아직 불분명하지만 실질적인 어떤 인상을 주었는데, 그에 비하면 신경증을 들먹거리는 설명은 조잡할 수밖에 없었다. 다시 말하면 스트링엄 부인은 그 이후로 내내 어떤 설명을 인식할 수 있었다. 아직 제대로 표현되지 못하고 형체도 덜 갖춰져 있기는 하지만 분명하게 모습을 드러내게 되면 확실히 모든 것을 설명해줄 수 있고, 그 무엇보다 즉각 밀리를 이해할 수 있는 빛줄기가 될 것이었다.

좌우간 이러한 문제는 우리의 젊은 주인공이 주변 사람들에게 어떤 방식으로 영향을 끼치는지를 말해주고 어떤 종류의 관심을 불러일으키는지를 밝혀주었다. 친분이 있는 사람들에게 동정과 호기심과 상상을 불러일으켰는데, 겉보기에는 거의 의도하지 않으면서도 그랬다. 그래서 그들이 받은 인상을 같이 느끼고, 필요할 때에는 그들의 당혹스러움까지 함께하지 않고는 우리가 그녀에게 가까워질 길이 거의 없다. 스트링엄 부인이라면 밀리는 사람들이 어리둥절한 채로 따르게 만든다고 말할 것이다. 그리고 그 선한 부인은 바로 그 점이야말로 궁극적으로 그녀의 대단함과 가장 잘 어울린다고 보았다. 밀리는 어떤 식의 계량이든 벗어나고 넘어서는 인물이었고, 그녀가 놀라운 이유는 단지 **그들**이 전혀 대단하지 않기 때문이었다. 그러한 맥락에서 브뤼니히 근처에 있던 이 경이로운 날, 그녀를 지켜보는 마력이 과거 어느 때보다 불가항력적으로 강력해진 것이다. 다른 모든 사람들과 더불어 스트링엄 부인마저 어떤 지경에 이르렀는지를 보여주는 증거, 혹은 하나의 증거인 셈이었다. 틈만 보이면 달려들 기세로 젊은 친구를 거의 졸졸 쫓아다니는 심정이었다. 그렇게 달려들어서는 안 된다는 것을, 그렇게 달려들려고 여기까지 나온 게 아니라는 것을 알았다. 그럼에도 줄곧 몰래 주시하고 과학적일 정도의 관찰을 하는 기분이었다. 스파이처럼 주변을 빙빙 돌며 시험을 해보고 덫을 놓고 신호를 은폐하고 있는 게 아닌가 싶었다. 하지만 실제 문제를 어지간히 알게 되면 이런 일은 중단될 것이었다. 그리고 어쨌든 지금으로서는 지켜보는 일이 밀리에게 딱 붙어 있는 하나의 방식이었고, 그 자체로 전업에 가까운 일이자 만족이었다. 게다가 이유를 굳이 붙이자면 그녀의 아름다움을 즐길 수 있기에 그렇게 지켜보는 일이 즐거웠다. 처음에는 아름다움이 전혀 이 상황의 일부가 아니었고, 스트링엄 부인은 둘 사이에서 우정이 막 싹트기 시작했을 때조차 누구에게도 그 점을 뭉뚱그려 언급한 적이 없었다. 어리석은 사람들——어리석지 않은 사람이 어디 있겠냐고 때로 몰래 혼잣말을 하곤 했다——에게는 너무나 많은 설명을 덧붙여야 할 것임을 일찌감치 알아챘기 때문이다. 상대방이 말을 꺼내지 않는 한 먼저 거론하지 않는 게 좋다는 사실을 알았다. 그런 일은 가끔 있었을 뿐 자주 생기지 않았지만, 그럴 때마다 확실하게 나섰다. 자신의 인식과 일치하는 부분은 열렬하게 찬동하면서도 동시에 특별한 부분들은 수상쩍다는 듯이 반박했다. 그러면서도 전체적으로는 대부분이 사용하는 용어를 일부러 사용할 정도로 분위기에 맞추는 법도 배웠다. 어리석은 척하며 이야기를 끝내 버리려고 그랬다. 특히 고집을 부리는 상대를 만나면 평범하게 생겼다고, 어쩌면 못생긴 편일 수도 있다고 말했다. 하지만 외모로 말하자면 '아주 그득하다'고 했다. 이마는 너무 넓은 편이고 코도 너무 크고 입도 너무 큰 데다 보통의 피부색과 보통의 얼굴 윤곽이 아닌 탓에 말을 할 때나 안 할 때나 표정이 풍부하고 범상치 않으면서 섬세한 얼굴을 표현하는 그녀 나름의 용어였다. 밀리가 미소를 지으면 그건 공적인 행사였고, 미소를 짓지 않으면 역사의 한 장이었던 것이다. 그들은 점심을 먹기 위해 브뤼니히에 들렀는데, 그곳이 얼마나 아름다웠던지 거기서 좀더 머물면 어떨까 하는 의견이 생겨났다.

스트링엄 부인은 이곳에 서자 소소하지만 강렬한 과거의 메아리를 알아차리고는 짜릿함을 느꼈다. 손때 묻은 상자 안에 잘 모셔둔 과거였는데, 용수철이 튀듯 벌컥 열려 바깥 공기를 쐬자 우직한 낡은 시계마냥 여전히 열심히 째깍거리고 있었음을 보여주었다. 그대로 보존된 젊은 시절 '유럽'의 한 부분은 스위스에서 보낸 3년의 시간이었다. 브베에서 줄곧 학교를 다녔는데, 파란 리본이 묶인 은메달과 등산용 지팡이를 짚고 올라 다녔던 완만한 산등성이들이 일종의 모범상이었다. 휴일이면 모범적인 소녀들을 가장 높은 데까지 데려갔고, 소봉우리들을 자주 올라 다녔던 기억이 나는 걸로 보아 자신이 최고에 속했던 걸 지금에 와서 알 수 있었다. 숨죽인 과거의 방 안에서 마련되어 이제 신성하기만 한 이 과거의 일들은 일찍이 아버지를 잃은 두 딸들을 위해 담대한 버몬트 출신의 엄마가 놓아주었던 전반적인 철로의 일부였다. 지금 와서 보니 확실히 엄마는 마치 콜럼버스처럼 아무 도움도 없이 혼자 지구 반대편 지역이 어떤 곳인지 열심히 따져보았던 것 같았다. 벌링턴에 앉은 채로, 자연풍광을 비롯하여 모든 것이 놀랍도록 완벽히 갖춰진 브베에 초점을 맞추었다. 그런 뒤 배에 올라 바다를 가로질렀고 상륙했고 탐험했고 무엇보다 어지간히 눌러앉았다. 두 딸들을 스위스와 독일에서 5년 동안 지내게 해주었던 것인데, 그 기간은 나중에 중국의 한 시대와 비교*될 것이었고, 지금까지 살면서 기회 있을 때마다 자주 혼잣말을 했듯이 특히 동생이었던 수전에게는 그때 형성된 성격으로 만사가 달라졌다. 엄마가 혼자 절약해가며 강인하게 지킨 믿음 덕택에 세상 물정에 밝은 여성이 되었고, 그렇게 스트링엄 부인에게는 전혀 상관없어 보이는 경우에서조차 늘 만사가 달라졌던 것이다. 그녀에게 없는 온갖 장점을 지닌 여성들은 세상에 널렸지만, 반대로 그들은 세상 물정에 밝지 못할 뿐 아니라 그녀가 세상 물정에 밝다는 사실을 몰랐고(이 점이 특히 마음에 들었다. 그렇게 되면 그들의 지위는 더 떨어졌으니까) 또한 그녀가 어떻게 그들을 판단할 수 있는지도 몰랐다. 약간 방향성이 없긴 하지만 밀리와 함께하는 이 여행의 실제 과정 중에 그녀는 특히 자신을 이런 시각으로 바라보았다. 어쩌면 그것

---

* 앨프리드 테니슨의 시 「록슬리 홀」의 한 구절인 '유럽의 50년이 중국의 한 시대보다 낫다'를 의미함.

을 의식했기에 잠깐 숨을 돌리자는 부탁이 알게 모르게 더 강렬했는지도 모른다. 되찾을 수 없는 날들이 까마득히 먼 과거로부터 그녀를 찾아왔다. 청량한 고지대의 공기와 찢긴 젊음의 옷자락에 감도는 도저히 지워버릴 수 없는 향내처럼 다른 모든 것들이 얼마간 느껴졌다. 젖과 꿀을 넘치도록 맛보던 일과 소의 방울 소리, 콸콸거리며 흘러가는 시냇물과 발에 밟혀 향내를 피워 올리는 약초, 내려다보면 머리가 어질어질한 까마득한 협곡.

밀리도 분명 이런 것들을 느꼈을 테지만 때때로 그녀의 동반자가 받는 느낌—스트링엄 부인이라면 이렇게 표현했을 법했다—은 전통적인 비극에서 비밀을 털어놓을 수 있을 만큼 가까운 공주님의 친구가 가질 만한 느낌이었다. 그 친구가 사적인 감정을 갖는 게 허용된다면 말이다. 공주님은 공주님일 수밖에 없다는 사실은 그 친구가 열렬히 호응을 하면서도 본질적으로 감당하며 살아가야 하는 부분이었다. 스트링엄 부인은 세상 물정에 밝은 여성이었지만 밀리 실은 공주님—그녀가 지금까지 공주님을 다뤄야 했던 경우는 밀리가 유일했다—이었고 그로 인해 모든 게 달라졌다. 당사자에게 그것은 아주 확고한 운명이었다. 다른 사람들에게야 고상하게 수행하는 직무로 보여도 말이다. 거기에 따르는 외로움과 신비로움에 덧붙여, 동반자의 훌륭한 머리가 때때로, 그것도 너무나 순순히 숙여지는 무게감을 나타낼 수도 있었다. 점심 식사 자리에서 밀리는 거기 좀더 머무는 데 동의했고, 스트링엄 부인이 알아서 방을 잡고 여러 문제를 해결하고 마차와 말을 계속 사용하는 일을 처리하도록 했다. 게다가 그런 일 처리는 당연히 부인 차지가 되었는데, 어떤

170

이유에서인지 특히 지금 이 경우 대단한 인물과 함께 지낸다는 사실을 유쾌하면서 풍부하게, 장대하다 싶은 규모로 실감하게 했다. 젊은 친구는 어려움이라는 일반적 문제에 말할 수 없이 둔감했는데, 더 나아가 많은 매력적인 사람들이 으레 그렇듯이, 그냥 다른 사람한테 넘겨버림으로써 어려움을 치워버렸다. 얼마나 멀찌감치 치워버리는지 자기 범위 안으로 절대 들어오는 법이 없었다. 곁에 둔 친구가 아무리 하소연을 해도 끌고 들어올 수 없었다. 그래서 공주 곁에서 친구로 산다는 것은 어려움이 면제된 채 사는 것이었다. 말하자면 보필하는 일이 너무 쉬워서 이 전부가 마치 시련 없는 궁정 생활과도 같았다. 당연히 문제는 다시 돈이었는데, 주의 깊은 부인이 이즈음 거듭 떠올리게 되는 것은 정말 '다르다'고 할 때 가장 다른 점은 뭐니 뭐니 해도 바로 그것, 다른 무엇과도 비교할 수 없이 독보적으로 그것이라는 사실이었다. 이보다 덜 천박하게, 이보다 덜 눈에 띄게 물건을 사거나 과시하는 사람은 상상할 수 없었다. 그러나 자기 재산에서 벗어날 수 없다는 것이 밀리의 근본적인 진실로 그녀의 삶을 지배했다. 조심스럽고 세심한 친구가 뭘 어떻게 하든 가능한 한 혼자 알아서 하게 내버려두고 절대 물어보지 않으며, 심지어 에둘러 언급하는 일조차 참지 못할 수도 있었다. 그러나 그것은 지금 망연하게 밖을 거닐면서 풀에 닿지 않게 들어 올리는 옷자락, 대책 없이 값비싼 그 검은색 드레스의 섬세한 주름들에 있었고, 최신 유행과는 전연 상관없이 '매만진' 신기하고도 화려한 똬리 모양의 머리 스타일에도 있었다. 머리칼이 살짝 보이는 머리에 얹힌 모자 역시 그에 어울리게 얼마나 무심한지

일종의 고귀한 멋없음을 암시하는 개인적 스타일을 보여줄 뿐
이었다. 그것은 또한 나가기 전에 그녀가 자동으로 챙기는, 남
루한 타우흐니츠* 책의 아직 자르지 않은 책장들 사이에도 있
었다. 옷을 어떻게 입든, 걸음을 어떻게 걷든, 무슨 책을 읽고
무슨 생각을 하든 없애버릴 수가 없는 것이다. 아무리 꿈꾸듯
멍하게 미소를 지어도 치워버릴 수 없고, 아무리 나직하게 한숨
을 쉬어도 날려버릴 수 없었다. 없애고 싶어 아무리 기를 써봤
자 그 재산은 잃어버릴 수가 없을 테고, 진짜 부자는 바로 그런
것이었다. 그것이 그 인물의 존재를 이루는 핵심일 수밖에 없다
는 것. 한 시간이 지나도 그녀가 돌아오지 않자 화창한 오후가
아직 한창이긴 했지만 스트링엄 부인은 혹시나 해서 그녀가 간
길을 따라갔다. 혹시 산책을 하고 싶은 거면 같이할 마음도 있
었다. 하지만 사실 산책을 함께하려는 목적보다는 아마 따로 떨
어져 있고 싶은 마음이 더 클 그녀의 상태를 마땅히 배려해주려
는 목적이 더 두드러졌다. 그래서 다시 한번 그 선한 부인은 자
기가 보기에도 약간 '들키지 않으려고 몰래' 그러는 투로 살금살
금 나아갔다. 어쩔 수 없었고, 또 별로 개의치도 않았다. 자신이
정말 원하는 일이 따라잡는 게 아니라 적당한 거리에서 멈추고
자 하는 것임을 잘 알았으니까 말이다. 적당한 시점에 멈출 수
있도록 가만히 걸어가긴 했지만 이 경우엔 어느 때보다 한참을
가야 했다. 밀리가 간 방향이 확실해 보이는 길로 아무리 가도

---

* 미국과 영국의 작품을 값싼 문고판으로 출간하여 유럽 대륙에서 팔았던 독일
의 출판사.

보이지 않아 결국 약간 걱정이 되기 시작했던 것이다. 그 길은 산허리를 감아 돌면서 올라가 알프스 위쪽의 초원으로 이어졌는데, 그들이 요 며칠 그 길을 오르내리는 동안 기회가 있을 때마다 헤매고 돌아다니고 싶은 마음이 들던 곳이었다. 거길 지나면 길은 어둑한 숲속으로 들어가고 내내 오르막으로 이어져 그 끝에는 분명 높은 지대에 옹기종기 자리 잡은 갈색 샬레*들이 있을 것이었다. 아니나 다를까 샬레가 나타났고, 스트링엄 부인은 보기만 해도 걱정이 많은, 당황한 기색의 나이 든 여인에게서 어디로 가야 할지 충분히 알 만한 단서를 얻었다. 젊은 여인이 좀 전에 그곳을 지나쳐 산마루 쪽으로 올라가는 것을 보았다고 했다. 산마루를 넘어서면 다시 급한 내리막길이 이어진다고 했는데, 그 설명으로 만족 못 했던 스트링엄 부인은 15분가량 지나 정말로 가슴이 덜컹 내려앉을 만큼 깎아지른 듯 꺾여 내려가는 길을 직접 확인하게 되었다. 걸음을 멈춘 지점에서는 산의 거대한 면이 완전히 사라져버린 것으로 보여 보기에는 길이 완전히 허공으로 사라진 듯했다. 보이진 않아도 아마 아래쪽 어딘가에서 길이 이어져 나올 테지만 말이다. 어째야 할지 몰라 머뭇거린 것은 잠시였다. 20미터 정도 떨어진 작은 바위 위에 밀리가 가지고 나왔던 타우흐니츠 책이 놓여 있는 게 곧 눈에 띄었기 때문이다. 그러니까 이 길을 방금 지나간 것이 분명했다. 들고 다니기 번거로워서 당연히 오는 길에 가져갈 요량으로 놔두었을 텐데, 아직 그 자리에 있으니 그럼 밀리는 도대체 어떻

---

* chalet: 스위스 산간 지방의 지붕이 뾰족한 목조 주택.

게 된 걸까? 미리 이야기하자면 몇 분 안 있어 스트링엄 부인이 직접 볼 것이었다. 그런데 너무 놀라고 불안해서 그사이에 자기가 가까이 있다는 사실을 엉겁결에 드러내지 않은 것은 다행스러운 우연이었다.

길이 급경사로 내려가다가 확 꺾여 들어가 바위와 덤불 등에 가려 보이지 않았기에 그 장소는 전체가 깎아지른 절벽을 이루듯 앞이 훤하게 뚫린 두말할 나위 없는 '경관'이었다. 저 멀리까지 아름다운 전망이 펼쳐져 있지만 앞으로 튀어나와 있어 현기증이 이는 곳. 바로 위쪽에서 보고 그런 경관을 예상한 밀리는 곧장 아래로 내려갔고 그것이 완전히 앞에 펼쳐질 때까지 계속 내려갔다. 그래서 여기, 그녀의 동료가 보기에는 어질어질한 끝자락에 편하게 자리를 잡고 앉아 있었다. 거기까지 길이 그럭저럭 이어지기는 했지만, 밀리가 앉은 자리는 툭 튀어나온 평평하고 작은 바위 끝이었다. 바닥 모를 허공을 오른편에 둔 그 바위는 운 좋게도—완전 운 나쁘게가 아니라면—종국에는 전체가 완전히 다 보이게 자리를 잡고 있었다. 연약한 처녀가 그런 곳에 올라가 앉아 있는 일이 얼마나 위험한지 깨닫는 순간 스트링엄 부인은 터져 나오려는 비명을 겨우 눌렀다. 아차 잘못하여 괜히 머리라도 휙 돌린다든지—무슨 일이 생길지 어떻게 알겠는가—발을 헛디디거나 미끄러지거나 펄쩍 뛰어서 뭐가 있을지 모를 아래쪽으로 곤두박질칠 수도 있었기 때문이다. 그 잠깐 사이 이 가련한 부인의 귓속에서 수많은 생각이 아우성을 쳐댔지만 밀리의 귀에는 들리지 않았다. 엄청난 동요에 휩싸였음에도 오히려 미동도 없이 숨을 죽였다. 너무나 말도 안 되는 상상이긴 했지만 처음 떠오른 생각은, 그런 곳에 그런 자세로 있을 때 잠재되어 있을 수도 있는 어떤 의도였다. 어디로 튈지 모르는 밀리의 특성과 숨겨진 끔찍한 강박이 맞아떨어지면서 나타날 수 있는 가능성이랄까. 하지만 스트링엄 부인은 소리를 내거나 말 한마디라도 하면 밀리를 놀라게 해 틀림없이 치명적인 결과가 생겨나기라도 할 것처럼 꼼짝도 않고 서 있었고 그렇게 몇 초가 흐르고 나자 얼마간 마음이 놓였다. 그 몇 초는 밀려드는 인상을 받아들이기에 충분한 시간이었고, 몇 분 후 왔던 길을 조용히 되짚어가면서 가슴에 담아둘 가장 강렬한 인상이 될 것이었다. 저 젊은 처녀가 그런 곳에서 조심성 없이 깊은 생각에 빠져 있다면 뛰어내릴 생각에 몰두해 있지는 않을 거라는 인상 말이다. 오히려 반대로 그렇게 앉아 있는 상태는 어떤 폭력적 행동으로는 얻어지지 않는 고양된 무한한 평정심의 상태에 훨씬 더 가까웠다. 그녀는 지상의 왕국들을 내려다보고 있었고, 사실 그런 생각이 저절로 머릿속에 떠올랐을 법도 하지만, 애초에 그 세상을 뜰 목적은 없었을 것이다. 그중에서 뭘 가질까 고르고 있었던 걸까, 아니면 다 갖고 싶다는 생각을 했을까? 어떻게 해야 할지 마음을 정하기도 전에 이런 질문이 떠오르자 다른 모든 질문은 무의미해졌다. 그래서 그녀는 소리쳐 부르거나 어떤 식으로든 놀란 기색을 보이는 게 위험할 수 있다면, 왔던 길을 조용히 되짚어가는 편이 안전하리라는 것을 이해했다. 혹은 그렇게 믿었다. 스트링엄 부인은 숨을 죽인 채 좀더 지켜보았는데, 얼마 동안을 그러고 있었는지는 나중에도 전혀 알 수가 없었다.

그리 오래는 아니었지만 짧지도 않았을 테고, 그사이 생각할 거리가 얼마나 많이 생겨났는지 기다시피 되짚어 내려가는 동안만이 아니라 나중에 숙소에서 밀리를 기다리는 동안에도 그 생각들로 여전히 분주한 중에 오후 늦게야 밀리가 모습을 나타냈다. 스트링엄 부인은 타우흐니츠 책이 놓여 있는 곳에 잠깐 멈춰 서서 책을 집어 들고는, 회중시계에 끈으로 매단 연필로 겉표지에 '곧 보자'라고 적었더랬다. 그러고는 밀리가 늦도록 돌아오지 않았지만 다시 불안해지는 일 없이 뭔가 대단한 것을 가만히 기다렸다. 왜냐하면 그녀가 산을 내려오며 뭔가 대단한 것을 지니고 왔다면, 그것은 바로 공주님의 미래가 인간적 곤경으로부터 완전히 단절되거나 쉽게 벗어나는 식은 아닐 거라는 확신이었기 때문이다. 뛰어내리거나 하는 식으로 즉각 도피하는 문제가 아닐 것이었다. 그것은 삶이 어떤 공격을 가하든 얼굴을 돌리지 않고 의연하게 다 받아내는 문제일 것이고, 그 바위 위에 앉아서 그것이 한꺼번에 몰려들 방향을 똑바로 바라보고 있었을지 모른다. 따라서 여전히 하염없이 기다리는 스트링엄 부인은, 자신의 젊은 친구가 아직 돌아오지 않고 있긴 하지만 어떤 기회가 주어졌건 거기서 목숨을 내던졌기 때문은 아니라고 혼잣말을 할 수 있었다. 자살 같은 건 하지 않았을 것이다. 앞으로 걸어야 할 더 복잡한 길이 있음을 스스로 분명히 알고 있으니까. 스트링엄 부인이 밀리를 찾아내서 적잖은 경외심이 솟았을 때 눈에 보인 전망이 그러했다. 그래서 스트링엄 부인에게 남은 이미지는 어떤 계시의 성격을 띠었다. 숨을 죽이고 지켜보던 몇 분 동안 밀리가 완전히 새롭게 보였다. 밀리의 유형, 면모, 특성, 개인사와 현재 상태, 아름다움과 신비로움, 그 모두가 무의식적으로 알프스의 대기에 정체를 나타내더니, 다시 한꺼번에 모여들어 스트링엄 부인의 불꽃을 피워 올렸다. 그것들은 앞으로 좀더 분명하게 우리 앞에 나타날 테고, 지금으로서는 우선 어떤 의심보다 강렬한 그녀의 열의로 잠깐이나마 나타날 것이다. 그것은 그녀가 익숙하게 지녀온 인식은 아니었지만, 마치 발 아래에 어떤 귀중한 보물이 묻힌 광산이 있는 것만 같았다. 아직 분명하게 오롯이 드러나지는 않았지만 입구 가까이에 서 있는 느낌이었다. 열심히 캐기만 하면 확실히 보물이 쏟아져 나올 것이었다. 그렇다고 밀리가 가진 금은보화를 생각한 것은 아니었다.

2

두 사람이 다시 만났을 때 밀리는 책에 끄적거린 글에 대해 아무런 언급도 하지 않았고, 그제야 스트링엄 부인은 그녀에게 책이 없다는 것을 알아챘다. 산에 그냥 두고 왔을 테고, 아예 기억도 못 할 공산이 컸다. 그래서 그녀의 친구는 즉각 뒤를 따라갔다는 말을 하지 말아야겠다고 재빨리 마음먹었다. 게다가 책을 잊은 것에서 나타나듯 딴 데 정신이 팔린 모습이 돌아온 지 5분도 안 되어 더욱 두드러졌다. "이제 와서 이런 말을 하면 밉살스럽게 들릴 수도 있겠지만—"

스트링엄 부인은 그 첫마디에 할 수 있는 생각을 다 하고는 바로 그런 신호를 보냈기 때문에 밀리는 더 말을 이을 필요도 없이 마음을 놓았다. "여기 머물고 싶지 않다는 거지? 좀더 가 봤으면 한다고? 그럼 내일 아침 날이 밝는 대로 떠나지 뭐. 원하면 더 일찍이라도. 지금 길을 나서기엔 좀 늦은 시간이긴 하지만." 그러고는 밀리가 지금 당장 떠나길 바란다는 가정은 농담이었음을 보여줄 셈으로 미소를 지었다. "여기 머물자고 내가 우격다짐을 한 셈이니까 나야 할 말 없지."

밀리는 대체로 농담을 잘 받아주는 편이었지만, 이 농담에는 심드렁했다. "아, 맞아요. 아줌마가 우격다짐을 하긴 하죠." 그래서 더 이상의 논의 없이 아침에 다시 떠나기로 정리가 되었다. 스트링엄 부인은 자신을 어디로 끌고 다녀도 따라가겠다고 주장했는데도, 젊은 친구는 세세한 사항에 대한 관심을 금방 잃어버린 듯했다. 하지만 저녁 식사 전까지는 갈 만한 수많은 장소 중에서 하나를 골라보겠다고 약속했다. 저녁 식사는 촛불을 켤 만한 시간에 맞춰 주문을 해놓았더랬다. 낯선 나라의 산속, 길가의 여관에서 촛불 아래 저녁 식사를 하면 독특한 시적 정서가 피어날 거라고 합의를 보았기 때문이다. 굳이 말하자면 그런 것이 바로 그들이 이 여행에서 원했던 적당한 모험, 더 세련된 인상이었다. 저녁 식사 전에 밀리는 '누워 쉬고' 싶은 것처럼 보였다. 그런데 3분쯤 지나 누워 있기는커녕 6천 킬로미터를 단번에 건너뛰기라도 하듯 정말 뜬금없이 이렇게 물었다. "9일에 뉴욕에서요, 핀치 박사님과 단둘이 만났을 때 박사님이 무슨 말씀을 하셨어요?"

질문이 갑작스럽기도 했지만 그것만으로 설명이 안 될 만큼 소스라치게 놀랐던 이유를 스트링엄 부인은 나중에야 완전히 이해했다. 비록 그 순간에도 너무 겁을 먹은 나머지 터무니없는 대답이 튀어나올 뻔했지만 말이다. 당시 상황을 기억해내기 위해 뉴욕에서의 '9일'을 생각해야 했고, 핀치 박사를 혼자 만났던 때와 그때 그가 무슨 말을 했는지 떠올려야 했다. 그리고 모두 다 기억났을 때 잠깐은 그가 정말로 엄청나게 중요한 말을 한 줄 알았다. 하지만 사실 그런 건 없었다. 결국엔 어떤 중요한 말을 하려고 했던 것 같았을 뿐이었다. 갑작스러운 소식을 듣고 그녀가 보스턴에서 급히 뉴욕으로 왔던 것은 배의 출항 날짜가 열흘도 남지 않았던 6일이었다. 큰일은 아니었지만 충분히 놀랄 만한 소식이었는데, 밀드러드가 갑자기 병이 났다는, 원인은 정확히 모르겠지만 어딘가 탈이 나서 여행 계획을 중단해야 할지도 모른다는 것이었다. 다행히도 그 갑작스러운 사건은 대수롭지 않은 일로 판명되었고 걱정으로 마음을 졸인 시간은 결국 몇 시간도 되지 않았다. 여행을 떠나는 일이 가능한 정도가 아니라 '기분 전환'이 될 수 있으니 아주 바람직한 일이라고 했다. 그래서 한걸음에 달려온 스트링엄 부인이 의사 선생님을 따로 5분간 만났다면 그것은 그쪽에서 원했다기보다 그녀가 원해서 이루어졌을 게 분명했다. 그저 편하게 '유럽'이 지닌 치유적 속성들에 대해 신나게 이야기를 나누었을 뿐, 그들 사이에 달리 오간 말은 거의 없었다. 그 당시 상황이 떠올랐으므로 그녀는 이제 그 점을 충분히 확신할 수 있었다. "맹세하는데, 네가 모르고 있다든지 그때 몰랐을 내용은 전혀 없었어. 너에 관해 의사 선생님과 비밀스레 나눈 얘기는 없어. 왜 그런 의심이 들었을까? 내가 의사 선생님을 만난 건 어떻게 알았는지 그게 궁금하네."

"그래요, 아줌마가 얘기한 건 아니죠." 밀리가 말했다. "그리고 제 상태가 안 좋았던 그 스물네 시간을 말하는 게 아니에요." 그녀가 말을 이었다. "그때야 두 분께서 머리를 맞대고 있는 게 당연하죠. 제가 좋아지고 난 뒤에 말이에요. 집으로 돌아가시기 직전에."

스트링엄 부인은 여전히 의아할 뿐이었다. "그럼 내가 선생님을 만났다는 말은 누구한테 들었어?"

"**선생님**이 말씀하신 건 아니에요. 아줌마가 나중에 내게 보낸 편지에 쓴 것도 아니고. 지금 처음 꺼내는 얘기예요. 바로 그래서 궁금한 거라고요!" 밀리가 외쳤다. 그 표정과 목소리에 뭔가가 있었고, 상대방은 사실 그녀가 확실히 아는 바 없이 단지 추측을 했고 한번 던져봤는데 들어맞았을 뿐임을 곧 알아차렸다. 하지만 밀리는 그 생각에 왜 그렇게 빠져 있었던 걸까? "그런데 지금 분명히 하셨다시피 선생님이 아줌마한테 모든 사실을 다 털어놓지 않았다면 상관없어요."

"선생님과 난 그런 사이가 아니야. 털어놓을 것도 없고. 근데 몸이 안 좋은 거야?"

스트링엄 부인은 정말 무슨 일인지 알고 싶었다. 밀리가 그 긴 산행을 막 끝내고 돌아온 걸 보면 몸이 안 좋을 가능성은 별로 없어 보였지만 말이다. 젊은 친구의 얼굴은 언제나 핏기 없이 창백했지만, 친해지고 나면 다들 그 점은 무시해도 된다는 걸 깨달았다. 게다가 겉보기에 혈색이 안 좋을 때 오히려 표정이 밝은 경우가 많았다. 잠시 종잡을 수 없는 표정으로 미소를 보이더니 그녀가 이렇게 말했다. "모르겠어요. 정말로 전혀 모르겠어요. 하지만 알아보는 게 좋겠죠."

이 말에 스트링엄 부인은 연민이 솟구쳤다. "문제가 있는 거야? 어디 아픈 거니?"

"전혀 아니에요. 하지만 가끔 드는 생각이―"

"그래, 드는 생각이 뭐?" 그녀가 재촉했다.

"그러니까, 과연 얼마나 가질 수 있을까."

스트링엄 부인이 시선을 고정한 채 물었다. "뭘 얼마나? 아픔은 아닐 테고?"

"다 말이에요. 내가 가진 거 다."

다시금 걱정스러운 마음이 들자 그녀가 자상하게 돌려 물었다. "이미 다 '가지고' 있잖아. 그런데 '얼마나' 가진다고 하면—"

"오랫동안 가질 수 있을까라는 뜻이에요." 밀리가 그녀의 말을 끊었다. "그러니까 내가 정말 가지고 있다면 말이죠."

그 말은 일단은 상대방이 당혹해하거나 적어도 어리둥절하게 만드는 결과를 가져왔다. 언제나 그렇듯이 스트링엄 부인은 특권층이라 어쩔 수 없는 갑자기 돌변하는 밀리의 어떤 면이 마음에 와닿았지만 동시에 그 안에 일종의 조롱 투가 있다는 것도 얼마간 알아챌 수 있었다. "병을 가지고 있다면?"

"모든 걸 가지고 있다면요." 밀리가 웃었다.

"아 그거— 그거라면 거의 누구와도 비견할 수 없을 정도지."

"그럼 얼마 동안이나요?"

스트링엄 부인이 간청하는 눈빛으로 밀리를 보았다. 가까이 다가가 절박한 손길로 그녀를 반쯤 안았다. "의사 한번 만나볼래?" 그 말에 밀리가 정신은 약간 더 또렷해졌을지 모르지만 그저 천천히 고개를 젓자 그녀가 다시 말했다. "근처에서 가장 좋은 의사 선생님을 찾아보자." 하지만 이 말에도 유보적인 동의의 시선만 보낼 뿐 모호하면서도 사랑스러운 침묵만을 유지했는데, 그건 무슨 뜻이든 될 수 있었다. 상대방은 도대체 감을 잡을 수 없었다. "어디가 아픈 거라면 제발 나한테 말을 하렴."

"내가 정말로 모든 걸 가졌다고 보지는 않아요." 밀리가 해명을 하듯이, 동시에 짐짓 유쾌한 투로 말했다.

"하지만 내가 널 위해 무엇을 해줄 수 있을까?"

밀리가 곰곰이 따져보고는 무슨 말을 하려다가 돌연 마음을 바꿔 다른 말을 꺼냈다. "아줌마는 정말 좋은 분이세요. 그냥 너무 행복할 뿐이에요."

그 말이 둘 사이를 더 가깝게 하긴 했지만 스트링엄 부인의 의혹은 더 확고해졌다. "그럼 뭐가 문제인 거니?"

"그게 문제예요. 제가 그 행복을 견디기 힘들다는 거."

"하지만 네가 가지지 못했다고 생각하는 건 뭔데?"

밀리는 다시 잠깐 말이 없었다. 그러다 대꾸할 말을 찾았고 약간의 희열까지 내보였다. "내가 가진 것의 축복을 거부할 힘은 가지지 못했죠."

스트링엄 부인은 '밀쳐졌다'는 느낌과 더불어 거기에 스며 있을 수 있는, 스며 있을 법한 아이러니를 받아들였고, 확실히 침울한 그녀의 중얼거림이 이어지면서 다정함이 다시 나타났다. "어떤 의사를 만나볼래?" 마치 어디 꼭대기에 자리를 잡고 아래에 쫙 깔린 의사들을 내려다보는 말투였다. "어디를 먼저 가볼래?"

밀리는 세번째 잠시 생각하는 시간을 가졌다. 그러더니 대답 대신 방금 전 부탁을 다시 끄집어냈다. "저녁 먹을 때 말씀드릴게요. 그럼 그때 봐요." 그러고는 가벼운 발걸음으로 방을 나갔는데, 그것은 활동적인 삶에 대한 새로운 약속으로 특히 상대방이 기분 좋게 받아들일 어떤 면을 증명해주었다. 둘 사이의 어색한 상황이 끝나자 스트링엄 부인은 항상 들고 다니는 '괜찮은' 일거리인 뜨개바늘과 실뭉치를 들고 다시 혼자 자리를 잡고는 생각에 잠겼다. 영문을 알 수 없는 밀리의 기분은 틀림없이 그녀가 그다지 찬성하지 않았던 이곳의 체류가 길어져서 생겨났을 것이다. 사실 삶의 기쁨이 너무 과도해서 불만이라고 인정하기만 하면 그야말로 모두 다 들어맞았다. 그 기쁨 때문에 머무를 수 없다면 그 기쁨 때문에 계속 나아갈 수는 있었고, 그렇게 펄떡거리며 나아감으로써 그녀는 둥둥 떠올라 광활한 공간으로 돌아갔던 것이다. 점점 짙어가는 어스름 속에 앉아서 젊은 친구의 위치가 웅장하다는 사실을 더욱 절감하는 사이, 어떤 진실도 회피하지 않았다. 적어도 수전 셰퍼드는 그러기를 바랐다. 고지대라 저녁엔 당연히 추웠고, 여행객들은 식사 때 불을 피워달라고 요청했다. 여관 현관에서 벌어지는 이런저런 일들이나 노란색 역마차와 커다란 사륜마차, 바삐 오고 가는 덮개를 씌운 개인 운송 수단들과 더불어, 낮고 깨끗한 작은 창문을 통해 위대한 알프스의 길이 웅장한 위용을 드러냈다. 그것을 보며 상상력이 뛰어난 우리의 주인공은 옛날이야기와 오래된 그림, 역사적인 탈출과 도주, 추격, 과거에 벌어진 온갖 일들이 떠올랐는데, 그 모두가 어쩐지 묘하게 맞아떨어지면서 지금 자신이 깊이 연루된 관계에 무척 흥미로운 의미를 부여해주었다. 자기 친구의 웅장한 지위에 관한 이 기록이 결국 자신이 뽑아낼 수 있는 가장 최고의 의미로 다가오는 것도 당연했다. 마치 왕실마차 안에 앉아 있듯이 그 장대함 속에 자리를 잡았으니 말이다. 그 상황으로 되돌아가니 그런 행진 방식, 진홍빛 쿠션에서 바라보는 광경이 제공해주는 것은 확실히 훨씬 더 많았다. 저녁 식사를 위해 촛불이 켜지고 짧은 하얀색 커튼이 드리워졌을 즈음 밀리가 다시 모습을 나타냈고, 그러자 무대와도 같은 작은 방 안에 낭만이 깔렸다. 더구나 방 안에 들어서자마자 이런 말로 참을성 있는 상대방을 만족시켰을 때도 마법 같은 분위기는 깨지지 않았다. "여기서 바로 런던으로 갔으면 해요."

그건 떠날 때 그들이 확실히 가졌던 어떤 생각과도 어울리지 않는 뜻밖의 얘기였다. 당시에는 영국을 약간 옆으로 밀쳐두거나 나중으로 미뤄두는 분위기였다. 누군가의 말처럼 지금으로서는 온갖 준비와 입문을 한참 거치고 난 끝자락에야 나타나는 그런 곳. 한마디로 런던은 산 정상이므로 포위공격을 하듯이 조금씩 다가가야 차지할 수 있을 곳이었던 것이다. 단순화를 마주할 때면 늘 그러했듯이, 스트링엄 부인에게는 밀리가 실제로 멋지게 성큼 내딛은 발걸음이 그래서 더욱 흥미진진했다. 게다가 나중에 그녀는 연기가 피어오르는 촛불 사이로 밀리가 자신이 원하는 바를 설명했던 그 시간을 극작가가 아끼는 '해설적 장면'의 한 토막처럼 떠올리게 될 것이었다. 그 안에 다른 것들 역시 등장했는데, 살을 에는 듯한 공기를 뚫고 마차 체인이 철컹대는 소리와 발을 구르는 말발굽 소리, 달그락거리는 양동이, 그리고 외국어로 질문과 대답을 주고받는 소리—모두 다 길에서 만나 이루어지는 유쾌한 친교인데—등이 귀에 와닿았더랬다. 사실 밀리가 그 말을 끄집어낸 방식은 마치 엄청난 고백을 하는 투였고, 경솔하다는 인상을 줄 수 있어서 스스로도 말하기 조심스럽다고 인정하는 얘기를 꺼내는 식이었다. 가질 수만 있다면 자신이 유럽에서 원하는 건 바로 '사람들'이라는 생각이 문득 떠올랐다고 했다. 정말로 궁금할 테니 말하는 건데, 바로 그 모호한 존재가 앞서 박물관이나 교회에서 며칠을 보내는 동안 머리를 떠나지 않았고, 아름다운 풍경의 감상도 좀 망치고 있다는 것이었다. 아름다운 풍경도 물론 좋아하죠, 정말이에요. 하지만 인간적이고 사람 냄새 나는 어떤 것이었으면 좋겠어요. 제가 할 수 있는 말이라곤, 런던에는 다른 어느 곳보다 그런 게 더 많다는 것 정도인데, 그렇지 않나요? 그러더니 오래갈 수 없다면—그녀에게 그 무엇도 오래 지속될 수 없다면—지금 언급한 특정한 일이야말로 어쩌면 그동안 가장 많은 걸 얻을 수 있고, 그 어떤 일보다 남은 시간을 덜 낭비하는 일이 아니겠냐는 주제로 다시 돌아갔다. 그런 생각을 얼마나 생기발랄하게 내보였는지 스트링엄 부인은 다시 맘이 불편해지지는 않았다. 정말이지 요절이 상황에 어울리기만 하다면 기꺼이 자신의 미래에서도 그에 비견할 것을 찾아볼 의향이 있었다. 그래 좋아. 내일 무슨 일이든 벌어질 수 있으니까 오늘 먹고 마시는 거지. 그리고 이 순간부터는 그렇게 먹고 마시는 일을 주목적으로 삼아 움직여보자고. 사실 그날 밤 그들은 그런 결심이라도 한 듯이 먹고 마셨다. 그리하여 각자 방으로 가기 전에 상황은 더욱 말끔해진 듯했다.

어쩌면 아주 광범위한 시각에서만, 그러니까 지금 제시된 삶의 조짐에 비해 너무 광범위한 시각에서만 말끔해진 것일 수도 있었다. 밀리에게 '사람들'이란 딱히 특정한 사람들을 염두에 둔 것이 아니었고, 그래서 도버항에 내리면 전혀 낯선 사람들, 일절 모르는 사람들 사이로 떨어지게 될 것임은 두 사람 각자에게 여전한 사실이었다. 아는 지인이라고는 없었다. 스트링엄 부인은 밀리가 어떻게 나올지 볼 셈으로 이 점을 호소해보았다. 처음에는 사람들과 어울리거나 애써 누군가를 사귈 생각이 아니라는 주장 외에 나오는 대답이 없었다. 그곳의 미국인들에게 일반적으로 가방에 잔뜩 든 '소개장'으로 대표되는 그런 교제의 기회를 잡는 일은 전혀 바라는 바가 아니라고 했다. 한마디로 미국인들이 쫓아다니는 사람들의 문제가 아니라 영국인들이 자기 나름대로 바라보는 인간적인 그림, 영국적 그림 자체라고 했다. 그러니까 책에서 읽고 혼자 꿈꾸기도 하면서 정겹게 짐작해본 구체적인 세계. 스트링엄 부인은 그런 구체적인 세계를 충분히 인정하면서도, 나중에 우연히 기회가 생겼을 때 그 구체적 세계의 인간 구성원 가운데 한둘을 미리 알아두면 안심이 될 거라고 언급하는 일을 잊지 않았다. 하지만 그렇게 해서도 속된 말로 밀리를 '낚는 데' 실패하자, 그녀는 곧 까놓고 말하지 않을 수 없었다. "그래서 말인데, 내가 이해한 바로는 덴셔 씨한테 약속 비슷한 걸 한 걸로 아는데, 아닌가?"

이 말에 밀리의 얼굴에 떠오른 표정으로 말하자면 그 약속에 대해 전혀 모르거나, 덴셔라는 이름에서 어떤 연상도 떠오르지 않거나 둘 중 하나의 표현이라고 봐야 했다. 하지만 최근에 함께 시간을 보내온 상대방이 재빨리 알아차린 바로는, 약속을 무언가와 연관시키지 않고 약속 자체를 모르는 척할 수는 없다는 것이었다. 모르쇠로 나가려면 특정한 누군가에 대한 약속이어야만 했다. 따라서 그녀는 결국 머튼 덴셔 씨는 기억한다고 인정했다. 우리가 뉴욕을 떠나기 직전에 어떤 특별한 문학 관련 일로, 맞죠? 뉴욕에 머물던 비상하게 '똑똑한' 영국 청년 말이죠? 제가 보스턴을 방문했을 때부터 아줌마가 저와 함께 머물기 전

까지 얼마 안 되는 사이에 서너 번 집으로 저를 찾아왔죠. 하지
만 그러고 나서도 한참 더 기억을 되짚은 다음에야 지금 거론되
는 남자가 밀리에게 런던에 와서 시쳇말로 '아는 사람 찾아보는'
일을 하지 않는 고약한 짓은 절대 하지 않으리라 믿는다고 말했
고, 그 사실을 나중에 스트링엄 부인에게 전한 적이 있다는 사
실을 떠올렸다. 그녀는 그가 그러거나 말거나 놔두었는데, 그것
이 좀 스스럼없어 보였을 수도 있겠다고 이제야 재차 확인했다.
그 믿음을 강화하든 약화하든, 어느 쪽으로도 나서서 한 일이
없다고 했다. 하지만 그런 맥락에서 당시 스트링엄 부인이 그
를 만나보지 못해 아쉬워한 것도 사실이었다. 그래서 나이 많은
쪽으로서는 이후에도 다시 그를 떠올려보았다. 더 나아가 밀리
는 그를 떠올리는 일이 없는 것처럼 보인다는 사실까지 알아챘
다. 그랬다면 금방 티가 났을 테니까 말이다. 그리고 밀리와 관
련된 것이라면 뭐든지 관심이 있었으므로 그녀는 혼자서, 그냥
혼자서만 한가로이, 중도에 끊어지지만 않았다면 그 영국 청년
과 친분을 더 쌓을 수 있었을 거라고 결론 내렸더랬다. 그와 친
분을 갖게 되었다는 사실 자체는, 밀리를 안 지 얼마 안 되어 그
녀가 앞길이 창창한 젊은 사람으로서 동정과 경탄을 받을 만한
인물이라고 판단하는 데 도움을 주었던 여러 지표 중 하나였다.
부모도 없고 보호자도 없는 혈혈단신이지만, 거대한 저택과 막
대한 유산, 엄청난 자유로움과 다른 강점들을 가진 그녀는 최근
에, 많지도 않은 나이에 마치 그보다 나이 든 여성들이 하듯이
'손님을 맞이하기' 시작했다. 일찍부터 성인의 역할을 하게 되어
처리해야 할 공적인 업무가 생긴 공주와 마찬가지로 말이다. 그

래서 스트링엄 부인은 자신이 뉴욕에 가기 전에 덴셔 씨가 업무상 다른 곳으로 가버린 것이 분명하다면 나중에, 그러니까 자신이 두번째 다녀간 후에 다시 돌아와 하루이틀 머물렀으리라는 사실 역시 어렵지 않게 알아낼 수 있었다. 요는 서부로 가는 길에, 확신하건대 워싱턴에서 오는 길에 한 번 더 모습을 보였으리라는 것이다. 여행을 앞두고 그녀가 왔을 때는 이미 사라져버린 뒤였지만 말이다. 전에는 딱히 과장할 생각이 들지 않았다. 과장할 만한 일이라는 생각이 들지 않았다. 그러나 오늘 밤에는 이 관계에 뭔가 더 있다고 자유롭게 상상을 해도 되겠다, 그런 상상을 부추길 만하겠다는 사실을 의식하게 되었다.

곧바로 그녀는 여하튼 약속을 했든 안 했든 꼭 필요하다면, 연락해도 된다는 그의 말에 따라도 될 거라고 밀리에게 말했다. 이에 밀리가 기다렸다는 듯이 대답하기를, 당연히 그렇겠지만 그가 아직 미국에 있을 것이 확실하기 때문에 괜한 수고가 될 거라고 했다. 미국에서 할 일이 엄청 많았는데, 그때 거의 시작도 못 하고 있었거든요. 사실 그가 돌아오려면 아직 멀었다는 확신이 없었다면 런던에 갈 생각은 애초부터 하지도 않았을 거예요. 그렇게까지 마음을 털어놓자마자 너무 나갔음을 스스로도 알아차렸다는 것을 스트링엄 부인은 눈치챌 수 있었다. 그래서 밀리는 아마도 약간 당황해하면서, 그를 쫓아다닌다는 인상은 절대 주고 싶지 않다고 곧바로 덧붙였지만 상황은 별로 나아지지 않았다. 스트링엄 부인은 그렇게 보일 만한 일이 뭐가 있을까 혼자 의아해했다. 그러자 그럴 수도 있겠다는 가능성이 문득 튀어나오는 것이었다. 하지만 일단은 그에 대한 별다른 언급 없이 다른 얘기들을 했다. 예를 들어 덴셔 씨가 런던에 없으면 없는 거고, 그걸로 그만이라고 했다. 당연히 무슨 일이 있어도 사리에 맞게 행동해야 할 거라고 했다. 하지만 어느 정도가 사리에 맞는 건지 어떻게 따질 것이며 또 어떻게 확신할 수 있겠는가? 그래서 상황이 어떻게 되었냐면, 둘이 앉아 있는 동안 그녀가 의견을 내놓게 되었다. 그녀가 알 만한 사람이 런던에 있는데, 관계를 끊고 싶은 마음도 없지만 굳이 그 관계를 이용하고 싶은 마음도 없는 그런 정도의 사람이었다. 한마디로 그녀는 밤이 저물도록 밀리에게 모드 매닝엄 이야기를 들려주었다. 옛날 브베에서 학교에 다닐 때 특히 친하게 지냈던 특이하면서도 흥미로운 영국 소녀로, 헤어진 뒤 정기적으로 편지를 주고받았더랬다. 차차 뜸해지다가 이후 완전히 끊기긴 했지만 그래도 한동안은 확실히 꾸준하게 이어졌던 좋은 관계였다고 했다. 그래서 각자 결혼을 하면서 다시 저절로 관계가 반짝 살아났다. 다시 한번 신중하면서도 정답게 편지를 쓰게 되었는데, 로더 부인이 먼저 편지를 보냈다. 그런 뒤 편지 한두 통을 더 주고받았다. 그걸로 끝이었는데, 그렇다고 결별을 하거나 그런 게 아니라 자연스럽게 중단된 것이었다. 자신은 별 볼 일 없는 결혼을 했지만 모드 매닝엄은 굉장한 집안에 시집을 간 것이 확실했으니까. 게다가 거리도 멀고 사는 모습도 다르고 공동의 관심사도 줄어들고 직접 만나는 일도 불가능하다 보니 더욱 그랬다고 했다. 오랜 세월이 지난 요즘에서야 다시 만나볼 수도 있겠다는 생각이 들기 시작했다. 그러니까 상대방이 아직 살아 있다면. 이런저런 통로로 아직 살아 있다고 믿게 되었기 때문에, 바로 확인해보고 싫었다. 그래서 밀리가 반대하지 않는다면 여하간 지금 만남을 한번 시도해보고 싶다고 했다.

밀리는 대체로 반대 같은 건 하지 않았고, 한두 가지 질문을 던지긴 했지만 당장은 달리 이의가 없었다. 그 질문으로, 혹은 적어도 그 질문에 답하면서 스트링엄 부인에게 옛 기억이 새록 새록 살아났다. 기억나는 게 얼마나 많은지, 어린 눈에도 발그 레한 볼에 낯설고 이국적인—그게 바로 주문처럼 모두를 사로 잡았다—강렬하고 화려했던 모드가 어떻게 변했을지 직접 만나본다면 얼마나 멋진 일이 될지 그때는 미처 알지 못했다. 그런 기질의 인물은 세월이 지나도 세련되고 훌륭한 쪽으로 성숙하지 못했을 위험이 있다고 그녀가 솔직하게 말했다. 그것은 오랫동안 끊겼던 관계를 재개할 때 항상 대면할 법한 위험이었다. 끊어진 실을 다시 거두어 잇는 것은 위험을 감수하는 일이었다. 하지만 밀리가 괜찮다면 그녀는 감수할 준비가 되어 있었다. 의외로 '재미날' 수 있겠다 싶어 그 자체로 구미가 당겼다. 사실 좀 들뜬 상태라, 뉴잉글랜드 지방의 미덕만을 지키며 50년을 보냈으니 그런 재미 정도는 노년에 별 무리 없이 누릴 만한 권리가 아니겠냐는 말투였다. 그녀가 나중에 다시 떠올리게 된 것 중의 하나가, 그 말에 상대방의 얼굴에 문득 떠오른 뭐라 형언할 수 없는 표정이었다. 밀리가 이리저리 서성이는 동안 그녀는 다 먹은 저녁 식탁과 촛불을 앞에 두고 앉아 있었는데, 그 표정이 **그녀의** 자유 개념에 대한 어떤 뜻 모를 지적이 아니었을까 싶을 만큼 오랫동안 뇌리에 남았다. 예상치 못한 자산이자 일종의 비장의 무기처럼 꺼내 보인 상대의 이야기에 말로 관심을 보

이지는 않았어도 최종적으로 결정을 내려달라는 요구에 밀리가
놀랍기도 하고 마음이 끌리기도 하는 상태를 생각에 잠겨 사랑
스럽게 내보인 것일 수도 있었다. 좌우간 상황은 그 일에 달려
있었으므로 밀리는 대수롭지 않다는 듯이 간단하게 "할 수 있는
건 다 해보세요!"라는 말을 툭 던지고는 자기 방으로 올라갔다.

그 가벼운 말투는 수전 스트링엄이 불러낸 모드 로더의 육중
한 존재감을 살짝 부정하는 듯 여겨질 수도 있었다. 그녀로서는
여전히 잠자리에 들지 않고 달뜬 분위기에서 과거를 떠올리며
조금은 더 그 존재감을 의식하게 되었기 때문이다. 밀리가 자리
를 뜨고 나자 뭔가 결정적인 상황이 내면에서 펼쳐졌다. 꼭 집
어 말할 수는 없었지만, 인정하고 받아들이자마자 물리칠 수 없
게 되었다. 그것은 마치 모드의 결혼 후에 자신이 누가 봐도 뒤
처지게 되었다는 것을, 혹은 요즘 표현처럼 밀려났다는 것을 이
시점에 와서 결국 다시 깨닫게 된 것만 같았다. 로더 부인은 그
녀를 멀찌감치 떼어놓은 채 나아갔고, 이어서 그녀 인생에 그에
조응하는 시기가 왔을 때—서글펐던 두번째, 슬픔의 위엄이 있
던 두번째 시기 말고 깨가 쏟아지는 행복이라곤 찾아보기 힘들
었던 첫번째 시기 말이다—같은 맥락에서 거의 아랫사람 대하
듯 그녀를 불쌍히 여겼던 것이다. 개의치 않게 된 뒤에도 그러
한 의혹이 완전히 사라진 적이 지금껏 한 번도 없었다면, 그 사
실이 이제 와서 사슬의 끊어진 부분이 아니라 오히려 연결 고리
로 등장했다는 것이 확실히 좀 이상하긴 했다. 사실 예전 동기
가 봐주는 듯한 태도를 보였다는 생각이 다른 의미에서 그녀의
문제를 해결했다는 기분이 들었을 수도 있다. 이 상황이 분석할

가치가 있다면 말이지만, 드디어 자신에게도 자랑스럽게 보여줄 것이 생겼다는 행복한 결말이자 시적 정의正義, 후한 복수로 사실 해결이 되었던 것이다. 그들이 헤어질 당시 모드는 가진 게 무척이나 많아 보였는데, 덧붙임과 승격과 확장으로 아마 지금은 더욱더 많이—그게 또한 대체로 영국적 삶의 풍요로운 법칙이 아니던가?—가지고 있을 것이다. 그래 좋아. 아마 그렇겠지. 그런 거라면 다 거뜬히 받아줄 수 있겠다는 기분까지 들었다. 로더 부인이 그 무엇을 과시하든—그런 식의 어림짐작에는 다 합당한 이유가 있음을 충분히 보여줬기를 바라는데—밀리 실 같은 존재는 없을 테니까. 밀리야말로 가련한 수전이 내놓을 만한 트로피였던 것이다. 수전은 초가 거의 다 타들어가도록 늦게까지 잠자리에 들지 않았다. 식탁을 치우자마자 단정한 필기구 통을 열었다. 옛날의 단서들을 아직 가지고 있었다. 기억하고 있는 연줄도 있고 이런저런 주소로 연락해볼 수도 있었다. 그렇게 일은 시작될 터였다. 그녀는 그 자리에서 바로 편지를 썼다.

4부

1

그 일이 있고 나서 상황은 아주 빨리 진행되어, 밀리가 자기 오른쪽에 앉은 신사——그는 곧 여주인의 왼쪽에 앉은 신사이기도 했는데——에게 자기가 지금 어디 있는 건지도 잘 모르겠다고 했을 때 그것은 그나마 가장 진실에 가까운 말이었다. 곧 진정 낭만적인 상황을 처음으로 오롯이 인식했음을 나타내는 말이었다. 밀리와 스트링엄 부인은 이미 랭커스터게이트에서 식사를 하고 있었고, 영국풍 장신구들에 잔뜩 둘러싸인 기분이었다. 로더 부인의 존재나, 나아가 그 놀라운 정체에 대한 인식은 아주 최근에야 너무나 급작스럽게 생겨나긴 했지만 말이다. 동화가 당장 시작되도록 하기 위해 수지——밀리는 좀더 친근한 호칭으로 상대방을 이렇게 부르게 되었다——가 할 일은 자그마하고 멋진 마술 지팡이를 휘두르는 일뿐이었다. 그 결과 지금 수지는 요정 대모 역할로 반짝반짝 빛나고 있었다. 스트링엄 부인이 자신의 성공을 새삼스레 의식한 바에 따르면 사정이 정말 그러했으니까. 지금 이 자리를 위해 밀리는 그녀에게 요정 대모 옷차림을 하라고 고집하다시피 했다. 그러니 부인이 지금 뾰족 모자에 짧은 치마를 입고 다이아몬드 죔쇠가 달린 구두에 마술 지팡이를 휘두르며 나타나지 않았다 해도 그건 밀리의 잘못이 아니었다. 사실 스트링엄 부인은 그런 표식들로 자기 일을 과시할 때 못지않게 흡족한 모습이었다. 그리고 마크 경에게 던진 밀리의 말은 틀림없이 엄청나게 긴 식탁에서 멀리 떨어져 앉은 두 사람이 잠깐 시선을 주고받은 후에 나온 말일 뿐이었다. 스무 명 남짓한 사람을 두 사람 사이에 두고도 이루어진 지속적인 눈빛의 교환은 알프스 고개에서 잠깐 머물렀을 당시 각자의 견해를 비교해보았던 앞선 장면에 이어진 첨예한 후속 편일 따름이었다. 밀리로서는 자신들의 행운이 너무 급작스럽게 생겨난 것만 같았다. 실은 사소한 농담을 한번 던져봤다가 그와는 어울리지 않게 너무나 심각한 결과가 생겨난 셈이었다. 예를 들어 그녀는 온 감각이 깨어 있는 지금 이 순간에도 자신이 생기가 넘치는 건지 중압감에 시달리는 건지 알 수가 없었다. 어마어마한 장면이 모습을 드러낸 순간부터 다행스럽게도 결국 가장 중요한 것은 무엇을 찾는 것도 피하는 것도 아니고, 심지어 너무 놀라워하는 것도 아니고, 뭐든지 오면 오는 대로 내버려두는 것이라고 마음먹지 않았다면 사실 상황이 심각해질 수도 있었다. 그렇게 온 것들이 어떻게 갈 건지는 거의 의심할 여지가 없었으니 말이다.

그녀는 마크 경을 저녁 전에 만나보았는데, 로더 부인이 아니라 그녀의 조카인 수려한 여성이 데리고 왔고, 그 조카는 지금 수지와 같은 편의 반대쪽 끝에 앉아 있었다. 그가 그녀를 맞았기 때문에 그녀는 곧바로 수려한 여성인 케이트 크로이에 대해 물어볼 참이었다. 그녀의 시야에 들어온 그 여성—지금은 멋지게 차려입긴 했지만—을 본 건 사실 이번이 겨우 두번째였다. 첫번째는 불과 사흘 전의 일로, 이모와 함께 자신들이 묵고 있는 호텔로 찾아왔는데 미모와 출중함에서 우리의 두 여주인공들에게 커다란 인상을 심어주었더랬다. 그 인상이 여전히 남아 있었기에 다른 모든 것들에 주의를 기울이는 와중에도 밀리의 시선은 수지에게 갈 때를 제외하면 주로 케이트 크로이에게 향했다. 더구나 그 놀라운 존재—그녀는 지금 놀라운 존재로 여겨졌으니까—는 기꺼이 그녀의 시선을 받아주었다. 그래서 미국인 방문객들로서는 그녀가 그들과의 우정의 가능성을 의식하고 있다는 사실이, 매혹적이면서도 솔직하게 의식하고 있다는 사실—애초의 계산에는 거의 들어 있지 않았던—이 자신들의 즉각적인 성공을 얼마간 나타내는 것으로 보였다. 밀리는 젊은 영국 여성들에게는 특히 야회복을 입었을 때 두드러지는 특별한 아름다움이 있다고, 손쉽게, 그리고 손님으로서 품위 있게 일반화했다. 지금 특히 돋보이듯이 야회복이 딱 어울리는 자리라면 더욱 그러했다. 밀리는 그 면모들을 자세히 봐두었다가 잠시 후 마크 경과 함께 다시 그 주제로 돌아갈 것이었다. 그 주제로 다시 돌아갔을 때 할 말이 아주 많을 거라는 생각까지 들었다. 이제 여주인은 그녀를 옆의 손님과 딱 붙여놓은 뒤 둘이 알아서 하라고 내버려둘 것처럼 보였기 때문이다. 로더 부인의 다른 쪽 옆에 앉은 손님은 머럼의 주교였다. 밀리가 지금껏 한 번도 본 적이 없는 진짜 주교로, 아주 복잡해 보이는 차림새에 목소리는 구식 관악기 같고 얼굴은 정말 고위 성직자의 초상과 똑 닮았다. 반면 밀리의 왼편에 앉은 신사는 두꺼운 목에 몸집도 크고 사실만을 중시하는 인물로서, 허황된 말에 홀려 그러한 지향에서 벗어나는 일은 없을 거라는 듯이 앞쪽만 똑바로 바라보고 있는 품이, 분명 마크 경이 지닌 자산을 돋보이게 하기 위한 인물임이 분명했다. 밀리는 자신이 이미 얼마나 푹 빠져버렸는지 일말의 흥분마저 느끼면서 이 모든 것들을 알아차리자, 사람을 만나고 싶고 삶을 즐기고 싶다는 호소가 정당화된 느낌이었다. 앞으로의 전망도 그러했지만 그때는 그 물살에 뛰어들거나 어쨌든 강둑에라도 서 있는 일이 그리 어렵지 않았다. 가까이 다가가기가 수월했다. 그것들이 가까이에 있다면 말이다. 그럼에도 그 환경은 예전 환경과는 어느 면에서나 달랐고, 명백히 풍부하면서도 낯설었다.

그런 식의 설명을 불쑥 던진다면 오른편 신사가 과연 자신의 말뜻을 이해할 수 있을지 밀리는 자문해보았다. 그러나 그녀가 새삼스레 의식하게 된 것은 아니, 절대 이해 못 할 거야,라는 것이었다. 그래도 그때쯤엔 그의 분야가 똑똑함 쪽이라는 사실은 충분히 알 만했다. 정말이지 사람들의 똑똑함뿐 아니라 그들의 단순함이 지니는 새로운 의미와 새로운 효과에 확실히 적잖은 관심을 쏟게 될 것이었다. 거기 완전히 빨려 들게 되리라는 확신―지금껏 그렇게 생생한 적이 없었다―에 짜릿한 흥분을 느꼈다가 얼굴이 붉어지는 걸 의식했다가 다시금 핏기가 가시며 창백해졌다. 그녀가 느끼기에는 그 장소의 분위기 자체와 특별한 자리의 강렬함이 날카로운 고음과 아주 낮은 저음을 다 지니고 있었다. 아주 사소한 것들 하나하나, 표정들, 손짓들, 여성들의 보석 장신구, 식탁을 가로질러 오가는 말소리, 특히 이름

부르는 소리, 포크의 모양과 꽃꽂이 장식, 하인들의 행동거지와 그 방의 벽까지, 모두가 그림의 붓 자국이고 연극의 지시문이었다. 또한 무엇보다 그녀에게 시각의 기민성을 지시했다. 그렇게 살아서 전율하는 상황에 놓였던 적이 여태껏 한 번도 없었다고 할 수 있었다. 감수성이 너무 예민해져서 편안히 있을 수 없을 지경이었다. 예를 들어 흥미롭고 기품 있으면서 사실 의외로 싹싹한 인물로 느껴진 저 상냥한 조카의 태도에는 그녀가 적당히 정리해버릴 수 있는 것 이상의 암시들이 있었다. 그 젊은 여성의 유형은 눈에 띄게 다른 가능성들을 지녔는데, 어느새 거리낌 없는 움직임으로 여기에 어떤 관계를 그려놓았다. 이 두 사람, 크로이 양과 밀리는 수년 전에 끊긴 나이 든 두 여성의 이야기의 끈을 다시 이을 것인가? 서로가 마음에 들어, 예전보다 근대적인 방식으로도 의리 있는 관계를 꾸려가는 일이 가능할지 나름대로 시도해볼 것인가? 영국에 왔을 때 그녀는 모드 매닝엄에 대해 의구심이 약간 들었다. 끊어진 관계이고 신뢰하기에는 좀 애매한 존재라고 믿었으므로, '사교계에 들어가는' 객쩍은 일을 바랄 경우 그녀의 도움에 의존한다면—그게 정말 의존인 한에서—수치스러울 만큼 얼빠진 정신 상태일 거라고 보았다. 그들의 순례를 오로지 로더 부인이 마련해줄 법한 사교계만을 위한 것으로 삼는 일, 그건 생각만으로도 참을 수 없었고, 밀리 자신은 다른 궁금한 것들이 있어서 여행 일정을 선택했던 것이다. 그 궁금증이란 책에서 읽었던 장소를 직접 보고 싶은 마음이라고 설명할 수도 있었을 것이라, 옆자리 신사에게 자신의 동기를 **그렇게** 설명하려는 참이었다. 비록 결과적으로 그는 그녀가 읽은 책이 거의 없음을 알게 될 테지만 말이다. 지금으로서는 그녀의 딱한 예견이 여기서 벌어지는 일의 장엄함—그녀로서는 이보다 낮춰 표현할 수가 없었다—에, 아니면 좌우간 주로 등장한 두 인물의 위풍당당한 모습—이것 역시 이보다 낮춰 표현할 수가 없었다—에 호되게 당하게 된 것만 같았다. 로더 부인과 그 조카는 아주 다른 인물이었지만 적어도 둘 다 대단한 실제라는 점에서 공통점이 있었다. 특히 주로 이모에게 해당되는 말이었고, 밀리로서는 그 옛날 스트링엄 부인과 어떻게 그런 유별난 관계를 맺을 수 있었을까 의아할 정도였다. 그럼에도 로더 부인은 이삼일이면 대충 전체적으로 파악할 수 있는 인물이라는 느낌이었다. 적어도 그동안 그냥 육중하게 자리를 잡고 있을 테니까. 반면 수려한 여성, 크로이 양은 가만히 있지 않고 종잡을 수 없이 움직여서 상대방의 탐색을 방해할 것이었다. 그럼에도 크로이 양은 흥미로우면서도 불길한, 쉽게 손에 들어오지 않는 사실이었는데, 다른 각각의 인물과 상황이 결국 그러한 사실일 뿐이니, 성급하게 그런 모험에 뛰어든 밀리와 수지가 자초한 일이 틀림없었다.

그사이 그녀에 견줄 만큼 총명한 마크 경은 자신은 그녀의 상황을 정리해줄 수가 없다고 말해주었다. 그 문제라면 오늘날 런던에서 누가 어디에 있다고 말하는 것 자체가 있을 수 없다고 했던 것이다. 설명까지는 아닐지 몰라도 적어도 암시하는 바는 그랬다. 다들 어디에나 있는가 하면, 어디에고 아무도 없다고 했다. 그 집 여주인의 '서클'에 어떤 식으로든 이름 붙이기는 아주 힘들 거라고, 솔직히 정말 그렇다고 했다. '서클'이긴 할까요, 아닐까요? 이제 어디에서건 '서클'이라고 할 만한 게 존재한다고 보기 어려운 걸까요? 기껏해야 더듬거리며 발로 건드려보는 일, 영국해협 중간의 거대한 기름투성이 바다에서 희부연 파도가 철썩거리듯이, 어떤 곳인지 어디인지도 모르는 곳에 '닿겠다'며 갈팡질팡하는 엄청난 무리의 사람들 말고 달리 무엇이 있을까요? 그렇게 거창해 보이는 질문을 던졌던 것이다. 5분쯤 지나자 밀리는 그가 아주 많은 질문을 던졌다는 느낌이었다. 어느 것도 한두 걸음 이상은 더 진척시키지 않았지만 말이다. 뭔가 언질을 주려는 것일 수도 있었지만 아직까지는 분별하는 문제에서 별 도움이 되지 않았다. 너무 아는 게 많아서 분별하는 일은 포기한 듯한 말투였으니까. 그런 점에서 그녀와 정반대지만, 결과적으로 길을 못 찾고 헤매는 건 마찬가지였다. 게다가 그의 일시적인 비논리성—이해할 열쇠가 있으리라 추측되는—에도 불구하고 어쨌든 로더 부인이나 케이트만큼 아주 꽉 들어찬 응결체였다. 로더 부인과 관련해 그가 유일하게 밝혀준 빛이라고는 비범한 여성이라는 사실, 누구보다 비범한 여성이고 '알면 알수록 점점 더 비범해지는 여성'이라는 사실뿐이었다. 그러면서 케이트에 대해서는 일단은 엄청나게, 정말 엄청나게 수려한 인물이라는 말만 했다. 그의 말에서 총명함이 드러나기까지는 시간이 좀 걸린다는 생각이 들긴 했지만, 여주인이 처음 그의 이름을 입에 올리면서 전했던 말과는 별개로 그녀는 그런 수수께끼를 갈수록 믿게 되었다. 어쩌면 그는 미국에서 들어본 사례, 본인의 정신 작용을 선전하기보다는 감추는 영국의 특징적인 사례인지도 몰랐다. 덴셔 씨조차 약간은 그런 면이 있었다. 보아하니 이것이 마크 경이 능수능란하게 구사하는 기교일 텐데, 그런데도 어떻게 그는 이렇게 실제적일까? 어쨌든 그의 유형은 사는 법이나, 필요나, 의도에서나, 선명해 보이려는 걱정은 던져버렸고, 그걸로 충분했다. 나이 들어 보이는 젊은이인지, 나이가 지긋한데 젊어 보이는 건지, 나이도 짐작하기 어려웠다. 대머리이고, 어떻게 보면 약간 케케묵었거나 좀 잘 봐줘서 무미건조하다는 특색도 다른 점들과 함께 놓고 보면 증명하는 바가 전혀 없었다. 그에게는 일에 정신이 팔린 약간의 섬세한 부스댐이 있었고, 나타났는가 하면 순식간에 사라지기는 했지만 눈빛이 간혹 유쾌한 소년처럼 맑고 진솔했다. 아주 말쑥하고 아주 경쾌한 데다, 내내 만지작거리지—이것 역시 소년다운 측면이었다—않았다면 콧수염이 있다는 사실을 눈치채지 못할 만큼 하얀 피부라서, 그녀는 이 자리에 있는 그 누구보다 지적인 사람이라는 인상을 받았을 것이다. 가장 경박한 사람이 아니라면 말이다. 경박함으로 말하자면 단연 외모에서 나타났는데, 무엇보다 사려 깊어 보이는 보스턴식 두알 안경을 늘 끼고 있는데도 그랬다.

그가 경박하다는 생각은 틀림없이 호칭과 관련이 있을 텐데, 우리의 젊은 주인공에게는 아직 좀 분명치 않았지만 그것이 역사적인 귀족계급과의 관련성을 나타냈기 때문이었다. 그리고 그 계급은 역시 마찬가지로 분명치 않게 '화려한 상류층'이라고밖에 달리 묘사되는 것을 들어본 적 없는 사회적 요소와의 친연성을 나타냈다. 뉴욕에서 최고의 사회적 요소는 그러한 범주로 귀결되지 않는 때가 없었고, 그 꼬리표가 영지를 지닌 귀족이나 정치적 귀족에게 적용되기에는 너무 단순하겠다 싶었지만 당장은 그 외에 다른 쓸 만한 것이 없었다. 사실 대화 상대의 무심함을 감지하면서 곧 그런 생각이 강해지기도 했다. 하지만 귀족들이 무심하기로 악명 높기는 해도, 첫째로 그가 그녀와 잘 어울려보려 했고, 두번째로 자기 문제가 너무 많아 거기 빠져 있을 따름이라 밀리의 판단은 그쪽으로도 그다지 나아가지 못했다. 그가 한편으로는 그녀에게 주의를 기울이면서도, 빵을 손으로 부수고 있는 모습이 증명하듯이 다른 한편으로는 다른 문제에 골몰해 있는 거라면, 그는 어째서 그렇게 잠재적으로 무례한 귀족으로 그녀 앞을 서성이는 것일까? 밀리는 그 질문에 답할 수가 없었고, 그것은 마구 밀려드는 질문들 중 하나일 뿐이었다. 밀리가 미국인이고 여기 처음 왔다는 사실을 그가 알고 있을 뿐 아니라 멀찍이서 이미 알았다는 것이 훤히 보이는데, 그럼에도 그녀나 그녀의 부류가 마치 주요 식단도 못 되는 양 대수롭지 않게 여겼기에 질문들이 복잡해졌다고 해도 가히 타당할 것이었다. 그는 그녀를 그냥 당연시했고, 상당히 친절하기는 했지만 손도 쓸 수 없이 너무 태연자약하게 그랬던 것이다. 그가 미국에 가본 적이 있고 그것도 몇 번이나 가봤다는 것을 금방 알아차리게 되었지만 그것 역시 전혀 도움이 되지 않았다. 그녀가 설명한다든지 희석시킨다든지 자랑할 것이라고는 없을 테니까. 이방인이라는 지위를 벗어날 수도 없고 그것으로 좌중을 압도할 수도 없는 것이다. 그런 점에서 그는 그 주제에 대해 그녀에게서 배울 것보다 그녀에게 말해줄 게 더 많을 터였다. 어쩌면 자신이 수려한 여성과 왜 그렇게 다른지 그에게서 설명을 들을 수 있을지도 몰랐다. 그녀는 그 점을 그냥 느낄 수 있을 뿐 이유는 알 수 없었으니까. 아니면 어쨌든 그 수려한 여성이 왜 자신과 그렇게 다른지라도 말이다.

하지만 그런 방향으로 가는 건 나중 일이고, 그때 당장 그들이 택한 방향은 그가 편의상 막연하게 나오긴 했지만 충분히 명확했다. 그가 말하기를, 그녀는 이미 자기 입장에서 어떤 말을 해야 할지 생각하고 있고, 미국인들은 항상 그렇다고 했던 것이다. 양심상 아무 말 안 해도 되는데 미국인들은 도대체 그걸 몰라서, 그래요, 딱한 사람들이죠(**그녀가** 그의 말 중간에 "딱한 사람들 같으니라고!"라고 했던 것이다), 그리고 어떤 일은 안 해도 된다는 것도 모를 겁니다. 어쩌면 그렇게 매사에 나서서 부담을 떠맡고 일을 만드는지! 그녀의 종족을 두고 이렇게 아무렇지도 않게, 하지만 정답게 그가 늘어놓은 험담은 사실 그의 입장에서는 그녀가 요구한 만큼 개인적으로 인정해준 것이었다. 그래서 그녀는 어디를 보나 '멋지게' 보였으면 하는 자신의 바람은 당연히 로더 부인이 멋지게 맞아주었기 때문이라고 고집함으로써 병적인 염려의 의식적인 모범을 즉각 제공했다. 그는 그 말에 바로 관심을 보였고, 그녀는 그가 사실 로더 부인에 대해 정보를 제공하기보다 오히려 더 얻어 갔음을 나중에야 제대로 이해했다. 예를 들어 여기 다시금 특징적인 분위기가 있었다. 고 릿적부터 존재했던 어두컴컴한 사교계 속으로 처음 뛰어들자마자 아주 복잡할 뿐 아니라 왠지 불길하기까지 한 동기라는 흥미로운 현상을 마주했던 것이다. 하지만 모드 매닝엄(그녀는 함께 자리를 하고 있을 때조차 이름만으로도 상상을 불러일으켰다)은 어쨌든 정말 멋지게 행동했고, 지금까지 그 누구와도 그러지 못했던 정도로 그녀를 계속 만나게 될 것이었다. 심지어 자신들이 보낸 편지를 지금쯤 받았을 거라는 생각이 들기도 전에 그녀는 호텔로 찾아왔고 그런 점에서 그들은 비슷했다. 물론 미리 편지를 보내기는 했지만 일을 매우 빨리 진행했다. 이틀 후에 바로 저녁 약속을 잡았으며, 이번에는 상대방이 찾아주기를 기다리지도 않고, 사실 그 무엇도 기다리지 않고 오늘 아침 다시 조카딸과 함께 그들을 찾아왔더랬다. 그러니 정말로 우리에게 마음을 쓰는 것 같고, 참으로 훌륭한 신의잖아요. 제 동료이자 로더 부인의 예전 학교 친구인 스트링엄 부인에 대한 충성심 말이에요. 좀 화려한 드레스를 입고 저쪽 끝에 앉아 있는 매력적인 얼굴의 부인이 바로 그분이에요.

마크 경은 안경 너머로 수지의 균형 잡힌 특징을 살펴보았다. "하지만 스트링엄 부인의 신의도 마찬가지로 훌륭하지 않나요?"

"글쎄요, 갸륵한 정서이기는 하죠. 하지만 딱히 뭐 줄 게 있는 건 아니잖아요."

"당신이 있잖아요?" 마크 경이 별로 뜸 들이지 않고 반문했다.

"저요? 로더 부인에게 줄 것으로요?" 확실히 밀리는 자신을 그런 식의 공물로 생각해본 적이 없었다. "아, 전 선물로는 보잘것없죠. 게다가 아직까지는 그 정도로나마 저를 바친 것 같지는 않아요."

"당신을 이렇게 보여주었고, 로더 부인이 덥석 달려들었다면 결국 같은 얘기죠." 마크 경은 농담도 재미를 즐기며 하는 사람이 아니었다. 그렇다고 엄숙한 것도 아니었다. "당신도 분명 깨달았겠지만 당신의 경우 다들 보기만 하면 덥석 달려들잖아요. 게다가 남들에게 보여주는 문제라면, 지금 그러고 있는 거고. 지금은 당신 친구분의 손을 떠났다 뿐이지. 거기서 어느새 이득을 보는 사람이 바로 로더 부인이에요. 주변을 둘러봐요. 다들 당신 머리끝부터 발끝까지 달려들고 있는 게 보일 텐데요."

"정말 그런 거라면, 놀림감이 되는 것보다야 그게 더 마음에 드네요." 밀리가 대꾸했다.

밀리가 나중에 알게 된 것—이후로 밀리는 온갖 것들을 끝없이 알게 되었는데—중 하나는 그에게는 그녀가 그의 생각을 확신하게 하는 누구와도 다른 나름의 방식이 있다는 것이었다. 미안한 투도 아니고 항변을 하는 것도 아닌데 어떻게 그럴 수 있는지 그녀로서는 의아할 뿐이었다. 어쨌든 그녀는 그가 자신을 줄곧 이끌었다고 마음속으로 생각했는데, 그것이 이런 질문을 통해서였다는 사실이 무엇보다 희한했다.

"모드 부인이 당신들에 대해 잘 알아요?"

"아니요, 그냥 우리를 좋아하는 거예요."

여행을 많이 다녀 경험이 많고 내면이 이미 꽉 찬 이 귀족께서는 그 말에도 전혀 웃지 않았다. "제 말은 특히 당신에 대해 말이에요. 매력적인 얼굴의 저 부인께서, 정말 매력적이에요, 그분이 로더 부인에게 말했나요?"

밀리가 반문했다. "무슨 말을요?"

"뭐든지요."

이로 인해, 이 말을 던질 때의 말투로 인해 그녀는 다시금 상당히 마음이 흔들렸다. 자신이 마땅히 폭로되어야 할 대상이 된 듯한 느낌이 잠깐 들었던 것이다. 하지만 곧 대답할 말을 찾았다. "아, 그건 **그쪽**에 물어보셔야죠."

"총명한 당신 친구분요?"

"로더 부인요."

이에 그는 그 집 여주인에게는 넘어서는 안 될 선이 있다고 대답했다. 그래도 자신은 꽤 봐주는 편이라 대개 상냥히 대해주고, 한동안 친절한 모습을 보이면 직접 말해줄 수도 있겠다고 했다. "어쨌거나 그사이 부인이 당신을 데리고 뭘 할지 지켜보는 재미도 누릴 수 있겠고요. 그러다 보면 로더 부인이 당신에 대해 얼마나 아는지도 얼마간 파악할 수 있겠죠."

밀리가 이 말을 따져보았다. 명확했지만 뭔가 다른 점을 내비쳤다. "로더 부인이 **당신**에 대해서는 얼마나 알아요?"

"전혀요." 마크 경이 차분하게 대답했다. "하지만 그건 상관없어요. 날 가지고 뭘 어떻게 하는 문제에서 말이죠." 그러더니 뭘 한다는 게 무슨 뜻이냐는 밀리의 질문을 미리 예상하듯이 이렇게 덧붙였다. "예를 들어 지금 이것만 해도 그렇잖아요. 나를 대놓고 **당신**하고 붙여놓는 거."

밀리가 그에 대해 생각해보았다. "그러니까 당신을 안다면 이런 일은 안 했을 거다—?"

바로 그거라는 듯이 그가 말을 받았다. "그렇죠. 제대로 평가하자면 그래도 했을 거라고 믿지만. 당신은 관대할 테니까."

이런 말을 해도 괜찮겠다고 판단한 듯 밀리가 곧 맞받았다. "형편없이 굴지라도 당신이 로더 부인이 가진 최고의 존재니까?"

이 말에 마침내 그가 즐거운 내색을 했다. "당신이 오기 전까지는 그랬죠. 지금은 당신이 최고예요."

그의 말에 그가 상황을 잘 안다는 인상을 받았다면 좀 이상한 일이겠지만, 사실이 그랬고 여전히 놀라워하면서도 그 말을 믿었을 정도로 그러했다. 정말이지 그것이 그들의 이 첫번째 만남 이후로 다른 무엇보다 그녀에게 남을 인상이었다. 적어도 그가 그녀와 같은 유형은 여기저기 다니면서 모든 실질적인 목적을 위해 필요한 만큼 이미 충분히 보았다고 철저히 확신한다는 사실을, 그녀는 거의 속수무책으로 받아들였다. 그 안의 어떤 필연성에 굴복했다고도 할 수 있었다. 그가 짧은 기간 동안 뉴욕을 세 번이나 방문했고 그곳에 이름만 대면 알 만한 친구들이나 그와 대조되는 지인들이 수도 없이 많다는 사실을 나중에 알게 되었을 때도 당연히 굴복하는 마음은 줄어들지 않았다. 보아하니 자신은 아직 너무 어려서 뭣도 모르던 시절의 일이긴 했지만 말이다. 그때 받은 인상도 여전했고, 뒤죽박죽된 수많은 일들도 모조리 생생하게 기억하고 있었다. 그녀가 어떤 인물인지 파악하는 데 그것이 도움이 되었고, 그래서 그녀로서는 코앞에서 문이 쾅 닫히고 안전요원이 손을 들어 기차에 신호를 보내기라도 한 듯 난데없이 그가 탄 객차에 들어가 함께 여행을 할 수밖에 없는 상황이 되었음을 갈수록 첨예하게 의식했다. 그런 식의 이용은 틀림없이 많은 여성들이라면 대뜸 분개할 일이었다. 따라서 오로지 보고 받아들이는 마음 상태가 바로 우리의 젊은 주인공의 매력이라고 할 수 있었다. 사실 밀리가 그에게서 알아낸 바도 있었다. 그가 그녀를 로더 부인의 실제 자산 중에서 최고로 쳤다는 사실을, 말하자면 덜컹거리는 기차 객실 안에서 알아냈던 것이다. 그녀가 성공작이라고, 궁극적으로 그러하다고 그가 곧 장담했고, 성공작이란 바로 그런 식이라고 했다. 늘 본인이 의식하기도 전에 그렇게 된다고. 종종 정작 본인은 모른다는 사실이 가장 큰 부분이라고 했다. "아직까지는 그럴 시간이 없었죠." 그가 말했다. "이건 아무것도 아니에요. 하지만 곧 알게 되겠죠. 모든 걸 보게 될 거예요. 알겠지만, 모든 걸 볼 수 있을 거예요. 꿈꿔왔던 것 모두."

그럴수록 그녀는 더욱 의아했다. 말을 하면서 그녀에게 어떤 전망을 보여주는 것만 같았다. 정말 이상하게도, 그 전망에 계속 이끌려 왔지만 그것을 마크 경 같은 얼굴, 그런 눈빛이나 목소리, 그런 말투나 태도와 연결 지어—그러니까 사전에 필요한 연결을 지을 때—떠올린 적이 없었다. 그로 인해 밀리는 자신이 두려워해야 하는지 잠깐이나마 자문하게 되었다. 공포가 덮쳐 온 느낌이 50초 동안 아주 생생했다. 자, 다시 이렇게 된 거야, 당연하지. 수지가 로더 부인에게 연락한 것은 그들로서는 재미 삼아 한 일이었다. 그런데 그렇게 신이 나서 눌러댄 전자 초인종이 이후로도 계속 울려댔다. 거기 앉아 있는 동안에도 그 요란한 소리가 분명 그녀의 귀에서 요란스럽게 울려댔고, 그사이 그녀는 왜 다른 사람들은 듣지 못하는 건지 의아할 따름이었다. 눈을 둥그렇게 뜨고 쳐다보거나 미소 짓는 사람은 없었고, 앞서 언급한 그녀 안의 두려움이란 그저 그 소리를 멈추게 하고 싶은 바람이었다. 그런데 그 소리가 경보음이 멈추듯이 문득 멈췄다. 낮춰진 빛이 번쩍하면서, 다음 날 아침 일어나자마자 런던을 떠나든지 그냥 아무 일도 하지 않든지, 두 길이 앞에 놓여 있음을 순간 깨달은 기분이었다. 그래, 아무 일도 하지 말기로 하자. 사실 이미 그러고 있는 중이었다. 그러고 있는 정도가 아니라 그랬기 때문에 선택의 기회는 이미 사라졌다. 그냥 나를 버리자. 바로 그 자리에서 그런 결심을 해버린 듯한 묘한 기분이 들었다. 마크 경과 다시 이야기를 이어가기 전에 어떤 고비를 넘겼으니 말이다. 무표정하지만 대단히 암시적인 마크 경은 그녀가 알프스 브뤼니히에서 스트링엄 부인에게 느닷없이 던졌던 바로 그 질문을 다른 누구도 못 할 방식으로 적절히 받았다. 가진 게 무엇이든, 그녀는 그것을 오래도록 가질 수 있을 것인가? 질문은 그랬다. "아, 아마 그러지 못할지도 모르죠." 상대방이 그렇게 대답한 것 같았다. "그래서, 모르겠어요? 내가 길이잖아요." 과시하지 않았음에도 그럴 수 있겠다는 사실이 생생히 다가왔다. 틀림없이 과시를 안 한다는 사실 속에 길이 있었으니까. 자신이 내내 주시하고, 그쪽에서도 자신을 내내 주시하고 있는 듯한 수려한 여성, 그러니까 로더 부인의 조카딸 또한 길일지도 몰랐다. 분간할 수 있는 한은 그녀와 마크 경의 공통점은 그것뿐이었지만, 어쨌든 그녀에게도 과시는 없었으니까. 하지만 무엇을 이해했는지, 두 사람이 대표하는 것에서 함께한다는 사실 외에 일시적으로 의식한 것이 무엇인지를 정말이지 어떻게 분간할 수 있겠는가? 케이트 크로이는 마크 경이 그녀에게 어떤 영향을 주는지 정말 추측이라도 하듯이 예리하지만 다정한 눈길로 그녀를 건너다보고 있었다. 그녀가 그 영향을 추측할 수 있었다면 그에 대해 무엇을 알고 있고 어느 만큼이나 그것을 감지했을까? 그것은 그들 사이에 존재하는 뭔가 특별한 것을 나타내는 것일까? 그래서 두 사람이 지금 그녀가 빠져들고 있는 이 관계를 재생산한다고, 상호 이해를 통해 강도를 높인다고 보아야 하는 걸까? 이렇게 순간적으로 주고받는 시선에서 관계의 여러 표시들을 아주 재빨리 알아챘다는 사실만큼 희한한 일도 없었다. 그리고 생각할 시간이 조금만 더 있었다면 이러한 이례적 상황에서 자신이 빠른 속도로 살아가야 할 운명이라는 거의 소름 끼치는 암시를 받았을 수도 있었다. 정말 기이하게도 그것은 단기 상연과 그에 비해 엄청나게 빽빽해진 의식이라는 문제였던 것이다.

  기껏 로더 부인의 만찬에 참석한 젊은 사람치고는 생각이 엄청나게 달려 나가고 있었다. 하지만 그것이 가능하다는 사실만큼 의미심장한 경고의 메시지를 전하는 것이 또 무엇이겠는가? 이미 그것들 자체가 빽빽한 의식의 일부가 아니라면 무엇이겠는가? 접시를 바꾸고 음식이 나오고 만찬의 순서가 하나씩 지나가는 중에도, 내내 체면을 유지하고 현상들은 증폭되고, 탁한 조수가 느리게 철썩거리며 밀려오듯이 여기저기에서 말소리들이 그녀에게 와 닿는 중에도, 로더 부인은 왠지 갈수록 당당하고 확고해지는데 저 멀리의 수지는 그에 비해 더 눈에 띄게 임시변통으로 마련된 듯하고 더 달라 보이는, 그러니까 그 누구와도 그 무엇과도 달라 보이는 중에도, 그런 과정이 진행되는 중에도 밀리가 잠깐이나마 어떤 대안이 보일 만한 곳에 다녀올 수 있을 것처럼 한두 번의 날갯짓으로 내려앉았다가 다시 돌아와 자신의 운명을 계속해나갔던 것 역시 그 의식의 일부였을 뿐이다. 운명이 무엇이었든 그 잠깐 동안은 대안보다 나아 보였으니까. 그리고 이제 그것은 앞서 두고 온 장소에서 바로 그 이미지로 모습을 드러냈다. 마크 경이 내세웠던 성공작이라는 이미지 말이다. 이는 물론 얼마간은 그에 대한 그의 생각에 달려 있었지만 그녀는 지금으로서는 자세히 따져보지 않기로 했다. 하지만 곧 앞선 주제로 다시 돌아가 로더 부인이 자신을 가지고 뭘 한다는 말이 무슨 뜻이냐고 마크 경에게 물었고, 그는 그 문제라면 좀 나중으로 미뤄놓아도 무리가 없을 거라고 대답했더랬다. "들인 돈을 거둬들이겠죠." 그가 유쾌하게 말했다. 게다가 참 특이하게도 그런 식의 말을 해도 천박하거나 '끔찍하게' 느껴지지 않았다. 그가 해명 삼아 곧 이렇게 덧붙였다. "알다시피 여기서는 무슨 일이든 공짜로 해주는 사람은 없어요."

"아, 우리가 할 수 있는 한 제대로 보상을 하게 될 거라는 말씀이시라면 그것만큼 확실한 건 없죠." 밀리가 말을 이었다. "하지만 로더 부인은 이상주의자이고, 제 생각에 이상주의자는 궁극적으로 자신들이 뭘 잃었다고 보진 않아요."

마크 경은 나름대로는 열광적이라 할 정도로 아주 유쾌하게 그 말을 받아들였다. "아, 당신에겐 로더 부인이 이상주의자로 보여요?"

"우리를, 그러니까 제 친구와 저를 완전히 이상화하니까요. 우리한테 무슨 후광이라도 있는 것처럼 말이에요. 제가 그나마 확보한 거라고는 그게 다니까 그것마저 빼앗지는 말아주세요."

"그런 일은 절대 안 해요." 그러더니 문득 이 문제가 자신에게 중요해졌다는 투로 그가 물었다. "그런데 로더 부인이 저에게도 후광이 있다고 볼 것 같나요?"

그녀는 잠시 이 질문을 못 들은 체했는데, 저쪽 수려한 여성에게 점점 더 관심이 쏠리기도 했지만, 가까이 앉은 집주인을 너무 거리낌없이 입에 올리는 것으로 보이기 싫어서이기도 했다. 실은 로더 부인은 다른 편에서 각 화제가 군도의 섬이라도 되는 양 잠깐씩 들르며 나아가는 중이라 여전히 두 사람이 맘 편히 대화하도록 내버려두었고, 동시에 케이트 크로이는 줄곧 착실하게 자신이 얼마나 흥미로운 사람인지를 내보이고 있었다. 밀리는 문득 마음이 편안해졌는데, 자신의 자질 혹은 가치라고도 할 수 있는 것에 대한 보고를 마크 경에게서 듣고자 하는 것이 바로 로더 부인이 실제로 마련한 계획이겠다 싶어서였다. 저 놀라운 여성, 로더 부인은 실 양에 대한 견해를 모르겠다고 할 어떤 구실도 그에게 주고 싶지 않았던 것이다. 그의 판단이 왜 그렇게 중요한지는 앞으로 두고 볼 일이었다. 하지만 어쨌든 지금 밀리가 이렇게 대꾸한 것은 바로 그런 직감에서였다. "로더 부인은 당신을 아니까 그렇진 않죠. 응당 그럴 만도 하고요. 그리고 이 자리의 당신들은 다들 뭐라도 안다면 곧 서로를 안다는 거잖아요. 무엇에 익숙한지 알고 바로 그렇게 익숙해서, 오로지 그 덕에 당신들이 생겨나죠. 하지만 당신들이 모르는 것도 있긴 해요."

그는 자신과 관련해 중요한 문제일 수도 있겠다는 식으로 그 말을 받아들였다. "나로서도 모르는 게 있단 말인가요? 그렇게 열심히 수고를 들이고, 하나도 빼놓지 않고 배워보려고 세상을 그렇게 돌아다녔는데도?"

밀리가 그 점을 따져보았고, 약간 짜증이 나면서도 동시에 더욱 재치가 반짝이게 된 것은 어쩌면 그 주장이 사실이라 그냥 무시해버릴 수 없었기 때문이었을지도 모른다. "안 본 것 없이 다 봐서 심드렁한 게 맞지만, 깨우쳤다고 할 수는 없어요. 모든 것에 친숙하지만 정말로 인식하는 건 아무것도 없죠. 그러니까 제 말은 상상력이 없단 뜻이에요."

이 말에 마크 경은 고개를 뒤로 젖히고 방 건너편에 시선을 던졌는데, 마침내 말할 수 없이 즐겁다는 표시를 한 셈이었으므로 마땅히 집주인의 주의를 끌었다. 하지만 로더 부인은 바로 짜릿한 무엇을 기대했다는 듯 밀리에게 그저 미소를 지어 보이고는, 배 뒤편의 프로펠러를 돌리며 섬 사이를 돌아다니는 일을 계속했다. "아, 전에도 그런 말을 들어본 적이 있어요!" 젊은이가 대답했다.

"그것 봐요. 뭐든지 전에 들어봤겠죠. 당연히 우리나라에서 저에 관한 얘기도 전에 엄청 자주 들어봤을 테고."

"아, 엄청 자주는 절대 아니에요." 그가 이의를 제기했다. "당신에 대한 얘기는 계속 듣길 바라는걸요."

"하지만 그게 당신에게 무슨 득이 되겠어요?" 밀리는 이제 대놓고 그를 즐겁게 해주려는 듯이 물었다.

"아, 저를 알게 되면 그것도 알게 될 거예요."

"하지만 전 당신을 결코 알지 못할 게 분명한데요."

"그렇다면 바로 그게 득인 거죠!" 그가 웃으며 말했다.

그들이 함께 어울릴 수 없고 어울리지도 않을 것임이 그렇게 확실해졌다면, 그런데도 밀리는 왜 그 와중에 부지불식간에 맺어진 관계가 심술궂게도 계속 생기발랄해진다는 느낌을 받았을까? 그들이 꽤나 친근하게 대화를 나누고 있다는 사실——바로 그 지점에 이르렀으니까——이야말로 그들의 어울리지 않음에서 비롯한 가장 희한한 결과가 아닌가? 그녀는 그에게서 벗어나고 싶었다. 아니, 그보다는 그에게 그녀가 존재하는 한에서는 자신으로부터 벗어나고 싶었다. 결국 그녀 역시 놀라운 사람이었으므로 앞으로도 자주 그를 보게 될 것임을 알았고, 자신을 논외로 하는 것이 그 관계의 특별한 표시가 될 것임을 알았다. 뭐든지 다 들어와도 상관없지만 절대 그건 들어올 수 없고 그렇게 정리하면 멀리 나아갈 수도 있었다. 사실 저 수려한 여성에게 다시 화제를 돌림으로써 그 자리에서 곧바로 시작되었다고도 할 수 있었다. 자신을 대화에서 빼내려면 그 대신 다른 사람을 집어넣는 것이 당연히 가장 좋은 방법일 테니까. 따라서 밀리는 케이트 크로이를 집어넣었고, 그녀가 어떻게 될까 하는 두려움은 아직 없었기에 필요하다면 그 정도까지는 기꺼이 희생시킬 용의도 있었다. 바로 좀 전에 마크 경이 그들 사이에서는 무슨 일이든 공짜로 하지 않는다고 했으니 그 점에서 얘기가 쉬워진 셈이었다. "그러면 크로이 양은 뭘 바라고 그런 일을 하나요? 크로이 양도 아주 관심이 많아 보여서 하는 말인데." 뜬금없는 말임을 스스로도 약간 의식하며 밀리가 물었다. "이렇게 훌륭하게 우리를 맞아줘서 뭘 얻을까요? 지금 저기 크로이 양 좀 보라고요!" 워낙 칭찬에 후한 밀리가 외쳤다. 그런데 마침 크로이 양이 동시에 이쪽으로 얼굴을 돌리는 바람에 약간의 가책과 함께 "오!" 하며 멈칫했다. 단지 멋진 얼굴이라는 주장을 하려 했을 따름이었는데 자신이 마크 경과 함께 관심 있게 지켜보고 있음을 그 얼굴의 소유자에게 또다시 보여준 결과가 되었다. 하지만 그는 그 질문에 바로 대꾸했다.

"얻는 게 뭐냐고요? 뭐긴요, 당신을 알게 되는 거지요."

"저를 아는 게 **그**이한테 무슨 대수라고요? 본인도 알겠지만 단지 제가 불쌍해서 관심을 보이는 거예요. 바로 그래서 그녀가 사랑스러운 것이고요. 벌써 그런 수고를 마다하지 않잖아요. 극도의 사심 없음이라고 봐야죠."

마크 경이 이 말에서 감지한 것이 하나만은 아니었겠지만 곧 하나만 골라 대답했다. "아, 그럼 전 망한 거네요. **저로선** 전혀 당신이 불쌍해 보이지 않으니까요. 그럼 당신의 성공은 어떻게 된 건가요?" 그가 물었다.

"그게 가장 큰 이유죠. 저기 저 여성이 그걸 아니까 저를 불쌍히 여기잖아요." 밀리가 말했다. "그녀는 당신들 누구보다 나아요. 아름답잖아요."

마침내 그가 그 말에, 그러니까 상대방이 지적한 요점에 강한 인상을 받은 듯했다. 음식이 나와서 잠시 관심이 그쪽으로 쏠렸지만 다시 그 문제로 돌아갔다. "인성이 아름답단 말이죠, 알겠어요. 정말 그런가요? 좀더 설명을 해봐요."

밀리가 의아하다는 듯이 물었다. "저보다 오래 알아왔잖아요? 직접 확인할 수 있지 않았나요?"

"아니요. 그럴 수가 없었어요. 소용없어요. 도저히 알 수가 없다니까요. 게다가 장담하는데 정말 알았으면 좋겠다고요." 그의 장담이 상대방에게 정말 진실하게 다가왔다. 방금 그 말은 진심으로 여겨졌던 것이다. 방금 자신과 관련해서는 궁금한 마음조차 없었다는 사실을 떠올리자 더더욱 그러했다. 그들이 화제로 삼는 인물이 당연히 자신을 불쌍히 여긴다고 했을 때 사실 그녀는 어떤 의미를 두었더랬다. 거의 유일한 의미였다고도 할 수 있었다. 뭔가 미심쩍은 취향의 낌새였는데, 그것이 부지불식간에 불쑥 나왔을 때도 그는 "그게 왜 당연해요?"라고 되물을 마음도 없었다. 그랬다면 더 나았을 거라는 뜻은 아니었다. 그 설명을 하자면 너무 많은 얘기를 해야 했을 테니까. 비교하자면 저쪽 여성에 대한 자신의 언급이 정말로 그를 '끌어들였다'는 사실을 인식했을 뿐이었다. 그리고 어쩌면 그 사실에 그녀가 좀더 알아봐야 할 것들이 아주 많이 있을 테고, 그것이 새로운 상황에서 그녀의 정신을 홀리게 될 더 커다란 '실제'의 핵심으로 이미 깜박거리고 있었다. 실은 바로 그때 마크 경이 덧붙인 말에 이러한 요소가 없지 않았다. "그러니까 당신이 좀 아까 우리가 서로에 대해 다 안다고 했던 말은 틀린 거잖아요. 도저히 안될 때가 있다니까요. 어쨌든 저로서는 **그녀를** 파악하는 건 단념했어요. 그러니까 당신한테 맡긴다는 거죠. 저 대신 당신이 해보고 뭔가 알아내거든 제게 말해줘요. 제가 당신을 믿는다는 걸 알게 될 거예요." 그가 그렇게 유쾌하게 말을 맺었다.

"저를 믿지 못할 이유가 딱히 있나요?" 그런 남자의 말치고는 놀랍도록 천진하긴 했지만 꽤나 우둔한 말이라 밀리가 물었다. 마치 그에게 잘 보이고 싶어서 사실을 조작할 수도 있다는, 그러니까 계속 친하게 지내고 싶은 마음에 솔직함을 버릴 수도 있다는 말로 들렸던 것이다. 하지만 밀리는 그렇게만 물었을 뿐

더 따지지는 않았다. 다른 뭔가를 이해하려고 골몰해 있었기 때문이다. 그가 어울리는 같은 부류의 사람들 가운데 유일하게 확신할 수 없는 사람이 바로 그 수려한 여성이었다. 별것 아닌 미국인이나 거의 도매급으로 수입된 싸구려 이국성異國性, 그리고 기후 조건이나 성장과 개간의 조건들과 더불어 어마어마하게 풍성하지만 보잘것없는 다양성에 얄팍한 발전상을 지닌 서식지에 대한 온갖 확신은 아주 만족해하면서 말이다. 밀리가 그의 만족감을 이해했다는 것도 놀라웠는데, 곧 이렇게 입을 열었을 때 사실을 얘기하는 셈이었다. "당연하죠. 그녀가 분명 어려운 존재라는 건 알겠어요. 내가 아주 쉬운 존재라는 걸 나 자신도 아는 것처럼요." 그리고 그것이 자리가 마무리될 때까지 그녀에게 남았고, 남아 있던 것 중에서 가장 흥미로운 사항이었다. 자신이 쉬운 존재라는 사실이 갈수록 만족스러웠다. 그 점이 더 직접적으로 뼈저리게 느껴지더라도 사람들이 자신을 싸구려 이국성으로 보든 말든 내버려둘 것이었다. 어쨌든 그로써 당분간은 마크 경과의 관계에서 자신을 좀 유보 상태로 두고자 하는 나름의 바람도 유지할 수 있었다. 그녀에게는 그들 모두 불가피하게 서로를 다 아는 것 같았는데, 수려한 여성이 그렇게 다 아는 사람들도 어떻게 해볼 수 없는 존재라면, 그렇다면 그녀는 정말이지 대단한 용량일 것이었다.

2

　약간 숨이 가쁜 한 쌍의 이 미국인들에게는, 따로 있을 때나 섞여 있을 때나 처음에는 용량에 대한 그런 의식이 틀림없이 가장 우세했다. 자초한 일이니 어쩌겠냐는 말이 빈번하게 오가는 데서도 확인할 수 있었다. 이렇게 쉬울 줄 알았다면—! 그 말이 밀리의 입에서 튀어나온 것이 한 번만은 아니었다. 비록 대개 뒷말은 이어지지 않았지만 말이다. 하지만 스트링엄 부인에게는 중요하지 않았다. 뒤에 이어질 말이 "그랬다면 더 일찍 왔을 텐데"였더라도 별로 상관하지 않았다. 더 일찍 오려야 올 수도 없었을 테니, 반대로 "오지 않았을 텐데"였을지도 몰랐다. 그편이 더 그녀답기도 했으니까. 어째서 이렇게 쉬운지 그 이유에 대해 어쨌든 스트링엄 부인은 나름의 견해를 갖기 시작했다. 수지는 그중 일부는 당분간 혼자 간직했다. 가리지 않고 다 말해주었다가는 상대가 좀 심란해질 테니까. 게다가 지금 언급한, 이 두 여성을 둘러싼 용량이란 많은 경우 함께 논의해야 할 것들—그리고 다른 것들—의 용량이었다. 따라서 그들은 자신들이 어떤 헤아릴 수 없이 강한 파고를 맞아 사실상 높이 솟았고 그러니 당연히 파도가 내키는 대로 아무 데나 내동댕이칠 것임을 즉각 깨달았다. 하지만 덧붙이고 싶은 사실은, 그 와중에도 그들은 위험천만한 상황을 최대로 이용했고 밀리는 달리 도움이 될 만한 것이 없었더라도 수전 셰퍼드의 상태만으로도 적잖은 위안이 되었다. 밀리는 마크 경이 선언했던 '성공작'과 관련해 사흘 동안 그녀에게 아무 말도 하지 않았다. 게다가 성공은 다른 식으로도 자리를 잡았는데, 수지가 워낙 날아갈 듯한 기분이라 밀리 역시 거기에 정신이 팔리고 감동을 받았던 것이다. 자신의 믿음이 정당화되어 수지는 한껏 달아올랐다. 명철한 사고력을 지닌 그녀로서는 거의 일어날 법하지 않다고 여겨진 일들이 모두 실제 일어났던 것이다. 모드 매닝엄에게 있을 수도 있는 안목—다시 말하지만 가능성이 있을까 말까 한 안목—에 호소했던 것이었는데, 인간 본성에 영광을 돌리고 싶은 마음이 들 만큼 그것이 들어맞았다. 랭커스터게이트 여주인의 감수성이 이렇게 증명되자 참말이지 두 여성 모두에게 처음 며칠은 미세한 금 알갱이가 공중에 부유하면서 앞으로의 전망에 조화로움의 뿌연 장막을 씌워놓은 것만 같았다. 그 뒤편의 형태와 색채는 강렬하고 심오했다. 그것이 밀리에게 얼마나 두드러졌는지는 이미 살펴본 바와 같다. 하지만 비교해보자면 모드가 감성에 충실했다는 사실만큼 진실의 위엄을 갖춘 것은 없었다. 수지는 모드의 대단한 세속적 지위보다 그것이 훨씬 더 뿌듯했다. 그 대단한 지위가 그녀로서는 아직 완전히 가늠하지 못할 정도임을 알았음에도 그랬다. 그녀가 내적 울림은 거의 없이 가장 섬세한 외적 울림을 지닌 영국인으로 뚜렷이 구별되고 실제적이라는 사실—더 세속적인 의미에서, 그리고 사실상 거의 계시에 가까울 정도로—보다도 그 점이 더욱 생생했다.

수전 셰퍼드가 거듭 사용한 단어는 '널찍하다'는 것이었다. 하지만 그것은 딱히 영혼을 일컬을 때처럼 소리가 왕왕 울리는 방을 뜻하지는 않았다. 오히려 큼지막한 용기에 비견할 만했는데, 아마 원래는 느슨했겠지만 이제 그 안에 물건—그녀를 흠모하는 미국인의 눈에는 신기한 모양의 물건이 꽉 들어찬—이 쌓이면서 할 수 있는 한 팽팽해진 상태라고도 볼 수 있었다. 스트링엄 부인이 미국에서 자기 친구들에 대해 통이 작지 않다—보통 그들을 묘사하는 그녀의 방식이 그랬다—고 할 때는 안이 비어 있어서 공간이 넓다는 함의가 있었다. 그런데 로더 부인은 다른 종류의 법칙에 의해 안이 꽉 차 있었기 때문에 공간이 넓었다. 그녀는 가만히 쉬고 있을 때조차 당장이라도 사용할 수 있도록 잔뜩 장전된 거대한 크기의 발사체와 뭔가 공통점이 있었기 때문이다. 수지의 낭만적 사고방식으로는 가히 그것이야말로 재개된 관계의 묘미를 반 이상 차지했다. 평화가 오래 지속된 시절 어느 봄날에 잠이 든 듯 숨죽인 어떤 거대한 요새 위, 데이지가 빼곡히 자란 방죽에 앉아 있는 듯한 묘미 말이다. 심리학적인 본능에 충실한 스트링엄 부인은 자신이 반색하며 좋아한 학교 동창의 '감성'이 전부 움직이고 행동하는 종류임을 알아챘다. 자신보다 더 자주 '가장 사랑하는' 같은 단어를 넣는 일을 빼면 달리 꾸밈과 관련한 문제는 아니라고 보았다. 그녀는 자기 정신 속에 다른 경제가 있음을 실감하며 인종의 또 다른 표식을 흥미롭게 따져보았다. 그 친구가 어째서 행동했는지 따져보는 것이 그녀의 즐거움이었다. 이유가 문제의 반이었으니까. 반면 로더 부인에게는 이유가 없었을 수도 있었다. '어째서'라는 건 바닐라 라든가 너트메그처럼 부차적인 향신료라서 영양가 있는 푸딩을 만들 때 빼버려도 아무 문제가 없었다. 각자의 젊은이들도 함께 잘되어야 한다는 로더 부인의 바람은 확실히 아주 강했다. 그리고 그들이 도착한 처음 며칠 동안 스트링엄 부인이 밀리에게 설명한 바에 따르면, 랭커스터게이트에서 내내 자신이 밀리 얘기를 하거나 아니면 주로 그 집주인이 전해주는 뛰어난 조카딸의 개인사를 들었다고 했다.

이 분야에서 두 중년 여성이 주고받을 것은 아주 많았고, 보스턴에서 온 순례자 입장에서는 런던이 주로 자기가 신나게 즐길 일련의 모험들을 계획하고 마련하지 않았나 의아할 정도였다. 본인 입으로도 말했듯이 푹 빠져버렸음을 의식하지 않을 수 없게 되자 양심의 가책도 있고, 정말이지 좀 부도덕하다는 느낌까지 있었다. 이게 어떻게 끝날지는 자기도 모르겠다고 웃으며 밀리에게 말했다. 그리고 그 불편함의 원천은 그녀로서는 정말 난생처음 살펴봐야 하는 요소들이 로더 부인의 삶에 가득했다는 사실이었다. 그것이 세상을 대표한다고 보았다. 청교도 선조들이 외면했던 탓에 지금껏 한 번도 대범하게 보스턴으로 건너오지 못했던 세상—틀림없이 아무리 튼튼한 큐너드호*도 가라앉고 말았을 것이다—말이다. 그래서 그녀는 그저 밀리의 충동적 행동으로 이런 전망이 펼쳐졌다는 시늉을 할 수가 없었다. 자신도 바로 지금 펼쳐진 굉장한 광경을 향한 충동적 행동을 하는

---

* 미국과 영국을 왕복하는 선박회사의 배.

중이니까. 지금까지 한 번도 충동적 행동을 해본 적이 없다고, 혹은 마찬가지 말이지만 그런 것에 굴복해본 적이 없다고 생각하며 마음을 다잡을 수밖에 없었다. 더구나 그런 건 문학에서나 나온다고 지금까지 생각해왔는데, 그런 인식이 문득 사라졌다. 어쨌든 기다려야 하리라, 두고 봐야 하리라. 지금까지 받은 인상은 광활하고 불분명하면서도 선정적이었다. 잠 못 이루는 밤이면 그 자체가 너무 좋아질 것만 같은, 그러니까 밀리를 위해서도 그렇지만 그 자체가 좋아질 것 같은 기분이 들었다. 이상한 일이라면, 밀리가 그것을 좋아하는 상황을 떠올려도 두려운 마음이 없었다. 그러니까 마음의 평화라는 측면에서는 두려울지 몰라도 양심의 측면에서는 아니었던 것이다. 어쨌든 당시 두 사람의 영혼이 함께 벌떡거린 것은 정말 다행이라 할 수 있었다.

만찬이 있은 뒤 한 주 동안 그녀가 랭커스터게이트에서 모든 것을 실컷 들이키고 있는 사이에 밀리 역시 마찬가지로 만족스럽게, 그야말로 전반적으로 낭만적이라 할 정도로 풍족한 대접을 받았다. 육중한 영국 저택에 사는 수려한 여성은 마법에 의해 액자 밖으로 걸어 나온 그림 속 인물로 여겨졌더랬다. 사실 스트링엄 부인은 그와 완벽하게 어울리는 이미지를 곧 찾아냈다. 밀리를 유랑하는 공주로 그려냈던 예전의 상상력을 잃어버렸기는커녕 오히려 그 반대였다. 지금 시민들이 선정한 가장 훌륭한 처녀가 성문 앞에서 공주를 보필하는 모습을 바라보는 일보다 더 어울리는 일이 뭐가 있겠는가? 공주도 그 만남을 즐긴다는 것 또한 명백한 사실이었다. 공주란 일생 대부분을 그저 달래줄 셈으로 제공된 우아한 재현의 차원에서 보내니까. 그래서 성문 앞에서 꽃을 뿌려주는 처녀 대표들을 보고 그들이 반색했고, 그래서 조각상과 행렬과 다른 웅장한 행사들이 끝난 후 현실적인 사람들과 어울리는 일이 그렇게 즐거웠던 것이다. 케이트 크로이는 정말로 밀리를 위해 멋진 런던 여성——밀리는 그에 대해 스트링엄 부인에게 해줄 말이 정말 많았다——의 모습을 몸소 재현해 보였다. 그러니까 여행객 이야기나 뉴욕에서 떠돌아다니는 일화들, 예전에 열심히『펀치』*를 탐독하거나 당대 소설들을 풍부히 접하면서 상상했던 모습으로서의 런던 여성 말이다. 단 하나 다른 점이라면 케이트 크로이가 더 상냥했다는 것인데, 지금 언급된 그 존재가 예전 우리의 젊은 주인공에게는 약간 두렵게 다가왔기 때문이다. 그녀가 상상했던 최고의 런던 여성은 지금의 케이트만큼 수려하고, 그런 식의 머리 움직임이나 목소리 톤, 흠잡을 데 없는 키와 태도를 지니고, 무엇인가를 '취했다가' 또 벗어던지기도 하고, 말하자면 온갖 것들로 꽉 들어찬 사회의 산물이라는 모든 표식을 지니고 있으면서 동시에 강렬한 이야기의 주인공이기도 했다. 이 두드러진 젊은 여성을 처음부터 이야기 속에 넣어, 상상력의 불가피한 특성에 따라 여주인공으로 삼았고 그런 역할로서만이 그녀가 허비되는 일이 없으리라 보았다. 게다가 그 여주인공이 유쾌하게 말을 툭툭 던지고 감정의 분출을 삼가는 면이 있는데도 그랬고, 그런 옷옷에 그런 신발을 신고 그런 우산을 들고 있는데도——이런 점들이 대략 밀리에게 나타난 한에서——그러했으며, 팔을 휘두르는 방식

---

* 1841년 창간된 영국의 주간 풍자만화 잡지.

이나 간혹 개의치 않고 은어를 쓰면 왠지 명랑한 소년 같은 면이 있는데도 그러했다.

잘해주려는 마음이 너무 강해서 오히려 수줍은 거라고 결론을 내리자 당분간은 그것이 밀리에게 충분한 열쇠가 되어주었고, 그래서 그즈음 두 사람은 자기들끼리 더 바랄 나위 없이 잘 어울리고 있었다. 다정하게 독립적으로 위대한 런던을 공략했던 그 시기가 어쩌면 앞으로 살면서 가장 행복한 때라고 할 수도 있었다. 나이 많은 두 여성이 다른 과정을 밟아가는 동안, 밀리에게는 희한하게 흥미로운 상점과 거리와 교외 마을의 런던을, 그리고 케이트에게는 희한하게 낯선 박물관과 기념물과 '관광지'의 런던을 쏘다녔다. 나이 많은 두 여성도 그에 못지않게 친밀함을 과시하면서, 각자 상대의 젊은 여성이 자신의 대단한 소득이라고 보았다. 케이트에게 뭔가 비밀이 있는 것 같다고, 자기들이 아는 과거사 말고도 뭔가 꼭꼭 숨겨놓은 어려움이 있는 것 같다고 밀리가 수전 셰퍼드에게 언급한 적이 한 번 이상이었다. 로더 부인이 그들을 만나는 일을 케이트가 선선히 돕고 있다면 그건 바로 관심을 딴 데로 돌리려고, 뭔가 다른 일에 정신을 쏟을 필요가 있어서 그런 것 같다고도 했다. 하지만 밀리는 그렇게 가정만 했을 뿐 밝혀줄 빛은 아직 찾지 못했다. 빛이 비추면 색이 짙어지리라는 느낌만 있었다. 그러면서도 무엇이든 대면할 준비가 되어 있다고 생각하는 게 좋았다. 더구나 이미 아는 것들도 영국적이고 괴팍하고 새커리*적인 특성으로 가득

---

* 영국의 풍부한 생활상을 그려낸 소설가 윌리엄 새커리.

차 눈앞에 펼쳐졌다. 케이트 크로이가 자신의 상황과 과거와 현재와 대체적인 곤경을, 현재까지 자신만이 아니라 자기 아버지와 언니와 이모를 만족시키는 일에서 별로 성공하지 못했다는 사실을 갈수록 거리낌없이 털어놓기 시작했던 것이다. 수지에게 전했다시피 조심스럽게 추측하기로는 아직 이름을 거론하지는 않았지만 그 외에도 만족시켜야 할 사람이 또 있는 것 같다고 했다. 저 정도 인물이니 당연히 그런 사람이 있지 않겠느냐. 열정에는 언제나 얼마간의 유치함이 담겨 있는지라 그녀가 딱히 열정을 불러일으킬 만한 유형은 아니지만, 아끼는 친구의 눈에는 어딜 보나 아마도 출중한 남성의 뚜렷한 그림자가 드리운 게 보인다고 했다. 원천이 어디인지 몰라도 좌우간 뚜렷한 그림자가 그 주 내내 밀리의 친구에게 드리워져 있었고, 예전의 영광 속에서 꼼짝도 않는 과거의 대가들과 있을 때나, 완전히 최신의 대가들, 그러니까 정신없이 핀을 들고 움직이고 재봉가위를 휘둘러대는 대가들과 있을 때나, 멋없는 채광창 아래 케이트의 얼굴은 그림자를 지우며 미소를 보인다고 했다.

두 젊은 여성들이 상대를 자신보다 더 뛰어난 인물로 여겼다는 점에 그 교제의 훌륭한 면이 있었다. 자신은 상대적으로 무미건조한 존재인 데 비해 축복받은 행운의 존재인 상대방에게는 이른 아침의 생기가 가득하다고 생각했을 뿐 아니라 아예 그렇게 단언하기도 했다. 케이트가 얼마나 자신을 '사로잡았는지' 모른다고 밀리가 주장할 때마다 케이트는 재미있어하거나 놀라워했고, 밀리로 말하자면 케이트가 자신을 지금까지 만난 가장 비상한 인물——가장 매력적인 인물도 아니고——이라고 할 때 그게 과연 진심인지 의아했다. 오래도록 마차를 타고 다니면서 대화를 나눴는데 그때 꺼내놓을 옛날얘기가 부족한 적은 없었다. 그 차원에서는 표면적으로 로더 부인 조카딸의 주장이 더 맞는 것으로 보였다. 밀리가 언급한 미국적인 부분, 얼떨떨할 만큼의 방대함과 당혹스러울 만큼 돈이 넘쳐나는 뉴욕이라든가 아주 강렬한 도시 생활, 마구잡이 자유를 즐길 수 있는 기회, 그리고 기진맥진한 친척이라든지 부모들, 열의 넘치고 총명하고 호리호리하고 멋진 남자 형제들—가장 사랑받는 이들인—이 다들 순서대로 후견인 노릇을 했는데 모두 투기와 방탕의 끝 모를 사치에 빠져 결국 이 여린 존재에게는 끊어진 사슬의 마지막 조각으로 검은 상복과 하얀 얼굴과 강렬한 머리칼만이 남게 되었다는, 그런 그림들이 펼쳐지면 베이스워터의 별 볼 일 없는 중산계급의 단순한 역사는 아무리 멋대로 과장을 해본들 완전히 뒷전으로 밀려날 수밖에 없었다. 실은 그저 베이스워터의 표현 방식일 수 있지만—또한 밀리가 베이스워터 방식에서 관심 단계에 있기도 했고—지금까지 케이트의 주장은 워낙 설득력이 있어서, 스트링엄 부인이 그랬듯이 밀리가 지금까지 베이스워터에 찾아왔던 사람들 중 실제 공주에 가장 가까운 사람이라는 사실을 받아들이게 만들었다. 사흘쯤 지나자 밀리가 그 수려한 여성이 개진한 견해를 받아들이기 시작했다는 것은 하나의 사실이 되었다. 그녀의 인상이 분명 아주 진실했기 때문이다. 그 인상은 하나의 헌사, 능력에 대한 분명한 헌사였고, 그 능력이 어디에서 나오는지는 케이트에게 절대 불가사의가 아니었다. 모든 채광창 아래로 끝없이 늘어선 상점을 지나는 중에, 편안하면서도 전혀 메마르지 않은 태도에서 '나한테 저렇게 엄청난 재산이 있다면!' 식의 심정이 드러나는 경우가 있었으니 말이다.

게다가 케이트가 상대를 책망한 것은 지출이나 비용을 상상하지 못해서가 아니라 삶의 공포나 근검절약을 상상하지 못해서, 의식적으로 남에게 의존하는 삶을 살아본 적도, 상상한 적도 없어서였다. 그럴 때면, 예를 들어 위그모어가가 무척 부산한 시간에 파리한 얼굴의 그녀가 대개 구별조차 되지 않는 부산한 행인들을 개별적 영국인으로 마주할 때, 어떤 식의 관계가 있거나 어쩌면 내적으로 두드러진 특정한 영국인으로 대하는 그런 순간이면, 케이트는 특히나 상대방의 자유로움이라는 엄청난 행복을 똑똑히 감지했다. 밀리의 범위는 그렇게 광활했다. 누구에게든 뭘 달라고 할 필요도 없고 누구한테 뭘 부탁할 필요도 없었다. 자유와 재산과 상상이 그녀의 법칙이었다. 굽실거리며 아첨하는 세상이 주위를 둘러싸서 걸음을 떼어놓을 때마다 그 냄새를 맡을 수 있었다. 케이트는 요즘 들어 그렇게 대단한 밀리의 축복을 용서하는 단계에 이르렀다. 그렇게 계속 어울리다 보면 자신도 그런 넉넉함 속에 머물 수 있겠다고 믿는 단계이기도 했다. 그런 때면 불화의 조짐은 전혀 느끼지 못했는데, 둘 사이에 아무것도 끼어들 수 없다는 그런 의미에서만이 아니라 그렇게 확실한 고급품에 어떤 뚜렷한 결점도 있을 수 없다는 의미에서 그랬다. 좌우간 로더 부인의 만찬에서 밀리가 흐릿한 느낌뿐이지만 어떤 특별한 적합성이 있어서 자신이 저쪽 여성에게 친절하게 이용되고 있다고 마크 경에게 말했다면, 사실 밖으로 내비치지는 않았지만 다른 여성 편에서도 그에 부응

할 만한 느낌이 있었다. 제대로 따져보지 않았고 아직 오락가락 하기는 하지만, 결국 밀드러드 실은 처지를 바꾸거나 기회를 바꿀 만한 인물은 아니라는 잠재적 인상 말이다. 이런 식의 구별이 무슨 뜻인지 케이트 자신도 잘 알지 못했을 공산이 컸고, 밀리가 대단한 부자이지만 참 특이하게도 그 때문에 미워할 수는 없다고 혼잣말을 했을 때 그나마 그 의미에 가장 가까이 갔다고 할 수 있겠다. 수려한 그 여성은 이렇게 자신과 관련해서 절묘함과 투박함을 모두 지니고 있었다. 여자라서 자신과 마찬가지로 존재가 애매하거나 잔인하도록 여성적일 뿐인 백만장자 마님이나 다른 그런 인물을 보면서도 화가 치밀어 오르지 않으려면 아주 특정한 다른 이유가 있지 않은 다음에야 삶의 철학에 대한 시험이 되리라는 것이 확실했다. 이모에게 마땅할 만큼 모드 이모를 좋아한다는 확신은 전혀 없었고 모드 이모가 수중에 지닌 재산은 분명 밀리보다 적었으니까. 그러므로 틀림없이 밀리에게 우호적으로 작용하는 어떤 영향력이 있는 셈이었는데, 그것은 나중에 차차 분명해질 것이다. 지금으로서는 그녀가 좀 괴상한 만큼 사랑스럽고 사랑스러운 만큼이나 괴상해서, 그 모두가 흔히 만날 수 없는 재미라는 것으로 충분하리라. 그와 관련해서 밀리가 케이트에게 굳이 안겨주기 시작한 값비싼 물건이 벌써 많았다는 사실까지 더하면 충분하고도 남을 것이고. 이러한 상황, 그러니까 밀리가 나름대로 요약한 바에 따르면 뭐가 뭔지 모르는 어리벙벙한 순례자들을 위해 엄청난 도움과 편리를 제공해주었던 상황에서 밀리와 함께 일주일가량을 보내고 나자, 초반부터 완전히 일방적으로 선물과 답례품, 기념품, 감사와 사랑의 표시 등이 한 주 내내 쏟아져 들어왔다. 곧바로 케이트는 한갓 미천한 동행인으로 상점에 들어갈 때 그곳 물건이 자기 수중에 들어오는 일이 절대 없도록 한다는 확약을 받을 때까지 아예 상점 출입을 삼가겠다고 선언함으로써 나름대로 처신을 했다. 하지만 사실 그것은 아무리 항의를 해도 값비싼 장신구나 다른 소소한 물건들이 이미 자신에게 안겨 있음을 확인한 뒤였을 뿐이다.

말하자면 그 주가 끝나가는 어느 날 밀리가 그에 대한 확실한 '보답'으로 요구한 것이 고작 마크 경에 관한 약간의 이야기와 콘드립 부인을 만나보는 영광이었을 때는 너무나 어처구니가 없었다. 앞서 권했던 다른 재미난 오락거리에는 아랑곳없이 얼마나 넉살 좋게 그 일에 열광하던지, 근심에 쌓인 첼시의 부인을 만나보는 일에 오페라를 관람하는 멋진 밤보다 더 큰 기대를 거는 듯했다. 케이트로서는 두려움이 없는 성격이 놀라웠고, 직접 그런 내색도 했다. 분명 그녀에게는 당연히 생길 법한, 그런 관계에서 지루해질 수 있다는 두려움 말이다. 그에 대한 밀리의 대답은 자신의 호기심을 알아달라는 것이었는데, 그녀의 친구로서는 호기심이 참 이상한 쪽으로 발동하니 신기할 따름이었다. 그중에는 이해할 만한 호기심도 물론 있어서, 밀리가 마크 경에 대해 전혀 알지 못한다고 케이트가 별로 놀라지는 않았다. 하지만 동시에 솔직히 자신도 제대로 알지 못한다고 고백했다. 왜냐하면 랭커스터게이트에서 가장 잘 알려진 그의 면모는 설명하기가 좀 힘들었기 때문이다. 대개 사람을 안다는 것은 그들이 보여주는 어떤 면모를 통해서, 좋은 쪽이든 나쁜 쪽이든 접촉하거나 명명하거나 증명할 수 있는 어떤 것을 통해서이다. 그런데 케이트는 마크 경처럼 대단한 값어치가 있다지만 아직까지 입증되지는 않은 채 말만 무성한 경우는 본 적이 없었다. 그의 가치는 그의 미래였고, 그것이 마치 뛰어난 요리사나 증기선처럼 어쩌다 보니 모드 이모에게 인정을 받게 되었다. 그렇다고 케이트가 그를 무슨 사기꾼으로 보는 건 아니었다. 대단한 일을 해낼 수 있는 인물이긴 하지만 지금까지 그가 해온 일이란, 말하자면 그게 다였다. 다른 한편 모드 이모에게 상당히 인정받는다는 것은 그 자체가 물론 일종의 성취로서 아무나 할 수 있는 일은 아니다. 그래서 대체로 볼 때 그의 가장 훌륭한 면모라면 틀림없이 모드 이모가 그를 믿는다는 사실이다. 이모는 엉뚱할 때가 많았지만 사기꾼은 확실히 알아봤다. 그러니까, 그래, 마크 경은 사기꾼은 아닌 것이다. 토리당 의원으로 잠깐 있었지만 바로 다음번 선출에서 낙선했다. 그가 들먹일 수 있는 경력은 그게 다이다. 하지만 그는 아무것도 들먹이지 않는다. 그 점이 그가 정말 총명하다는 표시일 가능성이 다분했지만, 또한 그것은 정말 총명한 인물과 완전 속 빈 강정들이 공통적으로 지닌 특성이기도 하다. 모드 이모 자신도 자기 견해가 너무 앞서 나간다는 사실을 종종 인정한다. 그사이 그 자신도 자기 가치에 무심하지 않아서, 거기서 뽑아낼 수 있는 가치만큼 랭커스터게이트에 공을 들였다. 물론 랭커스터게이트도 마찬가지로 그에게 공을 들이고, 어떻게 보면 런던에서는 모든 관계가 그렇게 공을 들이는 쪽과 그것을 받는 쪽으로 이루어진다.

케이트가 찬찬히 설명했고 밀리는 주의 깊게 들었다. 뭐라도 줄 게 있는 사람들—이런 부류가 아주 소수인 건 사실이지만—이 가장 약삭빠른 거래를 해서 적어도 그에 해당하는 가치를 되받아낸다. 게다가 정말 묘한 게, 많은 경우 양쪽이 흔쾌히 이해한다는 것이다. 이 관계에서는 공을 들이는 쪽이지만 다른 관계에서는 그 반대일 수도 있다. 널찍한 만큼 엄청 길기도 해서 어떻게 보면 기름칠이 아주 잘된 기계 바퀴 같다고도 할 수 있다. 그런 와중에도 서로를 좋아하는 일 역시 충분히 가능하다. 어디를 보나 모드 이모가 마크 경을 좋아하는 것을 봐도 그렇고, 바라건대 마크 경 역시 이모를 좋아할 테고. 만약 그게 아니라면 그는 상상할 수도 없이 못된 놈일 것이다. 케이트 자신은 사실 그가 이모를 위해서 하는 일이 뭔지 아직 알아내지 못했다. 게다가 가장 소용이 될 때에도 이모가 생각하는 만큼 소용이 되지는 않았다. 게다가 그 모든 일에서 이모가 아직 파악하지 못한 것이 어느 면에서나 아주 많았다. 이모가 받아들인 사람들은 대개 믿는다고 케이트가 말했다. 그러더니 살면서 온갖 훌륭한 사람들을 만나보겠지만 이모만큼 비범한 여성은 만나볼 수 없을 거라는 사실을 생각거리로 밀리에게 던져주었다. 대단한 유명 인사들은 쌔고 쌨으며 당연히 잘난 사람도 많겠지만, 케이트가 봤을 때 인물이 더 커다란 경우, 어느 면을 보나 천성적으로 더 다루기 어려운 존재는 아무리 둘러봐도 찾기 힘들다고 했다. 로더 부인에 대한 믿음이 주로 그녀가 '받아들인' 것에 따른 것이냐고 밀리가 관심 있게 묻자, 상대방은 흔쾌히 그럼요, 나 자신을 믿는 것도 바로 그 원칙에 따른 거니까요,라고 대답했다. 조카딸이 아니라면 모드 이모가 특별히 누구를 받아들이겠으며 서로에게 공을 들이는 추세에 더 어울릴 사람이 달리 누가 있겠는가? "도대체 내가 뭘 줘야 하는 거냐고 물을 수도 있겠죠." 케이트가 말했다. "사실 그게 바로 내가 알아내려고 애쓰는 거예요. 이모가 나한테서 뽑아낼 수 있다고 생각하는 뭔가가 있어요. 분명 뽑아낼 거예요. 그 점은 믿어도 돼요. 그러면 그게 뭔지 나도 알게 되겠죠. 나 혼자서는 절대 찾아내지 못하리라는 건 믿어줬음 해요." 그녀는 밀리의 '지불 능력'이라는 문제는 아예 논의조차 하지 않으려 했다. 그들은 밀리가 백 퍼센트 지불하리라는, 게다가 분명 끝까지 터무니없이 많이 지불하리라는 멋진 기반 위에 이미 자리하고 있었으니까.

이렇게 근사한 수월함과 가벼운 인사말, 아이러니, 맘대로 늘어놓는 한담과 런던과 인생의 철학, 이 모든 것이 둘 사이에서 금세 공통의 대화 방식이 되었고, 밀리는 자신을 두고 무슨 일이 일어날 거라니 정말 신난다고 털어놓았다. 게다가 그 일을 할 사람이 영국에서 가장 두드러진 여성이라면 그보다 더 좋은 게 없고, 영국에서 가장 두드러진 그 여성이 우리 두 사람을 모두 수중에 넣고 있는 거라면 각자에게 그보다 더 즐거운 일이 뭐가 있겠는가? 사실 밀리는 그녀가 둘을 한꺼번에 원한다니 좀 이상하지 않나 싶었는데, 케이트는 바로 그것이 이모의 진정성을 보여주는 거라고 당연하다는 듯이 대답했다. 그녀는 늘 감정에 쉽게 넘어가는데, 어릴 적 친구가 불쑥 나타나자 분명 감정에 휩싸였을 것이라고 했다. 뭔가 마음을 움직일 만한 게 나타나면 고양이처럼 펄쩍 뛰어오르는 건 보기에도 아주 흥미로운 광경이었다. 게다가 지금까지 한참 동안 그렇게 뛰어오른 적

이 없었다는 사실도 훤히 보였다. 독자들도 알다시피 사실 밀리

실은 그 점이 여전히 경이로웠는데, 로더 부인을 처음 봤을 때

수지와 관련된 일련의 연상에서 연결 고리가 한 50개는 빠져 있

다는 인상을 받았기 때문이다. 수지에 대한 자신의 생각이야 아

주 잘 알았기 때문에 랭커스터게이트의 여주인은 상당히 다른

생각을 하리라 기대했던 것인데, 사실이 그렇지 않아 도대체 갈

피를 잡을 수 없었다. 하지만 갈피를 잡을 수 없었기 때문에 다

른 멋진 인상이 생겨났다. 수전 셰퍼드—특히 부르지도 않았는

데 생뚱맞은 과거로부터 불쑥 나타난—가 온갖 예의범절로 모

드 이모를 따분하게 만들었을 것이 분명하다는 말까지 케이트

에게 했는데, 상대방은 별다른 이의 없이 그 말에 동의했고 자

신도 정말 의아하다는 내색을 숨기지 않았다. 적어도 조카딸에

겐 수전 셰퍼드가 따분했다. 그건 명백했다. 그녀에게는 찾아볼

만한 것이 없었다. 아무것도 보여주는 게 없고, 밀리가 그녀에

게 왜 그렇게 잘해주는지도 알 수가 없다고 했다. 그런데 그 사

소한 점이 밀리의 마음속에서 의미심장한 사실이 되었다. 가련

한 수지가 밀리에게 아무것도 아닌 존재라는 그 생각이 케이트

에 대해 뭔가 알려주는 바가 있었고 그냥 보여주는 것 이상의

상징적 의미가 있었다. 어떤 면에서 이는 밀리에게 주는 충고

로는 너무 일반적이었지만, 밀리는 그것이 가리키는 방향이 바

로 자신이 가장 조심하며 가야 할 방향임을 아는 듯했다. 충분

히 좋은 사람이고 자신을 보호해줄 사람이지만 다른 여성에게

는 그렇게 좋은 사람일 수가 없다는 생각이 어렴풋이 밀리의 마

음을 괴롭혔다. 참 희한하게도 로더 부인이 그런다면 쉽게 용서

할 수 있을 것 같았지만 말이다. 사실 로더 부인은 짜증을 내지 않았고, 케이트 크로이는 짜증을 냈지만 가볍게 넘겼다. 하지만 종국에는 그 이유를 알아낼 수 있었고, 그 덕에 밀리의 생각이 풍부해졌다. 훌륭한 면모가 스무 가지도 더 되는 수려한 여성이 아주 조금 잔혹하기도 하다는 것이 그 이유로 충분하지 않을까? 그래서 지금껏 아무도 그런 적이 없는데, 그런 면에 뭔가 거친 아름다움이 있고 심지어 낯선 우아함이 있다고 새 친구에게 내비친 것이 아닐까? 케이트는 난폭하게 잔혹한 사람이 아니었다. 아무것도 모르는 밀리는 지금까지 잔혹함은 그럴 수밖에 없는 줄 알았는데 말이다. 케이트는 공격적으로 잔혹하지도 않았고 오히려 무심하게, 방어적으로, 그리고 어떻게 보면 습관적으로 뭔가를 예상했기에 잔혹했다. 우선 단순화했고 의심을 예상했고, 뉴욕에서 쓰는 표현에 따르면, 마음에 들지 않을 것들은 유난히 재빨리 알아차렸다. 적어도 그런 면에서는 확실히 밀리의 고향보다 영국이 재빨랐다. 그리고 위험이 가득한 세상에서는 그런 본능이 일상이 될 수 있겠다는 사실을 밀리는 얼마 지나서 깨달을 수 있었다. 뉴욕에서 의심할 수 있는 것보다, 보스턴에서 상상할 수 있는 것보다 많은 위험이 랭커스터게이트 주변에 존재했다. 좌우간 그 위험을 더 의식하게 되면 좀더 경계하고, 어떤 근거에서든 수지에게 경계심을 보일 수 있는 세상은 어딜 보나 놀라운 세상이었다.

3

하지만 밀리는 열을 식힌 후 혼자 따져봐야 했을 것들까지 즉시 수지와 나누었다. 두 사람이 밤늦게까지 오랫동안 나누는 대화에서는 각자 따로 보낸 시간에 일어났거나 암시된 일만이 아니라 다른 많은 것들이 다루어졌던 것이다. 그녀는 오후 4시에는 상황이 요구하는 대로 무심한 태도를 취할 수 있었지만, 한밤중에 수지와 함께 있을 때는 어느 누구와 어떤 문제로 이야기를 나눌 때와도 다르게 만사에 거리낌이 없었다. 뜸 들일 것 없이 털어놓자면, 그래도 그녀는 아직까지, 그러니까 엿새가 지난 지금에도 수지가 기분 전환 겸 로더 부인과 멋진 배터시파크로 마차를 타고 나들이를 다녀온 후 전한 소식에 비견할 만한 소식은 전혀 제공하지 못하고 있었다. 밀리가 호텔에서 부른 으리으리한 마차—말 관리를 제대로 못하기로 악명 높았던 고향의 마차보다 비할 바 없이 육중하고 장식도 대단하고 더 재미있는 마차—를 타고 젊은 여성 둘이 화려한 볼거리를 찾아 나선 동안 나이 많은 여성 둘은 그 공원 주변에서 사교적인 시간을 보냈다. 그리고 주변을 몇 번 돌던 중에, 스트링엄 부인의 말에 따르면 그것이 '튀어나왔던' 것인데, 그건 바로 많고 많은 사람 중에 랭커스터게이트의 두 여성이 밀드러드의 또 다른 친구인 신사 양반을 알고 있다는 사실이었다. 그러니까 지금 이 영국 여행길에 나서기 직전에 밀리가 뉴욕에서 어울렸던, 영국 신문사에서 일하는(수지는 그의 이름을 꺼내기 전에 잠깐 뜸을 들였다) 그 사람 말이다. 배터시파크에서는 물론 이름을 거론했더랬다. 안 그랬다면 그 사람이 누군지 알 수 없었을 테니까. 마땅히 수지는 일종의 고해성사처럼 그때 자신이 수행했던 역할을 털어놓기 전에 문제의 인물이 머튼 덴셔 씨임을 분명히 하지 않을 수 없었다. 밀리가 처음에는 누구를 말하는 건지 모르겠다는 식의 태도를 잠깐 보였기 때문이다. 그런 우연의 가능성이 만 분의 일도 안 될 텐데 어떻게 그런 놀라운 일이 있을 수 있냐고 대꾸하는 동안에도 그녀는 어느 정도의 자제력을 잃지 않았다. 두 사람 다, 그러니까 모드와 크로이 양 둘 다 그를 아는데, 자신이 추측하기로는 꽤 잘 아는 사이 같다고 했다. 우연찮게 그의 이름이 나왔을 때는 사실 어떤 친밀한 관계를 암시하는 맥락은 아니었지만 말이다. 수지는 자기가 그 얘기를 꺼내지 않았다고 강조했다. 그의 얘기를 꺼내려고 했던 것이 아니라, 로더 부인이 아는 젊은 기자가 최근 신문사 일로 멋진 당신 나라—로더 부인은 항상 미국을 '멋진 당신 나라'로 불렀다—에 갔다는 말이 나왔을 뿐이었다. 이것을 스트링엄 부인이 덥석 물었고, 사실 그보다 쉬운 일도 없었다. 말하자면 그것이 그녀의 고백이었다. 덴셔 씨가 밀리와 아는 사이라고 했는데, 해를 끼칠 의도는 없었고 더는 말을 이어가지 않고 거기서 멈췄다고 했다. 로더 부인도 상당히 놀라는 눈치였고, 당연했다. 그런데 그녀 역시 웬지 서둘러 끝내는 눈치였고, 그래서 잠시 동안 각자 뭔가를 감추는 듯한 분위기였다고 했다. "다행히 내 쪽에서야 감출 게 아무것도 없다는 사실을 곧 떠올렸지만 말이야." 스트링엄 부인이 말했다. "그래서 훨씬 간단하고 좋았지. 모드가 감추는 게 뭔지는 모르겠지만 분명 뭔가 있어. 네가 그를 알고 있다는 사실에 확실히 관심을 보였거든. 미국에 간 지 얼마 되지도 않아 너를 만났다는 사실에 말이야. 그래서 아주 친해질 정도로 긴 시간은 아니었다고 말해줬지. 내 생각이 맞는지 모르겠지만."

이 설명을 하는 데 얼마나 걸렸든 간에 나이 많은 쪽이 양심에 걸리는 문제를 다 털어놓기까지, 밀리는 지금 논의되는 문제가 분명 중대하기는 하지만 자기 생각에는 그렇게 어마어마하게 중대한지는 모르겠다고 대답할 여유는 충분했다. 우리가 유일하게 아는 영국인이 그렇게 연결되다니 정말 희한하기는 하지만, 그렇다고 기적 같은 일은 아니잖아요? 흔히 말하듯 세상이 얼마나 '좁은지' 깨닫는 경우는 자주 있으니 말이에요. 그리고 두말할 나위 없이 아줌마가 알은체를 한 건 아주 당연한 일이었어요. 거기 비밀스러울 게 대체 뭐가 있어요? 게다가 그가 돌아와서 우리가 그를 안다는 사실을 감췄다는 걸 알게 되면 오히려 우리가 무슨 대단한 비밀이라도 만든 것처럼 보일 것 아니에요! "제가 뭘 숨긴다고 생각하는 건지 모르겠네요, 수지 아줌마." 밀리가 말했다.

"지금 상황에서 네가 내 생각을 알건 모르건 그건 중요하지 않아." 스트링엄 부인이 대답했다. "언제나 그렇듯 곧 알게 될 거고, 게다가 알아도 얘야, 넌 사실 신경도 안 쓸 테니까." 그러고는 바로 물었다. "다만, 크로이 양에게서 그 사람 얘기를 들었니?"

"덴셔 씨 얘기를 들었냐고요? 전혀요. 입에 올린 적도 없어요. 왜 그래야 하죠?"

"네가 안 한 건 이해할 수 있어." 수지가 자신의 의견을 밝혔다. "하지만 네 친구가 안 했다는 건 뭔가 다른 뜻이 있을 수 있지."

"무슨 다른 뜻요?"

"글쎄." 스트링엄 부인이 즉시 털어놓았다. "모드가 당분간 그 사람 얘기는 꺼내지 않는 게 좋겠다고 너한테 귀띔하라는 부탁을 했는데, 이 말까지 했으니 나로선 할 얘기는 다 한 거지. 그러니까 자기 조카딸이 먼저 꺼내면 모를까 네 쪽에서 먼저 꺼내지 말라고 말이야. 그런데 모드 생각에도 그 애가 먼저 얘기를 꺼낼 것 같지 않다더구나."

밀리는 무슨 약속이든 기꺼이 할 수 있었다. 하지만 지금까지 그들이 알게 된 사실들은 왠지 좀 복잡 미묘해 보였다. "두 사람 사이에 뭔가 있어서요?"

"아니, 그런 것 같지는 않았어. 하지만 모드는 미연에 방지하자는 마음이랄까. 뭔가 걱정되는 게 있는 모양이야. 만사가 다 걱정이라고 하는 게 더 정확하겠지만."

"그 말은 두 사람이, 음, 그러니까 서로 좋아할까 봐 걱정이 된다는 거예요?" 밀리가 물었다.

수지가 골똘히 생각하더니 털어놓았다. "얘야, 이건 아주 미궁 속이구나."

"당연히 그렇죠. 그러니까 재미있는 거잖아요!" 밀리가 묘하게 명랑한 말투로 말했다. 그러곤 덧붙였다. "심연 같은 게 없다고는 하지 말아요. 그러니까 예를 들어 이런 경우에 말이에요. 난 심연이 좋아요."

드물지 않은 일이지만, 상대방은 지금 상황에서 표면상 필요한 이상으로 뚫어지게 그녀를 응시했다. 만약 제삼자가 함께 있었다면, 그 말을 자신의 어떤 내면적 사고에 끼워 맞추려 하는 건가 궁금해할지도 몰랐다. 의심할 바 없이 그녀에게는 젊은 친구의 말을 그 친구에게 있다는 질병의 증상으로 여기는 경향이 지나치게 많았다. 그럼에도 불구하고 젊은 친구가 가볍게 나오면 자신도 가볍게 받아들이자는 것을 가장 중요한 법칙으로 삼았다. 수지는 구식이었지만 뭔가 새로운 방식으로 구식이었고, 그것은 위대한 보스턴의 재능이었다. 잡지에 쓴 글의 문체도 충분히 만족스러울 만큼 그러했다. 실은 그것이 생소하고 약간 닮은 것도 본 적이 없는 모드 로더는 그런 점에서 그녀를 소중한 사교상의 자원으로 여겼다. 그러니 수지가 지금 상황에서 그 면모를 잃을 리 없었다. 사실 대부분의 상황을 그것으로 대면할 수도 있었다. "아 그러면 죄와 슬픔의 깊이를 알 수 있기를 바라자고! 나로서는 최악의 것도 맞을 태세가 되어 있으니. 하지만 우리도 이미 알다시피 모드는 자기 조카딸이 마크 경과 결혼하기를 바라잖아. 그런 말 안 했어?"

"로더 부인이 저한테요?"

"아니, 케이트가 말이야. 케이트가 모르는 일도 아니고."

밀리는 상대방이 지켜보는 중에 잠시 말없이 딴생각에 빠졌다. 그녀는 케이트와 갑작스러울 만큼 친밀해져서 며칠을 함께 지냈고, 분명 온갖 이야기를 나누며 여러 방향으로 다양하게 갈 데까지 가보았다. 그런데 지금 둘의 관계를 따져보면 자기의 새 친구가 지금까지 했던 이야기가 하지 않았던 이야기에 비하면 무척 적을 수도 있겠다는, 형편없이 적을 수도 있겠다는 느낌이 아주 차가운 바닷물처럼 밀려들었다. 여하튼 그녀로서는 이모가 자신을 마크 경과 짝지을 계획을 하고 있다는 말을 케이트가 정확히 했는지 안 했는지 말할 수가 없었다. 이모의 계획에 케이트가 들어 있다는 사실만은 충분히 알 수 있었고, 더구나 그건 너무나 쉽게 추측할 수 있었다. 어떻게든 단순화하며 약간 신경질적으로 치워버리려 해도 이렇게 불쑥 덴셔 씨가 끼어들어 오자 왠지 밀리로서는 비율이 완전히 달라지고 모든 가치가 영향을 받았다. 도대체가 정체를 전혀 알 수 없는 이런 변화가 일어나도록 내버려두다니 정말 알다가도 모를 일이었다. 그 와중에 그런 변화가 일어났다는 사실을 적어도 그 자리에서는 숨길 수 있어서 좀 자랑스럽기도 했다. 그래도 어쨌든 그 결과 그 신사 양반이 그녀 앞에 내내 있었다는, 지금까지 그녀가 순진하게 자리를 지키고 있던 바로 그 자리에 내내 있었다는 느낌이 거의 사납게 솟아났다. 조금만 더 생각해봐도 그가 뉴욕에서 자기 영국 친구들을 전혀 언급하지 않았다는 그 상황만으로도 그녀는 심연을―심연이 바로 그녀가 원하는 것이었으니까―들여다볼 수 있었다. 사실 뉴욕에서의 시간이 뭘 하기에도 충분치 않기는 했다. 그럼에도 밀리로서는 마음만 먹으면 그가 크로이 양에 대한 언급을 피했다고, 그런데 크로이 양이라는 주제는 언급하지 않는 것이 절대 자연스러울 수 없는 존재라고 설명할 수도 있었을 것이다. 그가 거론할 수 없었을 수많은 다른 주제들을 고려하면 좀 터무니없을 수도 있지만 그럼에도 그의 침묵이 일종의 미궁이라면 이것이야말로 그녀에게 딱 어울리는 것이라는 점도 동시에 짚어줄 수 있겠다. 그녀가 지금 방금 수지에게 호소했던 그 항목에 들어가는 일이니 말이다. 하지만 이런 생각이 오고 가는 중에 일단 두 사람은 다들 덴셔 씨를 알고 있다는—사실 수지는 아직 모르지만 아마 알게 될 테니까—사실이 정신없이 돌아가는 세상에서 흔히 우연으로 분류될 만한 것이라는 합의에 이르렀다. 더 나아가 그것이 그렇게 갑작스럽게 불쑥 튀어나왔다는 바로 그 사실 '안에 뭔가' 있으리라 기대할 수 있다는 것도 재밌는 일이라는, 말도 못하게 재밌는 일이라는 점도 말이다. 왠지 땅이나, 말하자면 대기가 유쾌한 준비를 얼마간 끝내놓았을 가능성도 있었다. 그 가능성은 아마 좀더 철저한 논의를 거쳐야겠지만 말이다. 게다가 진실은—자, 이 두 사람은 벌써 '진실'을 입에 올리고 있지 않은가!—사실 아직 완전히 모습을 드러내지 않았다. 로더 부인이 자기 옛 친구에게 한 부탁을 보면 명백히 그러했다.

따라서 앞으로 일이 흥미롭고도 복잡하게 전개되리라는 예상이 자리 잡기 가장 좋은 곳은 바로 케이트에게 아무 말도 하지 않았으면 좋겠다는 로더 부인의 제안과 그것이 포괄하는 모든 사항이었다. 그래서 앞선 대화 이후 케이트와의 첫 만남에서 밀리가 아무 이름도 거론하지 않았을 때, 그러한 침묵은 새로운 종류의 재미를 시작하기 위한 시험을 무사히 통과했음을 나타냈다고도 할 수 있었다. 그 재미는 감지할 만한 약간의 불안감이 담겨 있다는 점에서 전연 새로운 것이었다. 예전에는 뭔가 재미를 원하면 그보다는 더 마음대로 행동했더랬다. 그렇지만 수려한 여성—지금도 밀리에게 케이트는 여전히 두드러지게 그런 인물이니까—에게 관심이 쏠리는 훨씬 더 강력한 이유가 생겼음을 의식하게 되자 확실히 짜릿한 기분이었다. 그리고 수려한 여성 본인은 그 이유를 전혀 눈치채지 못했는데, 그 점이 또 중요했다. 그래서 두세 시간 함께 있는 동안 밀리는 케이트를 바라보는 자신을, 바로 저 얼굴에 덴셔 씨의 눈길이 아무래도 친근하게 머물렀을 테고 그 얼굴이 마찬가지로 아마 그보다 더 사랑스럽게 그의 얼굴을 바라봤을 것임을 의식하면서 가히 뚫어지게 쳐다보는 자신을 거듭 알아챘다. 케이트의 얼굴은 추적할 수도 없을 수없이 많은 다른 얼굴을 더할 나위 없이 사랑스럽게 바라봤을 거라는 생각이 어쩔 수 없이 들자 그녀는 스스로를 다잡았다. 그런데 또 이상한 것이 그 결과 전부 다 헤아릴 수는 없는 친구의 '다른 면'이라고 밀리가 은연중에 기꺼이 생각하려 했던 그런 면이 강화되었다. 얼토당토않은 일이었고 그건 밀리도 알았다. 하지만 덴셔 씨가 근접하면서 불현듯 정면으로 마주한 것이 그 다른 면이었다. 케이트 쪽에서도 그런지 아직까지 아무것도 증명되지 않았으므로 그건 안다고 할 수 없었다. 그래도 상관없었다. 이제 케이트가 오고 가고, 만나고 헤어지며 볼에 입을 맞추고, 예나 다름없이 바로 **그것**만 뺀 온갖 것들—갑자기 밀리에게는 이런 식으로 다가왔던 것이다—을 얘기할 때 오롯이 드러나는 것은 그 다른 면이었다. 사실 자신이 은연중에 내색할 가능성을 그렇게 별나게 맛보지 않았다면 틀림없이 이 두 면이 지닌 차이를 그렇게 강렬하게 맛보지도 못했을 것이다. 사실을 말하자면 헤어지고 나서야 그녀는 자신이야말로 너무나 '다른' 게 아닌지, 말해지지 않은 것들에 너무 사로잡혀 있는 건 아닌지 의구심이 들었다. 역시 그에 이어 무엇보다 희한한 일은, 케이트가 어떻게 그걸 느끼지 못하는지 자문할 때면 자신이 거대한 어둠의 가장자리에 있음을 의식하게 되었다는 것이다. 밀리 실과 같은 부류가 제공할 만한 것들을 케이트가 진정 어떻게 느끼는지 밀리로서는 절대 알 수 없을 것이다. 케이트가 그것을 그 부류의 이해 수준으로 내리거나 그 편의에 맞춰줄 일은 절대 없을 것이다. 악의가 있거나 겉과 속이 달라서가 아니라 공통된 용어를 갖지 못해서 말이다.

따라서 사나흘 동안 그런 부류로서의 밀리는 그렇게 다른 부류의 케이트를 지켜보았다. 그리고 약속했던 첼시 방문이 드디어 성사되어 그 길에 나선 것도 바로 그런 부류로서였다. 저명한 토머스 칼라일이 살았던 곳으로 그의 영혼과 그의 숭배자들이 여전히 활보하는 곳이자, 사실 그곳과 좀 어울리지 않는 영혼이면서 둘 사이에 자주 언급되었던 '불쌍한 메리언'이 사는 곳 말이다. 불쌍한 메리언을 보는 순간, 보아하니 영국에서는 자매들의 사회적 지위가 저렇게 다를 수도 있구나, 살아가면서 가질 만한 공통의 기반이 저렇게 없을 수도 있구나 하는 느낌 외에 모든 것이 사라져버렸다. 현학적으로 말하자면 위계적인 귀족 질서에서 비롯되는 것으로 보이는 상황이었다. 로더 부인이 그 질서 내의 정확히 어느 지점에 조카딸을 놓았는지는 아직까지 분명 모호한 부분이 없지 않았다. 다른 한편으로 마크 경이라면 맘만 먹으면 정확히 그 지점을 정할 수 있고, 마찬가지로 모드 이모의 지점까지 정할 수 있을 거라고 확신했지만 말이다. 그러나 콘드립 부인이 완전히 다른 세계에 있음은 명확했다. 같은 사회적 지도에서 그녀의 자리는 찾을 수 없었고, 그건 마치 두 방문객이 함께 지도책 책장을 계속 넘기고 넘기다가 드디어 안도하면서 자애롭게 "여기!"라고 외친 것만 같았다. 물론 간극을 건널 수야 있겠지만 가히 대단한 가교가 필요했고, 그런 인상으로 인해 밀리는 그 지역에서 단련되지 않은 정신이라면 대개 가교와 간극 중에서 어느 쪽을 더 의식하게 될지 궁금했다. 그에 비해 미국에는 아무것도 없는 듯했다. 사회적 지위로 인한 차이도 없고, 어느 쪽이나 마찬가지겠지만 특히 어느 한쪽에서 차이를 메우려고 엄청나게 예의를 차리거나 의식하지 않으려고 의식적으로 노력하는 일도 없었다. 무엇보다 의식하지 않으려고 의식적으로 노력하는 일, 엄청난 예의 바름과 차이와 가교와 간극, 그리고 사회적 지도책에서 중간중간 넘어간 장들, 솔직히 말하면 이 모두는 우리의 젊은 여주인공이 보기에, 가벼운 문학적 서사로 스며들어 갈 만한 면모—그보다 실질적인 소재가 없는 탓이겠지만—였다. 그러니까 트롤럽*과 새커리, 무엇보다 디킨스가 마구 뒤섞인 메아리 같았고 그 덕에 그녀의 순례가 큰 호소력을 지녔던 것이다. 그래서 밀리는 나중에, 그러니까 그날 저녁 늦게 그곳 일이 끝나기도 전에 그런 서사가 분명해졌다

---

* 앤서니 트롤럽. 영국의 소설가.

고, 결국 전체적으로 존경하는 『뉴컴가家』의 작가* 분위기였다고 수지에게 설명할 수 있었다. 전체적으로 픽윅**적 줄거리가 등장할 가능성이 그녀가 원했던 것보다 덜했다고, 아니 그보다는 걱정했던 것보다 덜 나타났다고 했다. 그러면서 콘드립 부인이 오롯이 니클비 부인의 판박이이거나 심지어 남편을 잃고 상황이 악화된 미커버 부인***——근심에 찬 케이트의 말투로 보면 어떤 존재든 다 될 수 있었으니까——은 아니라는 뜻이라고 설명했다.

이 한밤의 회동에서 스트링엄 부인이 갈망의 눈길로 말하길, 일이 어느 방향으로 진행되든 그런 경험이 밀리에게 열어놓은 영국적 삶의 면모를 자신은 놓칠 수밖에 없게 '일정이 짜여 있다'——주변에서 늘 하는 말에 따르면——고 했다. 밀리가 보아하니 모드 매닝엄과의 압도적인 관계로 인해 넋을 잃고 빨려 들어간 상류층의 냉랭한 관습에 대해 그녀가 이런 식의 황당한 반응(다시금 오로지 수전 셰퍼드여서 보이는 반응)을 보이는 순간이 조금씩 생기기 시작했다. 밀리는 이러한 수전 셰퍼드적 면모를 늘 염두에 두다가 그런 면이 나타나기만 하면 항상 바로 맞장구를 쳐주었고, 앞으로 지내면서 다 볼 수 있을 거라고 누누이 장담하는가 하면 성마르거나 애매하거나 다정하게 토닥거려주었다. 하지만 오늘 밤 그들에게는 생각해야 할 다른 문제가 있었

---

* 윌리엄 메이크피스 새커리를 일컬음.

** 찰스 디킨스의 『픽윅 클럽 여행기』를 뜻함.

*** 니클비 부인은 찰스 디킨스의 『니컬러스 니클비』에, 미커버 부인은 『데이비드 코퍼필드』에 나오는 인물.

는데, 곧 밝혀졌다시피 첼시에서 보낸 시간과 관련이 있었다. 위층에서 잠자리에 든 아이 중 하나가 칭얼대는 바람에 케이트가 살피러 잠깐 올라갔는데 그사이에 콘드립 부인이 난데없이, 그러니까 맥락도 없고 서론도 없이 덴서 씨를 입에 올리며 그가 자기 여동생과 사랑하는 사이라고 짜증스러운 말투로 말했다는 것이다. "내가 케이트를 아끼는 것 같아서 알려주고 싶었다고 하더라고요." 밀리가 말했다. "너무나 끔찍한 일이라서 뭐라도 했으면 한다고."

수지가 의아한 말투로 물었다. "무슨 일이 생기지 못하게? 말이야 쉽지. 뭘 할 수 있다는 거지?"

밀리가 희미한 미소를 보였다. "내 생각엔, **자기**를 아주 자주 보러 왔으면 하는 것 같아요."

"네게 다른 할 일이 있다는 생각은 안 하디?"

밀리는 이제 상황을 분명히 이해했다. "자기 여동생을 감탄하며 바라보거나 대단하게 여기고, 그래서 그것을 위해 시간이고 뭐고 다 바쳐야 하는 일 말고는 전혀요. 정작 본인은 여동생을 전혀 이해하지도 못하면서 말이에요." 상대방은 그 말에서 예전에는 거의 찾아볼 수 없었던 매서운 어조를 느꼈다. 콘드립 부인이 말할 수 없이 그녀를 당혹스럽게 한 것처럼. 그러면서도 최근에 본 적 없는 어떤 내면적 작용을 통해 짜증은 아래에 떨궈버리고 부연 황금빛 공기 속으로 솟아오른 모습이었다. 그 점이 바로 밀리의 훌륭한 점이었다. 그것이 그녀만의 시적인 면모, 아니면 적어도 수전 셰퍼드의 시적인 면모였다. "하지만 그런 말은 케이트에게 절대 하면 안 된다고 못을 박더라고요." 밀리가 말을 이었다. "그래서 하지 않으려고요."

"그런데 덴셔 씨가 왜 그렇게 끔찍스러운 거지?" 스트링엄 부인이 바로 물었다.

밀리가 대답하기 전에 좀 뜸을 들이는 느낌이었다. 콘드립 부인과 나눈 이야기는 훨씬 더 많은데 별로 말하고 싶지 않은 인상이랄까. "그건 딱히 덴셔 씨 자신의 문제는 아니에요." 그러더니 거기에 로맨틱한 면이 약간 있다는 듯이 말했다. 밀리에게는 로맨스가 어디서 어떻게 들어오는지 절대 알 수 없었지만. "자산 상태가 문제죠."

"그게 그렇게 안 좋아?"

"'개인적인 재산'이라고는 없고 생길 가능성도 없대요. 콘드립 부인의 말로는 수입도 없고 돈을 벌 능력도 없다나요. 그냥 '가난' 그 자체이고, 그건 자신이 잘 안다 하더라고요."

스트링엄 부인은 다시 생각에 잠겼다가 곧 어떤 생각이 떠올랐다. "하지만 남다르게 총명한 사람 아닌가?"

밀리 역시 잠깐 따져보았고 거기서 나온 건 있었다. "저야 전혀 모르죠."

그러자 수지는 그저 "오!"라고 내뱉은 후 잠시 말이 없었다. 물론 잠시 후 생각에 잠겨 "알겠어"라고 했다가는 곧 이렇게 덧붙였다. "모드 로더의 생각이 바로 그래."

"제대로 하는 일이 전혀 없을 거라고요?"

"아니, 정반대지. 탁월한 능력의 소유자라고."

"아, 그렇죠. 맞아요." 상대방이 앞서 했던 말을 떠올리는 밀리의 말에서 다시 방금 전 말투가 배어 나왔다. "하지만 콘드립 부인이 무엇보다 강조하기를 모드 이모 자신이 그런 사람은 안중에도 없을 거래요. 덴셔 씨는 절대 공직에 진출하거나 돈을 많이 벌 수 없을 거라는 주장이죠. 어쨌든 나한테 설명한 바는 그랬어요. 그가 공직에 나간다면 기꺼이 도와줄 의사가 있다, 다른 건 몰라도 돈이라도 많이 번다면 어떻게든 참아주겠다, 뭐 그런 거죠. 그런데 사실은 그를 거의 금기시하는 수준이에요."

"그러니까 한마디로 그 언니라는 사람이 너한테 그런 얘기를 다 했다는 거구나." 스트링엄 부인이 나름의 의도가 있는 양 말했다. "하지만 로더 부인은 그를 좋아해." 그러곤 그렇게 덧붙였다.

"콘드립 부인은 그런 말은 안 하던데요."

"글쎄, 좌우간 정말로 좋아한단다, 얘야. 그것도 무지하게."

"그런 거군요!" 그 말과 함께 밀리가 문득 생기를 잃었다. 옅은 한숨을 내쉬더니 최근 들어 상대방에게 한 번 이상은 눈에 띄었던 전반적인 피로감과 막연한 기운의 퇴조를 내보이며 관심을 돌렸다. 하지만 그날 밤 두 사람은 그 문제를 그렇게 끝내지는 않았다. 비록 나중에 돌이켜봤을 때 어느 쪽이 먼저 다시 돌아갔는지 둘 다 정확히 짚을 수 없었지만 말이다. 적어도 잠시나마 밀리가 그나마 그 문제에 접근한 것은, 그들 모두가, 그러니까 만나는 사람들마다 돈을 엄청나게 중시한다고 말한 것이었다. 이에 수지가 웃음을 터뜨렸지만 거기에는 다정함이 없지 않았다. 그저 누군가에게는 돈이 저렇게 무심하게 말할 수 있는 주제구나 하는 뜻이지 악의는 없었다. 하지만 정당함을 기하기 위해서 그녀는 아무리 단순화해도 모드 매닝엄에게 돈이 어떤 의미인지는 제대로 말할 수 없을 거라고 주장했다. 그녀는 세속적이지만 장대하고 적절하게도 전혀 떠들어대지 않았다. 혹은 장대하게 간혹 밀어붙이는 식으로 초탈함을 지킨다는 표현이 더 나을 수도 있고. 표현이야 어찌 되었건, 수지는 실상 스스로 공정해지기 위해 행운의 여신의 총애를 받은 예전 친구와 새 친구의 차이를 생각하고 있었다. 모드 이모는 돈이 뭐 대수냐는 능숙한 태도에 엄연하고 선명하게 돈이 주변에 없는 듯이 굴어도 어쩐지 돈을 깔고 앉아 있고 돈에 둘러싸인 식으로 돈에 파묻혀 있었다. 밀리는 가진 돈과 관련해 아무런 태도가 없었고, 그건 어찌 보면 잘못일 수도 있었다. 하지만 어쨌든 그녀는 워낙 저 멀리 돈의 가장자리에 있어서 어떤 길로 가든 그녀의 본성에 다다르기 위해 재산을 거쳐 갈 필요가 없었다. 반면 로더 부인은 돈이 효과를 발휘하는 날 아주 포괄적이고 고결할 만큼 사심 없는 것이어야 한다는 목적과 상상과 야망을 위해서 부를 유지했다. 자신의 뜻을 강요하겠지만, 그것은 단지 한두 사람이 굴복하면 되는데 괜히 버텨서 얻을 걸 못 얻는 일이 있으면 안 된다는 그런 맥락에서였다. 훨씬 어린 밀리에게는 그렇게 멀리 보는 시각이 있다고 볼 수 없었다. 관심을 가져야 할 이유가 될 사람이 아무도 없었다. 스스로를 위해서도 관심이 없었는데, 그건 너무 일렀다. 그 나이에는 돈을 가장 많이 가진 여자라도 동기가 부족할 테고, 밀리의 동기가 나타날 시간은 아직 창창했다. 놓쳐버리든, 막연하게나마 손을 뻗치든 말든, 아직까지는 동기가 없어서 그녀는 아름답고 단순하고 숭고했다. 그리고 그 점에서라면 마침내 동기가 주어지더라도 마찬가지일 터였다. 단지 그때에는 모드 이모처럼 어떤 태도를 갖게 될 공산이 컸다. 좌우간 두 여성의 대화가 다시 반짝 불이 붙은 것은 그런 맥락에서였는데, 그래서 그날 오후에 덴셔 씨를 안다는 말을 했냐고 스트링엄 부인이 밀리에게 묻게 되었던 것이다.

"아, 아니요. 그를 만났다는 사실은 입에 올리지도 않았어요." 그녀가 대답했다. "로더 부인이 하지 말았으면 했잖아요."

"하지만 그건 케이트에게 말하지 말라는 거였지." 잠시 후 상대방이 말했다.

"그렇죠. 하지만 콘드립 부인이 케이트에게 바로 전했을걸요."

"그건 왜지? 콘드립 부인은 그 사람을 입에 올리는 것도 싫어할 게 분명한데."

"꼭 그럴까요?" 밀리가 그 점을 따져보았다. "그녀가 무엇보다 원하는 건 자기 동생이 그를 안 좋게 생각하도록 만드는 일일걸요. 그러니까 자기가 하는 말이 그쪽으로 도움이 되기만 한다면—" 그러더니 무슨 뜻인지 알겠냐는 듯이 말을 끊었다.

하지만 상대방은 본인이 아는 것에만 관심을 보이며 덧붙였다. "그러면 바로 전할 거다?" 스트링엄 부인은 밀리가 그 말을 하려 했음을 알았지만 여전히 의문이 남았다. "네가 그 사람을 안다는 사실이 왜 그에게 불리하지?"

"아, 뭐랄까요? 그를 안다는 자체보다 그걸 숨겼다는 게 문제겠죠."

"아." 스트링엄 부인이 안심시키듯이 말했다. "네가 숨긴 게 아니잖아. 오히려 케이트 크로이 쪽에서 그런 거 아니야?"

"내가 덴셔 씨를 안다는 사실을 케이트가 숨긴 건 아니잖아요." 밀리가 미소를 지으며 말했다.

"덴셔 씨와 자기 관계만 숨겼다고? 어쨌든 그래도 책임은 케이트에게 있지."

"아, 하지만 케이트야 하고 싶은 대로 할 권리가 있죠." 밀리가 이렇게 말했지만 별 뚜렷한 효과는 없었다.

"얘야, 그건 너도 마찬가지지!" 수전 셰퍼드가 미소를 보이며 대꾸했다.

얼마나 단순한지 존경심을 자아낼 정도였는데 바로 그 점 때문에 그녀를 사랑하지 않을 수 없다는 표정으로 밀리가 상대방을 바라봤다. "아직은 그런 문제로 다투지는 않아요. 그러니까 케이트와 내가, 아직은요."

"내 말은 단지 콘드립 부인이 그렇게 해서 뭘 얻는지 모르겠다는 거야." 스트링엄 부인이 설명했다.

"케이트한테 그런 말을 한다고 해도 말예요?" 밀리가 생각을 좀 해보았다. "내 말은 그저 내가 얻는 게 뭐가 있겠냐는 거였어요."

"하지만 언젠가는 알게 되지 않겠어? 덴셔 씨가 너희 둘 다 안다는 사실을 말이야."

밀리는 별로 동의하지 않았다. "그가 돌아왔을 때요?"

"너희 둘 다 여기서 만나게 될 테고, 내가 이해하기로는 한쪽을 위해서 다른 한쪽을 '끊어낼' 수 있는 사람으로 보이지는 않던데."

이로써 그 문제는 마침내 좀더 분명히 유쾌한 차원으로 넘어갔다. "어떻게든 그 전에 그를 만날 수도 있겠죠." 밀리가 말했다. "여기서 말하는 '유용한 정보'를 줄 수도 있고요. 그러니까 앞으로 만나면 서로 아는 사이가 아닌 거다, 이렇게요. 아니면 내가 아예 여기 없을 수도 있는데, 그편이 더 낫겠죠."

"그에게서 도망가고 싶은 거야?"

묘하게도 밀리가 그 생각을 반쯤은 받아들이는 듯했다. "무엇으로부터 도망가고 싶은 건지 모르겠어요!"

그것—나이 많은 쪽의 귀에 들려온 서글프면서도 감미로운 무엇—으로 인해 더 설명할 필요가 순식간에 사라졌다. 가능한 기회마다 보편적인 감정의 여백이나 외부 공간을 상징하는 거대하고 따뜻한 바다 위를 두 사람의 관계가 남쪽의 섬처럼 둥둥 떠다니는 장면이 그녀 눈앞에서 사라진 적이 없었다. 그래서 어떤 특별한 일이 생기면 바다가 섬을 덮치거나 여백이 텍스트로 범람하는 결과를 낳았다. 지금도 순간 그런 거대한 파도가 덮쳐왔다. "네가 원한다면 세상 어디라도 갈게."

밀리가 그 파도를 뚫고 나왔다. "사랑스러운 수지 아줌마, 나 때문에 얼마나 고생을 하시는지!"

"아, 이건 아직 아무것도 아니야."

"정말 그래요. 앞으로 있을 일에 비하면."

"내가 고집하는 정도로 네가 건강하고 강해지려면 멀었으니 그런 척해봐야 소용없어." 밀리를 이해하게 된 사랑스러운 수지 아줌마가 말했다.

"계속 고집하세요. 그럴수록 더 좋아요." 밀리가 말을 이었다. "하지만 내가 정말로 그만큼 건강하고 강해 **보이는** 날, 그땐 기꺼이 아줌마를 떠나보낼 수 있을 만큼 건강하고 강한 거예요."

그러더니 과장된 투로 말을 이었다. "겉보기에 자신의 **가장** '아름다운 순간'이 보장해주는 즐거움조차 훌륭한 묘비에 적힐 정도가 못 되는 그날 내가 그럴 테지요. 지금까지의 인생을 죽은 것처럼 살았으니까, 틀림없이 죽을 때는 살아 있는 것처럼 죽을 거예요. 그게 아마 아줌마가 바라는 모습일 테고요." 그리고 이렇게 말을 맺었다. "그러니까, 내가 어떤지를 아줌마가 정말로 알게 되는 일은 절대 없을 거예요. 내가 진짜로 떠나버릴 때 말고는요. 그때는 내가 그렇지 않았다는 것만 알겠죠."

"너를 위해서 죽을 수도 있어." 수전 셰퍼드가 잠시 후 말했다.

"'무지하게 감사해요!' 그럼 나를 위해 여기 있어줘요."

"하지만 8월에 런던에 있을 순 없어. 앞으로 한동안 그럴 거고."

"그럼 돌아가죠, 뭐."

수지가 흠칫했다. "미국에?"

"아니요, 다른 나라로요. 스위스나 이탈리아나 아무 데나요." 밀리가 말을 이었다. "'여기' 있어달라고 한 건 어디를 가건 내 곁에 머물러달란 뜻이었어요. 어디가 될지 우리 둘 다 몰라도 말이에요." 그녀가 힘주어 말했다. "내가 어떤지 나도 정말 모르겠고, 아줌마는 앞으로도 모르겠지만 상관없어요. 결국 다 밝혀질 테니까요." 그렇게 말하고는 말을 뚝 멈췄다. 그녀에게 심각함과 가벼움은 정확히 짚기 어려운 단계적 음영으로 이루어져 현저한 대비를 이룬 적이 없었는데, 그렇지 않았다면 상대방은 그녀가 지금 농담을 한다고 여겼을 것이다. 그녀는 환희의 실패로 심각함의 실패를 벌충했다. 그러니까 때로 상대방이 원하는 만큼 진지하지 못했다면 다른 때는 틀림없이 자신이 원하는 만큼 편하게 넘어가지 않으려 했다. "분명 비난받을 일이죠. 어쨌든 '밝혀지는' 문제는 아니에요." 그녀가 덧붙였다. "콘드립 부인이 그 사실을 그에게 해를 입힐 목적으로 사용하리라는 게 문제죠."

상대방이 의아하게 물었다. "**그 사람**에게 어떻게 해가 돼?"

"그러니까 그가 그녀를 사랑하는 척한 거라면—"

"그냥 사랑하는 '척만' 한 거야?"

"내 말은, 케이트가 믿는 그 사람이 딴 나라에 가서 딴 사람한테 잘 보이려고 애쓸 정도로 그녀를 잊었던 거라면 말이에요."

그런데 이 보충 설명 덕에 수지는 신이라도 난 듯이 대수롭지 않게 이렇게 물을 수 있었다. "그 나쁜 인간이 **너**에게 잘 보이려고 한 거야?"

"그런 거 아니에요. 게다가 문제는 그게 아니라고요. 케이트에게 어떤 생각을 심어줄 수 있는지가 문제죠."

"분명 네게 특이한 매력이 있고, 덴셔 씨가 얼마간 너와의 친분을 이어간 게 확실하니까 네가 약간이라도 그를 유혹했으면 금방 넘어왔을 거다, 그런 거?"

밀리는 딱히 이 말을 인정하지도 않았고 조건을 달지도 않았다. 의식적으로 깊은 생각을 지나치다 싶게 이어가다가 잠시 후 이렇게 말했을 뿐이었다. "아니요. 콘드립 부인이야 내가 **그**에게 잘 보이려 했다는 식은 바라지 않겠죠. 내가 그렇게까지 해야 했다면 그건 오히려 그의 일편단심만 보여줄 테니까요." 그러고는 마침내 좀 답답하다는 투로 덧붙였다. "내 말은 그를 약간이라도 질투심을 불러일으킬 사람으로 만들 수 있다면 자기 동생의 마음을 돌리는 데 보탬이 될 게 분명하다는 거죠. 그 사람 때문에 불안해하니까요."

수전 셰퍼드는 이 설명에서 자신의 뉴잉글랜드 여주인공들을 우아하게 압박할 법한, 동기를 향한 욕구의 낌새를 느꼈다. 그것은 앞서 나가도 한참을 앞서 나가는 것이었다. 하지만 그것이야말로 뉴잉글랜드 여주인공들이 하는 일이었고, 더구나 지금으로서는 우리의 젊은 친구가 사실상 얼마나 앞서 나가려는 심산인지 알아내는 일이 흥미로웠다. 마침내 저 깊은 곳으로 담대하게 내려가고 있지 않은가? 그들은 재미를 찾을 수 있는 데서 재미를 보고 있는 것이다. "케이트 언니 생각에 케이트와 그의 친분이 그저, (여기 딱 맞는 옛날 단어가 뭐더라?) '변덕' 정도라면—"

"그러면요?" 그녀는 생각을 매듭짓지 못했고, 밀리 역시 마찬가지인 듯했다.

"적어도 **우리의** 모든 훌륭한 법칙과 조치에 의해 으레 벌어지는 일이 벌어질지도 모른다는 거지. 그러니까 케이트의 감정을 누르는 게 아니라 오히려 더 부추긴다고 할까."

그것은 아주 그럴듯한 생각이었지만 밀리는 그저 빤히 쳐다보더니 말했다. "케이트의 감정요? 아, 그녀는 그런 말은 하지 않았어요." 그러고는 자기도 모르게 잘못된 인상을 준 게 아닌가 하는 말투로 덧붙였다. "콘드립 부인은 **케이트가** 사랑에 빠졌다는 상상은 하지도 않을걸요."

이번엔 스트링엄 부인이 빤히 쳐다볼 차례였다. "그럼 왜 걱정을 하는 거야?"

"글쎄요, 그저 덴셔 씨가 계속 밀어붙일지도 모르니까요. 그러다가 결국 어떤 일이 벌어질까 봐 두려운 거죠."

"아," 이해는 좀 되지만 약간 당혹스러워하며 수지가 말했다. "너무 앞서 나가는군!"

그런데 이 말에 밀리는 또다시 막연하고 난데없는 나름의 '익살'을 툭 던졌다. "아니요, 앞서 나가는 건 우리죠."

"그럼 본인들은 생각도 안 하는데 우리가 괜한 관심을 보이지는 말자꾸나."

"당연히 그래야죠." 밀리가 바로 동의했다. 그럼에도 여전히 어떤 관심이 남아 있었다. 뭔가를 분명히 하고 싶은 듯이 보였다. "그녀는 케이트의 입장에 대해서는 어떤 말도 하지 않았어요."

"자기 동생은 분명 그에게 애정이 없다고 본다는 거야?"

자기가 하고자 하는 말이 뭔지 확실히 하기 위해서인 듯 밀리는 잠깐 말이 없었다. 하지만 곧 대답해주었다. "케이트가 애정이 있다면 콘드립 부인이 내게 말했을 거예요."

그 말에 수전 셰퍼드가 잠시 의아했던 이유는, 그렇다면 지금까지 자기들이 이런 이야기는 왜 하고 있었나 싶어서였다. "물어보기는 했어?"

"아, 아니요!"

"아!" 수전 셰퍼드가 외쳤다.

하지만 밀리는 무슨 일이 있어도 물어보지는 않았을 거라고 아무렇지도 않게 말했다.

5부

1

특히나 오늘 마크 경이 그녀를 바라보는 투는 처음에 그를 부당하게 대했다는 고백을 받아내기라도 할 태세였다. 그는 뭐가 되었든 이점이나 장점이 있다면 그것을 차지할 자격이 있었고, 그래서 사실 어떤 면에서 그의 의도는 효력을 발휘했다. 그가 얼마나 마음을 썼던지 결국 그녀는 자신이 정말로 고백을 하는 듯한 얼토당토않은 기분이 들었던 것이다. 그럼에도 실제 상황으로 말하자면 그들 사이에서 문제가 되었던 것은 정당함도 부당함도 아니었다. 그가 호텔로 찾아왔을 때 밀리와 수전 셰퍼드는 함께 있었고, 그는 수전을 '정중히' 대했더랬다. 그냥 살짝 눈에 띌 정도였는데 수전의 상상력이 허황되게도 그것을 덥석 물었다. 그다음에 찾아왔을 땐 그들이 없었고, 다시 한번 왔을 땐 만나볼 수 있었다. 게다가 그 무렵 매사가 막바지—기진맥진한 분위기라든지 성수기가 마지막 숨을 몰아쉬는 상황에서 느낄 수 있었던—에 이른 게 아니라면 어디든 가고 싶은 곳을 알려주기만 하면 된다는 사실을 간단히 이해시켰다. 두 사람은 딱히 가고 싶은 곳이 없었다. 어쨌든 그들이 겸손하게 대체로 주장한 바는 그러했다. 어디가 되었든 일단 가보면 마음에 든다는 느낌이었다. 현재 그들이 의식하는 바가 상당히 그러했는데 사실 마찬가지로 상당히 당연하기도 했다. 그날 오후 아주 운 좋게도 온갖 인상들이 멋지게 가득 모여들어, 그들로서는 마치 공물처럼 귀한 꽃다발을 한 아름 받아 든 기분이었으니까. 공물이 앞에 있었고, 그리로 이끌려 온 것이었다. 그리고 의견의 일치를 보기 위해 멀찍이서 서로를 건너다보는 일이 여전히 습관적으로 이루어지고 있다면, 입 밖에 내지는 않았더라도 그런 행운을 가져다준 것이 그의 손이었다는 생각이 두 사람 사이에 오갔을지도 모른다. 그의 손길로 대충 살펴봐도 알 수 있을 차이가 생겨났다. 수지가 그 자리에서 거듭 설명했듯이, 자신이나 그 문제와 관련된 다른 사람들이 아주 멋지고 흥미로운 경험을 놓치지 않았다는 차이 말이다. 로더 부인 역시 놓치지 않았다는 차이도 있었다. 표면적으로는 로더 부인과 함께 왔고, 더욱이 우리의 젊은 주인공이 내면적으로 그 광경에 아주 기분 좋게 반응하던 반 시간 정도를 직접적으로는 그녀와 함께 보냈지만 말이다.

밀리에게 그 고풍스러운 대저택은 테라스와 정원뿐 아니라 건물도 과도하다 싶게 장대하고 화려한 바토*풍 작품의 중심처럼, 한창이지만 전체적으로 완벽한 안목에 잘 맞춰진 여름, 공기의 질감으로 '차분하게' 만든 오래된 황금 같은 분위기를 띠었다. 스스로 헤아려보니 그녀에게 이러한 사실과 관련된 많은 일들이 앞서 일어난 듯했다. 매력적인 사람들을 새로 소개받고,

---

* 장 앙투안 바토. 로코코 미술의 창시자로 알려진 프랑스 화가.

갑옷과 그림과 장식장과 태피스트리와 차 탁자가 가득한 큰 방을 돌아다니고, 그리고 이 정도의 웅장한 스타일이라면 **일부러 마련된** 절묘함임을 일깨우는 것들이 마구 달려든 일이 그랬다. 스타일의 웅장함이 거대한 용기였다면, 유쾌한 개인적 풍족함이나 편안하게 중얼거리는 환영의 인사, 저명인사인 주인 부부의 지긋한 나이, 너무나 두드러지면서 동시에 예사롭고 너무나 공개적이면서 동시에 쑥스러워 감추는 이 모든 다른 것들은 그저 그 안에 스며들어 간 이런저런 요소일 뿐이었다. 그 요소들이 서로 섞여들어 공기 중에 양념을 뿌렸고, 밀리가 별생각 없이 받아 든 작은 아이스커피 잔에 그 정수가 응축되어 있다는 인상을 받았을 수도 있는데, 그사이 젊은 시절의 신선한 반응, 처음이자 유일한 한창때의 신선함이라는 그보다 거대한 파도가 내내 그녀를 떠받치고 있었다. 지금 막 일종의 클라이맥스에 도달한 이유는 그가 모드 이모를 통해서 당면한 문제를 알아차렸기 때문이었다. 불안으로 허청거리는 가련한 처녀가 바로 자기 자신이 문제라는 사실을 불현듯 깨닫는 일은 클라이맥스에 버금가는 일이었다. 로더 부인의 입장에서 사정은 명백히 그러했으니 말이다. 당연히 만사가 훌륭한 모습으로 훌륭하게 펼쳐졌고, 그 구역 내의 인상이란 인상은 다 찬란함에 가담하고 있다는 점이 바로 찬란한 삶—막연하게나마 이해했다시피 찬란한 삶은 그저 인간이 영위하는 거니까—의 한 특성임은 틀림없었다. 그럼에도 그런 건 다 지나쳐, 마치 공식 직인처럼 그 한 시간이 상대방의 광대무변한 무미건조함을 아주 편안하게 받아들일 수 있을 시간이라고 확정해버리는 것이었다. "우리와 여기 머물러야 해. 당연히 그래야지. 그게 아닌 다른 건 있을 수도 없는 터무니없는 일이야. 틀림없이 넌 아직 잘 모르겠지. 알 수가 없겠지. 하지만 곧 알게 될 거야. **어떤** 입장으로든 머무르면 돼." 그것은 중얼거리는 환영 인사에 이어진 중얼거리는 신성화의 의식이라고 할 법했다. 얼마간은 그저 모드 이모가 정신적으로 취해 있었기 때문—그녀가 정신적으로 그날 행사를 '주도하고' 있음을 알 수 있었으니까—일지라도, 그때나 나중에나 그것은 밀리에게 상상력의 최고점을 이루었다.

그것은 얼마 전 랭커스터게이트에서 마크 경이 그녀를 '성공작'이라고 알려주면서 시작된 짧은 괄호가 끝나는 지점이 될 것이었다. 분위기는 다시금 그러했다. 어떤 뚜렷한 계시가 차례로 밀려든 것은 아니었지만, 이미 보아왔다시피 시공간을 차지할 사건들은 충분히 많았다. 미비한 상태에서 3주를 보냈을 때 생겨날 법한 양보다 세 배는 더 많았고 모두 무상이고 다정했다. 각각을 따져보자면 지금까지는 어느 것도 정확히 진짜 계시라고 할 수는 없어도 말이다. 로더 부인은 그들을 위해 '북적거림'을 급조해냈지만, 이제 밀리가 다소 자유롭게 인식하게 된 바에 따르면 약간 대충 섞어놓아서 잘 어울리지 않았다. 따라서 그녀가 지금 이 순간 괄호가 막 닫히리라고 보는 나름의 이유, 그것도 오롯이 개인적인 이유가 있다면 자신의 친구를 대신해서 거의 그만큼 깊은 직관력을 발휘한 것이었다. 괄호는 이렇게 훌륭한 그림으로 닫히게 될 테지만, 이런 훌륭한 그림 속에서도 모드 이모는 자신이 여전히 그 안에 계속 머무를 운명인지 완전히 확신할 수는 없을 것이다. 밀리에게 어떻게든 눈에 띌 수밖에 없었던 사실이라면, 그녀가 표면상으로는 밀리를 들먹이더라도 사실 그건 더 숭고한 평온함을 가지기 위해서였다. 사실 밀리는 그것이 별로 필요 없었고 다른 방식의 설득이 잘못되었다고 보지는 않았지만 그녀가 **자신을** 거론해도 괜찮다는 마음이었다. 자신이 그 자리에 있다는 사실, 혹은 적어도 자신이 즐거워하고 있다는 사실과 마크 경과의 관련성이 무엇보다 두드러졌던 것은 특히 고마운 마음으로 아이스커피를 마시던 잠깐의 순간—과연 잘한 일이었을까 의심스러운 마음이 들었지만—이었다. 딱히 애쓰지도 않았는데 5분 만에 그녀에게는 이 관련성이 매혹적으로 다가왔다. 그것은 그저 자신이 적절하게 완전히 매혹되어준다면 무엇이든 다 매혹적이라는 점을 다시금 보여주는 것일 수도 있었다. 그러나 솔직히 그녀로서는 그렇게 차분한 사교성이 어쩐지 지금 이 순간 주변에 감도는 다정한 이해처럼 둘 사이에 자리를 잡을 수 있을 것 같지 않았다. 두 사람은 다른 많은 이들과 함께 풀밭에 세워진 차양 가까이에 있었는데, 간단한 다과를 차려놓은 장소인 그곳은 어쩐지 밀리에게 인도 제후의 접견실을 떠올리게 했고, 그것은 무조건 환영할 일이었다. 그녀의 아이스커피도 여기에서 나온 것이었고, 나아가 여기저기 흩어진 무리들 역시 그 덕택에 완전히 제자리를 잡을 수 있었다. 그중에는 '제후'—익숙하지만 그렇다고 웅장함이 덜하지도 않은 용어 아닌가!—대표단이라 해도 좋을 사람들도 있었다. 마크 경도 그 축에 낄 수 있었겠지만, 선택하라고 한다면 그는 아마 그저 그 집안의 조언자이자 친구이길 원할 것이다. 랭커스터게이트 집안을 의미하는 게 분명했는데, 그 집안에 새로 등장한 미국인들을 포함시켰고 무엇보다 매우 돌봐주기 수월한 젊은 사람인 케이트 크로이도 집어넣었다. 그녀는 사람들을 알았고 사람들도 그녀를 알았으며, 그녀는 거기서 누구보다 수려한 인물이었다. 마지막 표현은 바로 밀리가 은은한 한여름의 들뜬 마음으로, 종달새처럼 곧게 하늘 위로 솟구치는 자비심으로 모드 이모에게 단언한 말이었다.

새로 사귄 친구의 눈에 케이트는 그때그때 전혀 낯선 아름다운 인물로 나타날 수 있는 놀라운 자질을 지니고 있었다. 모든 연고를 다 끊고 본래 정체성을 벗어버려 당분간 원하는 대로 상상의 나래를 펼 수 있었다. 멀리서 보면 눈에 확 띄고 보면 볼수록 만족스러운데 무엇보다 호기심을 불러일으키는 인물이었다. 마치 모르는 사람인 양 궁금해지는 느낌, 그때마다 알아서 솟아나는 그러한 느낌만큼 관계의 당사자인 그녀에게 신선함을 부여하는 건 없을 것이다. 앞에서 본 것처럼 그녀가 덴셔 씨를 안다는 사실을 스트링엄 부인으로부터 들은 뒤 그녀를 만났을 때 바로 그 느낌이 솟아났더랬다. 그때 그녀는 다른 사람처럼 **보였다**. 진정 비판적인 정신이라면 좀더 객관적으로 보였다고 했을 것이다. 밀리는 그러한 현상이 앞으로 종종 있을 것임을 그 자리에서 바로 예견했다. 이날 오후에 벌어진 일이 바로 그러했다. 통상적으로 '다 컸다'고 여겨질 나이에 여전히 인형을 가지고 노는 어린 여자아이의 비밀스러움과도 같은 사고의 재미를 즐기는 밀리는, 그녀를 모르는 사람이라면 어떤 생각을 할까, 그녀를 어떤 사람으로 볼까 추측하는 게임에 맘 편히 폭 **빠졌다**. 그녀는 면모라는 대단한 사실에 의해서만 조건 지어지는 인물로 나타나는가 하면, 기다리고 이름 붙이고 거기에 맞춰봐야 할 인물로 나타나기도 했다. 틀림없이 이는 어떤 종류이건 강한 요구가 있을 때마다 상황이 요구하는 존재가 될 수 있다는 점이 바로 그 본질이 아닌가라는 느낌을 표현하는 하나의 방식일 뿐이었다. 그런 선상에서 이런 의식이 나타나는 방식은 충분히 많았다. 예를 들어 그녀가 사교적인 측면에서 대단히 쓸모 있을 존재라는 것도 그 하나이다. 바로 그런 종류의 배경에서 바로 그런 종류의 화려한 매력을 뽐내는 것이 좋은 예가 아니라면, 밀리로서는 훌륭한 사교적 쓸모가 달리 무엇일지 확신할 수 없었지만 말이다. 좌우간 그것들이 그 친구를 위해 존재한다는 사실만은 충분히 안다는 주장 정도는 할 수 있었을 것이다. 케이트에게서 얻는 재미를 케이트가 언제나 **올바르다**는 말로 대신한다면 그건 어느 면으로 보나 고지식하긴 했다. '참을 수 없는 사람들' 역시 그럴 때가 너무 많았으니 말이다. 그래도 모드 이모에게 마구 말을 쏟아놓는 동안 그녀는 그 표현으로 만족해야 했다. 사랑스럽다는 변변찮은 표현을 덧붙인 것을 빼면 그랬다. 그렇더라도 어쨌든 그것으로 목적은 달성이 되어, 일단은 두 여성을 함께 묶고 있는 연대감을 강화시켰고, 한마디로 로더 부인에게 그것은 장밋빛 증류수 한 방울로 응축되었다. 그것이야말로 그날 대부분 밀리가 즉시 받아들였던 견해였다. 물론 그렇다고 해서 앞서 잠깐 보았다시피 순간적으로 다른 견해를 던지거나 심심풀이 삼아 괴이한 생각을 떠올리는 일을 그만두지는 않았지만 말이다.

로더 부인 자신도 케이트에 대해서라면 그야말로 세상이 탐낼 만한 사치품이라는 대답으로 충분하다고 보았고, 오늘의 '올바름'에 대해 달리 놀라움을 표현하지 않았다. 바로 그 사치품**으로서의** 그녀를 아주 오래전부터 감정하며 기다려왔다는 사실이 이제는 충분히 명백하지 않은가? 하지만 티 나게 우쭐하는 일은 삼갔고, 어쨌든 모두 함께 바닷속을 유영하고 있다는 것은 상황으로 보아 분명했다. 수월하게 주변에 머물기 위해 천천히 그 앞을 오가는 일을 반복하는 마크 경에게도 그 점이 다시금 떠올랐다. 개인적으로 그가 푸른 바다의 주조主調였다. 수놓는 사람의 손이 닿는 곳에 걸린 실크 실타래처럼 말이다. 모드 이모가 쥔 북이 규칙적인 박자에 맞춰 거리낌없이 그를 붙들고 위아래로 움직였다. 그리고 그렇게 짜이는 일을 그 자신도 알고 기꺼이 동의한다는 생각 역시 잠깐 밀리의 머리를 스쳤다. 로더 부인에게 불리한 어떤 이해에 이른 것도 같았다. 그녀는 받아들이지 않겠지만. 그가 단지 모드 이모의 '아름다운 눈'을 호사시킬 셈으로 그들을 매첨 저택에 소개하는 일—혹은 뭐가 되었든 그가 한 일—은 하지 않았을 거라는 그런 주장은 하지 못하게 했을 테니까. 추측할 수 있겠지만, 그가 한 일이란 다들 그가 해주길 한동안 바랐지만 이루어지지 않던 일이었다. 그리고 지금 다들 이득을 보고 있는 것은 상대적으로 갑작스럽게 상황이 변하고 지연되어온 희망이 끝난 덕이었다. 어쩌다가 그렇게 끝났는지는 밀리가 상관할 일이 아니라는 건 쉽게 알 수 있었다. 그리고 그 문제에서 자신이 저울추가 되었다는 말을 그에게서 직접 들을 위험은 다행히 없었다. 그렇다면 어디에나 있지만 은은한 그의 참여가, "그래요, 저 부인께서 원하는 대로 생각하게 놔

둡시다"라는 말을 확고하게 그녀에게 건네는 식의 효과를 일으킨 것은 어째서였을까? "어쨌든 왔으니까 알아서 뭘 어쩌든 계속 있으라고 하죠. 하지만 당신과 나는 다르잖아요." 이렇게 덧붙이기도 했다. 사실 **자신**은 다르다는 것을 밀리는 알았다. 그가 다른지 어떤지는 그의 문제였고. 하지만 어쨌든 이런 면에서 마크 경의 '언질'은 아주 도드라질 때조차도 그저 암묵적으로 나타난다는 사실 역시 알았다. 결국 다시금 문제는 그가 사실상 그녀에게 어떤 의무도 지우지 않았다는 것이다. 더구나 로더 부인이 원하는 대로 생각하게 놔두는 일 역시 쉬웠다. 설사 스무 가지를 생각한다 하더라도 그로 인해 재미를 망칠 일은 없을 것이었다.

"여기서 우리랑 계속 있으려무나. 네가 원하는 방식이면 아무려나 괜찮아. 정말로 어떤 식이든 다 괜찮단다, 얘야." 그러더니 그 강도가 점점 더해갔다. "여기가 네 집이려니 생각해. 세상에서 제일 멋진 집을 꾸미는 일도 정말 가능하단다. 넌 괜한 실수 같은 건 하면 안 돼. 어떤 식이든. 우리 모두 네 대신 생각해주고 너를 돌봐주고 지켜보도록 해줘야지. 무엇보다도 케이트의 일에 관해 날 좀 도와줘야 하니까 어느 정도는 케이트를 위해서라도 여기 머물러야지. 네가 케이트와 친구가 된 일처럼 좋은 일이 도대체 얼마 만에 내게 생긴 건지. 정말 멋지고 대단하고 무엇과도 비할 수가 없어. 게다가 내 사랑스러운 친구 수지, 그렇게 오랜 세월이 지난 후에 기적처럼 나를 다시 찾아온 수지덕에 이런 일이 생겼으니 정말 더할 나위가 없는 거지. 그래, 네가 케이트랑 잘 맞는다는 사실보다도 내게는 그게 더 멋진 일이야. 그야말로 하나님이 내게 축복을 내리신 거지. 이 나이에 새 친구를 사귈 수는 없거든. 그러니까 진정한 친구를 완전히 새로 사귈 수는 없다는 거지. 그건 마치 쉰 살이 넘어서 주거래 은행을 바꾸는 거나 매한가지야. 그런 일을 하는 법은 없거든. 바로 이러려고 너네 놀라운 나라에서 사람들을 소중히 간직할 때 보통 하듯이, 수지가 연보라와 분홍색 종이에 잘 싸여 있었던 거야. 그러고는 동화에서 바로 튀어나오듯이 너라는 요정을 동반하고 마침내 내게 돌아온 거지." 이 말에 밀리는 그런 식의 표현을 들으니 분홍색 종이가 자기 드레스이고 연보라 종이는 주름 장식 같은 느낌이 든다고 대답했다. 하지만 모드 이모는 그런 하찮은 농담에 말을 중단할 사람이 아니었다. 게다가 그녀의 보호 아래 있는 젊은 여성은 상대가 말할 수 없이 진지하게 말을 이어간다는 것을 알았다. 지금 이 순간 자신은 왠지 정말 행복한 여성인데, 그 행복은 얼마간 자신의 애정과 견해가 전에 없이 아주 조화롭게 움직이는 데서 나온다고 했다. 자신이 수지를 사랑하는 건 틀림이 없다. 하지만 케이트도 사랑하고 마크 경도 사랑하고, 재미있는 연로한 집주인 부부도 사랑하고, 만날 수 있는 모든 사람을 사랑하고, 심지어 밀리의 빈 잔을 받으러 온 하인까지도 사랑한다. 그 점에서는 밀리 자신까지도. 한편 밀리는 그녀의 말이 이어지는 동안 보호막 같은 망토가 털썩하며 내려앉는 것을, 동양 양탄자의 무게로 가림막이 세워지는 것을 진정 의식할 수 있었다. 동양 양탄자는 원래 목적대로라면 보통 위에 얹기보다는 아래 놓고 앉기 위한 것이었다. 하지만 그 때문에 숨쉬기가 힘들다 할지라도 그것이 로더 부인의 잘못은 아니라고 밀리는 생각했다. 나중에 그녀가 이 장면에서 마지막으로 기억했던 것 중의 하나는 모드 이모가 자신과 케이트는 함께하면 뭐든지 할 수 있기 때문에 힘을 합쳐야 한다고 거듭 말했다는 사실이었다. 당연하지만 기본적으로 케이트를 두고 세운 계획이 있는데, 이제 그 계획이 확장되고 더 격이 높아져서 그것이 완전히 제대로 실현되려면 밀리가 잘되는 일까지 필요하게 되었고, 마찬가지로 밀리가 잘되려면 케이트도 잘되어야 한다고 했다. 아직은 막연하고 약간 혼란스럽긴 했지만 포괄적이고 명석한 계획이었고, 그래서 우리의 주인공은 수전 셰퍼드에게서 이래저래 나왔던 그녀의 특성들뿐 아니라 케이트가 이모의 가능성과 관련해서 했던 말들을 이해하게 되었다. 수전의 입에서 가장 자주 나왔던 표현은 모드가 웅장한 자연력이라는 것이었다.

2

  한 가지 덧붙이자면, 갖가지 인상들이 나중에야 밀려든 주요
한 이유는 이즈음 밀리가 앞선 인상들과 확연하게 분리되어 마
크 경과 반 시간 정도 따로 시간—그렇게 따로 가진 시간으로
는 유일했다—을 가졌기 때문이다. "집 안에 있는 아름다운 그
림 봤어요? 당신을 똑 닮았던데." 그가 다가와 그렇게 물었던
것이다. 막후에서 조종을 하면서도 그녀가 알아차리기를 바라지
않는다고 해서 자신이 즐기지 못하는 건 아니라는 사실을 마침
내 그럴듯하게 내비쳤다고도 할 수 있었다.

  "여기저기 돌아다니면서 그림은 봤어요. 하지만 제 눈에는 대
부분 무척이나 아름답던데 거기에 저랑 '똑 닮은' 게 있을 리가
요!" 곧 밀리는 증거를 요구했던 것이고 그는 기꺼이 제공할 마
음이 있었다. 경탄을 금할 수 없는 브론치노의 그림*을 말하는
건데, 무슨 일이 있어도 꼭 봐야 한다고 했다. 그렇게 그가 그녀
를 따로 불러내어 데리고 갔다. 무엇보다 저택 내부가 이미 신

---

 * 16세기 플로렌스의 화가 아뇰로 브론치노의 그림. 뒤에 묘사되는 이 그림은
「루크레치아 판차티키의 초상」이다.

비로운 원환으로 그녀를 둘러쌌기 때문에 더욱 수월했다. 하지만 거기까지 가는 길은 순탄치 않았다. 전혀 급할 것 없다는 듯이 번번이 자연스럽게 걸음을 멈추고 사람들과 약간씩 부딪치면서 나아가야 했다. 그것은 주로 신사 숙녀들이 혼자, 쌍으로, 혹은 무리 지어 그들 앞에 나타나 너 나 할 것 없이, "들어봐요, 마크"라며 불러 세웠기 때문이었다. 그들이 들어보라는 얘기를 밀리는 전혀 알아들을 수 없었는데, 무엇보다 놀라운 것은 다들 한 집안사람이라도 되는 듯 그를 알고 그 역시 그들을 안다는 사실이었다. 그 밖의 인상이라면 그저 그들보다 더 막연하게 떠다니는 사람들에 관한 것으로서, 쾌활한 남성이든 태 나게 우아해 보이는 여성이든 대부분 약간 닳고 닳아 보이는 단역 배우들이었다. 상당 부분 오래전에 가해진 힘의 가속도로 움직이는 것일 수도 있었지만, 그들은 여전히 용감하고 매력적이었고 다시한번 오래도록 지속되리라 장담할 수 있었다. 특히 집합적으로는 주연 배우들의 목소리보다 유쾌한 목소리를 듣는 것 같았고, 어쩐지 봐줄 수는 있지만 제멋대로인, 다정하지만 공허한 말과 친절하게 뭉그대는 눈길이 느껴졌다. 그 뭉그대는 눈길들이 그녀를 훑어보았고, 그 뭉그대는 눈길들이 별 의미도 없는 "들어봐요, 마크"와 함께 아주 간단하게 등장했다. 그리고 기실 가장 마뜩잖았던 거라면 그가 좋은 게 좋은 거라는 듯이 그녀만 괜찮다면 사람들이 그녀에게서 득을 보게 하자는 식으로 나온 것이었다.

그는 재미 삼아 한 일일 뿐인데 희한하게도 그녀는 지금 자신의 선량함에서 그런 득이 생겼다고 믿게 되었다. 얼마만큼의 득인지 그저 태도로 내보였을 뿐인데, 사실을 말하자면 표현할 때 애써 강조하는 법이 거의 없는 그의 방법처럼 놀라운 것도 없었다. 그녀 자신도 쉽게 알 수 있었다시피 그것은 선량함이 함께 모여 벌이는 가벼운 축제였다. 대부분 서로 아는 사이이고 틀림없이 나름대로 호기심을 보였던 온갖 부류의 런던 사람들이 모두 한자리에 모여 있었으니까. 그녀가 참석한다는 소식이 이미 돌았고 그녀에 관한 질문이 오갔을 것이다. 그 모든 관심을 그와 함께 받는 게 그나마 가장 쉬웠다. 사실 전반적으로 그를 믿는 게 가장 쉬운 것처럼. 수동적으로 받아들이긴 했지만 그녀 역시 그들이 자신에게 해를 끼칠 의도가 없다는 건 알 수 있지 않았던가? 그가 그들을 소개해주건 말건 아무 상관이 없을 정도로 말이다. 아마도 밀리에게 가장 신기했던 점이라면, 최고로 세련된 교양을 드러내는 별다른 표정 없는 특정한 시선을 그녀 역시 그저 한껏 부푼 자신감과 무관심한 태도로 되받아줄 수 있었다는 것이다. 자신과 관련해 '돌았다는' 이상한 이야기가 자기 잘못이라고 보기 힘들었기 때문에 차라리 아무렇지도 않게 받아들이는 것이 삶을 느끼는 방법으로는 나쁠 것도 없었다. 외양은 아주 괴상하지만 사람들 말마따나 알고 나면 좋은 사람이라는, 어마어마하게 돈이 많은 젊은 미국인 여성. 그렇게 그럴듯한 그림을 그려 보이는 일은 불가피했을 것이다. 맨 처음에 동화나 판타지가 어떻게 시작되었을지 사실 그녀가 할 만한 추측은 딱 하나였다. 그러니까 수지가 상상할 수 없을 만큼 노골적으로 자기 얘기를 전했을 수도 있을까 딱 한 번 자문해보았다. 그 질문은 정말이지 나오자마자 바로 사라져 다시는 보이지도 않았다. 사실 그녀는 자신이 왜 수전 셰퍼드를 '골랐는지' 그 자리에서 아주 확실히 깨달았다. 그녀는 절대 뭔가를 떠들고 다닐 사람이 아니라는 확신이 보자마자 들었기 때문이었다. 그러니까 그건 두 사람 탓이 아니었다. 두 사람 탓이 아니었고, 벌어질 일은 벌어질 테고, 이제 모든 것이 다시 섞여들어 친절한 눈길은 그냥 친절한 눈길이었다. 이보다 더 나빠지는 일만 없다면 말이다! 그녀는 자신의 동행과 집 안으로 들어갔다. 두 사람은 마주치는 상황들을 자상하게 비켜 갔다. 브론치노는 저 안쪽에 있는 듯했고, 길게 늘어진 오후의 햇살이 색 바랜 조각들을 비추며 구석이나 밖이 내다보이는 곳을 지날 때면 그들을 불러 세웠다.

그사이 밀리로서는 이미 언급한 구실 말고 뭔가 다른 게 마크 경에게 있는 것만 같았다. 하고 싶은 말이 있는데, 어색해서는 아니고 의식적으로 그저 조심스러워서 말을 못 꺼내기라도 하는 것처럼. 그렇지만 두 사람이 그림 앞에 서는 순간 사실상 그 얘기를 꺼낸 것과 매한가지였다. 왜냐하면 결국 하고 싶은 말은 "바보가 아닌 사람이 당신을 돌봐줄 수 있도록 해줘요"였기 때문이다. 브론치노의 도움으로 어쩐지 그런 일이 이루어졌다. 전에는 그가 바보든 아니든 그녀로서는 아무 상관이 없었다. 하지만 지금, 그들이 처한 이 상황에서는 그가 바보가 아닌 것이 마음에 들었다. 게다가 로더 부인이 방금 전에 암시했던 것과 같은 내용이었는데도 그랬다. 로더 부인 역시 자신을 돌봐주고 싶다고 했고, 정도의 차는 있지만 바로 그것이 친절한 눈길로 바라보는 모든 사람들이 바라는 바가 아니었던가? 아름다움과 역사와 수월함과 찬란한 한여름의 광채, 이 모든 것들이 다시금 함께 섞여들었다. 그것은 일종의 최대치의 장엄함, 신기할 정도로 금세 찾아온 신격화의 분홍빛 여명이었다. 그녀가 나중에야 깨달은 바로는 사실상 마크 경은 별말이 없었고 자신이 말을 이어갔다는 것이었다. 어쩔 수가 없었다. 그냥 그렇게 되었다. 그냥 그렇게 된 이유는 자신이 처음으로 눈물을 흘리며 신비로운 그림을 바라보고 있었기 때문이었다. 그때 그 그림이 그렇게 기이하고 아름다워 보였던 것이, 그의 말대로 경탄을 금할 수 없도록 아름다웠던 것이 눈물 때문이었는지도 모른다. 화려한 복장의 젊은 여인이 얼굴부터 손까지 눈부시게 그려져 있었다. 창백한 얼굴은 거의 잿빛이지만 수려한 얼굴에 슬픔이 어려 있고 머리는 말아서 위로 높게 틀어 올렸다. 시간의 흐름에 바래지 않았다면 한 가족인 양 밀리와 닮았을 것이 틀림없었다. 아무튼 그림 속의 여인은 살짝 미켈란젤로풍으로 각이 지고 옛날 눈매에 도톰한 입술과 긴 목을 지녔는데, 기록에 남을 보석을 차고 색 바랜 붉은 양단 옷을 입고 있는 것을 보면 아주 지체 높은 인물일 것이었다. 단지 기쁨만 지니지 못했을 뿐. 게다가 이미 죽은 인물이었다. 죽어도 한참 전에 죽은. 밀리는 그 인물과는 아무런 상관없는 말로 그 인물을 인정했다. "난 절대 이보다 나을 수는 없을 거예요."

그 말에 그가 그림을 보며 미소를 지었다. "이 여인보다요? 더 나아질 필요가 별로 없잖아요. 분명 이만해도 아주 충분하니까요. 하지만 사실 당신이 확실히 더 나아요. 이 인물은 눈부신 여성이긴 하지만 좋은 사람인지는 잘 모르겠거든요."

그는 이해하지 못했던 것이다. 그림을 마주 보고 서 있던 밀리가 그를 향해 몸을 돌렸다. 그 잠깐 사이 그가 자신의 눈물을 눈치챘더라도 상관하지 않았다. 어쩌면 앞으로는 그와 이처럼 좋은 순간을 나눌 수 없을지도 몰랐다. 어쩌면 어느 누구와도, 어떤 관계에서도 나누지 못할 수도 있었다. "제 말은, 오늘 오후에는 모든 게 너무나 아름다워서, 어쩌면 이렇게 만사가 함께 맞아떨어지는 경우는 앞으로 절대 없을 거라는 거예요. 그러니 지금 당신과 함께여서 아주 기뻐요."

그는 여전히 이해하지 못했지만 마치 이해한 것처럼 상냥했다. 그에 대해 더 이상 묻지 않았고, 그냥 그런 식으로 그녀를 돌봐주는 셈이었다. 지금으로서는 그녀를 그저 그녀 자신으로부터 지켜줬는데, 그런 일은 아주 많이 해봤기에. "아, 이런 것들에 대해 이야기를 나눠야죠!"

아, 이야기라면 이미 자신이 원하는 만큼은 했다는 것을 그녀는 알았다. 그래서 이번에는 그녀 쪽에서 무척 뜸을 들였고 창백한 자기 언니를 보고 고개를 절레절레 흔들며 말했다. "어디가 닮았는지 알 수 있으면 좋겠네요. 물론 얼굴색이 창백하긴 해요." 그녀가 웃었다. "하지만 내가 훨씬 더 창백하죠."

"손까지 창백해요." 마크 경이 말했다.

"손이 크네요." 밀리가 말을 이었다. "하지만 내 손이 더 커요. 내 손은 무지막지하게 크거든요."

"아, 어느 면에서나 당신이 '나은 버전'이에요. 내 말이 바로 그거잖아요. 확실히 알아볼 수 있을 텐데." 그런 주장을 지어낸 것으로 보이지 않는 일이 진지한 사람으로서의 인물됨에 중요한 사항이라도 되는 양 그가 덧붙였다.

"글쎄요, 자기 자신을 제대로 알 수가 없잖아요. 재밌는 상상이긴 한데, 그런 생각을 하는 사람이 또 있을지는—"

"분명 또 있는 것 같은데요." 그가 그녀의 말을 예상하고 말했다. 그녀는 그림을 바라보느라 열린 문을 등지고 있었는데, 그의 말에 몸을 돌리자 보아하니 비슷한 관심을 가지고 온 듯한 다른 세 사람이 서 있었다. 그중 한 사람은 케이트 크로이였다. 마크 경이 막 알아봤을 때, 그녀는 그 자리에 멈춰 서서 그곳에 누군가 자신보다 먼저 와 있다는 사실을 알아채고는 나름 최선을 다해 대응했다. 마크 경이 지금 밀리에게 보여주고 있는 그림을 보여줄 셈으로 한 쌍의 신사 숙녀를 데리고 온 참이었고, 그래서 그는 곧 자신의 주장을 뒷받침하는 데 그녀를 이용하려 했다. 하지만 그가 말을 꺼내기도 전에 케이트가 먼저 입을 열었다.

"당신도 알아챈 거군요?" 밀리에게는 눈길도 주지 않고 그에게 미소를 보이며 말했다. "그럼 내가 별로 독창적인 것도 아니네요. 독창적인 게 항상 내 희망 사항인데. 하지만 워낙 비슷해서 말이죠." 그런 뒤 밀리 쪽으로 눈길을 돌렸는데, 어디를 보나 다시금 친절하고 친절한 눈길이었다. "그래요, 알고 싶다면 말인데, 정말 그렇다니까요. 게다가 당신은 정말 최고이고요." 그러더니 한번 슬쩍 그림을 쳐다보았는데, 그 덕에 동행에게 던진 다음 질문이 너무 노골적으로 들리지는 않았다. "저 인물 정말 최고 아니에요?"

"내가 나서서 실 양을 데려온 거예요." 마크 경이 설명했다.

"올더쇼 부인이 직접 보셨으면 해서 모시고 왔어요." 케이트는 여전히 밀리에게 말했다.

"위대한 사람은 생각이 비슷하다더니!" 함께 온 신사가 웃으며 말했다. 그는 키가 컸지만 약간 구부정하고 걸을 때는 몸을 흔들면서 발을 좀 끌었는데, 앞니가 워낙 두드러진 탓에 도시적 세련됨이 풍겨서, 아마 대단한 인물일 거라고 밀리는 막연하게 생각했다.

그동안 올더쇼 부인은 마치 밀리가 브론치노이고 브론치노가 밀리라도 되는 듯이 밀리를 바라보고 있었다. "최고예요, 최고. 물론 당신을 보고 알아봤죠. 정말 놀라워요." 그림에는 등을 돌린 채 말을 잇는 상대에게서 뭔가 다른 종류의 열렬함이 강하게 일어나 특정한 방향으로 몰아가고 있음을 밀리는 느낄 수 있었다. 이렇게 만나게 되었으니 그거면 충분하고, 그래서 이렇게 말하는 것이었다. "혹시 우리를 방문해주는 기쁨을—" 머리에서 발끝까지 온몸으로 나이를 부정하고 있었지만 그녀는 젊은 나이는 아니었고, 그래서 신선하지도 않았다. 하지만 온갖 보석 장식을 둘러 한여름의 햇빛에 반짝반짝했고 온통 연분홍색과 하늘색으로 치장을 하고 있었다. 이 시점에서 그녀는 어디에도 '방문할' 수 있을 것 같지 않았다. 그러니까 밀리가 말이다. 그리고 어쩐지 마크 경이 자신을 이 질문에서 구해줄 것임을 이미 알았다. 정말로 그가 끼어들어서 부인의 말을 끊었고 상대가 마음이 상하든 말든 개의치도 않았다. 확실히 이런 식으로 대하는 게 맞는 인물인 모양이었다. 적어도 그에게는 말이다. 왜냐하면 그녀는 말을 하다 말고 그저 미소를 지으며 그와 함께 딴 데로 가버렸기 때문이다. 그녀는 그렇게 처리되었고, 적이 있었다면 좋아할 만한 일이었다. 신사는 그 자리에 남아 도시적 세련됨을 마치 크고 요란한 호루라기처럼 사용하려 애쓰며 약간 어쩔 줄 모른 채 서 있었다. 부인이 말을 꺼냈을 때 그는 나름대로 공감하는 한숨을 쉬었더랬다. 밀리는 이런 점에서 곧 그들이 누구인지 알아차렸다. 그들은 올더쇼 경과 그 부인이었고, 부인이 더 영리한 쪽이었다. 몇 분 만에 상황이 달라졌는데, 나중에 알고 보니 케이트가 은근하게 힘을 쓴 결과였다. 밀리 자신은 아무래도 이제 나가서 수지를 좀 찾아봐야겠다고 말하는 참이었다. 하지만 그러면서 눈에 띄는 가까운 자리에 앉았다. 열린 문을 통해 눈앞에 다른 방들이 쭉 펼쳐졌는데, 저 멀리 마크 경이 올더쇼 부인과 함께 거닐고 있었고 부인이 가까이 붙어 집중을 하는 품이 뒤에서 보니 유달리 전문가처럼 보였다. 올더쇼 경으로 말하자면 방 한가운데에 덩그러니 남았고, 케이트는 그에게 등을 돌린 채 무척 상냥한 태도로 밀리 앞에 서 있었다. 그 상냥함은 **그녀**를 위한 것이었다. 마크 경이 그의 부인에게 했던 식으로 케이트가 가련한 저 신사를 대하고 있다는 생각이 들었다. 그는 선 자리에서 약간 흔들흔들하며 뭉그적거렸다. 그러더니 브론치노를 떠올리고는 안경을 끼고 그 앞에서 서성였다. 그림을 보며 꿀꿀 소리와 크게 다르지 않은 이상한 소리를 낮게 내뱉더니, "흠, 비할 바 없이 훌륭하군!"이라고 중얼거렸고 이에 케이트의 얼굴이 재미있다는 듯이 환해졌다. 그는 곧바로 다른 사람들 뒤를 따라 반짝이는 마루 위로 삐걱거리는 소리를 내며 걸어갔고, 밀리는 마치 **자신**이 무례하게 굴기라도 한 기분이었다. 그러나 올더쇼 경은 어느 면으로 보나 사소한 인물이었고 케이트는 그녀에게 몸이 안 좋은 게 아니길 바란다고 말하는 참이었다.

금빛으로 번쩍이는 위대한 역사적 방 안에 그렇게 올라앉아, 그 시선으로 내내 그녀의 시선을 붙들던 벽에 걸린 창백한 인물과 함께하는 자리에서, 그녀는 불현듯 꽤 내밀하면서 소박한 어떤 것으로 쑥 빠져들었고 이 모든 장관이 정말 묘한 증인이 되었음을 깨달았다. 받아들일 수밖에 없는 형태로 너무나 갑작스럽게 등장했고, 동시에 어찌 보면 다른 무언가로부터 도망치기 위해 그 속에 뛰어들었다는 사실이 무엇보다 두드러졌다. 다른 무언가는 3분 전 친구의 모습을 처음 보았을 때부터 줄곧 그녀 앞에 머물렀는데, 다른 것들이 계속 주의를 끄는 중에도 그랬다. 만남을 재개할 때마다 그것이, 적어도 맨 처음에는, 그리고 저절로 솟아나기라도 한 양 심술궂을 정도로 줄곧 머물러 있는 것을 갈수록 불편한 마음으로 마주했다. '그에게 보이는 모습이 저럴까?' 그렇게 속으로 물었는데, 두 사람이 아는 사이라는 사실이 얼마나 끈덕지게 머릿속에 떠오르는지 정말 얄궂은 일이 아닐 수 없었다. 케이트의 잘못이 아니었고, 그의 잘못은 더더욱 아니었다. 그리고 관대하고 다정한 그녀는 그들에게 잘못이 있다는 듯이 구는 게 말할 수 없이 싫었다. 덴셔는 너무 멀리 있었기에 어떻게도 보상할 방법이 없었다. 하지만 두번째 충동은 케이트에게라도 보상을 해야겠다는 마음이었다. 충동이 바로 작동해서 묘하게 부드러운 활기를 보이며 그 일이 이루어졌다. "내일 어려운 부탁 하나 들어줄 수 있어요?"

"무슨 부탁이든 다 들어줄게요."

"하지만 비밀로 해야 해요, 아무도 알면 안 되는. 못되고 거짓

된 일을 해야 하거든요."

"그렇다면 특히 날 믿어요." 케이트가 미소를 지었다. "그런 거야말로 내가 정말 좋아하는 거예요. 우리 진짜로 뭔가 나쁜 일을 해봐요. 당신은 정말 죄짓는 거랑은 너무 거리가 멀다니까."

이 말에 밀리의 눈이 잠시 상대방의 눈을 들여다보았다. "아, 그 희망 사항을 이뤄주지는 못하겠는데요. 그저 수전 셰퍼드에게 비밀로 하는 것일 뿐이니까."

"아!" 정말 별것 아니라는 듯이 케이트가 말했다.

"하지만 철저히 비밀로 해야 해요. 할 수 있는 한 철저히."

"그래서 속이는 일에 힘을 써달라고요? 당신을 위해서라면 최선을 다해볼게요." 케이트가 말했다. 이로써 밀리가 루크 스트렛 씨를 만나러 가는 데 케이트가 동행하기로 합의가 되었다. 케이트에게는 간단한 설명이 필요했는데, 그 이름을 듣고도 아무것도 떠올리지 못하다니 밀리로서는 꽤 놀라웠다. 밀리 자신에게는 며칠 동안 그 이름이 비밀스럽게 전해주는 바가 많았던 것이다. 지금 거론된 인물은 의학 분야에서 아주 유명하다고 밀리가 설명했다. 그녀 스스로 확신하듯—그리고 이를 위해 뱀의 지혜를 사용해야 했다는 것이다*—아주 적합하고 특별한 사람을 확보한 것이 맞다면 말이다. 사흘 전에 편지를 보냈고, 11시 30분부터 한 시간 진료 약속이 잡혔다. 문제는 엊저녁에야 혼자

---

* 마태복음 10장 16절: "보라 내가 너희를 보냄이 양을 이리 가운데로 보냄과 같도다. 그러므로 너희는 뱀같이 지혜롭고 비둘기같이 순결하라."

오면 안 된다는 말을 들었다는 것이다. 하녀는 마땅치 않고 수지는 너무 부담스럽다고 했다. 케이트는 말할 수 없이 너그럽게 이야기를 들었다. "그러니까 내가 중간인 거네요. 묘안인걸요! 그런데 왜 부담스럽다는 거죠?"

밀리가 잠깐 생각했다. "별것 아니라면 괜히 걱정 끼치고 싶지 않으니까요. 그리고 별것 아닌 게 아니라면 훨씬 더 걱정할 거고. 너무 앞서서 말이죠."

케이트가 강렬한 시선으로 상대를 뚫어지게 보았다. "도대체 무슨 문제가 있는 건데요?" 진짜로 뭔가 내놓으라고 노골적으로 요구하듯 부득이하게 그 말에 짜증스러운 기운이 묻어났다. 그래서 밀리는 상대가 나이가 훨씬 많다는 느낌, 아무것도 모르는 젊은이가 어떤 병에 걸렸다고 상상하거나 별것 아닌 일에 불평을 늘어놓는 게 아닌가 내려다보며 서 있는 나이 많은 사람 같다는 느낌이 잠깐 들었다. 더구나 자신 역시 무슨 문제가 있는지 바로 그 점을 알아보려는 참이었으므로 어쩐지 더 말문이 막혔다. 그래서 터무니없는 상상을 했을 뿐이라면 자신이 창피당하는 꼴을 직접 목격할 수 있을 거라고 회유하듯 말해주었다. 이에 케이트는 그녀가 먼 타국에 나와 이렇게 매력적인 모습을 보이고 있고, 보는 사람마다 관심을 보이며 빠져들고 있는데 어디가 안 좋거나 불안한 게 아니길 바란다고 똑떨어지게 말했다. 조금이라도 심각한 문제가 있다고는 믿을 수 없다고 했다. "그러니까 알아보고 싶은 거예요. 일단 알아봐야죠!" 밀리의 대답은 한결같이 그랬다. 그에 대한 케이트의 대답도 선명했다. "아, 그러면 무슨 일이 있어도 알아보자고요!"

"기꺼이 날 도와줄 거라고 생각했어요." 밀리가 말했다. "하지만 부탁인데, 절대 누구에게도 말해선 안 돼요."

"그렇지만 당신에게 병이 있다면 어떻게 친구들이 계속 모를 수가 있겠어요?"

"그렇다면 당연히 어떤 식으로든 알게 되겠죠. 하지만 한동안은 그냥 해나갈 수 있어요." 다시금 그림 속의 언니와 눈을 맞추며 밀리가 말했다. 마치 그 눈에서 어떤 암시를 얻기라도 하듯이. 여전히 케이트 앞에 앉아 있는 그녀의 얼굴이 다소 환해졌다. "그게 내가 가진 장점 중의 하나예요. 남들이 전혀 눈치채지 못한 채 죽을 수도 있을 거라고 봐요."

"정말 특이하네요." 눈에 띄도록 상대에 집중한 케이트가 드디어 외치듯 내뱉었다. "이렇게 멋진 시간에 그런 얘기를 나누다니!"

"뭐, 얘기를 나누진 않을 거예요." 밀리가 침착한 모습을 내보이며 말했다. "그저 확실히 하고 싶었을 뿐이에요."

"이런 것들이 가득한 여기에서—!" 하지만 케이트는 놀랍다는 듯이 한숨만 내쉬었다. 그 한숨에 담긴 동정의 기색도 알아챌 수 있었다.

밀리는 상대가 말을 잇기를 잠깐 기다렸다. 한편으로는 자신의 사례에서 케이트가 어떤 인상을 받을지 알고 싶다는 숨겨진 어떤 깊은 열망 때문이었고, 다른 한편으로는 그 동정의 기색이 로더 부인의 만찬에서 마크 경과 있을 때 자신이 아무렇게나 던졌던 말에 어느새 의미를 부여하고 있었기 때문이었다. 바로 이것, 유리한 자신의 고지에서 친절하게 내려와주는 수려한 여성의 인정 많은 태도야말로 그때 그녀가 예상했던 것이었다. 무슨 일이 있어도 그것을 좀더 깊이 맛보고 싶다는 듯이 그녀가 케이트의 말을 받았다. "여기 어떤 것들이 가득한데요?"

"모든 게 다요. 못 가질 게 전혀 없잖아요. 못 할 것도 없고."

"로더 부인 말씀도 그렇더라고요."

케이트는 무슨 말이 더 나오길 기다리듯 상대에게서 시선을 떼지 않았다. 하지만 기다리지 않고 말을 이었다. "우리 모두 얼마나 당신을 사랑하는데요."

"당신은 정말 놀랍다니까요!" 밀리가 웃었다.

"아니요, 놀라운 건 당신이지요." 그러더니 새삼 놀라워하듯이 말했다. "겨우 3주 만에!"

밀리가 말을 받았다. "이런 관계가 생겨나는 경우는 없죠!" 그러고는 이렇게 덧붙였다. "그러니까 더더욱 당신을 불필요하게 괴롭히면 안 되잖아요."

"그럼 나는요? 나는 어떻게 되겠어요?" 케이트가 물었다.

"글쎄요, 당신은—" 밀리가 잠깐 생각했다. "견뎌야 할 일이 생기면 당신은 견딜 거예요."

"그런 건 견디지 않을 거예요!" 케이트가 말했다.

"아, 아니요, 어쨌든 견디게 될 거예요. 내가 끔찍하게 불쌍하겠지만 그래도 나를 많이 도와줄 거예요. 절대적으로 당신을 믿어요. 자, 우리가 이렇게 된 거예요." 케이트가 그냥 그렇게 받아들여야 했으므로 그들은 그렇게 되었다. 하지만 밀리는 특히 자신이 그렇게 된 느낌이었다. 왜냐하면 자신이 도달하고 싶었던 지점이 그러했으니까. 뭔가를 감추었다고 친구를 비난하지 않았음을 스스로에게 증명해 보이고 싶었는데, 그렇다면 이렇게 특별한 신뢰 관계보다 더 확실히 그것을 증명할 게 뭐가 있겠는가? 케이트가 자신을 좋아한다는 걸 진심으로 믿는다는 사실을 보여주고 싶었다면, 도움을 청하는 일보다 그것을 더 잘 보여줄 방법이 달리 뭐가 있겠는가?

3

다음 날 아침 케이트가 밀리와 함께 처음으로 의사를 찾아갔을 때, 정작 그 유명한 의사는 사정이 좀 생겼다고 했다. 대개 상담 시간은 정확히 다 비워놓는 그로서는 정말 드문 일인데, 갑작스러운 일이 생겨서 10분밖에 시간을 낼 수 없다는 것이었다. 하지만 10분 동안 대단한 정성을 쏟았기에 그녀는 여전히 말할 수 없이 그를 존경하게 되었다. 그들이 마주 앉은 탁자 위에 다른 것들은 다 비운 관심의 커다란 잔을 아주 확실하게 놓아두었던 것이다. 그런 뒤 곧바로 마차에 올라타 가버리긴 했지만, 그에 앞서 하루이틀 사이에 다시 와야 한다는 점을 분명히 했다. 곧바로 한 시간의 상담 예약을 잡아줌으로써 그녀의 입장에서 자기 용건이 제대로 처리되지 못했다고 느낄 수도 있을 서운함을 훌륭하게 덜어주었다. 사실 그 시간이 자신의 얼마 안 되는 항목들로 해볼 수 있는 것보다 더 빨리 사라진 느낌이었고, 무엇보다 맨 마지막에 어떤 인상을 의식하지 못했다면 다음 약속을 잡은 일 외에 별달리 한 일도 없이 지나가버렸다고도 볼 수 있었다. 마지막 몇 분 사이에 급속히 자라난 그 인상이란 상당히 다른 세계에서 홀연히 또 하나의 정직한 친구를 사귀게 되었다는 것에 다름 아니었다. 게다가 친구라는 특성을 그저 편안하고 사교적인 차원이 아니라, 증명할 수 있는 과학적 방식으로 묵직하게 지니고 있는 한에서 놀랍게도 그녀의 모든 항목 중에서 가장 철저히 그 자리에 들어맞는 존재가 될 친구 말이다. 게다가 사실 루크 스트렛의 우정은 전혀 그녀가 좌우한 문제도 아니었다. 어쩌면 무엇보다 그녀가 받은 숨으로 말을 더듬었던 이유는 자신의 의도보다 훨씬 더 그의 관심을 끌게 되지 않았나, 가히 드넓은 과학의 바다로 흘러 들어가 사라질 어떤 물결을 타게 된 것이 아닌가 하는 생각이 묘하게 밀려들었기 때문이었을 수도 있다. 하지만 그녀는 버둥거리는 중에도 그 물결에 몸을 맡겼다. 어떤 식으로든 사실을 말하거나 설명하는 일을 아예 그만두고, 괜스레 소용없이 덜덜 떨면서—곧 묻는 듯한 강렬한 침묵으로 넘어갔지만—순순히 그의 전반적인 선의에 자신을 맡긴 순간도 있었다. 커다랗고 안정적인 그의 얼굴은 단호해 보였지만 처음 생각했던 만큼 냉정하진 않았다. 참 희한하게도 반은 장군 같고 반은 주교 같다고 상상했는데, 멋진 범위 내에서 앞으로 상상이 보여줄 것이 그녀에게 좋은 것, 최고의 것임을 곧 확신할 수 있었다. 다시 말하면 이렇게 시간을 절약하는 방식으로 그것과 관계를 맺게 되었고, 그 관계는 지금으로서는 그녀를 지탱하는 특별한 전리품이었다. 절대적인 소유물이자 전혀 새로운 자원, 아주 부드러운 실크로 곱게 싸서 기억의 장소에 잘 넣어둔 무엇과도 같았다. 들어갈 때는 없었던 것을 나올 때 지니고 있었는데, 보이지 않게 외투 속에 숨긴 채 다시 케이트 크로이를 마주했을 때는 한껏 미소를 지으며 없는 척 가장

할 수 있었다. 그 젊은 여성은 물론 다른 방에서 기다리고 있었고, 의사가 자리를 비웠기 때문에 그 방엔 아무도 없었다. 치과 대기실에서나 어울릴 법한 동정 어린 표정으로 그녀가 일어섰다. "나왔어요?" 치아 얘기라도 하듯이 그녀가 물었다. 밀리는 뜸 들이지 않고 바로 대답했다.

"참 좋으신 분이에요. 다시 와야 한대요."

"뭐라고 하셨는데요?"

밀리는 명랑하기까지 한 투로 말했다. "전혀 걱정할 게 없다고요. 말을 잘 듣고 하라는 대로만 하면 언제까지고 절 보살펴 주시겠대요."

그게 무슨 얼토당토않은 말이냐는 표정으로 케이트가 물었다. "그럼 병이 있다는 건 인정하는 거예요?"

"뭘 인정하는지는 모르겠고 관심도 없어요. 알게 되겠죠. 뭐가 되었든 이거면 충분해요. 나에 대해 다 알고 계시고, 그게 마음에 들어요. 전혀 싫지가 않다고요."

하지만 케이트는 여전히 그녀를 빤히 쳐다보며 물었다. "하지만 겨우 몇 분 사이에 충분히 물어볼 수는—"

"물어본 건 거의 없어요. 그렇게 멍청한 일은 할 필요가 없거든요." 밀리가 말했다. "그냥 보면 아는 거예요." 그러고는 되풀이했다. "다 아세요. 다음에 왔을 때는 그동안 나에 대해 생각을 좀 했을 테고, 다 괜찮을 거예요."

잠시 후 케이트는 그나마 할 수 있는 질문을 해보기로 했다. "그럼 언제 또 와요?"

이에 상대방이 멈칫했다. 이렇게 함께 대화를 나누는 중에—

적어도 그것이 하나의 원인이었다—케이트가 뜬금없이 다른 정체성, 덴셔 씨에게 보일 **다른** 정체성의 면모로 문득 나타났기 때문이었다. 그것은 언제나 매 순간 나타나는 헤아릴 수 없는 면모였고, 순식간에 나타나는 만큼 또한 순식간에 사라져버리기도 하지만 어쩔 수 없이 심란했다. 그것만으로도 얄궂은데, 시간이 가고 날이 가면서 희한하게도 그의 이름이 언급될 가능성 자체가 점점 사라져간다는 사실과 함께 불쑥불쑥 튀어나왔다. 기회라면 스무 번도 있었고 쉰 번도 있었지만 실제로는 나오지 않았다. 당연하게도 특히 지금은 일말의 기회라도 자연스럽게 생길 계제가 아니었다. 그럼에도 불구하고 밀리는 사실상 회피라는 낙인이 찍히게 된 날이 또 하루 늘어났음을 알았다. 잠깐 빛이 깜박이는 순간 그 사실을 알았고, 더불어 케이트 쪽에서는 전혀 인식하지 못한다는 것도 알았다. 그래서 그녀는 그 강박을 털어버렸다. 하지만 이미 얼마간 지속된 터라 대답에 다소 영향을 끼쳤다. 아니, 그녀는 자신이 케이트를 얼마나 신뢰하는지 이미 보여주었다. 그러니 충성심의 문제라면 그것으로 어지간히 되었을 것이다. "아, 이제 안면을 텄으니까 **당신을** 더 이상 귀찮게 하지는 않을 거예요."

"혼자 올 거라고요?"

"물론이죠. 다만 비밀은 꼭 지켜달라는 부탁은 다시 해야겠네요."

그들은 밖으로 나와 건물 현관에서 멀찍이 떨어진 인접한 커다란 광장의 넓은 인도에 선 채로 밀리가 전세 낸 마차가 마부의 개인적인 이유로 한 바퀴를 더 돌고 올 동안 기다려야 했다.

하인이 거기에 있었으니 그건 마부가 마차를 몰면서 돌고 있다는 뜻이었다. 그래서 거기 서서 기다리는 중에 케이트가 다시 입을 열었다. "그런데 주는 건 별로 없이 내게 너무 많은 걸 바라는 거 아니에요?"

이에 밀리는 다시금 멈칫했는데, 사실 거의 허를 찔린 느낌이라 바로 승복할 수밖에 없었다. 하지만 여전히 미소를 띤 얼굴로 말했다. "알겠어요. 그럼 얘기해도 돼요."

"얘기하고 싶다는 게 아니에요." 케이트가 말했다. "당신이 진실을 말해주기만 한다면 무덤처럼 입을 닫고 있겠다고요. 그저 당신이 진짜 상태를 알았을 때 그걸 내게 숨기지 않길 바라는 거예요."

"알겠어요. 안 그럴게요." 밀리가 말을 이었다. "하지만 내 진짜 상태는 당신이 직접 보면 알잖아요. 만족스럽고 행복해요."

케이트가 그녀를 한참 바라보았다. "마음에 들었다고 믿을게요. 당신이 맞이하게 된 상황이 말이에요!"

밀리는 이제 입 밖으로 낸 것 외에 다른 생각은 없이 그녀의 시선을 받았다. 케이트는 더 이상 덴셔 씨를 위한 이미지가 아니었다. 그저 그녀 자신일 뿐이었고, 그럼에도 훌륭했다. 그렇더라도 둘 사이에서 오간 것은 공정한 거래였고, 그거면 될 것이었다. "물론 마음에 들죠. 기분이 뭐랄까, 달리 어떻게 표현할 길이 없는데, 마치 신부님 앞에 무릎을 꿇고 앉아 있었던 것 같아요. 고해를 했고 죄의 사함을 받은 거죠. 무거운 짐을 털어버린 거예요."

케이트는 잠시도 그녀에게서 시선을 떼지 않았다. "의사 선생님이 당신을 정말 좋아했나 보네요."

"오, 의사들이 그렇죠!" 밀리가 말했다. "하지만 너무 좋아하지는 않았으면 좋겠어요." 밀리가 덧붙였다. 그러고는 상대방이 더 캐묻는 일을 피하려는 듯이, 혹은 마차가 아직도 눈에 띄지 않아서 좀 짜증이 난 듯이 시선을 돌려 생기 없는 거대한 광장을 둘러보았다. 하지만 그 생기 없음은 꽤나 피곤에 지친 런던, 할 얘기도 다 하고 즐길 만큼 다 즐긴 뜨거운 늦여름 런던의 생기 없음이었기 때문에 허공에는 부옇게 그림들이 떠다니고 여러 소리가 뒤섞여 있었고, 그로부터 어떤 인상이 생겨났다. 그리고 그 인상이 곧바로 그녀의 앙다문 입술 사이를 뚫고 튀어나왔다. "아, 얼마나 거대하고 아름다운 세상이며, 사람들은 모두, 그래, 모든 사람들이—!" 그러다가 곧 케이트를 의식하게 되었고, 앞서 매첨에서 초상화를 보다가 마크 경 앞에서 눈물을 흘렸던 것처럼 자신이 울고 있는 것으로 보이지 않았기를 바랐다.

여하튼 케이트는 그녀의 말을 이해했다. "모두가 그렇게 상냥하게 대하려 한다고요?"

"정말 상냥해요." 밀리가 고마워하면서 대답했다.

"아." 케이트가 웃었다. "우리가 당신을 건강하게 만들 거예요! 이제 스트링엄 부인과 올 거 아니에요?"

밀리는 잠시 후 그 점을 분명히 했다. "일단 의사를 한 번 더 만나보고요."

이틀 후 그녀는 그렇게 결정하기를 정말 잘했다는 생각이 들었다. 그렇지만 미리 약속한 대로 유명한 자기 친구—친구로서의 특성은 그동안 한층 더 높아져 있었다—앞에 모습을 나타냈을 때 그의 첫 질문은 같이 온 사람이 있냐는 것이었다. 이에 그녀는 곧장 다 털어놓았다. 이제는 처음에 있었던 어색함 같은 건 완전히 사라진 데다, 심지어 지나치다 싶게 말이 많아졌고—그럴 수도 있겠다 싶긴 했다—설사 그의 입장에서 그녀가 혼자 오지 않았기를 바랐던들 전혀 놀라지도 않았다. 지난 마흔여덟 시간 동안 어쩐지 그녀는 그와 더 친분이 쌓이고 특히 신기하게 그가 알게 된 것도 더 많아진 것만 같았다. 전에 함께했던 시간이래 봐야 10분도 채 되지 않았다. 하지만 그 10분이 훌륭하게 어떤 관계를 만들어내어 그냥 취하기만 하면 되었다. 그리고 그것은 그의 편에서도 단지 직업적인 친절함이나 병자를 대하는 태도—그랬다면 밀리는 싫어했을 것이다—가 아니라 분명 그녀에 관해 물어보고 다녔다는, 여기저기 묻고 다니면서 찾아냈다는, 조용하면서도 유쾌한 분위기에서 나오는 것이었다. 물론 그런 식으로 물어볼 수는 없었을 것이고 그리고 싶었을 리도 없었다. 얻어낼 만한 정보도 없었지만 사실상 필요하지도 않았다. 그저 천재적 직감으로 알아냈다. 그러니까 그녀 생각에, 말 그대로 모든 것을 알아냈던 것이다. 이제 그녀는 그러한 상황이, 그러니까 누군가가 자신에 대해 알아낸다는 것이 전혀 싫지 않을 뿐 아니라 오히려 사실 바로 그것을 위해 여기 왔고 적어도 당분간은 그것이 자신이 서 있을 견고한 기반이 되리라는 것을 알았다. 처음부터 견고한 것이라고는 없었다는 사실을 전에 없이 분명히 인식하게 된 듯했다. 결국 자신이 어떤 면에서 불운을 타고났다는 사실을 이렇게 기분 좋은 상황에서 깨달음으로써 견고함이 생겨났다는 건 묘한 일일 수도 있었다. 그러나 무엇보다 그것은 지금까지 자신을 떠받쳐줄 것이 얼마나 없었는지를 증명하는 것이기도 했다. 이제 그저 포기되는 과정— 아마 그렇게 예정되어 있었을 테니까—만으로 버텨나가야 한다면 그것은 다만 그녀의 기이한 역사를 다시금 증명할 것이었다. 헐거워져 덜거덕거리는 그런 느낌은 과정이라고 할 수도 없었다. 그래서 그곳에 앉아 측정되는 자신의 삶을 바라보면서 처음으로 정돈된 삶을 맛보았던 것이 어처구니없지만 사실이었다. 밀리가 낭만적으로 해석한 방식이 그랬다. 특히 이 두번째 상담으로 자신의 삶이 정말로 측정되었다고 말이다. 그리고 그들 사이에 확립된 관계의 최고의 면모라면 이 매력적이고 진지한 위대한 인물이 그 낭만성을 알았다는 것, 처음부터 즉각 알았고 그런 만큼 그것을 다 감안했다는 것이었다. 그녀에게 있었던 유일한 의혹, 유일한 걱정이란 자신을 전적으로 낭만적인 인물로 다루기 위해 자신의 약간의 낭만성을 이용하지 않을까 하는 것이었다. 확실히 그것이 그와의 관계에서 그녀가 처한 위험이었다. 하지만 어차피 알게 될 것이고, 그동안 위험은 전반적으로 점차 감소되었다.

몇 분이 지나자 바로 그 장소, 오래된 멋진 건물의 안쪽 깊이 위치한 덕에 조용하고 한동안의 유명세로 누리끼리해지고 한여름인데도 약간 어두침침한, 널찍하고 '잘 꾸민' 방이라는 그 장소가 그녀에게 관습과 쓸모의 표정을 보이면서 약속과 확실성으로 사방의 벽을 이루었다. 그녀는 세상을 보려고 나왔던 것인데, 이것이야말로 세상의 빛이자 런턴 '뒤편'의 짙은 어스름이 될 것이었다. 이것이 세상의 벽, 저것이 세상의 커튼과 카펫이 될 것이었다. 오래전 생색을 내듯 감사의 표시로 증정된 위대한 황동 시계와 벽난로 장신구들과 친숙해지겠지. 출중한 동시대 인물의 하나가 되어 사진 찍히고 이름이 새겨지고 서명이 되고, 특히 유리판과 함께 액자에 넣어져 다른 장식들과 함께 자리를 차지하고 또한 인간적 위안의 상당 부분을 이루게 되겠지. 그리고 이렇게 장식되거나 사람의 손을 타지 않은 모든 말끔한 진실들, 부득불 잠깐 멈춰 서고 기다리면서 말없이 귀 기울여 듣기만 했던 수년 동안의 세월로 인해 거듭 도드라졌던 그 진실들을 떠올리는 동안 그녀는 또한 자신은 감사의 표시로 결국 무엇을 내놓게 될지 궁금했다. 적어도 건장한 빅토리아시대 청동상보다는 나은 것을 줄 터였다. 이것이야말로 그녀 생각에 그가 다 끝내기도 전에 자신에 대해 알게 된 것의 표시였다. 그러니까 훨씬 더 절박한 다른 많은 것들이 주변에 가득한 가운데 그녀가 몰래 그 정도로 낭만화하고 있었다는 사실 말이다. 그와 비밀을 나누는 것만으로도 아주 충분해서 어느 하나 굳이 표현할 필요가 없었다. 유럽에 오기 직전에 선택한 선한 부인을 제외하고는 이런 식의 호소를 할 만한 적당히 가까운 친척도 없다는 사실은 그녀가 누구에게든 절대 말하지 않을 비밀일 것이다. 그러니까 적어도 내보일 만한 점잖은 인물은 없다는 사실 말이다. 하지만 그가 알게 되는 건 조금도 개의치 않았다. 그 선한 부인에게 절대 비밀로 하고 있다는 사실을 알게 된다 해도 개의치 않았다. 그녀는 친구인 그 부인을 거짓말로 떼어놓고 혼자 온 참이었다. 생뚱맞지만 갑자기 쇼핑을 하고 싶어졌다고, 한 번만이라도 혼자 거리를 쏘다니는 재미를 누려보고 싶다고 핑계를 댔다. 혼자

거리를 돌아다닌 건 처음이었다. 항상 동료나 하녀와 함께였으
니까. 더구나 그가 말할 법한 어떤 사실도 그녀는 똑바로 마주
할 수 없다는 것을 그는 결코 믿지 못할 것이었다. 밀리가 자신
의 용기에 대해 늘어놓자 그는 재미있다는 표정을 살짝 보였다.
너무 대놓고 달래주는 식은 아니었지만 말이다. 어쨌든 그는 그
녀가 누구랑 왔는지 여전히 알고 싶어 했다. 수요일에는 누군가
와 같이 왔잖아요?

"맞아요. 함께 여행하는 그분이 아니고 다른 사람이에요. 그
사람한테는 말을 했거든요."

확실히 그는 그 말에 흥미를 보였고, 그래서 그녀에게 충분한
시간을 주고 있다는 분위기는 더했는데, 그것이 무엇보다 근사
했다. "무슨 말을 했다는 거지요?"

"제가 여기에 몰래 온다고요." 밀리가 말했다.

"그러면 그분은 얼마나 많은 사람들에게 그 말을 전할까요?"

"아, 그 점에선 믿을 수 있어요. 아무에게도 안 할 거예요."

"그렇게 믿을 만하다면 당신에게는 친구 하나가 더 생긴 거
아닌가요?"

그걸 따지는 데 얼마 걸리지 않았지만 그래도 그녀는 잠깐 생
각했다. 그의 입장에서는 분명 그녀가 어떤 사람인지 알아보고
싶으리라는 것을 의식해서였다. 그녀를 위해 분위기를 약간 풀
기 위해서라도 말이다. 하지만 그런 건 전혀 소용없음을 그는
받아들여야 할 것이고 빠르면 빠를수록 좋았다. 그리고 그녀 자
신은 그런 식으로 분위기를 풀어주는 일에 대해 잠시나마 상당
한 확신이 들었다. 그 사례의 특성상 공기 중에 상당히 들어찬

냉기를 없애는 일이 밀리 실에게 있을 수가 없었다. 다른 건 몰라도 이것만은 그에게 단호하게 말할 수 있었다. 한마디로 그렇게 해서 문제가 아주 단순해질 것임을 알 수 있었다. "그래요, 하나가 더 생기는 거죠. 하지만 그들을 다 합해도, 음, 달라지는 건 없다고 해야겠네요. 그러니까 정말로 혼자인 사람에게는 말이에요. 지금까지 친절함이란 건 만나본 적이 없어요." 그녀가 잠깐 말을 멈췄고 그는 기다렸다. 다시금 그녀가 이야기를 하도록 내버려둬야 할, 어쩌면 심지어 말을 하게 만들어야 할 이유가 있는 것처럼 말이다. 그녀로서는 남들 보는 데서 세번째로 울게 되지 않기를 바랄 뿐이었다. 정말로 지금까지 친절함이라는 건 만나본 적이 없었고 그것을 사실 그대로 보여주고 싶었다. 하지만 지금 자신이 해야 할 바가 무엇인지 알았고 당장은 자기 논점을 고수한다 해도 그 점을 그르치지는 않으리라 보았다. "오직 각자의 상황만이 실재잖아요. 거기서 중요한 건 나고요. 나머지는 유쾌하지만 소용없어요. 정말로 도와줄 수 있는 사람은 아무도 없죠. 바로 그래서 오늘 혼자 온 거예요. 그러고 **싶어요**. 지난번에 같이 왔던 크로이 양도 뿌리치고 말이죠. 선생님께서 도와줄 수 있다면 더욱 좋겠지만요. 물론 어느 정도는 스스로 할 수 있고요. 그것만 빼면 선생님과 제가 함께 최선을 다하는 거예요. 저를 그냥 있는 그대로 봐주셨으면 해요. 그래요, 그게 좋아요. 과장 같은 건 하지 않아요. 처음부터 최악을 보여줘야 하는 거 아닌가요? 그래야 그 이후로 뭐라도 나아질 수 있잖아요. 뭐, 중요한 변화는 전혀 없을 수도 있죠. 없을 거예요. 무슨 일이 일어나든 마찬가지예요. 누구에게든. 그래서 이렇게 선생님과 있는 지금이 있는 그대로의 제 모습 같아요. 게다가, 혹시 궁금하실까 싶어 말씀드리는 건데, 그게 바로 저를 떠받치는 거예요."

상대가 궁금할 거라고 말한 이유는, 그의 태도로 보자면 그녀에게 모든 기회를 주려는 듯했고, 자연스럽게 그런 인상이 들었기 때문이었다. 그 인상은 낯설고 심오했기에 바로 깊이 새겨두었다. 그로 인해 은연중에 어딘가 저 깊숙이 상대적으로 동떨어져 놓인 어떤 것, 그녀 식으로 표현하자면 사실상 상당히 외부적인 어떤 것을 함께 조심스럽게 저울질해볼 길을 터주는 것으로 보였다. 그러니까 그녀를 대신해서 지금 그녀의 병이 아닌 다른 문제에도 관심을 가지는 것으로 보였던 것이다. 그녀는 주로 아주 고귀한 과학적 인물—그는 분명 웅장할 만큼 최고 인물이었으니까—들이 그러한 관심을 지니기 마련이라고 받아들였다. 그렇지 않고서야 확실히 그런 게 나타날 리 없었으니까. 그러면서도 어쨌든 그것이 직접적으로 자신에 대한 설명이 된다고 보았다. 자신이 그에 필적할 만한 인물이라고 내세우는 위험이 약간 있긴 하지만 말이다. 환자의 신체가 어떤 상황인지, 그리고 어디가 어떻게 잘못되었는지 이상으로 뭔가 더 알고자 한다는 건 가장 위대한 의사의 입장에서도 당사자에게 나쁜 소식을 조금이나마 수월하게 전달하고 싶은 바람의 이런저런 형태 외에 다른 것일 수 없었다. 만약 경우가 그러하다면 그 원인은 너무나 명백하게도 동정심일 수밖에 없었다. 그리고 프랑스 혁명 당시 꼬챙이에 꽂힌 머리처럼, 동정심이 뻔히 드러나는 그 얼굴이 꼿꼿이 서서 창문 앞에서 끄덕대고 있을 때 그로부터 추론할 수 있는 것은 환자 상태가 나쁘다는 사실 외에 달리 뭐가 있겠는가? 이제 할 말을 해도 될 텐데. 어차피 창문 앞의 그 머리는 내내 보고 있었으니까. 그리고 사실 이제는 그가 할 말을 해주었으면 했다. 그가 어떤 식으로든 힘들여 알려줘야 할 사항 가운데 그녀가 직감적으로 알아내지 못한 것은 없었기에 그 역시 말하기가 훨씬 수월할 것이었다. 결국 그가 그녀로 하여금 말을 하게 했더라도 어쨌든 그녀는 말을 하고 있었고, 그것은 곧 그녀가 겁을 먹고 있지 않다는 뜻이었다. 그녀를 위해 해줄 수 있는 가장 좋은 일이라면, 그녀가 겁내지 않는다는 사실을 믿는다고 보여주면 되었다. 그를 호도하지 않기 위해 그녀가 한 그러한 일이 지금으로서는 자신이 그 못지않게 뛰어나다는 사소하지만 주제넘은 암시로 여겨졌다. 사실 그가 호도될 수도 있다는 대담한 주장을 했던 것이고, 눈짓만이었지만 둘 다 각자의 상황을 알고 있다는 신호가 잠깐 오고 갔다. 그들이 자리 잡은 갈색의 오래된 진실의 사원에서 그것이 잠깐 반짝하고 빛났다. 그다음 이어진 일은 여하튼 그가 그녀를 수중에 넣었다는 것이었다. 그리고 상냥한 미소를 얼굴에 어렴풋이 띤 채로 모든 것은 그렇게 귀결되었다. 그렇게 어렴풋한데 또 그렇게 상냥하다니 놀라울 뿐이었다. 물론 날카로운 강철 같은 광휘가 지금 용무의 다른 면이었고 어떤 분위기로든 전부 그녀에게 다가올 것이었다. "정말 일가친척이 하나도 없다는 말이에요?" 그가 물었다. "부모님도 형제자매도 없고, 심지어 사촌이나 이모 등도 전혀?"

인터뷰하는 여배우나 쇼에 나선 기인이 쉽게 보이는 습관처럼 그녀가 고개를 저었다. "전혀 없어요." 하지만 그녀가 가장 원하지 않는 것이 그 때문에 침울해지는 일이었다. "저 혼자 남았어요. 전부 사고를 당했는데 저 혼자만요." 그녀가 덧붙였다. "그런 걸 어떻게 봐야 하는지 아시죠. 나만 빼고 모두 다 가버렸다는 것 말이에요. 열 살 때까지는 부모님을 포함해서 여섯 명이 있었어요. 거기서 저만 남았죠." 그녀가 어느 면에서나 올바르게 말하려 애쓰며 말을 이었다. "각각 다른 이유였어요. 그런데 좌우간 그렇게 되었죠. 그리고 말씀드린 대로 전 미국인이에요. 그 때문에 더 안 좋다는 뜻은 아니에요. 하지만 그래서 제가 어떤 존재가 되는지는 아마 아시겠죠."

"그래요." 그가 심지어 재미있다는 표정을 보이며 말했다. "어떤 존재가 되는지 아주 잘 알죠. 일단 당신이 최고로 중요한 사례가 되죠."

고맙기는 했지만 다시금 사교적 장면을 마주한 듯 그녀가 한숨을 쉬었다. "아, 결국 당신들은!"

"아, 아니에요. '우리' 얘기가 아니에요! 나만 그런 거죠. 물론 당신이 원하는 만큼이지만. 난 미국인 친구가 아주 많은데, 그들도 그래요. 그리고 당신으로서는 그들과 함께 있는 때만큼 좋은 경우가 없다는 게 하나의 사실이에요. 수많은 사람들과 섞이게 되고 그럼 그건 순전한 고독은 아니니까요." 그가 말을 이었다. "당신이 탁월한 기운을 지닌 건 알겠는데, 필요 이상의 것들을 견디려 하진 말아요." 그러고는 잠시 후 좀더 설명했다. "어렸을 때 어려운 일을 겪었더라도 당신에게 삶이 전부 고난일 거라고 생각해서는 안 돼요. 행복할 권리가 있잖아요. 마음을 그런 식으로 먹어야 해요. 어떤 식으로든 행복이 찾아오면 받아들여야죠."

"아, 어떤 식이든 당연히 받아들이죠!" 그녀가 경쾌하다 싶은 투로 대꾸했다. "게다가 그 점에서라면 새로운 걸 매일 받아들이는 것 같은걸요. 지금 이것만 해도 그렇잖아요!" 그녀가 미소를 지었다.

"지금까지는 아주 좋아요. 내가 한없는 관심을 보일 테니 그건 믿어도 돼요." 훌륭한 의사가 말했다. "그래도 어쨌든 난 50개 요소 중 하나일 뿐이에요. 다른 것들도 많이 모아야 한다고요. 누가 알게 되건 신경 쓰지 말아요. 그러니까 당신과 내가 친구라는 걸 말이에요."

"아, 다른 사람을 만나고 싶으신 거군요!" 그녀가 외쳤다. "선생님은 나를 염려하는 사람을 구워삶고 싶은 거죠." 자연스럽게 튀어나온 이 말에 그가 젊은 미국인들의 그런 모습은 많이 봐왔고 그들이 그런 것에 익숙하리라는 것도 잘 안다는 듯한 반응만 보이자 그녀로서는 자유분방한 자신의 태도가 허사가 되어버린 기분이었다. 그래서 할 수 있는 가장 그럴듯한 말을 생각해내려 애썼다. 그것은 바로 자유분방함이라는 주제에 대한 것이었고, 그래서 그녀는 그건 이미 끝난 문제로 치부하고는 재빨리 말을 이었다. "물론 그건 그 자체로는 굉장한 행운이지요. 제가 그걸 모른다고는 생각하지 말아주세요. 전 원하는 건 뭐든지 다 할 수 있어요. 이 너른 세상에서 할 수 있는 건 다요. 먼저 물어봐야 할 사람도 없고 날 막을 사람도 전혀 없죠. 온몸에 시퍼렇게 멍이 들 때까지 헤매고 다닐 수도 있어요. 그런 일이 다 즐겁지는 않겠죠. 하지만 그런 걸 해보고 싶은 사람들이 많다는 건 알아요." 그는 뭔가 물어보고 싶은 눈치였지만 그녀가 이야기를 이어가도록 놔두었다. 그 말에서 자기 재산이 어마어마하다는 사실을 알아챘으리라 보았기 때문에 그녀는 곧바로 말을 이었다. 그저 그렇게 알려주었던 것이고, 그 불쾌한 주제에 대해서 둘 사이에 오간 것이라고는 그게 다였다. 그렇지만 그녀는 그의 판단에서나 적어도 그의 재미에서—놀랍게도 사실 그에게도 감정이 있었고 그의 감정이 그랬다—그것이 중대한 영향을 끼쳤다는 사실 또한 의식하지 않을 수 없었다. 어렸을 적에 만화경 속을 들여다보며 손을 움직여 조합을 만들었던 색색의 유리 조각들처럼 그녀의 작은 퍼즐 조각들이 이제 다 맞춰졌던 것이다. "그러니까 도움이 되기만 한다면 하늘 아래 무엇이든 다 하겠느냐는 문제라면—!"

"하늘 아래 무엇이든 정말 하겠다는 건가요? 좋아요." 그는 멋지고도 경쾌하게 그 말을 그대로 받아들였다. 하지만 잠정적으로라도 실질적인 문제를 다루기 위해 얼마간의 시간을, 적어도 그 자리에서 1, 2분의 시간을 할애할 필요가 있었다. 그녀가 못 할 일이라고는 없다는 것이 나름으로는 편리하게 작용했다. 하지만 뭐든 해야 할 거라는 말은 편리한 만큼이나 아주 모호하기도 했다. 그래서 지금 당장은 화기애애한 분위기를 위해서라도 두 사람이 함께 그녀를 쓸데없이 극단적으로 나갈 수 있을 사람으로 받아들이는 것으로 보였다. 결과적으로는 다시 여러 질문과 청진과 탐구, 그리고 자신의 결론은 상당히 중시하고 그녀의 결론은 무시하는 모든 과정이 끝나고도 예상대로 모호함이 여전하자 그들로서는, 적어도 우리로서는 단념하지 않고 꿋 꿋이 북극까지 갔다가 돌아왔지만 결국 허사였다는 기분만 들 법했다. 밀리는 명령만 내린다면 북극도 불사하지 않을 태세였 다. 사실 상대방이 어떤 명령도 내리지 않아서 완전히 김이 빠 져버린 것도 틀림없이 그 때문이었다. "아니, 지금 당장은 아무 것도 안 해도 돼요." 다시 분명하게 다짐하는 그의 목소리가 들 렸다. "그러니까 곧 알려줄 한두 가지 처방을 따르는 거랑 내가 며칠 안에 당신 거처에서 당신을 만나볼 수 있도록 하는 일 말 고는 말이에요."

그것은 일단은 더 바랄 나위가 없었다. "그러면 스트링엄 부 인을 만나볼 수 있겠네요." 이제 그런 건 전혀 신경이 쓰이지 않 았다.

"스트링엄 부인을 겁낼 필요는 없겠죠." 그러곤 그녀가 다시 묻자 그도 했던 말을 되풀이했다. "전혀 아니에요. 당신을 어디 '보내는' 일은 안 해요. 영국도 괜찮아요. 쾌적하고 편리하고 어 지간한 곳이면 다 괜찮아요. 원하는 일은 뭐든지 다 할 수 있다 고 했죠? 부디 그렇게 해줘요. 해야 할 일이 딱 하나 있어요. 내 가 당신을 한 번 더 만나본 다음에는 바로 런던을 떠나요."

밀리가 곰곰 생각했다. "그러면 유럽 대륙으로 다시 가야 할 까요?"

"당연히 대륙으로 돌아가야죠. 그렇게 해요."

"그럼 저를 어떻게 계속 보실 수 있죠?" 그러더니 재빨리 덧 붙였다. "그럴 마음이 없을 수도 있지만요."

그에 대한 답은 다 마련되어 있었다. 정말로 모든 게 마련되어 있었다. "계속 보게 될 거예요. 하지만 당신 말이, 내가 당신이 나를 계속 보길 원치 않는다는 뜻이라면—"

"그러면요?" 그녀가 물었다.

그가 약간이라도 머뭇거리는 듯 느껴진 것은 오직 이때뿐이었다. "가능한 한 다 보도록 해요. 결과적으로 중요한 건 그거니까. 아무 걱정도 하지 말고. 적어도 걱정할 만한 일은 없어요. 드물게 운 좋은 경우예요."

뭔가 보내줄 거고 다음에 그녀를 언제 찾아갈지도 곧 알려주겠다는 말까지 이미 끝낸 참이라 사실상 볼일은 다 끝났으므로 그녀가 일어섰다. 그런데도 그녀에게는 여전히 한두 가지 남은 문제가 있었다. "영국에 다시 돌아와도 되나요?"

"그럼요! 원하면 언제든지요. 하지만 오면 곧바로 내게 알려줘요."

"아, 그런 식으로 왔다 갔다 할 건 아니에요."

"여기 머물 거라면 더 좋고요."

짜증이 날 만한데도 그걸 잘 조절하는 모습에 그녀는 감동을 받았다. 그 사실 자체가 너무 소중하게 느껴져서 좀더 끄집어내고 싶어졌다. "그래서 제가 정신이 이상하다고 보시지는 않는 거죠?"

"어쩌면 단지 그게 문제일 수도 있죠." 그가 미소를 지었다.

그녀가 그를 한참 바라보았다. "아니에요, 그렇게 좋은 일이 있을 리가요. 그건 그렇고, 고통스러울까요?"

"전혀요."

"그래도 그다음엔 살 수 있고요?"

306

"이봐요, 아가씨." 저명한 의사 친구가 말했다. "'사는 일'이 바로 당신이 열심히 할 일이라고 내가 이렇게 설득하고 있는 거 아닌가요?"

4

그곳을 나온 뒤에도 마지막 말이 여전히 귀에 쟁쟁했고, 그곳에서 꽤 벗어나 이번에는 혼자 멋진 광장에 다시 섰을 때는 그것이 즉각 현실에 적용되어 눈앞에 활짝 펼쳐진 듯했다. 그녀가 앞으로 나아간 것은 확실히 그 결과 생겨난 들뜬 상태 덕이었다. 어떤 충동을, 단순하고 직접적이며 무엇보다 쉽게 반응할 수 있는 충동을 받아들였다는 기분으로 탁 트인 공간으로 나섰다. 그동안 그것이 그녀를 지탱해주었고, 이제 그녀는 자신이 왜 혼자 오고 싶었는지 알았다. 그녀의 상황에 충분히 빠져들 수 있는 사람은 세상에 아무도 없었다. 옆에서 걸어가면서 간극을 느끼지 않을 만큼 가까운 관계는 없을 것이다. 처음 이런 감정이 문득 차오르던 순간 정말이지 자신과 함께할 수 있는 존재는 오직 전반적인 인류, 주변 어디에나 존재하지만 고무적일 만큼 비인격적인 인류뿐이고 자신의 자리는 오직 그 시간 그 장소, 런던의 잿빛 광대무변함이라는 느낌이 들었다. 어쩐지 잿빛 광대무변함이 문득 그녀의 요소가 되어버렸다. 잿빛 광대무변함은 저명한 의사 친구가 일단 그녀의 세상에 제공해준 것이자 그가 표현한바 '살아간다'는 문제, 그러니까 내 선택이자

내 의지로 살아간다는 문제가 어쩔 수 없이 얼굴을 들이대듯 바로 내보인 모습이기도 했다. 약한 모습을 보이지 않고, 완전히 씩씩하게 그녀는 곧장 앞으로 나아갔다. 그리고 그러는 동안에도 혼자라서 더욱 기뻤다. 그 누구도, 케이트 크로이든 수전 셰퍼드든 그 누구도 지금 그녀처럼 마구 달리고 싶은 기분이 들지는 않을 것이니 말이다. 그녀는 의사에게 마지막으로 집에 걸어가도 되겠냐고, 아니 어디든 그래도 되겠냐고 물었더랬다. 그런 식의 과격함에 의사는 다시금 재미있다는 듯이 이렇게 대답했다. "다행히도 당신은 천성이 아주 활달해요. 멋진 일이죠. 그러니까 그걸 마음껏 즐겨요. 바보 같은 짓만 하지 말고 활달하게 뭐든지 해요. 어차피 당신은 어리석은 사람이 아니니까. 할 수 있는 만큼 원하는 대로 활달하게 살아요." 그것은 가히 최종적으로 그녀를 떠밀었을 뿐 아니라 무엇보다 혼재된 의식을 지어낸 손길이었다. 자신이 상실한 것과 자신에게 주어진 것을 한꺼번에 맛보는 기이한 혼재 말이다. 내키는 대로 걸어 다니자니 두 가지가 그렇게 똑같은 양이라 놀라울 정도였다. 의사는 사는 일이 그녀 마음대로 된다는 듯한 태도를 보였다, 그렇지 않은가? 하지만 죽을 수도 있다는 사실이 마찬가지로 부각되지 않은 다음에야 그런 식으로 대할 이유도 없을 것이다, 그렇지 않은가? 예전에 가졌던 안전함의 소소한 인식에서 만개한 꽃의 아름다움은 사라져버렸고, 그건 분명했다. 영원히 거기에 두고 나왔던 것이다. 하지만 그 대신 대단한 모험이라는 발상의 아름다움, 과거 어느 때보다도 스스로 책임지며 가담하게 될 모호하지만 거대한 실험이나 분투라는 아름다움이 주어졌다. 마치 가슴에 달고 있던 어떤 다정한 장식품, 매일같이 착용하던 익숙한 꽃송이라든가 오래된 작은 보석 장식을 확 뜯어내 던져버린 것만 같았다. 그리고 그 대신 기이한 방어용 무기인 머스킷총이라든가 창, 전투용 도끼 등을 집어서 어깨에 둘러멘 것이다. 아마 굉장히 눈에 띄겠지만 전투 자세를 애써 취할 것을 요구하는 무기 말이다.

그 점에서라면 그녀는 이미 그런 무기를 등에 짊어진 기분이라 그야말로 행진하는 군인처럼 전진하고 있었다. 자기가 앞장서서 첫번째 돌격이 감행된 것처럼 말이다. 8월의 빛에도 전혀 나아 보이지 않는 건물 전면이 양쪽으로 늘어선 낯선 거리를 따라서 먼지 날리고 쓰레기가 널린 길 위로 그렇게 나아갔다. 수 킬로미터도 걸을 수 있을 법한 기분이라 아예 길을 잃어버리고 싶기도 했다. 때로 갈림길에 서서 어디로 갈지 방향을 스스로 결정했으니, 활동적이라는 특성을 만끽하라는 그의 요구에 제대로 따르는 셈이었다. 그렇게 새로운 이유를 갖다니 새로운 즐거움이 싶었다. 조금도 머뭇거리지 않고 자신의 선택, 자신의 의지를 긍정할 것이었다. 주변에 펼쳐진 것들을 이렇게 자기 것으로 소유하는 일은 시작치고 괜찮은 긍정의 몸짓이었다. 그리고 그로 인해 수지가 불안에 떨게 된다 해도 별로 개의치 않았다. 적당한 때가 되면 수지는 호텔에서 말했듯이 밀리에게 '도대체 무슨 일이' 생긴 건지 궁금해할 것이다. 하지만 어쩌면 그 역시 앞으로 그녀에게 찾아올 궁금함에 비하면 아무것도 아닐 터였다. 사실 지금 그녀의 발걸음마다 궁금한 마음이 함께하고 있었다. 사람들의 눈에 비치는 자신의 모습과 발걸음이 눈에 보이는 것만 같았다. 이따금 침침한 복장에 검은 깃털 장식을 한, 별로 어울리지 않는 신발을 신고 지나치다 싶게 주변을 뚫어지게 쳐다보는, 뉴욕 출신의 이상하게 생긴 젊은 여성이 거의 다니지 않을 구역을 돌아다니기도 했다. 내심 빈민가였으면 하고 바랐던, 지저분한 아이들과 행상의 수레가 바글바글한 골목길과 샛길에서 그녀 자신이 초래했을 것이 분명한 호기심으로 보건대, 그녀는 말 그대로 머스킷총을 어깨에 메고서 전장에 처음 나서는 선언을 했다고도 할 수 있었다. 하지만 그런 역할을 지나치게 하고 싶지는 않아서 여기저기서 말을 걸며 길을 물어보았다. 사실은 어떤 면에서 모험에 긴요한 부분이라 길을 알고 싶은 마음은 전혀 없었지만 말이다. 그런데 곤란하게도 어쩌다 보니 결국 길을 찾고 말았다. 리젠트파크 앞에 다다랐다는 걸 곧 알 수 있었는데, 전에 케이트 크로이와 함께 두세 번 대중 마차를 타고 근엄하게 주변을 돈 적이 있었기 때문이다. 하지만 이번에는 그 안으로 더 들어가보았다. 이것이 진짜였으니까. 진짜란 우쭐거리는 큰 도로에서 벗어나 안쪽 한가운데에, 지저분한 잔디밭이 펼쳐진 곳에 있는 법이니까. 여기에는 벤치도 있고 지저분한 양들도 있었다. 한가로이 공놀이를 하는 아이들도 있었는데, 공기가 후텁지근해서 고함 소리가 온화하게 들렸다. 그녀와 마찬가지로 걱정스럽고 지친 나그네들도 있었다. 그 외에도 같은 처지에 놓인 사람들이 수백 명은 더 있을 것이었다. 숨을 고를 만한 이 음산한 장소에서 그 처지가, 그들이 공통적으로 지닌 커다란 걱정이 삶에 대한 실질적인 물음이 아니라면 무엇이겠는가? 살고자 하면 살 수 있을 것이다. 그러니까 그들 역시 그녀와 마찬가지로 그런 말을 들었을 것이다. 그런 사람들이 여기저기 의자마다 앉아서 그 정보를 곱씹고 있었고, 그것을 여전히 익숙하면서도 약간 다른 형태로, 살 수만 있다면 살고자 할 거라는 신성한 오래된 진리로 인식했다. 그렇게 모든 걸 나누다 보니 그들과 함께 앉아 있고 싶은 기분이 들었다. 그래서 아예 빈 의자를 찾아보았는데, 바로 옆 텅텅 비어 있는 의자, 으스대며 돈을 지불해야 하는 의자는 피했다.

으스대는 마음은 곧 남김없이 사라졌는데, 자신이 짐작했던 것보다 훨씬 더 피곤하다는 사실을 한참 전부터 알았기 때문에라도 그랬다. 그 사실, 그리고 약간은 상황 자체에서 나오는 매력으로 인해 그녀는 시간을 끌며 좀더 쉬었다. 이 세상 누구도 자신이 어디 있는지 모른다는 생각은 확실히 마력이 있었다. 살면서 이런 일은 처음이었다. 자신이 어디 있는지는 어느새, 매 순간, 누군가, 누구나 알고 있었다. 이제 그런 건 삶이 아니라고 주장할 수 있었다. 지금 이런 식이 삶인 것이다. 그리고 유명한 의사 친구는 그녀가 바로 이런 일을 하기를 원했을 것이다. 물론 지금처럼 너무 혼자 따로 노는 일은 삼갔으면 했던 것도 사실이었다. 하지만 동시에 그녀가 흥미를 가질 수만 있다면 분명 어지간한 일은 막지 않았을 것이다. 이제 보니 그는 그녀가 할수 있는 한 여러 가지로 쑤석거리고 다니는 데 관심이 있었다. 게다가 본질적으로 그녀를 떠받쳐준다는 인식이 앉아 있는 내내 스며들어 왔다. 그녀 자신이 직접 그런 일을 했다면 아마 버팀목을 대주었다고 했을 것이다. 허약한 사람을 위한 버팀목 말이다. 그리고 그가 자신을 바로 그렇게 허약한 사람으로 대했다는 증거를 찾아내면서 생각하고 또 생각했다. 물론 허약하니까 찾아간 것이었다. 하지만 본질적으로는 어딜 보나 젊은 암사자나 진배없다고 선언해주기를 내심 얼마나 바랐던가! 그녀가 실제로 맞닥뜨린 것은 결국 그가 그녀에 대해 아무것도 선언하지 않았다는 사실이었다. 멋지게 피해 갔다는 느낌이 스멀스멀 찾아왔다. 하지만 끝까지 그렇게 할 수 있으리라 생각한 건가? 따져보면 아무래도 좀 부당한 질문이기는 했다. 특별한 이 시간에 밀리는 수많은 기이한 질문들을 따져보았다. 하지만 다행히도 자리를 뜨기 전에 문제를 단순화할 수 있었다. 예를 들어, 한쪽 문으로 도망갔나 싶었던 그가 아름답고 갸륵한 속임수를 써서 다른 문으로 들어온 게 아닌가 하는 생각이 슬그머니 찾아왔다는 게 가장 묘한 부분이었다. 어쩌면 기본적으로 그가 하고자 하는 바는 아닌 척하면서도 실은 친구로서 그녀의 곁을 지키려는 것일 수도 있겠다 싶자 더욱 얼어붙은 듯 그 자리에서 꼼짝할 수가 없었다. 그것은 어떤 신사가 접근했을 때 그와 아주 친밀한 관계로 나아가고 싶지 않은 여자들이 으레 하는 말 아니던가? 의심할 바 없이 여자들이 남편감은 아닌 남자들과 가질 만한 관계로 진지하게 믿는 관계였다. 마찬가지의 법칙에 따라 그것이 자기 환자는 될 수 없는 병약자를 대할 때 의사들이 대개 편하게 취하는 방책이라고까지는 따져보지 못했다. 너무 얼빠진 말로 들리겠지만 왠지 그녀는 의사들이 **자신에게** 유달리 감동받는다는 사실을 잘 알았다. 그녀가 망할 운명을 논할 수 있는 입장일지는 모르지만, 그것이 망할 사실이었다. 그가 생뚱맞게 자신을 좋아하게 되었다는 사실을 분명 알아챘다는 것 말이다. 판단을 내려달라고 간 거지 좋아해달라고 찾아간 게 아니었다. 게다가 그는 그 둘이 대체로 어떻게 다른지 잘 알 만큼 위대한 의사가 아니던가. 지금 상황이 분명 그러하듯이 그녀가 **그를** 좋아할 수는 있지만 그건 다른 문제였다. 스스로 잘 알다시피 그녀에게는 그를 좋아하는 일과 판단을 내리는 일이 양립 가능하기 때문에 더더욱 그러했다. 하지만 말하자면 어떤 자비로운 물결, 약간 오싹하지만 정신을 맑게 해주는 물결이 막판에 그녀를 도우러 밀려오지 않았다면 모든 게 불길하게 뒤섞여버렸을 것이다.

그것은 다른 모든 생각이 다 소진된 뒤에 불현듯 찾아왔다. 자신이 위중한—그게 무슨 뜻인지 잘 알았다—상태라면 그는 왜 해봤자 소용도 없을 '할' 일들을 그렇게 늘어놓았을까, 자문하던 중이었다. 반대로 자신의 병이 별거 아니라면 왜 친구로서의 임무를 그렇게 중요시했을까. 혼자서 나름 명민함—삼복더위에 리젠트파크에서 그나마 가능한 만큼의 명민함—을 발휘하며 그녀는 그를 궁지로 몰았다. 자신이 그에게 중요하거나 중요하지 않거나인데, 중요하다면 병이 있는 것이고 중요하지 않다면 괜찮은 것이다. 지금 그는 그녀의 고향에서 하는 말처럼 그녀가 중요한 양 '연기를 하고' 있는 것이다. 사실 그 반대라고 판명이 날 때까지 말이다. 그처럼 사회적 중압감이 큰 사람들이라면 그렇게 견해를 뒤집는 일—아마 그 자신에게 최고의 즐거움을 선사할—은 아주 대단한 사례에서만 행사될 것임이 명백했다. 결국 그가 대충 언제쯤 발각될지에 대한 그녀의 예측이 자신이 감히 시도하려는 판단에 빛을 던져주었다. 그리고 그 판단으로 기분도 다분히 단순해졌다. 그가 분명 그녀를 식별해냈고, 그래서 오싹했다. 그는 그녀가 지독하게 교묘하다는 것을, 용의자나 수상쩍은 사람이나 피고인이 그렇듯이 교묘하다는 사실은 몰랐다. 어떻게 알았겠는가? 사실상 그는 그녀라는 조합이 흥미롭다고 나름 고백을 한 셈이었다. 재미난 인종에 재미난 상실과 재미난 이득, 재미난 자유와 무엇보다도 당연히 재미난 태도, 그러니까 제일 괜찮을 때의 미국인들이 그러하듯이 친분을 떠받들며 그것을 받아들이도록 도와주거나 천박해지지 않으면서 재미난 태도 말이다. 그는 이 차고 넘치는 재미남의 진가를 인정해, 특별히 그녀를 위해 허비해도 되겠다고 마음먹은 연민의 옷을 차려입은 것이다. 하지만 그녀에게 그것은 곧장 옷을 벗기는 일, 완전히 벗겨서 맨몸을 드러내는 일과 다를 바 없었다. 그녀를 기초적 수준으로 떨어뜨렸는데, 그것은 가령 임대료를 내야 하는 상황에서 눈앞에 펼쳐진 거대한 도시를 응시하는 가난한 소녀의 상태였다. 밀리는 임대료를 내야 했다. 미래를 빌리는 임대료 말이다. 그것을 어떻게 조달할 것인가 외의 다른 문제는 모두 떨어져 나가 조각조각 깨지고 산산이 부서졌다. 이는 확실히 위대한 의사가 의도했던 결과가 아니었다. 그녀는 가난한 소녀처럼 집으로 돌아가서 어떻게 될지 알아봐야 했다. 방법이 있을지도 몰랐다. 가난한 소녀라도 생각은 할 테니까. 그 문제라면 어쩌면 앞서 그려 보인 광경으로 다시 돌아왔는지도 몰랐다. 그녀는 일어서서 주변에 흩어져 있는 우울한 동지들을 다시금 둘러보았다. 얼마나 우울한지 아예 잔디에 배를 깔고 누운 몇몇은 신경도 쓰지 않고 몸을 돌려 더욱 안으로 파고들었다. 그들과 더불어 다시금 그녀는 문제의 양면을 보았는데, 어느 쪽을 고르든 영감이 나올 법하지 않았다. 살고자 하면 살 수 있을 거라는 주장은 그저 표면적으로만 놀라운지도 몰랐다. 살 수만 있다면 살고자 할 거라는 주장이 더 풍부한 암시에다 호소력도 있고, 한마디로 거부할 수 없을 만큼 유혹적이었다.

이후 하루이틀 사이 그녀는 수지를 속인다는 사실—그게 단순한 상상이 아니었다면—에서 예상했던 이상으로 훨씬 더 많은 재미를 얻었다. 곧 알게 되었다시피 그 차이는 그저 자신이 유명한 의사 선생님에게 맞불을 놓았다는 상상—이것은 진짜 상상이었으니까—에서 나왔다. 그가 필요하다면 직접 그녀의 동료를 찾아오겠다고 하는 바람에 그녀는 문득 될 대로 되라는 식으로 자신에 대해 어떤 생각을 하든 상관없겠다는 기분이 되었다. 비록 그렇게 개의치 않게 되자마자 놀랄 만한, 혹은 적어도 생각해볼 만한 새로운 문제를 의식하게 되었지만 말이다. 처음 예상하기로는 스트링엄 부인이 자신을 뚫어지게 쳐다보리라 보았다. 그냥 혼자서 오래 쏘다녔다고 건성으로 이유를 대면 조롱에 가까울 만큼 얄팍한 변명으로 들릴 테니 말이다. 그런데 그 착한 부인이 마땅히 할 만한 비판조차 하지 않았기 때문에 한동안 그녀로서는 케이트 크로이가 정말로 약속을 지켰을까 의심스러울 만도 했다. 혹시 지고한 선의에서 밀리가 너무 걱정된 나머지, 말하자면 믿을 만한 소식통에서 나온 정보라면서 수지에게 귀띔한 것은 아닐까? 하지만 여전히 기억에 생생한 케이트의 확고한 약속은 차치하고라도, 실은 자기 설명이 두리뭉실했다는 것을 밀리 스스로 곧 깨달았다는 말을 덧붙여야겠다. 이 위기 상황에서 수지가 수상쩍을 만치 따지지 않고 넘어갔다면, 사실 수지는 언제나 그런 식이었다. 게다가 간혹 경이롭고 보기 드문 자비심을 보이기도 했다. 때로 그녀가 불가해하고 헤아릴 수 없을 만큼 무턱대고 자신을 존중한다는 것을 밀리는 잘 알았다. 전혀 의도하지 않았지만, 그러한 태도가 두 사람이 서로 익숙해지고 쉽게 친밀해지는 데 긍정적인 작용을 했다. 마치 예절이나 궁정 예법을 상기시켰는데, 특히 궁정 예법의 분위기는 밀리가 그 가치를 인정하는 데 도움이 되었다. 딱히 확고한 근거는 없었을지라도 상대방으로서는 반드시 그녀를 공주처럼 대해야 했다는 사실을 분명히 알 수 있었다. 따라서 그녀가 지금 거론된 계층과 관련해 나름의 초월적 견해를 지녔다 해도 밀리로서는 어쩔 수 없는 것이다. 수전은 역사책을 많이 읽었고, 기번이나 프루드, 생시몽* 등도 읽었다. 그들이 계층 문제를 얼마나 특별히 다루었는지 생생하게 기억했는데, 젊은 시절에는 배워야 할 규범이 너무 많고 퇴폐적인 데다 어쩔 수 없이 냉소적이며 지나치게 세련되었다고 여기다가 이제 와서 다분히 비잔틴식으로 그것에 탐닉한다면 흥미로운 일이 아닐 수 없었다. 비잔티움처럼 될 수만 있다면! 바로 그런 생각을 그녀는 암암리에 한숨처럼 내뱉지 않았던가? 밀리는 할 수 있는 한 다 맞춰주려 했다. 그래야 비로소 이제 수전이 폼 나게 비잔틴식이 될 수 있기 때문이었다. 기번의 책 어딘가에 있겠지만 보아하니 그 계

* 에드워드 기번은 『로마제국 쇠망사』, 제임스 프루드는 『울지의 몰락부터 스페인 무적함대 격퇴까지의 영국 역사』의 저자. 앙리 드 루브루아 생시몽은 공상적 사회주의자로 그의 『회고록』은 루이 14세 말기와 루이 15세 초반을 다루고 있다. 이들 모두 궁정 예법이나 당시의 화려함을 자세하게 설명하고 있다.

층의 위대한 귀부인들은 자신들의 신비로움에 의문을 제기하는 법이 없었다. 하지만 가련한 밀리와 그녀의 신비로움이란! 좌우간 수전은 밀리가 라벤나*의 모자이크라도 되는 양 더는 궁금해하지 않았다. 수전은 냉소와 마찬가지로 사려 깊음에도 심연이 있을 수 있다는 기이한 도덕을 믿는 기념비적 인물이었다. 게다가 마침내 청교도에게 아무런 방해물도 없게 되었을 때—! 어떤 굶주린 세대인들 수전 스트링엄의 상상 속에서 보상받지 못하겠는가?

케이트 크로이가 곧장 호텔로 왔다. 그날 저녁, 저녁 식사 직전에. 특히 광고를 하듯이 왔는데, 분명 엄청난 속도로 몰아왔을 이륜마차가 방 창문 바로 아래에서 거의 사고라도 난 것처럼 '쾅' 소리를 내며 멈춰 섰기 때문이다. 마침 밀리는 요란하게 장식된 텅 빈 거실에 혼자 있었고, 기이하고 거의 불길할 정도로 오지 않는 밤을 기다리며, 그럼에도 그 분위기를 즐기면서 약간은 우리에 갇힌 비잔티움 사람처럼 이리저리 거닐고 있었다. 그러다가 소리를 듣고 열려 있는 프랑스풍의 창문을 지나, 중앙현관 위로 튀어나온 과장되게 장식한 발코니로 나가보았고, 우연찮게도 마차에서 내려 돈을 지불한 뒤 우연히 위쪽을 바라본 케이트의 시선과 딱 마주쳤다. 더구나 케이트는 잔돈을 거슬러 받으려고 기다리던 중이라, 밀리가 발코니에서 내려다보면서 두 사람이 미소를 짓고 고개를 끄덕이는 사이 아침에 일어난 일에 대한 무언의 대화가 오갔다. 바로 그 일로 케이트가 찾아왔고,

---

* 모자이크로 유명한 이탈리아 북부 도시.

어쩌다 보니 방으로 올라오기도 전에 그런 분위기가 거의 확실해진 것이다. 하지만 밀리에게 또한 확실해진 것은 다시금, 그러나 여전히 억누를 수 없이 눈앞에 보이는 저 이미지, 거리낌 없이 내보이기 때문에 안달할 때면 특히 더 잘생겨 보이는 저 멋진 젊은 여성이 어떤 다른 사람의 시선이 특별히 소유한 존재라는 사실, 그러니까 그 거리낌없음이란 그녀가 덴셔 씨에게 보이는 거리낌없음이라는 사실이었다. 그것이 그녀가 그에게 보이는 모습일 것이라고, 밀리는 그렇게 그녀에게 사로잡히고 저 멀리 누군가의 눈을 통해 보는 듯한 묘한 기분에 사로잡힌 것이다. 여느 때처럼 그 묘한 기분은 고작 한 50초 동안 지속되었다. 하지만 그만큼으로도 어떤 결과가 생겨났는데, 사실 하나만이 아니었으므로 순서대로 설명을 해야겠다. 첫번째는 한 남자에게 저런 식으로 보이는 여성이 어떤 식으로든 그와 연관이 없다는 건 당치 않다는 생각이 퍼뜩 들었고, 두번째로는 케이트가 방으로 들어섰을 즈음 그것이 자신에게는 어떤 주된 연관 관계가 될지를 인식했다는 것이다.

이렇게 인식하게 된 바를 그녀는 곧장 꺼내놓았다. "그래서 뭐래요?"라는 케이트의 질문에 대한 대답으로 말이다. 당연히 아침에 벌어진 상황을, 위대한 의사가 제공한 최신의 정보를 당장 알고 싶어서 한 질문이었고, 확실히 밀리로서는 쾌활하게 소식을 묻는 상대에게 어떻게든 보기 좋게 내놓을 만한 소식이 없어서 걱정스러운 사람이 가질 법한 기분이 들었다. 바로 그 순간 무엇이 그런 결심을 하게 만들었는지는 스스로도 설명할 수 없었을 것이다. 그나마 가장 사실에 가까운 설명이라면 상대방이 당연시하는 모든 것들이 그 어느 때보다 생생하게 다가와서일 수 있겠다. 한마디로 무진장한 그 양과 그녀 자신이 몇 시간 동안 어렵사리 길을 찾아 헤매 다녔던 가능성의 미로 사이의 극명한 대조는 잠깐이나마 너무나 흉측한 몰골을 띠었기 때문에 아무리 다정한 형태를 덧씌운다 해도 별로 나아지지 않았던 것이다. 사실은 그 덕분에 해줄 말이 전혀 없다는 사실을 떠올릴 수 있었다. 분명 그 외에도 뭔가 더 있었지만 그 영향력은 이 특정한 시점에 훨씬 더 모호했다. 방으로 올라오는 사이 방금 전 케이트의 모습이 사라졌던 것이다. 밀리의 미묘한 사고를 촉발했던 모습, 그리고 잠깐 이상은 절대 지속되는 법이 없다는 사실을 하나의 특성으로 삼는 그 모습이. 그럼에도 여전히 그녀는 활짝 피어난 건강한 모습으로 서 있었고, 다른 무엇보다도 '수려한 젊은 여성', 맨 처음에 밀리가 감사히 받아들였던 그 '수려한 젊은 여성'의 모습을 다시금 완전히 보여주고 있었기에, 지금 애처로운 분위기로 그녀를 맞는다면 어쩐지 일종의 굴복이나 고백까지도 될 수 있었다. 케이트, 그녀는 평생 아플 일이라고는 없을 것이다. 몸이 아무리 안 좋을 때라도 훌륭한 의사가 겨우 몇 분만 보면 족할 것이다. 그래서 마치 사실상 완전무결한 그녀가 자신의 치명적인 면모를 전부 알고자 하는 것만 같았다. 밀리의 내면에서 이러한 것들이 널을 뛰듯 뛰놀았다. 하지만 그 것이 초래한 동요와 일으킨 먼지는 지금 그것을 설명하는 시간만큼도 지속되지 않았다. 미처 의식하기도 전에 밀리는 대답을 하고 있었고, 그것도 거짓말을 한다는 사실을 전혀 의식하지 않고 훌륭하게 대답을 하고 있었던 것이다. 그저 어디선가 듣거나 읽은 적이 있는, 그리고 그녀의 의사가 주로 그녀에게 강조했던 유명한 '의지력'이 불현듯 솟아났을 뿐. "아, 다 괜찮아요. 선생님이 얼마나 친절하신지."

케이트는 훌륭했고, 그녀가 스트링엄 부인에게 아무 말도 하지 않았다고 추정할 증거가 밀리에게 더 필요했다면 이제는 확실할 만도 했다. "그럼 그냥 허튼 생각이었다는 거예요?"

"허튼 생각이었죠." 별것 아닌 단어였지만 그 말을 내뱉자마자 우리의 젊은 주인공은 자신이 안전해진 기분이었다.

케이트는 실로 그녀의 말을 하나도 놓치지 않고 들었다. "아무 문제도 없다는 거죠?"

"걱정할 건 하나도 없대요. 좀더 지켜보긴 해야 하는데, 무시무시한 일을 해야 할 필요도 없고 불편한 일이라고는 없을 거래요. 그러니까 원하는 건 다 해도 되는 거죠." 그냥 그렇게만 말해도 당장으로서는 모든 조각들이 얼마나 제대로 각자의 자리를 찾아 들어가는지 밀리로서는 경이로울 정도였다.

하지만 그 효과가 제대로 나타나기도 전에 케이트는 그녀를 붙들고 입을 맞추면서 축하의 말을 던졌다. "정말 잘됐어요. 얼마나 잘됐는지! 하지만 그럴 줄 알았다니까요." 그러더니 요점을 제대로 짚어 보였다. "원하는 건 다 할 수 있다는 거죠?"

"거의 그래요. 멋지지 않아요?"

"아, 그런데도 뭐라도 안 하기만 해봐요! 그래서 뭘 할 거예요?"

"당분간은 그냥 즐기는 거죠." 밀리는 그지없이 명료했다. "이 난관에서 벗어난 것을 말이에요."

"그러니까 당신이 건강하다는 걸 그렇게 쉽게 알게 돼서 말이죠?"

케이트가 정말 편리하게 적절한 말을 해준 셈이었다. "내가 건강하다는 걸 그렇게 쉽게 알게 되어서요."

"다만 지금 런던에 계속 머물러도 될 만큼 건강한 사람은 당연히 없어요." 케이트가 말을 이었다. "의사가 당신한테 그렇게 하라고 한 건 아니겠죠?"

"당연히 아니죠. 좀 돌아다닐까 해요. 여기저기 다녀보려고요."

"설마 끔찍한 '기후'를 말하는 건 아니죠? 엥가딘이나 리비에라 해안 같은 지루하기 짝이 없는 곳들 말이에요."*

"그건 아니고, 말했다시피 그냥 맘에 드는 곳이에요. 즐기고 싶어요."

"오, 깜찍하기도!" 나름의 친숙함을 내보이며 케이트가 반색했다. "하지만 어떤 식으로 즐길 건데요?"

"최고로." 밀리가 미소를 지었다.

상대방은 그 말을 고상하게 받았다. "어떤 게 최고인데요?"

"글쎄요, 바로 이 기회에 그걸 알아내야겠죠. 날 도와줘야 해요."

"처음 당신을 보았을 때부터 도와주는 일 말고 달리 내가 원하는 게 뭐가 있었게요?" 케이트가 물었다. 하지만 그러면서도 궁금한 점은 있었다. "그래도 그렇게 말해주니 기쁘네요. 행운이란 행운은 다 가진 당신에게 어떤 도움이 필요할까요?"

---

* 엥가딘Engadine은 스위스 동부 인Inn강의 협곡이며, 리비에라Riviera는 프랑스 동남부의 지중해 연안 지역으로 둘 다 휴양지이다. 여기서 '기후'란 당시 치료를 위해 권하던 휴양지의 온화한 기후를 뜻한다.

5

사실 밀리는 결국 말해줄 수 없었다. 그래서 일단은 케이트가 도착했을 때 신기하게 두드러져 보였던 그 사항으로, 그러니까 그녀가 부러울 만큼 튼튼하다는 사실로 돌아가기로 했다. 당장 그날 저녁 남은 시간 동안 그것을 실행했는데, 이제는 손에 꼽을 정도로 시간이 얼마 남지 않았으므로 더욱 수월했다. 실제로는 약속했던 루크 스트렛 박사의 방문을 기다린 게 다였다. 그 문제와 관련해 어떻게 일을 진행해나갈지는 이미 다 결정해놓았다. 수지를 만나고 싶다니 자유롭게 만나라고 하고, 그러고 나면 그 만남이 마음에 들지 어떨지는 직접 알게 되겠지. **두 사람** 사이의 일은 두 사람 사이에서 해결될 것이고, 그로써 그녀의 마음에서 어떤 압박감이 덜어진다면 그것을 나름대로 이용하는 것도 그들 자유였다. 혹시 수전 셰퍼드에게 더욱 고상한 이상의 불을 지피고 싶었던 거라면 최악의 경우라도 수전은 믿을 만했다. 한마디로, 관심 있는 두 사람이 마련하게 될 것이 헌신이라면, 그녀 자신도 그렇게 마련되어 나올 음식을 기꺼이 다 먹어줄 것이었다. 그는 그녀의 '식욕'을 거론했는데, 그때 그녀의 설명이 아무래도 모호하지 않았나 싶었다. 하지만 헌신의 문제라면 최고의 식욕을 보여주리라는 것을 이제는 알 수 있었다. 가리는 것 없이 탐욕스럽고 게걸스럽다, 그것이 틀림없이 그녀에게 적합한 표현이었다. 여하간 진작부터 동정이라는 술책을 기꺼이 감당할 생각이었으니까. 밀리가 혼자 돌아다녔던 다음 날은 런던에서 머물 날이 이삼일밖에 남지 않았을 때였다. 그래서 외부 사람을 만나는 일로는 사실상 그날 저녁이 마지막 날이라고 보았다. 그즈음 대부분이 여기저기로 떠나갔고, 방문을 하고 전갈을 보내고 나중에 대륙으로 찾아오라는 진지한 초대를 하는 일에 무척이나 후했던 많은 사람들이 정말로 시야에서 사라져버렸다. 로더 부인의 가장 친밀한 사교계 성원이든 마크 경의 사교계 성원이든 다들 그랬는데, 우리의 주인공들은 이제 그 정도 구별은 할 수 있게 되었다. 전반적으로 정점에 올랐던 분위기가 확연히 폭 꺼져버렸고, 아직 챙겨야 할 것은 특별한 몇몇 경우뿐이었다. 밀리에게는 그중 하나가 앞서 언급한 의사의 방문이었는데, 이제 그에게서 전갈이 왔다. 중요한 다른 하나로는, 비록 잠시만 떨어져 있겠지만 어쨌든 로더 부인과 케이트와의 작별이 예정되어 있었다. 그 이모와 조카딸과는 오붓하게 간단한 저녁을 함께할 예정이었다. 얼마나 간단했던지 저녁을 먹은 뒤 모드 이모가 터무니없이 뒤늦게 열리는 어떤 파티에 함께 가자고, 그녀의 말에 따르면 그 두 사람이 아무래도 모습을 보이는 게 좋을 파티이기에 함께 가자고 했을 때도 딱히 뜬금없다는 느낌은 없었다. 루크 박사가 그다음 날에 찾아오기로 했고, 이렇게 복잡해진 상황에 대해 밀리는 이미 나름대로 계획을 짜놓았더랬다.

어쨌든지 그날 밤은 후덥지근하고 칙칙했는데, 네 명의 여성이 조촐한 자리를 위해 호텔에 모였을 때는 이미 늦은 시간이었다. 높은 발코니 쪽의 창문은 여전히 활짝 열린 채였고, 불침번을 설 마음이 있는 듯한 분홍색 갓 안쪽의 촛불은 성수기가 지나 죽은 듯 깔려 있는 공기 속에서 미동도 없었다. 그들이 곧 결정을 본 바는 이러했다. 밀리 자신도 그편이 낫겠다는 뜻을 평소보다 강하게 내보였지만, 그날 저녁에는 사교적 계단이 아무리 밀리 쪽으로 뻗어오더라도 굳이 그 계단을 어렵게 오를 필요는 없겠다, 로더 부인과 스트링엄 부인 둘이서만 시련을 견딜 테니 케이트 크로이는 밀리와 남아서 그들이 돌아올 때까지 기다리라고 했다. 수전 셰퍼드를 내보내는 일은 밀리에게 항상 기쁨이었다. 떠나는 뒷모습을 흡족하게 바라보았고, 말하자면 그녀에게 사람들을 떠안기는 게 좋았다. 그래서 마차로 다가가는 그녀의 자애로운 등이 확연한 썰물처럼 저 멀리 물러가는 것을 만족스럽게 지켜보았다. 모드 이모에게는 새로운 미국 여성인 자신이 아니라 새로운 미국 여성의 재미있는 친구를 데리고 나가는 일이 딱히 이상적이지 않았겠지만, 어떤 기분으로 이 소소한 이점을 최대한 이용했는지를 보면 그녀의 광범위한 장점이 무엇보다 잘 나타났다. 대체로 착각하는 일 없이 유쾌하게 그 일을 수행했다. 수지에게 직접 털어놓기도 했지만, 말 그대로 사람이 좋아서 그랬던 것이다. 자기가 대신 가봐야 효과가 너무 보잘것없을 테고 자신이 이런 대접을 받는 건 다행히 끊어지지 않은 연결 고리로서일 뿐이라는 스트링엄 부인의 말에 모드 이모는 거의 동의한다는 투로 이렇게 말했다. "뭐, 없는 것보다는

나으니까." 더구나 오늘 밤 밀리는 모드 이모가 뭔가 특별한 일
을 염두에 두고 있는 느낌이 들었다. 함께 호텔을 나서기 전에
스트링엄 부인이 숄과 다른 장신구를 찾으러 자리를 비웠고 케
이트는 그들이 빨리 떠났으면 하고 조바심을 내듯 서성거리다
가 발코니로 나가서는 한동안 들어오지 않아 눈에 띄지 않았다.
그래봐야 보이는 것이라고는 런던 하늘의 흐릿한 별빛과 거리
위쪽 모퉁이 작은 선술집의 그보다 조잡한 불빛, 그리고 그 불
빛을 배경으로 그 앞에 선 마차에 매인 기진맥진한 말의 모습뿐
이겠지만 말이다. 로더 부인이 그 기회를 이용했고, 밀리는 듣
는 순간 바로 그것이 애초의 의도였음을 깨달았다.

　"수전이 말하기를 네가 미국에서 덴셔 씨를 만났다던데. 너
도 눈치챘겠지만 내가 지금까지 이 말을 꺼낸 적이 없는데, 그
와 관련해서 내 부탁 하나만 들어줄 수 있을까?" 목소리를 얼마
나 깔았던지 예의 훌륭한 입담을 자랑하는데도 상당히 웅숭깊
게 들렸다. 밀리는 약간 놀라긴 했지만 어떤 부탁인지 알 것도
같았다. "이제 저 애에게 어떤 식으로든 알아서 그 사람 얘기를
꺼낼 수 있겠니?" 모드 이모가 창문 쪽으로 고개를 까딱하며 물
었다. "그가 돌아왔는지 혹시 알아낼 수 있을지 모르니 말이야."

　이 말로 밀리에게 정말 많은 것들이 맞아 들어갔다. 나중에야
떠올리게 된 거지만 그렇게 많은 것을 동시에 의식할 수 있다니
놀라울 정도였다. 그럼에도 불구하고 밀리는 애써 미소를 지었
다. "그걸 '알아내는' 게 저한테 왜 중요한지 모르겠는데요." 그
런데 이것만으로도 너무 많은 말을 한 셈이라는 생각이 퍼뜩 들
면서, 말을 하는 중에도 생각해야 할 것들이 마구 늘어났다. 그

래서 서둘러 말을 줄이려 애쓰며 덧붙였다. "물론 **이모님**에게 중요하다는 말씀이겠지만 말이죠." 그녀 자신이 열심히 미소를 짓고 있는 만큼이나 모드 이모가 자신을 뚫어지게 바라보고 있지 않나 하는 상상이 들었고, 그로 인해 다시 충동적으로 말을 이었다. "아시다시피 지금까지 그 사람 얘기를 꺼낸 적이 없잖아요. 그런데 이제 와서 그 이름을 입에 올리면—"

"그러면?" 로더 부인이 말이 이어지기를 기다렸다.

"당연히 케이트는 저이가 지금까지 무슨 꿍꿍이속이었을까 하겠죠." 밀리가 말을 이었다. "케이트가 그 이름을 입에 올린 적은 없으니까요."

"없지." 상대방이 다소 심각하게 그 문제를 따져보았다. "안 할 거야. 그러니까 꿍꿍이속이 있는 건 저 애라는 걸 알 수 있겠지."

그래, 밀리는 알고 싶었다. 알아야 할 게 너무 많아서 그렇지. "물론 무슨 특별한 이유는 없었겠죠." 하지만 그건 사실 이도저도 아니었다. "덴셔 씨가 돌아왔을 거라고 보시나요?" 그녀가 물었다.

"내 짐작으로는 이즈음 돌아오기로 한 것 같은데, 확실히 알면 마음이 좀 편하겠어."

"그럼 직접 물어보시면 되잖아요."

"아, 우린 그 사람 얘기는 절대 안 해!"

밀리는 잘 이해가 안 된다는 태도를 보이며 잠깐 시간을 벌 수 있었다. "그 말씀은 두 사람이 어울리는 걸 반대하신다는 뜻인가요?"

모드 이모 역시 바로 대답하지 않았다. "그 애가 그 불쌍한 젊은이와 어울리는 걸 반대하는 거야. 그를 사랑하지 않거든."

"그쪽에서는 케이트를 아주 사랑하는데 말인가요?"

"사랑하지, 그것도 너무." 로더 부인이 말했다. "그래서 그 친구가 몰래 케이트를 괴롭히지 않을까 걱정스러운 거야. 걔가 나한테 말은 안 하지만 괜히 심란해지는 건 원하지 않으니까." 그녀가 관대하면서도 은밀하게 결론을 지었다. "사실 그 친구가 마음에 들지도 않지만."

밀리는 적절히 응대하기 위해 온 힘을 기울였다. "하지만 제가 뭘 어떻게 할 수 있나요?"

"그 둘이 지금 어떤 상태인지 알아봐줄 수 있잖아." 로더 부인이 설명했다. "내가 직접 알아보면 두 사람이 나를 속이고 있다고 생각하는 것처럼 보일 테니까."

"당연히 아니죠." 밀리가 그녀 대신 따져보았다. "두 사람이 이모님을 속이고 있다고는 생각하시지 않죠."

"그러니까 말이야." 밀리의 질문으로 애초의 의도보다 너무 나가버렸을 수도 있지만 마노처럼 반짝이는 눈을 깜박이지도 못한 채 모드 이모가 말했다. "그러니까 케이트는 내 견해를 빠짐없이 다 알고 있어서, 그 애가 지금 나와 같은 입장이라고, 그러니까 정말로 그렇게 받아들인다는 것도 알고 있지. 무슨 뜻인지 알겠지만, 내 견해에 충심으로 동의한다고 말이야. 따라서 내가 어떤 면에서는 그를 참 좋아하기는 하지만, 내 견해 속에는 덴서 씨가 들어갈 자리가 없으니까." 한마디로 그래서 이런 조치에까지 이르게 되었다는 것인데, 커다란 부채를 요란하게 부쳐대듯이 그 뜻을 대강이나마 마무리 지었다.

밀리는 그 덕택에 일단 그중에서 가장 명백한 부분이라 할 만한 것을 끄집어낼 수 있었다. "그럼 덴셔 씨를 좋아하시긴 해요?"

"오, 그럼. 넌 안 그래?"

그 질문이 왠지 뾰족한 물건처럼 느닷없이 신경을 긁는 듯해서 밀리는 바로 답하지 않았다. 잠깐 숨이 턱 막혔지만 가능한 열다섯 가지 대답 가운데 가장 도움이 될 대답을 아주 재빠르게 끄집어낼 수 있었고, 나중에 돌이켜봤을 때 만족스러울 만했다. 게다가 명랑한 미소까지 지었으니 뿌듯하기까지 했다. "그랬죠. 뉴욕에서 세 번 만났을 때." 이 간단한 말로, 그녀에게는 지금껏 내뱉은 말 중 가장 많은 것을 지불해야 했던 것으로 여겨질 말이 그날 밤 그렇게 오갔다. 아주 좋았던 인상을 부정하는 아주 수준 낮은 노선을 취하지 않았다는 사실이 기뻐서 잠을 못 이룰 정도였으니 말이다.

게다가 로더 부인도 그 간단한 말이 합당하다고 보았다. 웃음으로도 알려주었듯이 자연스레 어떤 짜릿한 대화를 나누고 있다는 식이었으니까. "요 귀여운 미국인! 하지만 아주 좋은 사람이라도 내가 원하는 쪽으로는 충분치 않은 경우도 있으니까."

"맞아요." 밀리가 동의했다. "심지어 내가 원하는 게 아주 좋은 것인데도 그럴 수 있죠."

"아, 얘야, 내가 원하는 걸 지금 다 털어놓으려면 한도 끝도 없을걸! 모든 걸 다 한꺼번에 원하지. 그리고 널 위해서는 더 그렇고." 모드 이모가 말을 이었다. "하지만 우리를 줄곧 보아왔으니 너도 알아챘겠지."

"아, 전 뭘 알아채지는 못해요." 밀리가 말했다. 다시금 뭔가 불분명한 느낌이, 그것도 순식간에 몰려들었기 때문이었다. "그러니까 저 친구가 그 사람을 안 좋아한다면—"

"나한테 뭔가 숨길 거라는 의심을 왜 하냐고?" 로더 부인이 보기에 그것은 마땅한 질문이었다. "어떻게 그런 질문을 해? 케이트 입장에서 생각해봐. 걔가 나랑 함께하기는 하지만 **자기 조건**에 따른 거야. 도도한 젊은 여자들은 도도한 젊은 여자고, 도도한 늙은 여자들은, 뭐, 내가 바로 그렇지. 우리 둘 다 너를 좋아하니까 우리를 도와줄 수 있을 거라고 봐."

밀리는 그런 마음이 들기를 바라며 물었다. "그래서 문제는 다시 제가 케이트에게 단도직입적으로 물어봐야 한다는 건가요?"

이 말에 결국 모드 이모는 관두기로 했다. "아, 물어보지 못할 이유가 그렇게 많다면—"

"그렇게 많지는 않아요." 밀리가 미소를 지었다. "하지만 한 가지는 있어요. 제가 느닷없이 그 사람을 알고 있다고 밝히면 지금까지 말하지 않은 걸 어떻게 생각하겠어요?"

로더 부인이 이해할 수 없다는 표정을 지었다. "걔가 어떻게 생각하든 상관할 게 뭐 있어? 그냥 조심스러워서 그랬을 수도 있지."

"아, 그건 맞아요." 밀리가 황급히 대꾸했다.

"게다가," 상대방이 말을 이었다. "수전을 통해서 내가 부탁한 것도 있었고."

"그렇죠. 하지만 그건 **제** 쪽에서의 이유잖아요."

"내 쪽에서의 이유이기도 하고." 로더 부인이 고집스럽게 말했다. "그러니까 쟤가 그렇게 분명한 근거를 인정하지 않을 만큼 어리석지는 않겠지. 내가 아무 말도 하지 말랬다고 그대로 전해도 상관없어."

"그리고 이제는 얘기해보라고 했다는 것도요?"

묘하게도 로더 부인은 그것이 자신을 책망하는 말로 들린 모양이었다. "그렇게 하지 않고는 말을 못 한다는 거니?"

밀리는 너무 많은 문젯거리를 만들어낸다 싶어 창피스럽기까지 했다. "제가 어떻게든 알아서 해볼게요. 그런데 한 가지만 더 말해주세요." 너무 꼬치꼬치 묻나 싶어 잠깐 주저했지만 결국 끄집어냈다. "그 사람이 편지를 계속 썼나요?"

"애야, 바로 그게 내가 알고 싶은 거란다!" 로더 부인이 마침내 성마른 말투로 말했다. "네가 알아서 잘 찔러봐. 그럼 말해주겠지."

그렇지만 밀리는 여기서 그만둘 생각이 없었다. "이모님을 위해서 찔러보는 거예요." 그녀는 여전히 미소를 지으며 말했는데, 상대방에게 대꾸할 여지를 주지 않고 덧붙였다. "중요한 건 그 사람이 계속 편지를 썼다면 케이트도 답장을 했을 거라는 거죠."

"예리하기도 하지! 그게 왜 중요한데?"

"예리한 게 아니라 간단한 거죠." 밀리가 말했다. "그러니까 답장을 하고 있었다면 아마 제 얘기를 했을 테니까요."

"그랬다고 봐야지. 그래서 뭐가 문제인데?"

이 말에 밀리는 로더 부인이 예리하지 못한 것도 당연하다는 생각에 잠시 말을 멈췄다. "그 사람이 나를 안다고 답장을 보냈으면 상황이 달라지죠." 그녀가 설명했다. "그렇게 되면 제가 지금까지 말을 꺼내지 않은 게 이상해질 테니까요."

"상대방이 네가 말을 꺼낼 기회를 전혀 주지 않았는데 왜 이상해?" 모드 이모가 똑떨어지게 주장했다. "이상하다면 오히려 너한테 이상하지. **걔가** 얘기하지 않았으니 말이야."

"아, 그것 봐요!" 밀리가 말했다.

그런데 분명 그 말투에 담긴 어떤 면에 상대방이 묘한 인상을 받은 모양이었다. "그럼 그게 계속 신경이 쓰였던 거니?"

이에 좀처럼 보기 힘든 홍조가 좀 생뚱맞게 그녀의 얼굴을 물들였다. "아니요, 전혀요." 그러자 그 점을 확실히 해둘 필요가 있다는 생각이 문득 들었고 거기서 이야기를 끝낼 셈으로 어쨌든 자신이 그런 부탁을 들어주는 데는 아무런 문제가 없다고 말하려는 참이었다. 다만 바로 그 순간 다른 문제가 또 비집고 들어오고 말았다. 일단 로더 부인이 먼저 자신이 너무 많이 나갔음을 불현듯 깨달은 모양이었다. 밀리는 얼굴을 보고 그녀의 중요한 동기를 판단하는 일은 도대체 할 수가 없었다. 매끈하고 단단하게 빛나는 그 얼굴은 그런 종류의 인간적 표정과는 너무 거리가 멀었다. 그녀는 좋은 말을 하는데도 표정이 매서워 보였다. 문제는 그렇다고 매서운 말을 할 때 표정이 부드러워 보이지도 않았다는 것이다. 그럼에도 지금 뭔가가 그녀의 표정으로 스며들고 있었다. 가로지른 빗장이 벌어지면서 확연히 알아볼 수 있는 물결이 밀려 들어왔다. 자기 부탁이 번거롭다는 마음이 손톱만큼이라도 든다면 전혀 할 필요 없다고 단언했던 것이다.

말투가 그렇게 돌변하는 바람에 오히려 젊은 친구에게 온갖 생각이 밀려들었지만 말이다. 뒤늦게야 불쌍한 마음이 들어 한 말이라는 것을 알아차릴 수 있었다. 밀리는 그런 건 언제나 알아차릴 수 있으니까. 그리고 그렇게 알아차린 결과, 특이한 일이 생겼다. 케이트가 비밀을 지켰고 자신에게 진실했음이 바로 증명된 것이다. 그러므로 모드 이모는 자신이 왜 불쌍히 여길 만한지 케이트에게 직접 들은 바는 없이 그저 그녀 성격의 훌륭한 면모를 보여줄 따름이었다. 훌륭한 면모란, 갑자기 좋아하는 마음이 일어서든 남는 힘이 다른 쪽으로 쏠려서든 그녀는 언제고 자신이 아닌 다른 사람의 이해관계를 위해서도 감정이 솟아날 수 있다는 것이었다. 자기가 가정한 이상으로 밀리도 상황을 두루두루 생각해본 게 틀림없다고 그 순간 감탄하기도 했다. 그리고 이 발언은 허약하다는 어떤 비난만큼이나 순식간에, 그리고 예리하게 밀리에게 작용할 수도 있었다. 조심하지 않으면 다들 하게 될 말이 바로 그것이었으니까. "너 뭔가 문제가 있구나!" 그런 말 말이다. 따라서 아무 문제도 없다는 것을 확실히 해야겠다는 마음이 곧 밀리에게 들었다. "이모님을 기꺼이 도와드리고 싶어요. 케이트도 그만큼 도와주고 싶고요." 가능한 한 서둘러 그렇게 선언했던 것이다. 그러면서 시선은 방을 가로질러, 논의되고 있는 당사자가 약간 이상하다 싶게 오래 나가 있는 어둑한 발코니 쪽으로 옮겨 갔다. 차라리 당장 말해버리고 싶다는 심정을 그렇게 암시한 셈이다. 그 당사자가 두 사람이 따로 말할 기회를 너무 오래 제공하고 있지 않은가 하는 의구심을 눈에 띄게 내비치기도 했다. 하지만 실제 나온 것은 재미있다는 식으로 그들의 다른 친구를 지칭한 이런 말이었다. "수지 아줌마가 몸치장을 대단히 하시나 봐요!"

그렇지만 모드 이모는 자기 생각에 빠져 그 암시를 알아듣지 못했다. 마노 같은 까만 눈이 아주 반짝거리며 내리누르듯이 그녀에게 꽂혀 있었는데, 더 풍부해진 자애로움을 보여주려는 의도였을 것이다. "그만둬라, 애야. 어쨌든 곧 다 알게 되겠지."

"그 사람이 돌아오면 당연히 알게 되겠죠." 밀리가 잠시 후 대답했다. "예의상 저를 보러 오지 않을 수는 없을 테니까요." 그녀가 말을 이었다. "그러니까 그때는 분명해지겠죠. 그러면 케이트를 통해서가 아니라 그 사람을 통해서 알게 될 테고요. 저를 만나지는 못할 테지만요." 그녀가 미소를 지으며 말을 맺었다.

그녀는 엉겁결에 원하는 이상으로 상대방의 흥미를 돋우는 놀라운 감각이 있었다. 마치 정해진 운명의 물길로 둥둥 떠내려 가고 있어서 멈출 수가 없는 기분이었다. 의사에게 했던 것과 거의 똑같은 장난질을 하면서 말이다. "그에게서 도망칠 생각이야?"

이제 대화를 끝냈으면 하는 마음이라 밀리가 그 질문을 못 들은 척하며 말했다. "그렇게 되면 케이트를 직접 상대하시게 되겠죠."

"걔한테서도 도망칠 생각이야?" 로더 부인이 의미심장하게 그렇게 물었을 때, 다같이 저녁 식사를 했던 방으로 돌아오는 수지의 모습이 뒤쪽 열린 문을 통해 눈에 들어왔다.

이 때문에 밀리는 이제 시간이 없다는 느낌이 들었다. 그래서 그와 관련해 그녀가 느낀 것이 전부 느닷없이 입 밖으로 나왔는데, 그 질문을 하는 중에도 무덤덤해 보이는 데 실패했음을 스스로도 의식할 수 있었다. "그 사람이 정말로 케이트와 사귄다고 믿으시나요?"

모드 이모는 이해했다. 그러니까 밀리로서는 이해하지 않기를 바랐던 그 말투의 모든 면을 이해했던 것이다. 그 결과 그들은 말없이 잠깐 서로의 눈을 들여다보았다. 스트링엄 부인이 다가와 케이트는 갔냐고 물었다. 질문에 대답이라도 하듯이 케이트가 바로 모습을 드러냈다. 열린 창문으로 다시 나타났던 것인데, 그들을 보고 우뚝 멈춰 섰고 그 바람에 모드 이모 편에서 너무 눈에 띈다 싶게 '쉬!' 하는 인상을 주었다. 로더 부인은 지체 없이 수지와 황급히 자리를 뜸으로써 거기서 생겨날 수도 있을 위험을 피했다. 하지만 밀리로서는 방금 전에 모드 이모에게 했던 말, 그러니까 단도직입적으로 조카를 상대하라는 그 말이 어느새 자신에게 되돌아온 느낌이었다. 아무리 피해봐야 단도직입은 온전히 **그녀가** 감당해야 할 몫이었다. 기실 그녀에게는 피하는 일처럼 단도직입적인 것도 없었다. 케이트는 아주 수려하고도 꼿꼿하게 여전히 창문가에 서 있었다. 그녀를 둘러싼 바깥의 어둑한 배경이 수수하고 가볍게 차려입은 여름 복장을 무척이나 돋보이게 했다. 상당한 거리가 있었기 때문에 그녀에게 대화가 들렸으리라는 실질적인 염려는 없었다. 단지 다 알고 있다는 눈빛과 이점이 더 늘었다는 분위기로 서성였을 뿐이었다. 그야말로 잠깐 사이에 밀리는 충분히 알았다. 알고 있다는 눈빛과 더 갖게 된 이점은 이제 그녀가 언제든 자유로이 쓸 수 있는 것,

곧 밀리가 머튼 덴셔에게 알려진 모습으로 알고 있는 그 인물에게 적합한 것들이었다. 몇 초 사이에, 마치 그가 아는 인물의 정체성이 바로 그녀의 정체성 **전체**였다는 느낌이었고, 그런 계산에 따라 결과적으로 예리함은 더해졌다. 케이트가 그 자리에 있는 이유는 말할 것도 없이 그저 그가 돌아왔다고 말해주기 위해서였던 것이다. 결국 말 한마디 나누지 않고도 그가 런던에 있다는 사실이, 어쩌면 바로 코앞에 있을지도 모른다는 사실이 둘 사이를 오갔다. 따라서 밀리로서는 그보다 더 단도직입적으로 케이트를 상대할 수는 없었던 셈이다.

6

무엇보다 지금으로서는 이런 묘한 단도직입성만으로도 충분해 보였기 때문에 밀리는 자리를 뜬 두 사람이 돌아오기까지의 형언할 수 없이 기이한 시간 동안 무슨 일을 한들 상황이 더 강렬해질 수 없었음을 나중에야 인식하게 되었다. 나중에야 커튼도 치지 않은 창문으로 길게 뻗어오는 고통스러운 새벽빛 아래에서 그 점을 어느 때보다 분명히 인식하게 되었다면, 그것은 당시 분위기는 표면상으로 더 바랄 나위 없이 편안했고 저녁 시간이 다 저물도록 내내 그러했기 때문이다. 뒤에 가려진 것들은 그저 잠깐씩만 희미하게 반짝였다. 전면에 나선 것들이 조금이라도 무대를 벗어나는 기색은 없었다. 3분도 채 지나지 않아 밀리는 모드 이모가 직전에 했던 부탁은 들어줘서는 안 되겠다는 사실을 알게 되었다. 게다가 다분히 모드 이모나 루크 스트렛 박사와 함께 있을 때 작동했던 것과 같은 감으로 알게 되었던 것이다. 자신의 무관심에 의해서든 소심함이나 용감함, 관대함을 통해서든—그중 어떤 것인지 밀리는 판단할 수가 없었다—다른 사람들이 결정한 흐름 안에 여전히 놓여 있다는 느낌이 그때 그 자리에서 그녀를 강하게 내리눌렀다. 자신이 아니라 그

흐름이 움직이고 있고, 자물쇠든 댐이든 다른 사람들이 지키고 있다는 사실이. 예를 들어 케이트도 그저 수문을 열기만 하면 되었다. 그러면 엄청난 양의 물이, 지금까지 그래왔듯이 케이트가 원하는 대로 할 수 있는 물줄기가 콸콸 쏟아지는 것이다. 그 무엇에 비할 바 없이 특이한 방식으로 케이트가 원했던 것이 문득 어느 때보다 흥미로운 인물이 되는 것이 아니라면 무엇이겠는가? 그래서 밀리는 함께 보낸 늦은 밤에 거의 숨을 죽이며 그 것을 감상했다. 케이트가 자신과 로더 부인의 대화에서 판단의 근거로 삼을 것을 엿듣지 못했다고 확신할 수 없었다면, 이제 저 놀라운 인물이 위험을 예견하고 '끼어든다'는 것이 거의 눈에 보였다. 사실 이러한 환상은 그들이 함께 자리를 잡자 곧 사라졌다. 단지 다른 환상들이 마구 불어나 무리를 이룬 탓이었지만 말이다. 그리고 밀리가 보기에 그것이 부력이 있는 매체를 이룬 듯 상대방은 그 속에서 어지간히 말을 하고 움직였다. 그들이 함께 자리를 잡았다고 했지만, 사실 케이트는 말이 많은 만큼이나 꽤나 서성이기도 서성였다. 어쩌면 아주 살짝 격식을 차리는 듯이 보일 수도 있었는데, 거듭 자리에서 일어나 가벼운 드레스의 뒷자락을 끌면서 방의 이쪽 끝과 저쪽 끝을 천천히 오가는 식으로 들썽거리면서도 매력적인 모습을 내보였고, 거의 공공연하다 싶게 밀리의 즐거움을 위해 상연을 해 보이는 것이었다.

매첨에서 로더 부인은 자기 조카딸과 밀리가 함께 연합하면 사실상 세상을 정복할 수도 있다고 말했더랬다. 당시 그 말이 웅장할 만큼 화려하지만 어딘가 모호했다면, 밀리는 이제 그 뜻에 좀더 근접할 수 있었다. 그 문제라면 케이트는 혼자서도 뭐든 정복할 수 있을 테고, 밀리 실 **그녀는** 무엇보다 막무가내로 밀고 들어오고 그래서 가장 먼저 처리되어야 할 작은 조각으로서의 '세상'만을 상대하게 될 것이었다. 틀림없이 처리된다는 이런 기반에서 자기 몫의 정복을 하게 될 것이었다. 그녀는 뭔가 줄 게 있을 것이고 케이트는 뭔가 받을 게 있을 것이고, 그래서 그에 따라 각자 모드 이모의 이상에 맞출 뭔가가 있을 것이다. 한마디로 지금 상황이 바로 그랬다. 고요한 늦은 밤 등불 아래 놓인 지금 상황은 일어날 수도 있을 거대한 드라마의 대강의 리허설과 같았다. 밀리는 자신이 처리되고 있음을 멋지게, 완벽히 알았다. 그리고 그에 승복했다. 자기 힘으로 도와줄 수 있으려면 그런 식이어야 하리라 생각했으니까. 그리고 케이트는 받아야 할 것을 주는 대로 다 받았고, 또한 겉보기로는 감사하면서 받았다. 내내 서성이면서 그런 식으로 확립된 둘의 관계를 새로이 받아들였고, 그저 관심을 보임으로써 상대방의 승복을 받들었다. 여기서 관심이란 당연히 밀리에 대한 관심을 뜻한다. 밀리가 느끼기에 케이트에 대한 관심은 아마 그보다 못했을 테니. 마법이 풀리기 전까지 눈 깜짝할 사이에 흘러간 시간 동안 그 관심은 지금 그들의 대화를 위해 전반적으로 수월하게 주어졌다. 따져보면 그것은 모두 수려한 여성이 남다른 '외형'을 지닌다는 상황에서 나왔고, 그건 전혀 이례적이지도 않았다. 자신은 밤에 최고로 멋져 보인다고 예전에 케이트가 했던 말이 밀리에게 떠올랐다. 그 확신에 찬 모습을 보며 **자신은** 언제 최고로 멋져 보일지, 그렇게 정해진 시간대가 있는 사람들은 얼마나 행복할지 궁금했던 것으로 기억한다. 자신은 그런 시간대가 없었으니까. 최고로 멋져 보이는 때라고는 없었으니까. 정말이지 지금처럼 듣고 바라보고 찬탄하며 무너지는 때가 아니라면 말이다. 더구나 케이트가 지금 전에 없이 거의 무자비할 만치 훌륭하다면, 전에 없이 솔직하다는 것이 특히 멋지고도 경이로웠다. 밀리로서는 그녀가 상대를 '처리'하면서, 말하자면 그렇게 길을 잘 골라 디디면서도 거리낌없이 행동할 수 있고, 자신감에 차서 빈정대듯 호사를 부리며 지금껏 꺼낸 적 없던 얘기를 끄집어낼 수 있을 정도로 대단한 역량의 인물이라고 말할 수도 있었을 것이다. 그녀가 받은 인상이 그러했다. 이야기를 꺼내놓기 시작했고, 예상컨대 얼마간은 자기 맘이 편하려고 그러는 것으로 보였다. 시각의 오류나 비율의 오판, 상대방에게 여전히 남아 있는 교정해야 할 순진함 같은 것들이 이제 도저히 참을 수 없는 지경이된 듯했다. 그래서 이제 이렇게 짜증을 일으키는 것들을 향해 재미 삼아 신나게 달려들었는데, 밀리로서는 냉소적이거나 아니면 적어도 어떤 다른 맥락에서라면 미국인의 정신을 무너뜨릴 방식으로 동원되었다고 여길 법했다. 적어도 그것은, 그러니까 홀린 듯이 그 자극에 빠져 앉아 있는 밀리 내면의 미국적 정신은 **모든** 경우를 하나씩 대면하지 않고서야 영국 사회를 이해할 수 없는 것처럼 보인다고 했다. 그 뭐랄까, 여기서 케이트는 적합한 단어가 생각이 나지 않았고, 그래서 밀리는 유비, 귀납, 그리고 좀 다르게 본능 등을 제안해보았지만 어느 것도 맞지 않았다. 어쨌든 그런 것의 도움으로 해나갈 수는 없고, 일부러 데리고 가서 괴물의 면모를 일일이 소개해줘야 하고, 그 둘레를 다 둘러봐야 한다고 했다. 그 결과 과장된 환호를 보이든, 아니면 이 비평가가 보기에는 마찬가지로 도가 지나치게 충격을 받든 말이다. 케이트는 덜 발달되어 덜 흥미로울 모습들만 있는 곳에서 태어난 사람에게는 그 괴물이 너무나 거대하게 느껴질 거라고 인정하기는 했다. 어떤 면에서 보자면 그것은 방심한 자를 먹어치우고 자만한 자에게 굴욕을 안기고 선한 사람들의 명예를 실추하도록 계산된 기이하고도 무시무시한 괴물일 수도 있다. 하지만 그 괴물과 더불어 살아야만 한다면 방법을 배우지 않으면 안 된다. 영원히 잠도 못 자고 밤을 새우며 살고 싶지 않다면 말이다. 한마디로 사실상 그것이 수려한 여성, 케이트가 그날 밤 가르쳐주려 한 것이었다.

그 과정에서 그녀는 랭커스터게이트와 그것이 담고 있는 것을 모두 까발렸다. 밀리가 짜릿하게 받아들이는 중에 모드 이모와 모드 이모의 영광, 모드 이모의 자기만족을 낱낱이 까발렸던 것이다. 무엇보다 자신도 까발렸는데, 당연히 그 점에서 그녀의 솔직함이 가장 돋보였다고 할 수 있었다. 자신들이 어떻게 하늘 높이 올라갈 수 있는지, 그런 말을 굳이 모드 이모가 했던 가락으로 다시 꺼내지는 않았다. 이 경우 총명하면서도 삐딱한 자신의 성향에 맞게 우선은 어리석거나 저속하게 굴지 말아야 할 필요성을 거론했다. 우리의 젊은 미국인에게 그것은 만사를 있는 그대로 바라보는 기술에 대한 가르침일 수도 있었다. 그 가르침이 얼마나 다양하면서도 일관되었던지, 이미 알려주었다시피 학생은 그저 입을 떡 벌리고 받아들일 수밖에 없었던 것이다. 더욱 희한한 일이라면 겉으로는 모든 사사로운 편견을 부정하는 중에도 그 목적을 충분히 달성할 수 있었다. 내가 모드 이모를 싫어한다는 말이 아니다. 이모는 앞서 확실히 보여준 그 모습 그대로이다. 하지만 불가해한 성격과 지독한 기교가 지울 수 없을 만큼 선명한 이모가 아무리 해도 될 수 없는 존재가 있다. 당연하지 않은가? 그냥 아무개일 수가 없고 아무거나도 아니고 아무 데나 있는 것도 아니다. 그러니까 밀리는 그런 생각을 해선 안 되고 좋은 친구라면 이모를 그렇게 만들어서도 안 된다. 매첨에서의 시간은 하늘에서 뚝 떨어진 거저 얻은 것이었다. 완전히 그렇지는 않더라도 허풍쟁이 마크 경이 밀어줘봐야 희망을 갖고 계산할 만한 근거는 못 된다. 마크 경은 당연히 괜찮은 사람이지만 그렇다고 영국에서 내로라할 만큼 총명한 사람도 아니고, 설사 그렇다 하더라도 대단한 친절을 베풀 사람이 아니다. 그는 아주 조금씩 저울에 올려가며 무게를 쟀던 것이고, 정말이지 두 사람 각자 상대방이 뭘 올려놓을지 기다리고 있었다.

"모드 이모는 **당신을** 올려놓았죠." 그 주제에 여전히 관심을 보이며 밀리가 말했다. "그런데 당신 말은 그렇게 계산대 위에 놓고도 여전히 당신을 붙들고 있다는 거죠."

"그가 난데없이 나를 낚아채서 도망가지 못하게?" 케이트가 말을 받았다. "아, 그 사람은 도망갈 준비도 안 되어 있을뿐더러 당연히 낚아챌 준비도 안 되어 있어요. 내가 계산대 위에 있긴 해요. 그 점에서는 당신 말이 맞아요. 진열장에 있지 않다면 말이죠. 거래를 위해서 편리하게 진열장을 들락날락해요. 그 모두가 바로 내 처지의 본질이자 가히 이모가 날 보호해주는 대가죠." 둘만 남게 되자마자 사실상 그녀는 마크 경부터 끄집어냈더랬다. 로더 부인이 거기에 떨궈놓고 가버린 다른 이름, 앞서 지켜봤듯이 그녀가 처음에 표정만으로 상대방을 위해 붙들어둔 다른 이름에 곧장 반대하듯이 그 이름을 말하고 화젯거리로 강요했다는 인상이 여전히 밀리에게 있었다. 거기서 즉시 생겨난 기이한 효과는 그녀가 의식적으로 구실을 찾는다는 것이었다. 성공적으로 구실을 찾아내기는 했다. 그것을 끝까지 몰고 갔고, 모드 이모가 밀리에게 정해준 길을 종횡무진 달려서 이제 거의 결딴을 냈다고도 할 수 있었다. "문제는 그렇게 이모가 그 사람을 원하는데, 그러니까 안됐지만 나의 상대로 그 사람을 원하는데, 당신이 여기 온 후 그가 다른 사람을 원하는 바람에 우리를 언짢게 한 거예요. 그러니까 누구도 아닌 당신을 말이죠."

밀리는 자신의 매력을 떨쳐버리기라도 하듯 고개를 절레절레 저었다. "나로선 그게 누군지 모르겠네요. 혹시라도 그가 나를 하나의 대안으로 여긴다면 거기서 그만두는 게 나을 거예요."

"정말? 정말로? 언제까지나?"

밀리도 그만큼 재미나게 우겨보았다. "맹세라도 할까요?"

역시 재미로 그러는 게 틀림없었지만 케이트가 잠시 생각에 잠겼다. "맹세 같은 건 충분히 하지 않았나요?"

"당신은 그랬을지 모르지만 난 아니에요. 그러니까 나도 당신이 한 만큼 해야겠어요. 어쨌든, 자 갑니다. 당신 말대로, '정말, 정말로, 언제까지나' 내가 방해가 되는 일은 절대 없을 거예요."

"고마워요." 케이트가 말했다. "하지만 그런다고 내게 별로 도움이 되지는 않아요."

"아, 그 사람에게 문제를 단순화하려고 한 거예요."

"워낙 생각이 많은 사람이라 그에게 문제를 단순화하기가 특히 힘들다는 게 곤란한 문제지요. 바로 그걸 해보려고 모드 이모가 지금까지 애썼던 거니까." 케이트가 단호하게 말을 이었다. "나에 대해 도대체 확실한 입장을 밝히지 않거든요."

"글쎄요, 좀 기다려봐요." 밀리가 미소를 지었다.

상대방이 그 말을 오롯이 받아들였다. "우리가 하는 일이 바로 그거예요. 기다리는 거. 하지만 여전히 그가 지닌 여러 생각 중 하나일 뿐이에요."

"결과적으로 그중에서 가장 최고의 것이 된다면 나쁠 것도 없잖아요." 밀리가 대꾸했다. "온갖 생각으로 가득하지 않다면 그게 뭐 남자예요? 야심만만한 남자라면 더 그렇고." 그렇게 덧붙였다.

"물론 그렇죠. 많으면 많을수록 더 재미있죠." 그러곤 케이트가 그녀를 대담하게 바라보며 말했다. "결과적으로 그렇게 되길 바랄 수밖에 없겠죠. 방해될 일은 삼가면서."

환상적이든 아니든 무엇이나 구실의 분위기를 풍겼다. 뒤편의 대담한 반어적 기운이 밀리에게는 대단한 장관으로 느껴졌고, 그 자체만으로도 아주 흥미로웠다. 더군다나 밀리가 눈치챘듯이 그에 못지않게 흥미로운 것은, 케이트가 본인의 문제에서 오로지 마크 경이 초래하는 어려움만을 지적했다는 사실이었다. 자신의 취향이 제기할 어려움은 전혀 언급하지 않았고, 그 점이 다시 나름의 역할을 했다. 다른 누구와는 원하는 대로 하고 있으면서 다른 쪽 사람에게는 전혀 마음을 쏟지 않았고, 더욱이 마크 경이 젊지도 않고 진실되지도 않다는 말은 분명한 자의식의 표시이자, 약간 매정하지만 그렇다고 고상함이 덜하지 않은 과장됨과 궤를 같이할 뿐이었다. 혼사 자리를 주선해주는 일에 너무 기꺼이 동의한 걸로 보이고 싶지 않았지만, 그것은 너무 기꺼이 동의하고 싶지 않다는 것과는 다른 문제였다. 밀리는 그래도 기회를 잡아 이런 식의 말을 할 수 있었다. "당신 말처럼 이모님께서 정말로 나 때문에 언짢으시다면, 그런 것치고는 내내 놀랄 만큼 상냥하셨던 거네요."

"아, 그쪽에서 무슨 일이 있든 당신은 이모에게 엄청나게 쓸모가 많으니까요! 이모를 언짢게 하는 이상으로 관심을 끄는 거죠. 당신에겐 제대로 안 보이겠지만 이모는 당신 속옷 자락을 꽉 붙들고 있어요. 당신은 뭐든지 할 수 있어요. 그러니까 우리가 할 수 없는 많은 것을요. 당신은 외지인이고 독립적이고 혼자잖아요. 끔찍할 정도로 다른 사람들과 겹겹이 연결되어 있지 않다고요." 케이트는 그 방향으로 계속 나아가더니, 밀리가 입을 딱 벌리고 바라보는 동안 이런 심상치 않은 말로 결론을 내렸다. "우리는 당신한테 아무 소용도 없어요. 이런 말을 해주는 게 온당하다고 봐요. 당신도 우리에게 별 소용은 안 되겠지만 그건 다른 문제죠." 그녀는 정말 갈 데까지 가기로 한 모양이었다. "당신에게 솔직하게 충고하자면, 할 수 있을 때 우리를 떠나요. 당신이 얼마나 잘해나갈 수 있는지 바로 이해하지 못한다면 그건 정말 터무니없는 거예요. 우리가 지금까지 해준 일은 사실 별것 아니라 떠벌릴 것도 못 돼요. 당신이야 그 정도는 어떤 식으로든 쉽게 할 수 있을 테니까. 그러니까 의무감 같은 건 전혀 가질 필요 없어요. 일 년만 지나도 우리를 원하지 않을걸요. 그저 우리가 계속 **당신**을 원할 뿐이지. 그것이 당신이 여기 있을 이유는 못 되고, 스트링엄 부인 탓에 끌려 들어와 엄청난 대가를 치러서는 안 되잖아요. 스트링엄 부인은 전혀 양심에 꺼리는 게 없어요. 자신이 해낸 일에 도취되어 있죠. 하지만 당신이 어울릴 사람들을 **부인**을 통해 받아들여서는 안 돼요. 당신이 그러는 걸 보고 있자니 정말 괴롭더라고요."

밀리는 겁을 먹지—이건 너무 터무니없을 테니까—않기 위해 재미있다는 표정을 지어보려 했다. 정말 기이하게도—아주 당연한 게 아니라면—그렇게 밤늦은 시간에 일개 숙박 시설에서 수지가 자리를 비운 사이 자신감이 뚝 떨어져버렸던 것이다. 다음 날 밝아오는 새벽빛 속에서 다른 모든 것과 함께 이 일을 짜 맞춰봤을 때 마치 검은 표범처럼 주변을 서성거리는 어떤 존재와 혼자 남겨진 느낌에 사로잡혔다는 사실을 떠올렸다. 무척 과격한 이미지이기는 했지만 그래야 겁을 먹었다는 사실이 약간이라도 덜 부끄러웠다. 그러나 그렇게 겁을 먹은 와중에도 그녀는 겨우 할 말을 찾아냈다. "하지만 수지가 없었으면 **당신을** 만나지도 못했을 거잖아요."

하지만 이 말에 케이트는 오히려 더 확 타올랐다. "아, 아마 곧 나도 끔찍이 싫어질 거예요!"

마침내 이건 너무하다 싶었다. 의아한 눈길로 쳐다본 후, 밀리는 나름 기운을 모아 그 점을 보여주었다. 상관없었다. 알고 싶은 마음이 너무 강했다. 그리고 항의조의 엄숙함과 음울함이 어쩔 수 없이 약간 말투에 섞여들었음에도, 밀리가 이렇게 말했을 때 그것은 로더 부인의 목적에 그나마 가장 가까이 갔다고 할 만했다. "나한테 왜 이런 얘기를 하는 거예요?"

이에 문득 케이트의 태도가 달라지면서 뜻밖에 그것은 행운의 말이 되었다. 밀리는 그 말을 던지며 일어선 참이었고, 케이트는 이내 부드러운 빛을 내보이며 그 앞에 멈춰 섰던 것이다. 이로써 가련한 밀리는 남들이 자신을 보며 묘하게 움찔하면서도 가슴이 뭉클해진다는 사실을 나름대로 파악할 수 있었다. "왜냐하면 당신은 비둘기니까." 그 말과 함께 케이트가 말할 수 없이 조심스럽고 자상하게 밀리를 끌어안았다. 친숙해서도 아니고 멋대로 스스럼없이 그런 것도 아니고, 거의 예식에 따라 포상이라도 하듯이 말이다. 마치 자신이 손 위에 올려놓을 수 있는 비둘기이지만, 또한 격식을 차려야 하는 공주인 것만 같기도 했다. 밀리는 이 격식이, 볼에 와 닿는 서늘함이 케이트가 지금막 전한 의미를 다분히 확정했다는 것을 입술의 감촉으로 깨달았다. 게다가 어떤 영감이 찾아온 듯 그랬다. 그래서 안도감과 함께 숨을 죽이면서도 자신에게 붙인 그 이름이 아주 딱 어울린다고 받아들이게 되었던 것이다. 드러난 진실을 마주하듯이 그 순간 그것을 마주했다. 최근 들어 주변에 가득했던 낯선 어둑함을 걷어내고 환한 빛을 밝혀주었던 것이다. 그녀의 문제는 바로 그것이었다. 그녀는 비둘기였던 것이다. 아, 그렇지 않은가? 외출했다 돌아오는 두 사람의 발소리가 바깥에서 들려오는 것을 의식하는 중에 그 말이 내면에서 메아리쳤다. 그리고 모드 이모가 방에 들어와 2분쯤 지나자 거의 의심의 여지가 없었다. 로더 부인은 수지와 함께 올라왔는데, 사실 그 늦은 시간에 케이트에게 내려오라고 하면 되지 굳이 그럴 필요는 없었다. 그래서 밀리와 하다 만 이야기를 어떤 식으로든 마무리 짓기 위해서일 거

라고 확신했다. 그저 그것이 이제는 전혀 문제가 되지 않음을
확실히 하는 것이 그 마무리였다. 그것을 위해 그녀는 굳이 계
단을 올라왔고, 밀리가 나중에 알아챘듯이 케이트가 그 자리에
서 수전 셰퍼드에게 뜻밖의 기회를 주는 사이 다시금 밀리와 따
로 시간을 가질 수 있었다. 한마디로 모드 이모가 밀리와 자리
를 함께하는 동안 케이트는 막 보고 온 광경에 대한 인상을 늘
어놓는 스트링엄 부인의 말을 말할 수 없이 친절하게 응대하며
들어주었던 것이다. 만사가 다 잘됐기를 바란다고 로더 부인이
밀리에게 말했을 때 그 말에 그야말로 애정이 담뿍 담겨 있었
기 때문에 거의 비둘기가 비둘기에게 구구거린다고도 할 수 있
었다. 그녀의 '만사'에 자상함이 넘쳐흘렀다. 어루만지며 상황을
단순하게 했다. 함께 도시를 대면했던 것이 자신과 자기 동료
가 아니라 젊은 두 여성인 듯이 말했다. 하지만 밀리는 모드 이
모가 계단을 올라오는 동안 이미 대답을 준비해놓았더랬다. 가
장 비둘기다운 대답을 제공해야 할 온갖 이유가 한꺼번에 몰려
왔던 것이다. 그래서 이제 그 대답을 비할 바 없이 진지하고 솔
직하게 꺼내놓았다. "제 **생각**에 그 사람은 아직 안 돌아온 것 같
아요."

그로써 곧바로 자신이 비둘기로서 이룰 수 있을 성공을 가늠
할 수 있었다. 로더 부인이 내보인 아주 비판적인 표정에, 말 한
마디 없이 한참 고정된 표정에 적혀 있었던 것이다. 그 점은 곧
이어진 말에서 더 잘 나타났다. "오, 이 깜찍한 것들!" 놀랍도
록 달콤한 빈정거림이 지나치게 진한 향수 내음처럼 손님들이
떠난 뒤에도 여전히 방 안에 감돌았다. 스트링엄 부인과 단둘

이 남았을 때에도 밀리는 계속 그것을 들이마셨다. 다시금 비둘기다움을 연구했고 상대방에게 저녁을 어떻게 보냈는지 자세히 얘기해달라고 함으로써 자신에 대한 질문을 피했다.

새날이 밝은 다음에도 그것은 다시 한번 그녀의 법칙이 되었다. 물론 매번 결정을 해야 한다는 사실이 그에 따르는 복잡한 문제로 그녀 앞에 놓이게 되었지만 말이다. 비둘기라면 어떻게 행동을 해야 할지 그 점을 분명히 할 필요가 있었다. 오늘 아침 루크 스트렛 박사와 관련된 계획을 다시 세웠을 때 그 점을 충분히 잘 해결했다는 생각이었다. 그녀가 기분 좋게 돌이켜보았다시피, 원래 계획은 다채로워 보여도 사실은 뻔하고 재미없는 것이었다. 스트링엄 부인이 아침 식사 후 발아래 깔린 값비싼 페르시아 카펫이 돌연 눈에 들어온 듯 그것을 빤히 바라보기 시작했지만, 밀리는 조금의 가책도 없이 본인이 알아서 하도록 내버려둔 채 5분 만에 자리를 떴다. "루크 스트렛 박사님이 11시에 절 만나러 오기로 했는데, 전 일부러 자리를 비우려고 해요. 부탁인데요, 제가 집에 있는 것처럼 맞이하신 뒤 그분이 올라오면 제 대변인 격으로 아줌마가 만나주세요. 이번엔 그러는 게 그분에게도 더 나을 거예요. 그럼 모쪼록 잘 대해주세요." 당연히 좀 더 설명이 필요했고 무엇보다도 그분이 아주 훌륭한 의사라고 알려주었다. 일단 열쇠를 건네받은 수지는 그것을 자신의 열쇠꾸러미 안에 집어넣었고, 젊은 친구는 그녀의 멋진 상상력이 작동하는 것을 다시금 느낄 수 있었다. 그것은 사실 간밤에 마침내 로더 부인의 상상력이 작동한 방식과 아주 비슷했다. 다시금 과도한 동의로 공기가 무겁게 내려앉았던 것이다. 다들 어쩌면 그렇게 자기를 보러 몰려오는지, 우리의 젊은 주인공은 새삼 겁이 날 지경이었다. 정말로 살날이 얼마 남지 않아서 다들 길을 나설 필요를 미리 덜어주는 것일까? 마치 그녀가 그 자리에서 길을 없애도록 도와주는 것만 같았다. 그녀가 딱히 부정하지도 그런 척하지도 않았지만, 수지의 입장에서는 그런 소식을 그저 선정적인 쇼 정도로 여길 수 있었다. 수지에게 공정하자면 그로 인한 고통은 그대로이지만 말이다. 그럼에도 그녀가 젊은 친구에게 항상 허용했던 여지도 마찬가지로 그대로였다. 게다가 그녀에게 주어진 그 제안이 한마디로 비잔틴식이 아니면 무엇이란 말인가? 여하간 수지의 태도로 말하자면, 밀리가 그것을 아주 타당하게 여긴다는 추측이 놀라움이나 충격을 바로 삼켜버렸다. 그래서 그녀는 곧장 사실을 전부 알고자 했다. 밀리는 알아야 할 사실은 단 하나라는 듯이 쉽게 말해줄 수 있었다. 자신이 위험에 처한 것 같다는 다른 사실은 그냥 무시했다. 결국 가장 중요한 사실은 자기가 아는 바로는 지금 루크 스트렛 박사가, 자신에게 관심 있는 사람을 따로 만나보기를 원한다는 것이다. 그러니 충성스러운 수전만큼 자신에게 관심 있는 사람이 또 누가 있단 말인가? 자리를 뜰 때쯤 딱 한 가지 더 언급할 필요가 있겠다 싶었는데, 원래는 아예 알리지 않을 생각이었다는 말이었다. 처음에는 상냥하게 비밀로 하는 것이 최선이라고 보았더랬다. 그런데 마음이 바뀌었고, 지금 이 상황이 그 결과라고 할 수 있었다. 왜 마음이 바뀌었는지는 말해주지 않았지만, 충성스러운 수전을 믿는다고 했다. 곧 찾아올 손님도 그에 못지않게 아줌마를 믿을 거고, 아줌마도 그분이 아주 마음에 들 거예요. 게다가 그분이 하실 말 중에 무시무시한 말은 전혀 없을 게 확실해요. 자기가 사랑에 빠졌는데 그 일이 잘되도록 터놓고 이야기할 사람이 필요하다는 게 아마 생각할 수 있는 최악이라고 할까. 그러면서 이제 자신은 국립미술관으로 가겠다고 했다.

7

국립미술관은 루크 스트렛 박사가 방문 시간을 알려 왔던 순간부터 그녀의 머릿속에 떠올랐던 곳이었다. 그녀의 머릿속에서 그곳은 별로 찾아가지 않는 장소, 미국인들이 유럽의 관광 명소이자 문화 면에서 가장 도움이 많이 될 장소로 여기면서도 새삼스러운 이야기도 아니다시피 전형적으로 경박한 사람들이 저속한 즐거움을 위해 항상 희생시키는 장소로 존재해왔다. 브뤼니히에서 보낸 변덕스러운 시기에, 유럽 여행과 관련해 '그림과 물품'이라는 큰 제목 아래 오래전부터 눈여겨보았던 진정한 향상의 기회를 그렇게 저버린 데 대해 확실히 얼마간 창피한 마음이 있었다. 그러다가 자신이 어째서 그런 일을 했는지를 드디어 깨달았다. 그쪽으로의 호소는 아주 명백했는데, 배움의 반대인 살아가는 일을 위해 그렇게 했고, 그 결과 이제 살아가는 일이 멋지게 조달되었던 것이다. 최근 케이트 크로이의 도움으로 짬짬이 다채로운 역사의 흐름에 살짝살짝 몸을 담가보기는 했지만, 어쨌든 가능한 좋은 기회들을 계속 등한시하고 있었고, 오늘이 아니라면 거의 놓쳐버릴 가능성이 많았다. 티치아노와 터너의 작품 사이를 돌아다니며 여전히 그 기회를 따라잡을 수 있으리라 보았다. 솔직히 그녀는 그 시간에 대한 기대를 품어왔는데, 은혜로운 전시실에 들어서자마자 자신의 믿음이 옳았음을 알았다. 원하던 분위기였고, 지금 만사를 제치고 선택할 만한 세계였다. 숭고함이 압도하는 고즈넉한 방들이 풍요롭지만 은근히 가려진 채 주위로 뻗어나가, "여기서 완전히 나를 놓아버릴 수만 있다면!"이라는 말이 바로 입 밖으로 튀어나왔다. 사람들이 있었고 게다가 아주 많았지만, 전혀 사적인 분위기가 아니었다. 사적인 문제는 거대했지만 밖에 있었다. 다행스럽게 그것을 밖에 두고 왔고, 약 15분 동안 그것이 그나마 희미하게 반짝이며 눈에 띈 경우는 진지한 한 여성 모사 화가에게 잠시 시선이 머물렀을 때뿐이었다. 안경을 쓰고 앞치마를 두른 채 일에 몰두하는 두세 명의 여성들에게 특히 마음이 갔는데, 얼토당토않을 만큼 관심이 쏠려 그동안은 저것이야말로 제대로 사는 방법이라는 느낌이 들었다. 나도 모사 화가를 해야 했어, 저게 정말 딱 좋은데. 딱 좋다는 것은 도망가기 딱 좋다는 뜻이었다. 사적인 관계를 벗어나 물속으로 침잠하지만 여전히 견고한 그런 삶. 저기 저 삶이 그렇지 않은가. 그냥 꼼짝 않고 붙어 있으면 되는 것이다.

그 매력에 한참 빠져 있던 밀리는 어느 순간 창피한 마음이 들었다. 그렇게 바라보다가 문득, 멀쩡해 보이는 젊은 여성이 그 인물들을 그곳의 자랑거리인 양 바라보는 모습을 남들이 어떻게 생각하겠나 싶었던 것이다. 그녀는 그들에게 말을 걸어보고 싶었고 자신에게 보이는 방식의 그 삶에 들어가보고 싶었으나, 사실 작품을 살 마음도 없는데 괜한 기대만 불러일으킬까 봐 관두었다. 그러다가 정작 자신이 거기 빠져 있었던 건 일종의 회피였을 뿐임을 곧 깨달았다. 결국 내면의 어떤 나약함 때문에 터너와 티치아노를 피하고 있었던 것이다. 그들은 손을 맞잡고 그녀 둘레에 너무 거대한 원을 만들고 있었다. 1년 전이라면 기꺼이 따라보고 싶었을 원이었지만 말이다. 그들은 자잘한 삶이 아니라 거대한 삶을 향했고, 그 삶은 예를 들어 잘못된 방향의 노력에 대한 관심, 공감을 담은 그 관심에서 실제로 절정을 이뤘다.·호기심이 급격하게 줄어드는 사이, 그녀는 전경과 통로 쪽에 눈길을 주면서도 그런 모습이 너무 적나라하게 눈에 띄지 않도록 눈부신 벽을 향해 눈을 깜박거리면서 우습게 자리를 지키고 있었다. 전경과 통로들을 따라 이 방 저 방을 거쳐 이쪽으로 왔고, 이미 많은 전시품들을 거쳐 왔다는 생각이 들자 앉아서 좀 쉬기로 했다. 작품이 바라보이는 위치에 의자들이 듬성듬성 무리 지어 놓여 있었다. 밀리는 일단은 다른 곳이 아니라 작품에 시선을 두었는데, 사실 그 누구에게라도 '학파들'의 순서를 설명할 수는 없었을 것이다. 그러고 나자 별로 머리를 쓰지도 않았는데 의도했던 것보다 더 피곤하다는 사실을 대면해야 했다. 그러다가 시선이 다른 관심거리도 찾아 나섰고 그래서 그냥, 자유롭게 움직이게 두었다. 멍한 상태의 시선이 대충 모호한 방문객들에게로 향했다. 특히 물밀듯이 밀려드는 미국인들에게 시선이 가는 바람에 잡다한 영향이 따라 나왔다. 우선 8월 초 이 위대한 미술관에 미국인들이 이렇게 많다는 사실에 놀랐는데, 멀리서도 그들을 알아볼 수 있고 각각을 다 쉽게 구분할 수 있다는 사실에 또한 놀랐다. 거의 동시에 그들을 새롭게 밝혀주는 빛—그들의 무지함을 알려주는—도 알아챘다. 결국 그녀는 단념했고, 언제나처럼 그게 끝이었다. 오늘 국립미술관에 온 이유는 모사 화가들을 지켜보고 베데커*를 참조하기 위해서였나 보다. 어쩌면 그것이 위태로운 몸 상태의 교훈일 수도 있었다. 공공장소에 앉아서 미국인들의 수나 세게 될 거라는 것 말이다. 어떤 면에서는 시간을 보내는 하나의 방법이긴 했지만 왠지 이미 2차 방어선으로 밀려난 느낌이었고, 절대 지나칠 수 없는 동포들의 유형에도 불구하고 그러했다. 그들은 가위로 자른 듯 말끔히 잘려 색을 입히고 상표가 붙여져 진열대 위에 놓여 있었다. 하지만 그들과의 사이에 어떤 관계도 작동하지 않았다. 어쩐지 그녀를 위해 해주는 것이라고는 없었던 것이다. 틀림없이 한편으로는 그들 쪽에서 그녀에게 눈길을 주지도 않았고 그녀를 알지도 못했기 때문에, 그들과 그녀가 함께 이루는 실패의 공동체, 거기 앉아 있는 그녀에게 나타나는, 내게도 역시 유럽은 '빡세다'는 표식이 눈에 들어오지도 않았기 때문일 것이다. 그렇다면 런던의 거주자들과 이루었던 성공적인 관계를 그들과는 이룰 수 없겠다는 실없는 생각이—아직 유머 감각을 유지하고 있었으니까—떠올랐다. 런던에 사는 사람들이라고 해서 그녀를 더 잘 알았던 것도 아닌데 말이다. 그 화려한 사람들을 대동하고 다시 온다면 달라질까 궁금했다. 그 문제라면 다시 오기나 할지, 그것부터 궁금했다. 미술관의 동포들은 어딜 보나 비평적 태도라고는 없는 모습으로 한가로이 지나쳐 갔고, 그녀

---

* Baedekers: 1830년대부터 독일 베데커사에서 펴낸 여행안내서.

는 종국에 자신이 치사하게 이용을 한다는 느낌마저 들었다.

문득 모녀지간이 확실해 보이는 세 사람이 앞에 멈춰 섰다. 보아하니 그중 하나가 방 반대쪽에 있는 어떤 대상을 두고 막 무슨 말인가를 던져서 불가불 그렇게 된 듯했다. 그 대상을 등 지고 앉은 밀리는 젊은 미국인과 다분히 마주 보는 자세가 되 었는데, 앞서 말했던 여성의 얼굴에 어렴풋하나마 뭔가를 알아 본 듯한 표정이 어렸다. 밀리의 시선도 그것을 또렷이 알아봤 다. 그녀는 수업 시간에 베낀 답안지를 무릎 위에 놓고 앉아 있 는 학생만큼이나 쉽게 세 사람이 어떤 부류인지 **알았다**. 그 학 생이 그랬을 것처럼 그녀 역시 죄책감이 들었다. 명예의 문제에 서, 의식적으로 자신을 도발하지도 않은 사람들을 그렇게 멋대 로 취했다 버렸다 해도 되는지 의문이 들었던 것이다. 그녀는 그들이 어디 사는지, 어떻게 사는지도 말할 수 있을 것 같았다. 그 장소와 방법이 실증적으로 말해질 수 있는 것이기만 하다면 말이다. 집에 남겨진 남편이자 아버지인 아무개 씨를 상상 속에 서 다정히 내려다볼 수도 있었다. 그를 입에 올릴 때면 항상 온 갖 명예와 평온함이 동반되지만, 또한 그는 늘 눈에 띄지 않고 오직 재정 관련 이야기만을 하는 사람으로 존재했다. 잔뜩 힘주 어 올리고 하얗게 매만진 머리가 겉보기의 나이와 전혀 어울리 지 않는 모친은 화학 처리를 했나 싶게 말끔하고 건조한 표정 을 지녔다. 두 딸이 내보이는 막연한 원망은 지쳐 보여서 그런 지 인간적으로 보였다. 세 명 다 똑같이 바둑판무늬 모자가 달 린 알록달록한 천의 짧은 망토를 걸치고 있었다. 바둑판무늬는 분명 각각 다르다고 상상할 만했지만 묘하게도 망토는 똑같다고밖에 느껴지지 않았다. "잘생겼다고? 글쎄, 네가 그렇다고 한다면야." 말을 한 것은 엄마였는데, 잠깐 말을 멈췄다가——그래서 밀리는 그림 얘기인가 보다 했다——이렇게 말했다. "영국식으로 그렇긴 하네." 세 쌍의 시선이 한곳에 모였고 시선의 주체들은 문득 할 말이 없어져 잠시 마지막으로 묘사된 그 특성을 곱씹었는데, 중얼거린 딸에게서 내비치던 우울함이 다른 딸에게서도 비어져 나왔다. 그들이 몸을 돌려 사라질 때 밀리의 마음이 그 뒤를 따라갔다. 인사를 했어야 했는데, 함께 멋지게 짜맞출 무언가가 우리 사이에 있었을 텐데, 그렇게 혼잣말을 했다. 하지만 **그들** 역시 놓쳐버리고 말았다. 너무 차가웠으니까. 그들이 뭘 보고 있었던 걸까 하는 약간의 궁금증만 남았을 따름이었다. '잘생겼다는' 말에 그녀는 뒤를 돌아보고 싶었다. '영국식'이란 영국의 화풍일 테고, 그건 그녀가 좋아하는 것이었으니까. 다만 채 몸을 돌리기도 전에 그녀가 마주 보는 벽면에 늘어선 그림들을 보고는 사실 주변 전시품이 모두 네덜란드 그림임을 알아차렸다. 스스로 인식했듯 그로부터 생겨난 결과는 이러했다. 즉 세 여성의 행동을 촉발한 것은 그림이 아니었을 거라고 어렴풋하게 추측할 수 있었다. 어찌 되었든 이제 갈 시간이었으므로 그녀는 일어나서 몸을 돌렸다. 출입구 하나를 뒤로 두고 앉아 있었고, 앉아 있는 사이 다양한 관람객들이 들어와 있었다. 혼자 온 사람, 쌍쌍이 온 사람들, 제각각이었는데, 혼자 서 있는 사람 하나가 불현듯 그녀의 시선을 사로잡았다.

한가운데 서 있는 한 신사였는데, 막 모자를 벗어들고는 별생각 없이 전시품의 맨 윗줄을 바라보며 잠시 손수건으로 이마를 두들기고 있었다. 꽤나 한참 그러고 있었기 때문에 그동안 밀리는 그의 얼굴이 방금 세 여성이 바라보던 대상이었음을 확신하고도 남았다. 몇 초 걸리지도 않았다. 그 이유는 그녀 역시 그들의 찬사에 동의했을 뿐 아니라 심지어 맞는 말이라고 인정했기 때문이다. 그 신사의 '영국식', 아마 즉각 미국식과 대비될 그것이야말로 시선을 사로잡는 힘이었던 것이다. 게다가 놀랍게도 사로잡는 힘이 동시에 고통스러울 정도로 첨예해졌는데, 모자를 벗은 머리를 초연하게 살펴보다가 알아보았고 그로 인해 마음에 동요가 일었기 때문이었다. 그것은 바로 머튼 덴셔의 머리였고, 시선을 고정한 채 주저하고 있는 밀리를 의식하지 못한 그가 거기 그렇게 한참 서 있었던 것이다. 그 순간은 금방 지나갔기에 그가 자신을 알아보도록 하는 게 나을지 어떨지 혼자 자유롭게 고민할 여유 정도는 있었다. 모른 척하다가 그의 눈에 띄고 싶지는 않다고 결정할 수도 있었다. 강렬함에서 첫번째를 능가할 또 다른 인식이 확 끼어들지만 않았다면, 더 나아가 그가 워낙 딴 데 정신이 팔려 아무것도 눈에 들어오지 않을 거라는 결정을 내릴 수도 있었을 것이다. 다른 쪽에서 자신을 바라보고 있는 또 다른 사람이 있다는 사실을 깨닫기까지 얼마나 오랫동안 그를 바라보고 있었는지 밀리는 나중에도 생각해낼 수가 없었다. 그나마 제대로 짜 맞출 수 있었던 사실이라고는 덴셔가 자신을 알아보기 전에 두번째 사실을 감지했다는 것뿐이었다. 충격은 다름 아닌 케이트 크로이로부터 비롯되었다. 난데없이 케이트 크로이가 시야에 들어왔고, 다음 순간 그녀의 시선이 움직이면서 두 사람의 시선이 마주쳤던 것이다. 케이트는 2미터 남짓 떨어져 있었다. 덴셔는 혼자 있는 게 아니었던 것이다. 케이트의 표정이 특히나 분명하게 그 점을 말해주고 있었다. 처음에는 밀리와 마찬가지로 얼떨떨하게 바라보던 그녀가 환하게 미소를 지었으니 말이다. 우연한 만남이라는 경이로움과 더불어 멋지게 그녀에게서 뻗어 나와 밀리에게 전해진 것은 바로 그것이었다. 그들이, 두 여성이 함께 거기 있다는 사실을 즉각 아무것도 아닌 일로 만들어버리는 것. 그런 솜씨와, 케이트가 굉장한 사람이라는 애초의 확신 사이의 관련성을 오롯이 실감한 것은 아마 나중 일이었을 것이다. 그렇지만 어쨌든 그 자리에서도 다시금 자신이 다루어지고 있음을, 간밤에 그랬듯이 처리되고 있음을, 그것도 심지어 더 큰 즐거움을 위해 완전히 처리되고 있음을 어지간히는 알 수 있었다. 결국 1분도 안 걸려 케이트는 그녀가 잠정적으로나마 모든 것을 자연스럽게 받아들이도록 만들었다. 그 잠정적인 분위기가, 그런 특성을 매 순간 확보할 수 있다는 사실이 바로 묘미였다. 기회만 되면 케이트가 설명해줄 아주 많은 것들을 만족스럽게 나타내고 있었다. 더구나 어떻게 이런 일이 있냐며 신기해할 여지도 마땅한 만큼 남겨놓았는데, 그것이야말로 가장 경이로운 점이었다. 앞서 어떤 언질도 없었는데, 두 사람이 헤어지자마자 이런 장소에 함께 모습을 보였다는 사실 자체가 정말 말도 안 되게 신기한 일이라면서 말이다. 그래서 얼굴이 확 붉어졌거나 얼굴이 상기된—당황해서 그런 건지 기뻐서 그런 건지 구분할 수가 없었으니까—머튼 덴셔가 "아니, 실 양, 이게 웬일이에요!" 혹은 "아니 실 양, 어떻게 이런 일이!"라고 금방이라도 외치게 될 즈음에는 수려한 그 여성이 말 그대로 상황을 완전히 틀어쥐고 있었다.

그사이 실 양은 케이트에게 존재하는 말할 수 없이 놀라운 어떤 것이 그의 행동을 결정하고 있다는 감을 잡았다. 게다가 분명 그녀가 그를 바라보며 어떤 암시를 주는 일도 없고 그 역시 뭔가 물어보듯이 그녀를 바라보지 않는데도 그러했다. 그는 밀리를, 오직 밀리만을 바라보았는데, 밀리로서는 기쁜 마음에서인지 배려하는 건지 잘 구분할 수가 없었다. 그래도 곤경에서 벗어나는 일에는 남성보다 여성이 뛰어나다는 그녀의 인식을 바꿀 정도는 아니었다. 당연히 명확하거나 말로 표현할 수 있는 곤경이 아니었다. 그리고 모두가 함께 말로 표현하지 않고 그렇게 넘어갈 수 있다는 사실이 밀리에게는 문명화의 특징적인 업적이라는 생각이 곧 떠올랐다. 하지만 그를 위해 한 가지 해줄 수 있는 일은 자신이 그를 봐주고 있음을 보여주는 것이었기에 그녀는 몰래 타오르는 약간의 열정으로 끈질기게 그것을 당연시했다. 무척 피곤하고 신경이 예민한 상태라 문제의 기회가 구해주지 않았다면 그녀는 너무나 당혹스러웠을 것이다. 무엇보다 바로 그것이 몇 초가 흐른 후 그녀를 구해주었다. 그 덕에 케이트가 그녀를 위해 그러했듯이 그녀 역시 케이트를 위해 용감해질 수 있었고, 저들은 내가 어떻게 해주기를 바랄까, 그런 질문만 했던 것이다. 겨우 3분 만에, 전혀 복잡한 설명도 없이 그가 아주 자연스럽게 '그들의' 친구가 되었던 것은 그들 모두 극히 교양 있는 사람들이라 생겨난 결과였다. 그가 이 사실을 알아차린 순간이 밀리에게는 아주 고무적이었다. 이제는 그 차원에서 최고가 되고 싶다는 열망이 생길 정도로 말이다. 케이트에게 이례적인, **밀리**가 이 신사를 알고 있다는 사건, 밀리에게 이례적인, 케이트가 그와 아침 시간을 함께 보내고 있다는 사건을 우스꽝스럽지 않은 척, 혹은 적어도 불편하지 않은 척 받아들이는 데는 틀림없이 상당한 정도의 영감이 요구되었지만 말이다. 하지만 밀리가 자기 몫을 들이켜고 난 뒤 만사는 줄곧 그 방향으로 움직여나갔다. 말로 하지 않고도 얼마나 대단한 성공을 거두었는지, 밀리는 나중에 이 일을 떠올려보며 도대체 그들이 실제로 무슨 이야기를 나누었는지 의아해질 터였다. 어쨌든 확고하게 성공했다는 느낌이야말로 그녀가 맛본 영감의 달콤함이었다. 덴셔 씨의 경우 이 상황에 무엇이 걸려 있는지가 밀리로서는 오리무중이라, 그가 그래야 할 필요가 기꺼이 따르게 만드는 지름길이려니 그려볼 따름이었다. 사실이야 어떻든 각자의 완벽한 행동거지가 전반적으로 그들을 끝까지 버틸 수 있게 해주었다. 좀더 설명하자면 자신의 미국적 순진함이 무엇보다 도움이 되겠다는 인식이야말로 밀리가 받은 영감의 가장 멋진 면모였다. 젊은 미국 여성으로서의 여백을 여태껏 활용하지 않은 나약함, 아니면 적어도 빈약한 경제 활동을 수치스럽게 의식하게 된지가 꽤 되었기 때문이다. 영국 분위기에 젖어 본문 글씨가 아예 책의 한 면을 다 차지할 지경이었으니까. 익살스러움까지는 아니라도 즉흥성은 아직 지니고 있었고, 그렇게 지금 손에 쥔 자산을 쓸 수 있게 된 것이었다. 그녀는 가능한 한 즉흥적으로, 미국에 다녀온 덴셔 씨에게 편리하게 호소할 수 있을 만큼 미국적으로 나왔다. 좀 횡설수설했지만, 그에게는 마음이 흔들린 표시가 아니라 그냥 뉴욕 말투로 들릴 거라 여기며 편리하게 생각했다. 뉴욕 말투에서 그런 흔들림은 그럴듯하게 무시되었기 때문에, 이제 그것이 그녀에게 얼마나 도움이 될지를 충분히 예상할 수 있었다.

그 도움은 그들이 자리를 뜨기 전에 이미 상당한 정도로 찾아왔다. 그녀가 묵는 호텔에 가서 점심을 함께하자는 제안을 그들이 받아들였을 때, 그들의 점심이 마련된 곳이 마치 뉴욕의 5번가라도 되는 듯했던 것이다. 케이트는 그런 식으로 곧장 그곳에 가본 적은 없었지만 지금 밀리가 그녀를 데리고 갔고, 덴셔 씨는 가보기는 했지만 적어도 그렇게 쌩하게 가야 했던 적은 없었다. 밀리는 젊은 미국 여성에게는 아주 자연스러운 일이라는 듯이 그것을 제안했다. 그리고 두 사람이 보조를 맞추는 것을 확인하며 자신의 행동이 정당화되었음을 곧 알아차렸다. 그런 일을 하면서 그저 케이트의 암시를 받아들인 것으로 보이기만 하면 되었다는 점 또한 묘미였다. 맨 처음의 멋진 미소와 함께 '아, 그래요, 우리 표정이 좀 어색하죠. 하지만 시간을 좀 줘요'라는 암시가 주어졌던 것이다. 그리고 미국 여성은 그 누구보다 훌륭하게 시간을 줄 수 있었다. 따라서 자신이 그렇게 준 것을 그들이 받도록 만들었다. 비록 그들로서는 원했던 양보다 좀 많았다고 추정할 수는 있겠지만 말이다. 밀리는 미술관 입구에서 사륜마차를 부르고 싶다고 했다. 그 순간의 효과를 배가하기 위해 그런 방식으로 해나갈 것이니까. 자신의 기세로 그 교통수단을 이용하는 일을 단연 멋진 일로 만들어버렸기에 어느 때보다 자신이 옳았다고 보았다. 그리고 두 사람을 수지 앞으로 안내해 간 순간, 절정에—그녀에게는 확실히 그랬다—이르렀다.

수지는 그녀가 돌아오길 기다리며 점심을 차려놓고 있었다. 자신이 전혀 비참하게 불안에 떨고 있지 않다는 것을 친구에게 보여주었다는 사실만큼 그녀의 의식을 가득 채운 것도 없었다. 사실 착한 친구에게 들이민 잔에는 틀림없이 어울리지 않는 것들이 마구 뒤섞여 있었으므로 그녀가 놀라는 것도 당연했다. 루크 스트렛 박사가 했던 얘기를 듣자고 이 손님들을 데려온 건지 알아보려 수지가 자신을 빤히 바라보는 것도 알아챌 수 있었다. 글쎄, 수지가 의아해할 일이 너무 없는 것보다야 너무 많은 게 나았다. 고향에서 흔히 하는 말로 어쨌든 재미를 보기 위해 나왔고, 지금 그녀의 눈에 가히 흥미로움이 가득했으니 말이다. 그럼에도 정말 아슬아슬한 위기의 순간에는 수지가 조금 불쌍하게 여겨지기도 했다. 상대적으로 봤을 때 그 기이한 광경에서 위안이 될 만한 비밀을 거의 알아낼 수 없었을 테니 말이다. 난데없이 튀어나온 덴셔 씨만 보았을 뿐 앞서 일어난 일은 하나도 몰랐으니까. 마찬가지로 밀리가 자신의 불행한 운명에 무심하다는 것은 알았지만 그것을 설명할 만한 단서는 없었다. 그나마 그녀가 인내심을 가지고 기다릴 수 있었던 까닭은 점심 식사 후에 케이트가 살랑거리며 비위를 맞췄기 때문이었다. 어쩌면 그래서 밀리 역시 무엇보다 인내심을 가지고 기다렸을지도 모른다. 사실 그것은 수려한 여성의 앞선 행적에서 눈에 띄게 벗어나는 일이었기 때문에 밀리에게는 단연 멋져 보였다. 지금까지 케이트는 수지를 따분한 사람으로 여겼으므로 지금 보이는 변화는 암시하는 바가 있었다. 식탁에서 일어난 뒤 두 사람은 점심을 먹었던 방 안에 함께 앉았고, 그래서 밀리와 다른 손님은 편하게 옆방에서 자리를 함께할 수 있었다. 밀리에게는 이것 역시 멋진 일이었다. 자신은 거기서 빼달라는 케이트 쪽의 기도와도 같았으니까. 밀리보다는 차라리 수전 셰퍼드와 '한데 묶이기'를 노골적으로 원하는 거라면, 그건 사실상 모든 걸 말해주고도 남았다. 그녀가 왜 아침나절에 덴셔 씨와 밖에서 만났는지를 완전히 설명하지 못할지는 모르지만, 생각해보면 그녀가 그의 면전에서 할 수 있는 만큼은 말해주는 바가 있었던 것이다.

그렇게 선명한 케이트의 행동 아래 그야말로 조금씩 여러 가능성들이 제자리를 찾아 들어갔다. 머튼 덴셔는 사랑에 빠졌고, 케이트로서는 어쩔 수가 없다. 불쌍히 여기며 상냥히 대해줄밖에 달리 도리가 없다. 얼토당토않은 수선을 떨 것 없이 그냥 그것으로 다 덮을 수 있지 않을까? 여하튼 밀리는 그러려고 해봤다. 일단은 그러려고 열심히 애를 썼다. 앞쪽 큰 방으로 그것을 끌고 와서 열심히 턱까지 끌어올려 덮어보았다. 그렇게 해서 전부 다 해주지 못했더라도 상당히 많은 부분을 해주었기 때문에 나머지는 그녀 스스로 조달할 수 있었다. 그녀의 엄청난 질문, 직접 표현한 바에 따르면 그사이 온갖 일들이 벌어진 지금 그를 다시 만나게 되었을 때 뉴욕에서와는 다른 인상을 받게 될 것인가라는 질문에 대한 관심으로 나머지를 만들어낼 수 있었던 것이다. 미술관을 나섰던 순간부터 그 질문이 머리에서 떠나질 않았더랬다. 마차를 타고 오는 동안에도, 점심을 먹는 동안에도 내내 곁에 머물렀더랬다. 그리고 15분가량을 그와 단둘이 보낸 지금 그 질문이 말할 수 없이 강렬해졌다. 이 위기 상황에서 그와 관련된 어떤 확실하고 평범한 대답도, 어떤 직접적인 만족도

얻지 못할 것임을 실감할 터였다. 그저 질문 자체가 산산이 부서져버리는 것만을 보게 될 터였다. 그가 달라 보이는지 아닌지 구별할 수가 없었고, 자신이 달라 보이는지도 알지 못했을뿐더러 신경도 쓰지 않았다. 그런 것들은 진정으로 알게 된 단 하나의 사실에 비추어 아무런 의미도 없게 되었기 때문이다. 스스로 표현한 바에 따르면 자신이 예전과 마찬가지로 그를 좋아한다는 사실 말이다. 그것도 처음 만난 사람을 좋아하게 된 것에 비견할 정도라면 더욱 즐거운 일일 따름이었다. 처음에는 그가 너무 조용하지 않나 싶었다. 맨 처음의 당황스러움이 사라진 다음에도 그랬다. 그녀 자신이 감지했다시피, 바다 건너편에서 비슷한 부류를 수천 명은 만나보았을 테니 충분히 그럴 수도 있겠지만, 강렬하게 다시 등장한 그녀의 정체를 확신하지 못해 당황했던 것이 전혀 아니었는데도 그랬다. 그게 아니라, 밀리가 취한 즉흥적이고 발랄한 노선 탓에 그 밖의 것은 모두 상대적인 것이 되었기 때문에 초반부에는 어쩔 수 없이 조용할 수밖에 없었던 것이다. 또한 케이트가 즉흥적으로 나오는 한에서는 평소의 강도를 유지해야 한다는 분위기가 가득했기 때문이기도 했다. 시간이 좀 흐른 후, 그러니까 그들이 각자에게 따로 주어진 행운에 좀더 익숙해지고 난 뒤로 그는 더 많은 얘기를 하기 시작했고, 중간에 자신의 자연스럽고 발랄한 노선은 어떤 식이어야 할지 따져보는 것이 분명했다. 그것은 그녀가 미국 소식을 듣고 싶어 하리라는 걸 당연시하는 것이었고, 그가 거기서 본 일과 한 일을 순서대로 들려주는 것이었다. 갑자기 할 얘기가 넘쳐났고, 거의 집요할 정도였다. 잠깐 쉬었다가 다시 달려들었다. 그리고 어쩌면 이야기를 이어나가면서 호불호에 대해 조금의 단서도 주지 않았기 때문에 더 묘한 분위기를 낳았는지도 몰랐다. 그는 그저 사교적인 내용을 마구 쏟아냈을 뿐이었고, 특히 다른 두 사람과 떨어져 있는 동안 더 그랬다. 그때 그녀는 그가 원하는 만큼 영국인다울 수 있도록 자신은 더 이상 미국인이 아니기로 했다. 그런 식의 허용을 그는 아주 대단한, 무의식적인 이점으로 받아들이는 듯했다. 밀리가 그때만큼 미국에 관심이 없던 적은 정말로 한 번도 없었을 것이다. 하지만 그건 아무 상관 없었다. 그는 무엇에도 반감을 느끼지 않는 것 같았고, 그녀에게 일어난 일들을 굳이 거론하지 않았으므로 그녀가 미국에 대해 배울 수 있는 기회일 수도 있었다. 그녀가 지금 하고 있는 일이야말로 이 모든 신나는 모험들 가운데 가장 대단한 일이라는 사실을 마치 그가 알고 있는 것만 같았다.

바로 그 순간 그녀는 자신의 엄청난 질문이 완전히 산산조각 났음을, 자신이 상관할 바는 오로지 그와 함께 있다는 인식뿐임을 깨달았다. 게다가 처음 시작이야 어떠했든 지금은 그가 어떤 특정한 소망에 따라 연기를 하고 있다는 사실을 곧 눈치챘을지라도 그것이 사라지거나 하지 않았다. 그러니까 새로운 사실을 알게 되어서이든 새롭게 호감이 생겨서이든, 다른 사람들과 마찬가지로 다른 건 다 제치고 그녀를 '상냥하게' 대해야겠다는 소망 말이다. 태도상으로는 이미 다 따라잡아서 다른 사람들과 다를 바 없는 모습을 보이고 있었다. 진정 활기가 솟았다면 모든 어색함을 없앨 처방을 우연히 발견해서일 수도 있었다. 그가 뭘 하든 뭘 안 하든 밀리는 여전히 그를 좋아할 수밖에 없음을 알

왔다. 다른 대안은 없었다. 그럼에도 자신을 바라보는 그의 시각이 '그' 시각—이 생각에 이르면 밀리는 한숨부터 나왔다—과 얼마나 많은 공통점을 지니게 될지를 떠올리니 가슴이 약간 내려앉았다. '그' 시각을 지니지 않은, 자신만의 이런저런 시각을 가지거나 필요하다면 아예 어떤 시각도 없는 그 사람을 상상할 수도 있었다. 하지만 그로서는 가장 힘을 덜 들이고 얻을 수 있는 그런 시각을 가질 법했고, 여하튼 '그' 시각이 그녀가 그를 보지 못하게 하는 확연한 장애물인 것도 아니었다. 만약 그녀가 가차 없이 비판하자면, 그것의 대체적인 결점이란 달콤한 보편성으로 관계를 다소 따분한 당연지사로 만든다는 것이었다. 그래서 진정한 친밀함의 똑같이 달콤한 작용보다 앞서 나가며 그것을 대체해버렸다. 지금 그를 붙들어두는 그녀의 힘에서 분명히 두드러지는 것은 바로 그 점이었다. 그것과 더불어 로키산맥의 풍광에 대해 즐겁게 떠드는 그의 말을 눈을 반짝이며 주의 깊게 듣고 있다는 점도. 그녀는 사실 케이트가 수전을 성공적으로 '참아주는' 것에 비추어볼 때 자신이 얼마나 성공적으로 그를 붙들어두고 있는지 조금 재보고 있었다. 그녀의 힘이 닿는 한 먼저 나가떨어지는 쪽이 덴셔는 아닐 터였다. 적어도 그녀의 내적 긴장이 그러했다. 그러나 그 심오한 이유의 한참 아래쪽에 더욱 미묘한 동기가 있었다. 그녀가 더 큰 기회를 누리려 세상 밖으로 나서며 고국에 놔두고 왔던 그것은 여전히 내내 그 자리에, 그것도 더 강렬하게 꿈틀대며 그 자리에 있었다. 그중에서 의식의 표면 위로 솟아올랐지만 곧 거칠게 아래로 눌러버린 것, 그것들이 다시 꾸물꾸물 일어나고 있었다. 이 친구들이 떠나자마자 수지는 바로 터뜨릴 것이었는데, 그 신사 양반에게 관심을 보인 적이 한 번이 아니었음에도 그녀가 터뜨릴 내용은 덴셔 씨의 개인사가 아닐 터였다. 점심 식사를 하다가 밀리는 열에 들뜬 듯 번득이는 수지의 얼굴을 보았고, 그로써 그녀 안에 무엇이 가득한지 알 수 있었다. 그녀는 지금 덴셔 씨의 개인사에는 관심이 없었다. 덴셔 씨가 불쑥 등장하기는 했지만 그녀의 상상력에서 마땅히 그가 차지해야 할 자리를 이미 딴것이 차지하고 있었던 것이다. 지금 그의 개인사는 그녀의 개인적 문제일 수가 없었고, 밀리는 그 사실을 눈치챘다. 그것이 의미하는 바는 수지는 오로지 루크 스트렛 박사와 그에게서 들은 얘기에 골몰해 있다는 것이었다. 도대체 무슨 말을 들은 것일까? 밀리가 아는 편이 나을 것이라는 사실이 지금 다시 부각되기 시작했다. 알게 될 것이 수지의 번득이는 빛 아래에서 무척 강력해 보였지만 말이다. 따라서 밀리가 여전히 로키산맥에 집착했던 이유는 주로 덴셔와 마주 앉은 그녀를 그것과 갈라놓은 칸막이가 너무 얇았기 때문이었다.

(2권에 계속)

기획의 말

세계문학과 한국문학 간에 혈맥이 뚫려, 세계-한국문학의 공진화가 개시되기를

21세기 한국에서 '세계문학'을 읽는다는 것은 무엇을 뜻하는 가? 자국문학 따로 있고 그 울타리 바깥에 세계문학이 따로 있다는 말인가? 이제 한국문학은 주변문학이 아니며 개별문학만도 아니다. 김윤식·김현의 『한국문학사』(1973)가 두 개의 서문을 통해서 "한국문학은 주변문학을 벗어나야 한다"와 "한국문학은 개별문학이다"라는 두 개의 명제를 내세웠을 때, 한국문학은 아직 주변문학이었다. 한데 그 이후에도 여전히 한국문학은 주변문학이었다. 왜냐하면 "한국문학은 이식문학이다"라는 옛 평론가의 망령이 여전히 우리의 의식을 장악하고 있었기 때문이다. 그렇게 생각하고 그렇게 읽고, 써온 것이었다. 그리고 얼마간 그런 생각에 진실이 포함되어 있는 것도 사실이었다. 그러나 천천히, 그것도 아주 천천히, 경제성장이나 한류보다는 훨씬 느리게, 한국문학은 자신의 '자주성'을 세계에 알리며 그 존재를 세계지도의 표면 위에 부조시키고 있었다. 그런 와중에 반대 방향에서 전혀 다른 기운이 일어나 막 세계의 대양에 돛을 띄운 한국문학에 위협적인 격랑을 밀어붙이고 있었다. 20세기 말부터 본격화된 '세계화'의 바람은 이제 경제적 재화뿐만 이 아니라 어떤 나라의 문화물도 국가 단위로만 존재할 수 없게 하였던 것이니, 한국문학 역시 세계문학의 한 단위라는 위상을 요구받게 되었던 것이다.

그러니 21세기 한국에서 세계문학을 읽는다는 것은 진정 무엇을 뜻하는가? 무엇보다도 세계문학이라는 개념을 돌이켜 볼 때가 되었다. 그동안 세계문학은 '보편문학'의 지위를 누려왔다. 즉 세계문학은 따라야 할 모범이고 존중해야 할 권위이며 자국문학이 복종해야 할 상급 문학이었다. 그리고 보편문학으로서의 세계문학의 반열에 올라간 작품들은 18세기 이래 강대국의 지위를 누려온 국가의 범위 안에서 설정되기가 일쑤였다. 이렇게 해서 세계 각국의 저마다의 문학은 몇몇 소수의 힘 있는 문학들의 영향 속에서 후자들을 추종하는 자세로 모가지를 드리워왔던 것이다. 이제 세계문학에게 본래의 이름을 돌려줄 때가 되었다. 즉 세계문학은 보편문학이 아니라 세계인 모두가 향유할 수 있도록 전 세계 방방곡곡에서 씌어져서 지구적 규모의 연락망을 통해 배달되는 지구상의 모든 문학이라고 재정의할 때가 되었다. 이러한 재정의에는 오로지 질적 의미의 삭제와 수량적 중성화만 있는 게 아니다. 모든 현상학적 환원에는 그 안에 진정한 가치를 향해 나아가고자 하는 지향성이 움직이고 있다. 20세기 막바지에 불어닥친 세계화 토네이도가 애초에는 신자유주의적 탐욕 속에서 소수의 대국 기업에 의해 주도되었으나 격심한 우여곡절을 겪으며 국가 간 위계질서를 무너뜨리는 평등한 교류로서의 대안-세계화의 청사진을 세계인의 마음속에 심게 하였듯이, 오늘날 모든 자국문학이 세계문학의 단위로 재편되는 추세가 보편문학의 성채도 덩달아 허물게 되어, 지구상의 모든 문학들이 공평의 체 위에서 토닥거리는 게 마땅하다는 인식이 일상화까지는 아니더라도 최소한 정당화되고 잠재적으로 전망되는 여건을 만들어내게 되었던 것이다.

또한 종래 세계문학의 보편문학적 지위는 공간적 한계만을 야기했던 게 아니다. 그 보편문학이 말 그대로 보편성을 확보했다기보다는 실상 협소한 문학적 기준에 근거한 한정된 작품 집합에 머무르기 일쑤였다. 게다가, 문학의 진정한 교류가 마음의 감동에서 움트는 것일진대, 언어의 상이성은 그런 꿈을 자주 흐려왔으니, 조급한 마음은 그런 어둠 사이에 상업성과 말초적 자극성이라는 아편을 주입하여 교류를 인공적으로 촉진시키곤 하였다. 이제 우리는 그런 편법과 왜곡을 막기 위해서, 활짝 개방된 문학적 관점을 도입하여, 지금까지 외면당하거나 이런저런 이유로 파묻혀 있던 숨은 걸작들을 발굴하여 널리 알리고 저마다의 문학을 저마다의 방식으로 감상할 수 있는 음미의 물관을 제공해야 할 것이다. 실로 그런 취지에서 보자면 우리는 한국에 미만한 수많은 세계문학전집 시리즈들이 과거의 세계문학장을 너무나 큰 어둠으로 가려오고 있었다는 것을 절감한다.

이와 같은 인식하에 '대산세계문학총서'의 방향은 다음으로 모인다. 첫째, '대산세계문학총서'의 기준은 작품의 고전적 가치이다. 그러나 설명이 필요하다. 이 고전은 지금까지 고전으로 인정된 것들에 갇히지 않는다. 우리가 생각하는 고전성은 추상적으로는 '높은 문학성'을 가리킬 터이지만, 이 문학성이란 이미 확정된 규칙들에 근거한 문학성(그런 문학성은 실상 존재하지 않거니와)이 아니라, 오로지 저만의 고유한 구조를 통해 조직되는데 희한하게도 독자들의 저마다의 수용 기관과 연결되는 소통로의 접속 단자가 풍요롭고, 그 전류가 진해서, 세계의 가장 많은 인구의 감성을 열고 지성을 드높일 잠재적 역능이 알차게 채워진 작품의 성질을 가리킨다. 이러한 기준은 결국 작품의 문학성이 작품이나 작가에 의해 혹은 독자에 의해 일방적으로 결정되는 것이 아니라, 세 주체의 협력에 의해 형성되며 동시에 그 형성을 통해서 작품을 개방하고 작가의 다음 운동을 북돋거나 작가를 재인식시키며, 독자의 감수성을 일깨워 그의 내부에 읽기로부터 쓰기로의 순환이 유장하도록 자극하는 운동을 낳는다는 점을 환기시키고 또한 그런 작품에 대한 분별을 요구한다.

이 첫번째 기준으로부터 두 가지 기준이 덧붙여 결정된다.

둘째, '대산세계문학총서'는 발굴하고 발견한다. 모르거나 잊힌 것을 발굴하여 문학의 두께를 두텁게 하고, 당대의 유행을 따라가기보다는 또한 단순히 미래를 예측하기보다는 차라리 인류의 미래를 공진화적으로 개방할 수 있는 작품을 발견하여 문학의 영역을 확장할 것을 목표로 한다. 이는 또한 공동선의 실현과 심미안의 집단적 수준의 진화에 맞추어 작품을 선별한다는 것을 뜻한다.

셋째, '대산세계문학총서'가 지구상의 그리고 고금의 모든 문학작품들에게 열려 있다면, 그리고 이 열림이 지금까지의 기술

그대로 그 고유성을 제대로 활성화시키는 방식으로 진행되는 것이라면, 이는 궁극적으로 '가장 지역적인 문학이 가장 세계적인 문학'이라는 이상적 호환성을 추구한다는 것을 가리킨다. 이는 또한 '대산세계문학총서'의 피드백에도 그대로 적용될 것이다. 즉 '대산세계문학총서'의 개개 작품들은 한국의 독자들에게 가장 고유한 방식으로 향유될 터이고, 그럴 때에 그 작품의 세계성이 가장 활발하게 현상되고 작용할 것이다.

이러한 기준들을 열린 자세와 꼼꼼한 태도로 섬세히 원용함으로써 우리는 '대산세계문학총서'가 그 발굴과 발견을 통해 세계문학의 영역을 두텁고 넓게 하는 과정 그 자체로서 한국 독자들의 문학적 안목과 감수성을 신장시키는 데 기여할 것을 기대하며, 재차 그러한 과정이 한국문학의 체내에 수혈되어 한국문학의 도약이 곧바로 세계문학의 진화로 이어지게끔 하기를 희망한다. 이는 우리가 '대산세계문학총서'를 21세기의 한국사회에서 수행하는 근본적인 소이이다. 독자들의 뜨거운 호응을 바라마지않는다.

'대산세계문학총서' 기획위원회

대산세계문학총서

198-199 소설　비둘기의 날개(전 2권) 헨리 제임스 지음 | 정소영 옮김